家藏文库

婉约词

谢永芳　注评

中州古籍出版社
·郑州·

图书在版编目(CIP)数据

婉约词 / 谢永芳注评. —郑州:中州古籍出版社,2020.8
(家藏文库)
ISBN 978-7-5348-9271-4

Ⅰ.①婉… Ⅱ.①谢… Ⅲ.①婉约派-词(文学)-作品集-中国-古代 Ⅳ.①I222.82

中国版本图书馆CIP数据核字(2020)第127696号

家藏文库:婉约词

选题策划	卢欣欣　赵发杰
约稿统筹	卢欣欣
责任编辑	石　丹
责任校对	唐志辉
封面设计	王　歌
版式设计	曾晶晶

出　版	中州古籍出版社
	地址:郑州市郑东新区祥盛街27号6层
	邮编:450016
	电话:0371-65788693
经　销	新华书店
印　刷	河南新华印刷集团有限公司
版　次	2020年8月第1版
印　次	2020年8月第1次印刷
开　本	640毫米×960毫米　1/16
印　张	26.25印张
字　数	366千字
定　价	58.00元

前　言

　　词，在相当长的一个历史时期内，是一种与音乐有着密切关系的文学样式，与之匹配歌唱的音乐系统，有其独特性。〔沈括《梦溪笔谈》卷五："自唐天宝十三载，始诏法曲与胡部合奏，自此乐奏全失古法。以先王之乐为雅乐，前世新声为清乐，合胡部者为宴乐。"隋唐燕乐，作为一种在全面搜集、整理魏晋以后音乐文化发展成果的基础上，熔铸古今、中外、南北、胡汉、雅俗等多元复杂的音乐成分而创造出的新型民族音乐，其与唐五代词的配合，是诗与乐以先乐后辞的崭新方式再度结合的产物。而雅乐属于周秦古乐系统，用于郊庙祭祀，跟配合俗乐的词关系不大。与汉魏乐府相配的清乐系统，曾行于中原，又与吴歌、西曲结合而在长江流域取得长足发展，复又随南北统一而成为隋唐七部、九部或十部乐中的一部，但到唐初已被看作古曲，渐受冷落，因此，严格来讲与词的关系也不大。〕词，同时也是一种抒情诗体，逐渐稳固下来的文体特质，与诗不尽相同，有着特殊的规定性。〔与近体诗相比，词在体制上的独特之处是：依曲调为词调，依乐段分片，依乐"均"押韵，依曲拍为句，依唱腔用字。跟这些具体的外部特征相关，词在取象、造境、抒情等方面展现出与诗相通而并不相同的内在特质。〕这些，都决定了它具有特定的审美价值和认知意义，在中国古代文学史上，能够占有自己的一席之地。一部词史，有着非常丰富复杂的样态，包括了作家、流派、理论探讨、律谱整理等多个方面，而且，不同的时代可以提出不同的问题。这部婉约词选，并不追求面面俱到，只是希望能够依托词史，以敦煌民间词为起点,以历代文人词为中心,尽可能勾勒出一条渐次展开的线索,使读者对婉约词,乃至整个中国词的发展有一个基本的印象。

唐五代是词的兴起时期。词兴起于初、盛唐,至晚唐与五代,经过一大批文人的探索和创造,逐步定型,趋于成熟。唐五代词的发展主要包括敦煌词、早期文人词、花间词和南唐词四个部分,出现了温庭筠、韦庄、冯延巳、李煜等杰出的词人,不仅体现了唐五代词的成就,而且为宋词的辉煌打下了重要的基础。

在敦煌曲子词中,《鹊踏枝》是比较值得注意的一首:

> 叵耐灵鹊多瞒语。送喜何曾有凭据。几度飞来活捉取。锁上金笼休共语。　比拟好心来报喜。谁知锁我在金笼里。欲他征夫早归来,腾身却放我向青云里。

词写怨妇情愫,构思无理而有趣,情感纯真无比。其中,下半阕作鹊对语,很曲折地把那复杂变化的心理表达得恰到好处,朴拙如古乐府。即以"叵耐灵鹊多瞒语"二句而论,后来金人王庭筠曾写过一首《谒金门》:"双喜鹊。几报归期浑错。尽做旧愁都忘却。新愁何处着。　瘦雪一痕墙角。青子已妆残萼。不道枝头无可落。东风犹作恶。"开篇即将闺中人的相思愁苦表现得细婉含蓄,凄凄楚楚,令人同情。与敦煌词相比,手法相同,思路相近,多用一"双"字反射,意蕴也较为丰富些。但初期作品的那种朴拙之美,后起者虽见增饰之能,艺术上实未易论其高下。

词从孕育、萌生到初步树立体式,经历了一个相当漫长的过程。到了中唐,随着张志和、韦应物、白居易、刘禹锡等文人依照一定曲调的曲拍,而不再按照诗的句法制作文辞,才真正建立起属于词的创作意识和操作规程。〔元稹《乐府古题序》指出,当时有"由乐以定词"与"选词以配乐"两大类韵文或辞乐配合方式,其中,前者"因声以度词,审调以节唱。句度短长之数,声韵平上之差,莫不由之准度",正说明刘禹锡所谓"以曲拍为句",也是对此类创作实践的描述或概括。因声度词、曲拍为句，同为格律化或者诗律化长短句，与后世不是依曲谱而是依词谱（文字谱）填词，不是一回事。〕晚唐时期，文人填词之风更为普遍。温庭筠专力为词，实现了从香奁诗向花间词的转变，成为花间词风的奠基者，直接影响到约半个世纪之后五代西蜀出现的一批词人。衍至南唐，以李煜、冯延巳为代表的词人努力开拓词境，所作气象较为阔大，情意相对深厚，与花间词一道，成为北宋前期词进一步发展的重要资源。

《花间集》基本上是西蜀文人词的总集，为应歌而选。尽管十八家之间不无差异，但总体风格缛采轻艳，是可以肯定的。当时的创作背景及其所表现的主要内容，欧阳炯后蜀广政三年（940）所作《花间集序》中有这样的描述：

> 镂玉雕琼，拟化工而迥巧；裁花剪叶，夺春艳以争鲜。是以唱《云谣》则金母词清，挹霞醴则穆王心醉。名高《白雪》，声声而自合鸾歌；响遏行云，字字而偏谐凤律。《杨柳》、《大堤》之句，乐府相传；"芙蓉"、"曲渚"之篇，豪家自制。莫不争高门下，三千玳瑁之簪；竞富尊前，数十珊瑚之树。则有绮筵公子，绣幌佳人，递叶叶之花笺，文抽丽锦；举纤纤之玉指，按拍香檀。不无清绝之词，用助妖娆之态。自南朝之宫体，扇北里之倡风。何止言之不文，所谓秀而不实。

所述或不尽为晚唐五代的情形，也可以视为一种氛围。温庭筠被奉为"花间鼻祖"（王士禛《花草蒙拾》）。其内容，以反映女性生活和恋情为主，"类不出乎绮怨"（刘熙载《艺概》卷四），如此首《菩萨蛮》即是：

> 小山重叠金明灭。鬓云欲度香腮雪。懒起画蛾眉。弄妆梳洗迟。
>
> 照花前后镜。花面交相映。新贴绣罗襦。双双金鹧鸪。

温作此调本二十首，今存十四首，〔至于《尊前集》所收《菩萨蛮》（玉纤弹处真珠落），前人对之多所存疑，鲜与十四首相提并论，可不论。〕都是以闺人因思念久别之人成梦为题，所以，梦前、梦后、梦中情事略可贯通意脉。此第一首写梦醒时分情事，不是直白地表现情思，而是通过诉诸感官直觉，以密集、艳丽的词藻、意象去描写动作、衣饰、器物，含蓄隐晦地暗示出一种空虚孤独之感。又如第四首，则是追叙昔日欢会的情景："翠翘金缕双鸂鶒。水纹细起春池碧。池上海棠梨。雨晴红满枝。　绣衫遮笑靥。烟草粘飞蝶。青琐对芳菲。玉关音信稀。"上片，以鲜亮的景物描写衬出人情欢欣。下片，先虚写往日幽会，再实写今日孤寂，最后揭出本旨。在章法上，确是"字字有脉络"（周济《介存斋论词杂著》）。

赵宋政权建立后，为了王朝的长治久安，施行崇文抑武的国策，对于文人官吏，几乎给予了空前绝后的政治地位和经济待遇，是其文化得到高度发展乃至登峰造极的重要因素。北宋前期词坛在经历了大约半个世纪的寂寞后，柳永、张先、晏殊、欧阳修联袂而起，一面承袭西蜀、南唐遗韵，一面多方求变创新，共同开创了宋词发展的新局面。其中，柳永贡献尤大。苏轼登场后，全面革新词风，为词体创作指出向上一路，极大地开拓了词的境界。加上苏门弟子以及晏几道、贺铸等人的努力，北宋中后期词苑呈现出繁花迷眼的鼎盛气象，至周邦彦就水到渠成地绾结北宋，登上了又一座高峰。李清照是靖康之变锻造的一个词史奇迹。在民族矛盾更为激烈的南宋词坛，爱国歌声一向被认为是其主旋律。张孝祥、张元干等成为连接苏轼和辛弃疾的桥梁，雄豪词风得到长足发展，辛弃疾缔造出天水一朝词体创作高峰状态之一翼。与此同时，以姜夔、吴文英、王沂孙、张炎等为代表的另外一些词人不断开掘词艺，丰富词的表现力，形成绵亘南宋中后期的典雅格律之风。而宋元之际的词人，则以其低回幽怨的吟唱，痛悼故国，抒发心志，为宋词作了一个光辉的结束。

在整个唐五代词中，慢词长调如《云谣集杂曲子》中的《内家娇》、《倾杯乐》，《花间集》中薛昭蕴的《离别难》，以及《尊前集》中杜牧的

《八六子》、尹鹗的《金浮图》、李存勖的《歌头》等，总共不过十来首。宋初，小令极盛，张先、晏殊和欧阳修都或多或少尝试过慢词，但真正开始大力创作慢词，还是要等到"日与儇子纵游娼馆酒楼间，无复检约"（严有翼《艺苑雌黄》）的柳永。词体在柳永的努力创造之下得以扩张，"遂为词坛别开广大法门"（龙榆生《中国韵文史》）。柳永又是两宋词坛上创调最多的词人，在整个宋代所用八百八十多个词调中，八分之一左右是柳永首创或首次使用。可以说，词至柳永，形式体制始备，为后来者的开拓提供了必要条件。柳永还在长调创作中创造性地运用了铺叙和白描手法，如《雨霖铃》：

> 寒蝉凄切。对长亭晚，骤雨初歇。都门帐饮无绪，留恋处，兰舟催发。执手相看泪眼，竟无语凝噎。念去去、千里烟波，暮霭沉沉楚天阔。　　多情自古伤离别。更那堪、冷落清秋节。今宵酒醒何处，杨柳岸、晓风残月。此去经年，应是良辰好景虚设，便纵有、千种风情，更与何人说。

词作细致描绘整个送别场景，刻画人物动作、情态、心绪，即事言情，事在情中，都很有表现力。其中"执手相看泪眼"二句，略可参读后出的毛滂《惜分飞》："此恨平分取。更无言语空相觑。"又据俞文豹《吹剑续录》记载："东坡有幕士善歌，因问：'我词何如柳七？'对曰：'柳郎中词，只好十七八女孩儿，按红牙拍，唱"杨柳岸、晓风残月"。学士词，须关西大汉，执铁绰板弹铜琵琶，唱"大江东去"。公为之绝倒。"这是准确地抓住了苏、柳两人词风的主要特色，并且把这首词当成了柳永此类风格的代表作来看。在再后来的词学批评中，"杨柳岸、晓风残月"更是几乎成为整个婉约词派的代名词。

十一世纪下半叶，柳永等人先后离开词坛，继之而起的，一是以苏轼为领袖，黄庭坚、秦观、晁补之、李之仪、赵令畤、陈师道、毛滂等为羽翼，以及与苏门词人过从甚密的晏几道和贺铸等组成的泛苏门词人群落；一是以周邦彦为主帅，由曹组以及曾供职于大晟府的万俟咏、晁端礼、徐伸、田为、晁冲之、江汉、姚公立等人组成的大晟词人群落。两大群体中人"各尽其力，自成一家"（王灼《碧鸡漫志》卷二）。其中，苏轼继柳永之后进一步大力开拓词境，晏几道对小令有新的发展，黄庭坚、晁补之师法苏轼而自成面目，秦观学柳永而别有会心，贺铸融豪侠之气与绮丽柔情为一体；周邦彦则通过建立严整的词艺规范而另开一派。南宋词就是沿着苏、周二人开辟的方向继续发展。

"和韵而似原唱"（王国维《人间词话》）的《水龙吟·次韵章质夫杨花词》，是苏轼婉约词的代表作之一：

似花还似非花，也无人惜从教坠。抛家傍路，思量却是，无情有思。萦损柔肠，困酣娇眼，欲开还闭。梦随风万里，寻郎去处，又还被、莺呼起。　不恨此花飞尽，恨西园、落红难缀。晓来雨过，遗踪何在，一池萍碎。（杨花落水为浮萍，验之信然。）春色三分，二分尘土，一分流水。细看来，不是杨花，点点是离人泪。

所和章楶原唱为："燕忙莺懒芳残，正堤上、柳花飘坠。轻飞乱舞，点画青林，全无才思。闲趁游丝，静临深院，日长门闭。傍珠帘散漫，垂垂欲下，依前被、风扶起。　兰帐玉人睡觉，怪春衣、雪沾琼缀。绣床旋满，香球无数，才圆却碎。时见蜂儿，仰粘轻粉，鱼吞池水。望、章台路杳，金鞍游荡，有盈盈泪。"实写杨花，尤其是"傍珠帘散漫"三句，"曲尽杨花妙处"（魏庆之《诗人玉屑》卷二〇）。苏轼因难见巧，避实就虚，化"无情"之花为"有思"之人，"直是言情，非复赋物"（沈谦《填词杂说》），从而另辟新境。首句不仅准确把握住杨花的独特"风流标格"，也定下了一篇既咏物象、又写人言情的咏物宗旨。次句承以"也无人惜从教坠"，暗逗出缕缕怜惜之意，并为下片雨后觅踪伏笔。"抛家傍路"三句承上文"坠"字，写杨花离枝坠地、飘落无归情状，非但见拟人端倪，亦为下文花人合一张本。"萦损柔肠"三句紧承"有思"而来，驰骋想象，将抽象的"有思"的杨花化作具体的有生命的人，明写思妇而暗赋杨花，花人合一。以下"梦随风万里"数句妙笔天成，在不即不离之间，双摄思妇、杨花之魂，篇首所言"似花还似非花"，可于此中心领神会。下片承上片"惜"字意脉，借追踪杨花，抒发一片惜春深情，情物交融而至于浑化无迹。"不恨此花飞尽"二句以落红陪衬杨花，曲笔传出花事已尽、春色将逝之恨。以下由"晓来雨过"而问询杨花遗踪。春水觅踪，可谓一往情深；但杨花不见，唯有一池浮萍在目，进一步加深春恨。恨未尽，于是继以"春色三分"三句。"分"，想象奇妙又极度夸张；"二分尘土"与上片"抛家傍路"相呼应，"一分流水"与上文"一池萍碎"一意相承。至此，杨花的最终归宿，与词人的满腔惜春之情水乳交融。煞拍总收上文，由眼前的流水，联想到思妇的泪水；又由思妇的点点泪珠，映带出空中的纷纷杨花，虚中有实，实中见虚，总在虚实相间、似与不似之间，余味无穷。

"绍兴初，都下盛传"（冯金伯《词苑萃编》卷二四引《樵隐笔录》）的《兰陵王·柳》，是周邦彦的经典之作：

> 柳阴直。烟里丝丝弄碧。隋堤上、曾见几番，拂水飘绵送行色。登临望故国。谁识。京华倦客。长亭路，年去岁来，应折柔条过千尺。　　闲寻旧踪迹。又酒趁哀弦，灯照离席。梨花榆火催寒食。愁一箭风快，半篙波暖，回头迢递便数驿。望人在天北。　　凄恻。恨堆积。渐别浦萦回，津堠岑寂。斜阳冉冉春无极。念月榭携手，露桥闻笛。沉思前事，似梦里，泪暗滴。

这首送别词借咏柳而抒发仕途寥落之叹，主要的妙处，在于抒情的回环往复，沉郁顿挫。对此，陈廷焯《白雨斋词话》卷一有过细密的剖析：

美成词，极其感慨，而无处不郁，令人不能遽窥其旨。如《兰陵王·柳》云："登临望故国。谁识京华倦客。"二语是一篇之主。上有"隋堤上、曾见几番，拂水飘绵送行色"之句，暗伏"倦客"之根，是其法密处。故下接云："长亭路，年去岁来，应折柔条过千尺。"久客淹留之感，和盘托出。他手至此，以下便直抒愤懑矣。美成则不然。"闲寻旧踪迹"二叠，无一语不吞吐。只就眼前景物，约略点缀，更不写淹留之故，却无处非淹留之苦。直至收笔云："沉思前事，似梦里，泪暗滴。"遥遥挽合，妙在才欲说破，便自咽住，其味正自无穷。

从感情形态上说，"用意忠厚"或"怨而不怒"都是达到沉郁境界的必要条件，而作为以此为前提的表现手法，也还有其他的要求，就是一个"咽"字。所谓欲言还止，欲吐又吞，缠绵往复，纡徐低徊，略可形容其情致。陈廷焯所论，体察周氏词心，允称知音，而"无处不郁"这一结论，也正是通过分析作品句法、章法的吞吐、伸缩而得出的，可以看作其"沉郁说"的一个具体应用或证明。刘熙载说过："伏应转接，夹叙夹议，开合尽变，古诗之法。近体亦俱有之，惟古诗波澜较为壮阔耳。"（《艺概》卷二）从技术层面来看，如果说，晚唐五代小令的含蓄风味，很大程度上是借鉴于近体诗（特别是七绝）的写作经验的话，那么，清真长调的波澜老成，则又是得力于古体诗的写作经验，不过是把"夹叙夹议"改为情语与景语交织写来。周邦彦不仅擅长写词，而且擅长写赋和古体诗。他的《薛侯马》、《天赐白》写得大气磅礴，极尽顿挫跌宕之妙。所以，他在写词的时候，很自然地会运用这种写古诗的方法入词，于"浑灏流转中下字用意，皆有法度"（陈廷焯《词坛丛话》），和柳永那种明白家常、平叙自然的词风大有不同。王国维在后期，曾把周邦彦比为词中老杜，"其着眼点主要恐即在于此种地方"（杨海明《唐宋词风格论·张炎词研究》)。词中"斜阳冉冉春无极"句,后世评论家几乎众口一词地给予高度赞赏。谭献在周济《词辨》卷一的评语中这样说:"微吟千百遍,当入三昧,出三昧。"梁令娴《艺蘅馆词选》乙卷引梁启超评曰:"绮丽中带悲壮,全首精神振起。"俞平伯《唐宋词选释》卷中则云:"一句中含两意,一日光景已近黄昏,春光却无限,也是无穷的。"这些评语的丰富含义,程千帆《说"斜阳冉冉春无极"的旧评》一文曾作过典范性的透辟阐发。

继元祐词人登上词坛的,是以李清照、朱敦儒、张元干和叶梦得、李纲、陈与义等为代表的南渡词人。他们的生活和创作环境,由于时代的剧变,基本上分为前后两个阶段。前期生活安定舒适,大多数词人在花间尊前拨弄风月,创作上虽已初露锋芒,但被前辈词人周邦彦、贺铸等的光芒所遮盖。靖康之难,促使他们为救亡图存呐喊呼号,并日益贴近现实生活,去表现战乱时代民族、社会的苦难忧患和个人理想失落的压抑苦闷。新的时代铸就了不一样的词风。南渡词进一步拓展了词的抒情言志功能,增强了词的时代感和现实感。

南渡词坛,因为李清照的出现而绽放奇光异彩。李清照不仅在《词论》中提出带有辨体性质的词"别是一家"之说,而且在她自己不多的作品中,尽力恪守规程,以创作示范、印证自己提出的理论。如《声声慢》:

> 寻寻觅觅,冷冷清清,凄凄惨惨戚戚。乍暖还寒时候,最难将息。三杯两盏淡酒,怎敌他、晚来风急。雁过也,正伤心,却是旧时相识。　满地黄花堆积。憔悴损,如今有谁堪摘。守着窗儿,独自怎生得黑。梧桐更兼细雨,到黄昏、点点滴滴。这次第,怎一个、愁字了得。

靖康之难,国破家亡,李清照的心境、词境皆为之一变。此词九十七字,舌、齿两声多至五十七字，是有意用啮齿叮咛的口吻，极写郁伊悄怳的心情。曾与温情慰藉、潇洒自赏之乐相伴的大雁、菊花，而今引发的却是伤心绝望、斯人憔悴之悲。轻盈曼妙、明丽轻快的闺词恋曲，变成沉重哀戚、灰冷凝重的生死恋歌，同时也是苦难时代的真实写照。后来，清代女词人席佩兰作有一首《声声慢·题风木图》，全篇模仿李清照此词，某些地方竟至一字不移："萧萧瑟瑟，惨惨凄凄，呜呜哽哽咽咽。一片秋阴摇弄，晚天如墨。三丝两丝细雨，更助它、白杨风急。雁过也，遍寒林，尽是断肠声息。　有客天涯孤立。回首望，高堂更无人一。寒食梨花，麦饭几曾亲设。空含两行血泪，洒枯枝、点点滴滴。待反哺，学一个乌鸟不得。"

十二世纪下半叶，辛弃疾和陆游、张孝祥、陈亮、刘过等形成一派，姜夔和史达祖、高观国、卢祖皋、张辑等另成一派，双峰并峙，由这些词坛主将为代表所组成的中兴词人群落，把词的创作推到有宋一代高峰。辛词内容博大精深，风格雄深雅健。辛派传人将词的表现功能从不同的方面几乎发挥到最大限度，从此，词与社会现实生活联系更为紧密，词人的艺术个性更加突出。这种甚为开放的创作态势，在很大程度上解放了词体，增强了作品的艺术表现力，虽然有时不免损害词的美感特质，却为最终取得与诗歌分庭抗礼的地位发挥了应有的作用。

辛弃疾善于开掘词体长于表现复杂意态心绪的潜在功能，充分展现出心灵世界的曲折深广。处于报国无门、归隐不甘的矛盾状态中，辛弃疾难免在词里有所反思。这种反思，有时非常直接，有时则比较隐晦，如这首《摸鱼儿·淳熙己亥，自湖北漕移湖南，同官王正之置酒小山亭，为赋》：

更能消、几番风雨。匆匆春又归去。惜春长怕花开早，何况落红无数。春且住。见说道、天涯芳草无归路。怨春不语。算只有殷勤，画檐蛛网,尽日惹飞絮。　　长门事,准拟佳期又误。蛾眉曾有人妒。千金纵买相如赋,脉脉此情谁诉。君莫舞。君不见、玉环飞燕皆尘土。闲愁最苦。休去倚危栏,斜阳正在,烟柳断肠处。

词作上片就暮春景象,写伤春之感,隐寓时势之忧。凄风苦雨几番摧折,但见落花无数,又是匆匆春归时节,令人情难以堪。想要留住春天,告以"天涯芳草无归路",不如休去,但难阻春归。只有画檐间的蛛网,沾惹着飘飞的柳絮,试图挽留些许春光。然蛛网力弱,殷勤又有何用。暗示时势日非,风雨飘摇,满含大局难以挽回的忧愁和痛苦。下片承暮春而翻出蛾眉遭妒,美人迟暮,写身世之感。陈皇后遭人构陷而失宠,纵以千金买得相如赋,为之辩护,也无济于事。词人多年来屡受排挤,正与此相似。但眼前的得宠者只是一时得志,终不免如玉环、飞燕,灰飞烟灭。真正令人伤感的是,日薄西山,烟柳凄迷,时势危殆,触目惊心。全篇借鉴"香草美人"手法,纯以隐喻、象征出之,摧刚为柔,"词意殊怨"。据说,"寿皇(即宋孝宗,尊号——至尊寿皇圣帝)见此词,颇不悦"(罗大经《鹤林玉露》卷一),说明宋孝宗也看出了词中的忧逸畏讥与拗怒不平之气。类似的作品还有《菩萨蛮》(郁孤台下清江水),其中也有很明显的批判性,并直接影响到宋末的刘克庄、陈人杰等人。

南宋中后期,词坛又有新的发展。姜夔所开创的骚雅清空词风,吸引了一批词人加以效法;而辛弃疾的创作路向,也还在不少词人的作品中继续延续。特别是受姜夔影响的典雅格律派,大力提倡咏物词,追求字句锻炼、审音守律基础上的高情雅趣,对后世产生了深远的影响。姜夔词追求醇雅,是南宋后期雅士弃俗尚雅审美情趣的反映,因而一直被奉为雅词典范。至清代,甚至一度出现"家白石而户玉田"(朱彝尊《静惕堂词序》)的盛况。

姜夔有不少咏物词,能够融入人生失意或国事感慨,写来空灵蕴藉。

如这首咏蟋蟀的《齐天乐》：

> 庾郎先自吟愁赋。凄凄更闻私语。露湿铜铺，苔侵石井，都是曾听伊处。哀音似诉。正思妇无眠，起寻机杼。曲曲屏山，夜凉独自甚情绪。　西窗又吹暗雨。为谁频断续，相和砧杵。候馆吟秋，离宫吊月，别有伤心无数。豳诗漫与。笑篱落呼灯，世间儿女。写入琴丝，一声声更苦。（宣、政间，有士大夫制《蟋蟀吟》。）

在写法上，自始至终都没有刻画蟋蟀的正面形象，而是从听蟋蟀的人入手，转换场景和角色，进行烘托渲染，间有寄托遥深的家国之思，或似哀悼北宋沦亡，又似揭露淫靡的社会风气，有无之间，若即若离，可以留下很大的想象空间。张镃（功父）也有一首《满庭芳》："月洗高梧，露溥幽草，宝钗楼外秋深。土花沿翠，萤火坠墙阴。静听寒声断续，微韵转、凄咽悲沉。争求侣，殷勤劝织，促破晓机心。　儿时曾记得，呼灯灌穴，敛步随音。任满身花影，犹自追寻。携向华堂戏斗，亭台小、笼巧妆金。今休说，从渠床下，凉夜伴孤吟。"被郑文焯评为："清隽幽美，实擅词家能事。"（郑校本《白石道人歌曲》）其实，正因其太过切近，反而远逊于姜作。又，王国维《齐天乐·蟋蟀，用姜石帚原韵》："天涯已自悲秋极，何须更闻虫语。乍响瑶阶，旋穿绣闼，更入画屏深处。喁喁似诉。有几许哀丝，佐伊机杼。一夜东堂，暗抽离恨万千绪。　空庭相和秋雨，又南城罢柝，西院停杵。试问王孙，苍茫岁晚，那有闲愁无数。宵深漫与。怕梦稳春酣，万家儿女，不识孤吟，劳人床下苦。"从结构到措辞，都与白石原作颇为相似。"万家儿女，不识孤吟"数句，满含世无知音的凄苦落寞之感，则似更为沉痛。

宋词中的大部分作品——南宋词，实际上只是一百五十余年间产生于中国南方地区的作品。与南方地区桴鼓相应的金词，也是当时词坛的组成部分。金词的发展，大致可分为三期。初期借才异代，词作者主要是辽宋降臣和南宋使节，作品多流露故国之思，或屈仕异族的愧悔之情。中期气象鼎盛，除党怀英、王庭筠、赵秉文、李献能等汉族代表性词人外，还培养出了一代著名宗室词人完颜璹。随着蒙古族崛起，金室被迫南渡直至覆灭，忧时伤乱成为后期词的主旋律。元好问与段克己、段成己兄弟是这一时期的代表。元好问学苏又兼取多家之长，为北国词坛之冠。

艺术造诣雄视一代的元好问，也有幽婉之作。如咏雁丘的《摸鱼儿》：

> 恨人间、情是何物，直教生死相许。天南地北双飞客，老翅几回寒暑。欢乐趣。离别苦。是中更有痴儿女。君应有语。渺万里层云，千山暮雪，只影为谁去。　　横汾路。寂寞当年箫鼓。荒烟依旧平楚。招魂楚些何嗟及，山鬼自啼风雨。天也妒。未信与、莺儿燕子俱黄土。千秋万古。为留待骚人，狂歌痛饮，来访雁丘处。

写雁的殉情，手法绵密，情致深婉，不仅"深于用事，精于炼句"，"风流蕴藉处，不减周、秦"，而且感慨身世，寄托遥深。同调咏双蕖之作，也深得"模写情态，立意高远"之妙（张炎《词源》卷下）。序中云："旧所作无宫商，今改定之。"据知，元好问年少之作中多有不协律处，今所见文本是后来经作者自己改定过的。其间详情如何，已不可得而闻。又词序所云"同行者"，张金吾编《金文最》题注文字有云："同行者蒲溪杨正卿果、栾城李仁卿治和之。"或即依据元好问集中所附词作而推定，其余人等未详。兹一并附录杨、李和作参读如下："怅年年、雁飞汾水，秋风依旧兰渚。网罗惊破双栖梦，孤影乱翻波素。还碎羽。算古往今来，只有相思苦。朝朝暮暮。想塞北风沙，江南烟月，争忍自来去。埋恨处。依约并门旧路。一丘寂寞寒雨。世间多少风流事，天也有心相妒。休说与。还却怕、有情多被无情误。一杯会举。待细读悲歌，满倾清泪，为尔醉黄土。""雁双双、正分汾水，回头生死殊路。天长地久相思债,何似眼前俱去。摧劲羽。倘万一、幽冥却有重逢处。诗翁感遇。把江北江南,风嘹月唳,并付一丘土。　　仍为汝。小草幽兰丽句。声声字字酸楚。拍江秋影今何在,宰木欲迷堤树。霜魂苦。算犹胜、王嫱青冢真娘墓。凭谁说与。叹鸟道长空,龙艘古渡。马耳泪如雨。"

　　就词史发展的总体进程而言,元、明两朝可以看作是词从宋代的鼎盛到清代的复兴之间的过渡阶段。在元代大一统的特定情势中,宋、金词学传统仍然在延续并适度再生,实有赖于多个民族词人的共同努力。然元代作者心力被曲分去大半,词渐渐开始趋于衰落。即如前期词坛上的杨果、王恽、刘因、赵孟𫖯以及中后期词坛上的虞集、许有壬、萨都剌、邵亨贞等,词未必不作,但心思、才力并非独诣于此道,成就也就相对有限。不过,在有元开国之后相当长的一段时间里,宋、金遗民词人尚在,守先待后,余波不尽,造就出了白朴、张翥等代表性词人。其中,游于仇远之门的张翥,延续南宋词脉,被许为一代词宗。衍至朱明一朝,词统的存续陷入前所未有的困境,词就真正走向了衰微,直到明末,才渐有复兴之势。如果从社会特点、文化背景转换、词体自身发展、词坛名家相对集中等方面着眼,明词史可以大致划分为序幕(洪武)、衰微(永乐至成化)、中兴(弘治至嘉靖)、求变(隆庆至崇祯)四期。明初词坛,作家们接过元代芊丽温雅的词风,结合时代的变迁和个人生活的变化,加以改造,注入新的内涵,体现出了属于这个特定时段的个性风貌。从创作实绩来看,他们所取得的成就,要高于张翥等人。永乐以迄成化间的词创作,在血腥屠戮、高压制控和科举导引的大背景下,走出的是一段诡异的运行轨迹。词中台阁体,歌功颂圣,粉饰太平;打油体,充斥白话俗语,率意涂抹,与曲化、情浅诸弊纠缠在一起;理学体,大抵缺乏情感张力和艺术感染力。直至成化后期,台阁文风的垄断局面渐趋消解,万马齐喑的锢蔽状态有所松动,文坛才又开始显出欣欣生意。堪称明词中兴的弘治、正德、嘉靖词坛,出现了马洪、杨慎等一批名家。词人们一方面对前一阶段明词的缺失进行理性反思,同时瞄准向上一路,努力追步宋人。这种自觉,不仅造就了词学研究上的小阳春,也使几乎误入歧途的词体创作呈现回归词学传统的态势。在经历了弘治至嘉靖一段的中兴气象之后,明词自隆庆以迄万历重又跌入低谷,雅俗文学的相持局面出现倾斜。明代后期,几乎没有专门的词人,既是当时词学不兴的原因,也是必然的结果。词的曲化现象更为普遍,也更为严重,意露趣浅、率意成篇之弊有增无减,是这一时期最主要的问题。〔明词曲化,是一个被普遍认同的词史事实:"明自刘诚意、高季迪数君而后,师传既失,鄙风斯煽,误以编曲为填词。"(谢章铤《赌棋山庄词话》卷九)乍看来似乎纯粹是一个从明初开始、与明词发展基本上相伴始终的问题,其实只是词、曲二体互动关系中最为引人注目的一部分而已。清人为探寻词学健康发展之路,以词曲严格辨体作为必要的学术手段之一,因而对之给予特别关注。事实上,词无论是内容、语言还是风格上的曲化,早在元代就已经不同程度地出现过。元词的曲化,"在某种程度上也体现了在曲的挑战与压力下,元词求变的努力"(陶然《金元词通论》),"吸取了曲趣入词"之后的词坛,反而呈现出了某些"亮色"(黄天骥、李恒义《元明词评议》)。当然,明人以元曲中常见的题材、语汇入词,这样做,固然显畅自然,别有风味,但"掩去词牌,俨然亦可认作曲子,词曲的融合,其实并没有创造出一种新的东西"(张宏生《清代词评中的明词观》)。这说明,以曲为词在实际操作过程中具有相当大的难度,稍有不慎,就可能堕入歧途。夏承焘评钱锺书《宋诗选注》时曾说:"从艺术手法上说,宋诗的特点是把唐人的各种技巧全都学来,还不算,再加上诗以外的各种文学形式的表现手法。前人说宋人'以文为诗',其实何尝只以文为诗,词赋、语录乃至于填词的字法、句法,宋人也都以之为诗,而用得好的,却总是诗,而不是文、赋、词、语录。"(《如何评价〈宋诗选注〉》)这段话是很可以发人深思的。〕明季,由于时代剧变的刺激,词的创作呈现风发云举之势,情至文生,真气贯注,成为明词的辉煌终结,也为清词的复兴奠定了一定的基础。

十七世纪中叶左右,词史进入了一个新的发展阶段,表现出全面复兴的态势。清代词史,从总体创作成就上来看,明显呈现出两头大中间小的哑铃型格局,也就此决定了后来清词研究的整体格局;如果以词派为骨干进行考察,则体现为一前一后相继占据词坛显要地位的云间、阳羡、浙西三派与常州一派,词体创作上的百花齐放与理论探讨中的百家争鸣相互促进。清代词人在继承唐[五代]宋词的基础上表现出了多方面的创造才能,而且,清词复兴这一历史进程的步伐并没有完全被"五四"新文化运动所打断,因而已经并将继续对现当代词坛产生广泛而深刻的影响。

自明末以迄顺康时期,百年左右的南北词坛风起云涌,波澜壮阔。以陈子龙为领袖的云间词群及受其影响的"西泠十子"、柳洲词群,以龚鼎孳、"京华三绝"为核心的京师词群,以王士禛为中心的广陵词群,以陈维崧为首的阳羡词群,以朱彝尊为首的浙西词群,各领风骚。他们分别提出有同有异的词学主张,发起、组织、参与不同形式的词学活动,用词笔表现社会与人生。清初词风在复杂的社会情势中递嬗,清初词人面对丰厚的词学遗产勇于创变,既为当时词坛探索新的发展路向,又为后来的词史演进创造条件,从而共同引领整个清代词学走上复兴之路。

浙西词派的发展,与对咏物词的提倡有很大的关系,其中朱彝尊所起的作用尤为突出。朱彝尊的咏物词主要见于《茶烟阁体物集》。不过,这并不意味着朱彝尊对词的比兴寄托缺少体察,他的部分作品也具体实践了这种理论。如《长亭怨慢》:

结多少、悲秋俦侣。特地年年,北风吹度。紫塞门孤,金河月冷、恨谁诉。回汀枉渚,也只恋、江南住。随意落平沙,巧排作、参差筝柱。　　别浦。惯惊移莫定,应怯败荷疏雨。一绳云杪,看字字、悬针垂露。渐欹斜、无力低飘,正目送、碧罗天暮。写不了相思,又蘸凉波飞去。

转换角度咏雁群，在题材的选择上，是对前人的一个超越，但在表现手法上，却受到了张炎、元好问二词，尤其是张词的很大影响。细味词中感情，作者对群雁辗转流徙，无处安顿的状况的描写，蕴含着发自内心的深悲积怨，与他的不少作品都可以互相印证。朱彝尊有很长一段落拓江湖的经历，就像其《解佩令》中所追述的那样："十年磨剑，五陵结客，把平生、涕泪都飘尽。"朱家在浙江嘉兴为望族，父辈广交复社人士。清兵南下时，其从祖朱大定在家乡起兵，被俘不屈死。这使作者在青年时期即怀易代之悲。后因谋生远走岭南，结交了抗清志士屈大均等。北返，曾客游绍兴。时绍兴有一反清团体，主要由魏耕、钱缵曾、祁班孙、朱士稚、陈三岛五人结成。作者与五人往来吴越间，交谊甚笃。魏耕等曾向郑成功、张煌言等献策，于顺治十六年（1659）以舟师入长江，直薄南京城下，江南震动。在此前后，屈大均也曾多次来绍兴。后魏耕等为人告发，除朱士稚、陈三岛已去世外，魏、钱惨被诛戮，祁流放极边，史称"浙东通海案"。作者避祸温州，欲走海上，后闻事解，乃远去山西，先后游幕于大同、太原，曾与顾炎武相过从。在此期间，屈大均亦曾北游，与顾炎武同抱以西北地势复国之目的。此词或即作于客山西时。自伤身世，又不止于自伤身世，所以兴感无穷，"逾于玉田"（邱世友《词论史论稿》）。又，朱彝尊的《茶烟阁体物集》，对乾隆词坛的建构产生了重要影响。如茹敦和的《和茶烟阁体物词》，主要着眼于朱集延续《乐府补题》唱和、追求创作难度、追随特定的写艳风气三个方面，是清词走向学人词的重要表现之一。茹敦和对朱彝尊咏物词追求传形、展露才学以及比兴寄托等特点都深有领会，但其学习或模仿并非亦步亦趋，而是努力表现出自己的个人特色。乾隆年间，朱彝尊的地位更加明确、稳定，茹敦和的和作不仅顺应了这一趋势，也促使朱词更加深入人心（张宏生《咏物：朱彝尊与乾隆词坛——从〈茶烟阁体物集〉到〈和茶烟阁体物词〉》）。如茹敦和所和上录朱氏咏雁之作："叹使节、羁栖谁侣。翘首西风，玉关频度。十九年来，毡庐况味，倩伊诉。寒星旧渚。争忍得、闲停住。几日到长安，早太华、孤峰如柱。　　前浦。到芦花梦醒，都是冷霜寒雨。远天声断，看点点、云堆穿露。只潇湘、渌水生时，又只恐、碧山春暮。且岣嵝重寻，揭得残碑归去。"就张炎词中"料因循误了，残毡拥雪，故人心眼"数句加以发挥，具体细致地渲染雁足传书，将苏武其人其事贯穿其中，从而与只在大雁身上做文章的朱彝尊词区别开来，尽管整体水准远逊于朱词。

在浙西词派尚未笼及全局的时段内，"京华三绝"——纳兰性德、曹贞吉、顾贞观以自抒情怀、不主一格的面貌，联袂构筑起一道亮丽的词坛景观。纳兰的悼亡词尤为引人注目，如《金缕曲·亡妇忌日有感》：

此恨何时已。滴空阶、寒更雨歇，葬花天气。三载悠悠魂梦杳，是梦久应醒矣。料也觉、人间无味。不及夜台尘土隔，冷清清、一片埋愁地。钗钿约，竟抛弃。　　重泉若有双鱼寄。好知他、年来苦乐，与谁相倚。我自终宵成转侧，忍听湘弦重理。待结个、他生知己。还怕两人俱薄命，再缘悭、剩月零风里。清泪尽，纸灰起。

词作以设问开篇，总领全局。夏意方浓，身心寒苦，久梦不醒，人间无味，都是说阴阳两隔，历时三载，伤逝之苦没有丝毫消减。一个"竟"字，凄惋怨极语，在波澜骤起中收束上文。下片从设想亡妻处着笔，反衬一己情缘难再续的沉痛之情。"待结个"以下三句，是说如果在"他生"里连这样的愿望都不可能实现，那一倍于当下的哀恸又当如何承受？一波未平又乍起，尤为撕心裂肺，其惊心动魄处，实在令人难以卒读。颇有意味的是，纳兰写过一首《沁园春·代悼亡》："梦冷蘅芜，却望姗姗，是耶非耶。怅兰膏渍粉，尚留犀合，金泥蹙绣，空掩蝉纱。影弱难持，缘深暂隔，只当离愁滞海涯。归来也，趁星前月底，魂在梨花。　　鸾胶纵续琵琶。问可及、当年萼绿华。但无端摧折，恶经风浪，不如零落，判委尘沙。最忆相看，娇诧道字，手剪银灯自泼茶。今已矣，便帐中重见，那似伊家。"钱锺书尝以此类词作难得真情，斥为"替人垂泪，无病而呻"。当然，"代悼亡"也可能只是假托之辞，而非代言。

康熙末期，词的创作高峰渐已过去，至乾嘉时期，更似有"蜂腰"之状。阳羡词派在派外仍有流响，派内亦有新变，但实已及陈维崧之身而止，难乎为继。中期浙派出现了厉鹗这样的巨擘，词群遍及杭嘉湖、扬州和吴中地区，但表象繁荣的背后，也是流弊丛生，与先前不可同日而语，于是，有后期浙派名家吴锡麒、郭麐等起而变之。不过，此期的盛极而衰、此消彼长中，也包含了词坛进一步发展的积极因素。

作为中期浙派的代表人物，厉鹗创作上直接继承前期浙派领袖朱彝尊的地方非常明显。不过，"雍正、乾隆间，词学奉樊榭为赤帜"（谢章铤《赌棋山庄词话》卷一一），并不是由于厉鹗对朱彝尊亦步亦趋的结果。自张炎把姜夔词的艺术特征总结为"清空"，朱彝尊也接了过来，加以提倡。但姜夔词独特的情调和风格，在张炎的作品中固然不多，推崇姜夔和张炎、提倡醇雅清空的朱彝尊，也是心向往之而未能完全做到，实际创作更加靠近张炎，只有身世经历甚至品格气质都和姜夔非常相似的厉鹗继承了下来。厉鹗将朱彝尊推尊姜夔的理念，真正落实在了创作层面上，就此开创出浙西词派发展的新局面。幽隽是厉鹗词风的主要特点，这一点，确实是对姜夔的继承，是姜夔词风在雍乾词坛上的巨大回响。在继承的同时，厉鹗也写出了自己的某些特色。这些特色，在一定程度上，是浙西别调，也是白石新声。如《齐天乐·吴山望隔江霁雪》：

瘦筇如唤登临去，江平雪晴风小。湿粉楼台，酽寒城阙，不见春红吹到。微茫越峤。但半汧云根，半销沙草。为问鸥边，而今可有晋时棹。　　清愁几番自遣，故人稀笑语，相忆多少。寂寂寥寥，朝朝暮暮，吟得梅花俱恼。将花插帽。向第一峰头，倚空长啸。忽展斜阳，玉龙天际绕。

姜夔写词，山水的描写往往是作为情感抒发的载体，而非刻意表现的对象，人们从这样的作品里更多感受到的是"意味"。厉鹗则不然，往往能够使读者非常真切地感受到他笔下的山水，而且借此创造出浓重的氛围。即如此词，清寒之景更加衬托了清寂之情，堪称大谢山水诗在词中的再现，在词史上也是一个创造。稍后，顾翰在清代山水词的创作上又有新的拓展，所作如《忆旧游·过芦区》："趁潮荒浅濑，雪换凉漪，来赁江船。自挂孤帆去，听浪花堆里，打桨声圆。一路丛芦萧瑟，秋梦渺无边。有几缕鱼云，几丝鸥雨，阁住遥天。　　飘零旧词赋，怅殢醉闲吟，孤负年华。莫话凄凉意，似病蝉无力，犹唱离筵。赢得鬓丝衰绿，归染六桥烟。只同我销魂，后湖官柳疏可怜。""秋梦渺无边"的意境空灵处，吸取了浙派的长处，与厉鹗的山水抒情词颇多相似，但与厉氏一路词风的分野处，在于动势多，情思浓，又善写音响以减寂厉静谧之感。

十九世纪前期以降，词坛大势基本上由应时运而起的常州词派掌控。常州词派连类风雅，特重比兴寄托，陈义甚高，所指出的向上一路，为词坛重新设定了发展路径，又叠经后学补苴罅漏，是以震耀宇内，流风余韵，及于当下。常州词派以嘉庆二年（1797）张惠言、张琦兄弟编定《词选》为立派标志，至道光十年（1830）夏张琦重刊《词选》、道光十二年前后周济的《词辨》、《宋四家词选》刊刻进入活跃期，开始取代浙派的词坛主导地位。此期的词坛，常州派虽然不能定于一尊，但仍然不妨碍它雄踞主流地位，具体表现在并时词人的创作或多或少受到常州派理论的影响，尽管这种理论已经不免渗透了其他派别词学思想的合理要素，一直处在一个不断发展的进程之中，而且，常州词派中人也在创作中努力实践本派词学理想，有一些还取得了较为醒目的成就。词发展到清季，题材、风格、流派、体式已经大备，词境也拓展将尽。王鹏运、朱祖谋、郑文焯和况周颐是这一词史段落的代表人物，他们在创作上各擅胜场，共同收束清词中兴之局，也一起成为走向民国词史的桥梁。〔应该指出的是，一部中国婉约词选其实不应该在这个地方戛然而止。从空间来看，词史还应该考虑整个汉文化圈，不仅港澳台地区是题中应有之义，而且，甚至日本、韩国、越南等地的用汉语书写的词，也应该包括在内；从时间上说，民国以迄当代的词创作，也是词史的一个重要组成部分。民国词坛有着相当大的独特性，不少词人也希望在继承的前提下有所创新，如胡适等人的白话词，易孺的"唱词"，詹安泰和夏承焘等人恪守的古制，叶恭绰和龙榆生等人的新体乐歌，乃至李叔同的学堂乐歌等，虽然不一定成功，仍然值得深入研究。当代词坛，也有不少大家，能够创作出既带有浓厚传统风味，又体现出时代精神的作品，同样值得好好总结。这些，都有待于今后的进一步补充。〕

本书为在有限的篇幅内，尽量相对集中而全面地展示历代婉约词的概貌，主要基于词人词作的文学价值和文学史价值两方面的考虑，挂一漏万地挑选了九十七位词人的一百七十二首词，包括唐五代十一家二十二首，两宋三十七家八十四首，金元明十七家二十二首，清代三十二家四十四首。因学力所限，在书中灌注明确的学术意识既已不太可能，各编数量安排及其占比，乃至某些词人的朝代归属也不免见仁见智。需要特别加以说明的是，清词的经典化，虽然始终都有词学家们在借助选本、词话、评点、论词绝句、点将录、文学史著述、文献整理、专题研究等多种方式，不断推动着这一进程，并且已经出现了《箧中词》、《广箧中词》、《词荕》、《近三百年名家词选》、《清词三百首》、《清词史》等显著成果，作为基础文献的《全清词》系列等也在不间断地推出，但历史欠账太多，清词经典化进程离最终完成恐怕还是会有相当长的一段路要走。

另外，所谓"婉约"是一个与"豪放"相对的、后起的词学范畴，首倡自明人张綖："词体大略有二：一体婉约，一体豪放。婉约者欲其词情蕴藉，豪放者欲其气象恢弘。盖亦存乎其人，如秦少游之作多是婉约，苏子瞻之作多是豪放。大抵词体以婉约为正，故东坡称少游为今之词手；后山评东坡词如教坊雷大使舞，虽极天下之工，要非本色。"（《诗余图谱·凡例》）张氏之说，本来只是主要针对词风的一种归纳、总结、分类或认定，所举出的例证，也未必与实际情况相符。比如东坡词，在数量上就并非"多是豪放"，其"词情蕴藉"之作显然要比"气象恢弘"之作多得多。但是到王士禛的《花草蒙拾》，就直接将其等同于论词之二派，并且已经事实上地为多数后来学人所默认和接受了。这种简单两分法的弊病自不待言，反倒是如何妥善处理与应对因之而产生的诸多问题，却成了一个棘手的问题。作为因应之法，本书一是有意识地选择一些公认的传统豪放词家的婉约词，尤其是摧刚为柔之作，并注重在评析部分加以对照比较和适度延展。二是给予女性词人，尤其是明清女性词人更多的关注。一来是因为女性词坛在明清时期开始出现兴盛势头，作为明清女性文坛总体繁荣局面的一个缩影，也与自晚明以来词学复兴的总体态势相一致；明清女性词人在自己的作品中展现出了相当别致的词境与词心，为明清词学的发展作出了应有的贡献。二来也是因为"男子而作闺音"者乃是婉约词一大宗，而真正的女性作品与男性代拟之作以至深有寄托之作，还是有一些差别，需要对读辨析的。

限于水平，书中难免存在不足，期望读者批评指正。必须说明的是，这本小书在编写过程中，对前修时彦的相关研究成果多有参考，除上文已经指出的以外，主要还有曹济平、陈邦炎、陈匪石、陈水云、陈祖美、邓红梅、邓乔彬、龚鹏程、华钟彦、孔凡礼、李冰若、刘永济、刘尊明、罗忼烈、彭玉平、钱锺书、钱仲联、任二北、沈祖棻、施蛰存、唐圭璋、王兆鹏、王重民、王仲闻、吴宏一、吴世昌、吴熊和、夏承焘、肖鹏、徐培均、薛瑞生、严迪昌、叶嘉莹、俞陛云、张珍怀、张仲谋、赵尊岳、曾昭岷、郑骞、周笃文以及日本学者青山宏、美国学者林顺夫等诸位先生。所有这些，都尽可能在正文中以随文作注的方式加以说明，另于书末大致上按照行文中出现的先后顺序，列举出主要参考引用文献，以为读者提供方便。责任编辑石丹付出了辛勤的劳动。谨此一并致谢。

谢永芳

于广西科技师范学院

目　录

第一编　唐五代词

菩萨蛮（枕前发尽千般愿）⋯⋯⋯⋯⋯⋯⋯⋯⋯敦煌曲子词　2

鹊踏枝（叵耐灵鹊多瞒语）⋯⋯⋯⋯⋯⋯⋯⋯⋯敦煌曲子词　5

清平调（云想衣裳花想容）⋯⋯⋯⋯⋯⋯⋯⋯⋯⋯⋯李　白　8

忆江南（江南好）⋯⋯⋯⋯⋯⋯⋯⋯⋯⋯⋯⋯⋯⋯⋯白居易　10

长相思（汴水流）⋯⋯⋯⋯⋯⋯⋯⋯⋯⋯⋯⋯⋯⋯⋯白居易　12

忆江南（春去也）⋯⋯⋯⋯⋯⋯⋯⋯⋯⋯⋯⋯⋯⋯⋯刘禹锡　13

菩萨蛮（小山重叠金明灭）⋯⋯⋯⋯⋯⋯⋯⋯⋯⋯⋯温庭筠　15

更漏子（玉炉香）⋯⋯⋯⋯⋯⋯⋯⋯⋯⋯⋯⋯⋯⋯⋯温庭筠　19

梦江南（梳洗罢）⋯⋯⋯⋯⋯⋯⋯⋯⋯⋯⋯⋯⋯⋯⋯温庭筠　21

菩萨蛮（人人尽说江南好）⋯⋯⋯⋯⋯⋯⋯⋯⋯⋯⋯韦　庄　23

思帝乡（春日游）⋯⋯⋯⋯⋯⋯⋯⋯⋯⋯⋯⋯⋯⋯⋯韦　庄　25

女冠子（四月十七）⋯⋯⋯⋯⋯⋯⋯⋯⋯⋯⋯⋯⋯⋯韦　庄　27

谒金门（留不得）⋯⋯⋯⋯⋯⋯⋯⋯⋯⋯⋯⋯⋯⋯⋯孙光宪　29

鹊踏枝（谁道闲情抛掷久）⋯⋯⋯⋯⋯⋯⋯⋯⋯⋯⋯冯延巳　31

蝶恋花（庭院深深深几许）⋯⋯⋯⋯⋯⋯⋯⋯⋯⋯⋯冯延巳　33

谒金门(风乍起) ················· 冯延巳 35

南乡子(细雨湿流光) ············· 冯延巳 37

摊破浣溪沙(菡萏香销翠叶残) ······· 李　璟 39

虞美人(春花秋月何时了) ·········· 李　煜 41

乌夜啼(林花谢了春红) ············ 李　煜 43

浪淘沙(帘外雨潺潺) ·············· 李　煜 46

乌夜啼(无言独上西楼) ············ 李　煜 47

第二编　宋词

苏幕遮(碧云天) ················· 范仲淹 50

御街行(纷纷坠叶飘香砌) ·········· 范仲淹 51

雨霖铃(寒蝉凄切) ················ 柳　永 53

凤栖梧(伫倚危楼风细细) ·········· 柳　永 56

定风波(自春来、惨绿愁红) ········ 柳　永 58

戚氏(晚秋天) ···················· 柳　永 61

八声甘州(对潇潇暮雨洒江天) ······ 柳　永 63

醉垂鞭(双蝶绣罗裙) ·············· 张　先 65

一丛花令(伤高怀远几时穷) ········ 张　先 67

天仙子(水调数声持酒听) ·········· 张　先 69

千秋岁(数声鶗鴂) ················ 张　先 71

浣溪沙(一曲新词酒一杯) ·········· 晏　殊 73

蝶恋花(槛菊愁烟兰泣露) ·········· 晏　殊 75

山亭柳(家住西秦) ················ 晏　殊 76

破阵子(燕子来时新社) ············ 晏　殊 79

玉楼春(东城渐觉风光好)	宋　祁	80
采桑子(群芳过后西湖好)	欧阳修	82
踏莎行(候馆梅残)	欧阳修	84
生查子(去年元夜时)	欧阳修	86
南歌子(凤髻金泥带)	欧阳修	88
蝶恋花(梦入江南烟水路)	晏几道	91
临江仙(梦后楼台高锁)	晏几道	92
鹧鸪天(彩袖殷勤捧玉钟)	晏几道	94
卜算子(水是眼波横)	王　观	95
水龙吟(似花还似非花)	苏　轼	97
卜算子(缺月挂疏桐)	苏　轼	99
江城子(十年生死两茫茫)	苏　轼	102
蝶恋花(花褪残红青杏小)	苏　轼	105
卜算子(我住长江头)	李之仪	106
沁园春(把我身心)	黄庭坚	108
绿头鸭(晚云收)	晁端礼	110
望海潮(梅英疏淡)	秦　观	112
八六子(倚危亭)	秦　观	114
满庭芳(山抹微云)	秦　观	117
鹊桥仙(纤云弄巧)	秦　观	119
浣溪沙(漠漠轻寒上小楼)	秦　观	122
蝶恋花(卷絮风头寒欲尽)	赵令畤	124
芳心苦(杨柳回塘)	贺　铸	126
青玉案(凌波不过横塘路)	贺　铸	128

瑞龙吟（章台路）	周邦彦	130
过秦楼（水浴清蟾）	周邦彦	133
苏幕遮（燎沉香）	周邦彦	135
少年游（并刀如水）	周邦彦	137
六丑（正单衣试酒）	周邦彦	139
兰陵王（柳阴直）	周邦彦	142
贺新郎（睡起啼莺语）	叶梦得	148
燕山亭（裁剪冰绡）	赵 佶	151
如梦令（昨夜雨疏风骤）	李清照	153
凤凰台上忆吹箫（香冷金猊）	李清照	155
一剪梅（红藕香残玉簟秋）	李清照	157
醉花阴（薄雾浓云愁永昼）	李清照	159
永遇乐（落日熔金）	李清照	161
声声慢（寻寻觅觅）	李清照	163
采桑子（恨君不似江楼月）	吕本中	165
清平乐（明珠翠羽）	张元干	167
清平乐（恼烟撩露）	朱淑真	169
钗头凤（红酥手）	陆 游	171
卜算子（驿外断桥边）	陆 游	174
摸鱼儿（更能消、几番风雨）	辛弃疾	176
祝英台近（宝钗分）	辛弃疾	179
青玉案（东风夜放花千树）	辛弃疾	181
丑奴儿（少年不识愁滋味）	辛弃疾	183
水龙吟（闹花深处层楼）	陈 亮	184

踏莎行（燕燕轻盈）	姜　夔	186
长亭怨慢（渐吹尽、枝头香絮）	姜　夔	188
齐天乐（庾郎先自吟愁赋）	姜　夔	190
扬州慢（淮左名都）	姜　夔	193
暗香（旧时月色）	姜　夔	195
疏影（苔枝缀玉）	姜　夔	197
双双燕（过春社了）	史达祖	201
卜算子（屈指数春来）	高观国	204
清平乐（宫腰束素）	刘克庄	205
风入松（听风听雨过清明）	吴文英	207
莺啼序（残寒正欺病酒）	吴文英	208
唐多令（何处合成愁）	吴文英	211
兰陵王（送春去）	刘辰翁	213
一萼红（步深幽）	周　密	215
眉妩（渐新痕悬柳）	王沂孙	217
忆旧游（对庭芜黯淡）	仇　远	219
一剪梅（一片春愁待酒浇）	蒋　捷	221
虞美人（少年听雨歌楼上）	蒋　捷	223
高阳台（接叶巢莺）	张　炎	225
解连环（楚江空晚）	张　炎	227
点绛唇（蹴罢秋千）	无名氏	230

第三编　金元明词

| 回心院（剔银灯） | 萧观音 | 234 |

人月圆(南朝千古伤心事)	吴激	236
摸鱼儿(恨人间、情是何物)	元好问	238
摸鱼儿(问莲根、有丝多少)	元好问	239
鹧鸪天(去岁今辰却到家)	魏初	242
风入松(画堂红袖倚清酣)	虞集	243
浣溪沙(玉影无尘雁影来)	张玉娘	245
多丽(晚山青)	张翥	247
绮罗香(燕子梁深)	张翥	248
水龙吟(芙蓉老去妆残)	张翥	249
临江仙(街鼓无声更漏咽)	刘基	251
夏初临(瘦绿添肥)	杨基	252
沁园春(木落时来)	高启	255
转应曲(银烛)	杨慎	256
蝶恋花(漠漠轻阴笼竹院)	张倩倩	259
烛影摇红(春入华堂)	商景兰	261
菩萨蛮(廉纤暗锁金塘曲)	陈子龙	262
虞美人(碧阑囊锦妆台晓)	陈子龙	263
唐多令(碧草带芳林)	陈子龙	264
浪淘沙(金缕晓风残)	李雯	266
满江红(眼角眉端)	王彦泓	267
烛影摇红(孤负天工)	夏完淳	269

第四编　清词

| 临江仙(落拓江湖常载酒) | 吴伟业 | 274 |

词牌	作者	页码
唐多令（玉笛送清秋）	徐　灿	276
踏莎行（芳草才芽）	徐　灿	278
金明池（有恨寒潮）	柳如是	279
绮罗香（流水平桥）	王夫之	281
霜花腴（雁行阵阵）	陈维崧	284
洞庭春色（窈窕北窗）	陈维崧	286
水龙吟（绿云十里吹香）	朱彝尊	288
长亭怨慢（结多少、悲秋俦侣）	朱彝尊	291
摸鱼子（粉墙青、虹檐百尺）	朱彝尊	293
梦江南（悲落叶）	屈大均	294
留客住（瘴云苦）	曹贞吉	299
蝶恋花（凉夜沉沉花漏冻）	王士禛	301
金缕曲（季子平安否）	顾贞观	304
金缕曲（我亦飘零久）	顾贞观	305
沁园春（瞬息浮生）	纳兰性德	309
金缕曲（此恨何时已）	纳兰性德	310
蝶恋花（辛苦最怜天上月）	纳兰性德	312
长相思（山一程）	纳兰性德	314
齐天乐（瘦筇如唤登临去）	厉　鹗	316
齐天乐（簟凄灯暗眠还起）	厉　鹗	318
忆旧游（溯溪流云去）	厉　鹗	321
惜黄花慢（碧尽遥天）	贺双卿	324
南浦（浔阳江上）	左　辅	326
木兰花慢（尽飘零尽了）	张惠言	328

江城子（寒风相送出层城）……………………………… 董士锡　331

渡江云（春风真解事）…………………………………… 周　济　332

青衫湿遍（瑶簪堕也）…………………………………… 周之琦　334

鹊踏枝（漠漠春芜春不住）……………………………… 龚自珍　337

清平乐（水天清话）……………………………………… 项鸿祚　338

水龙吟（西风已是难听）………………………………… 项鸿祚　340

清平乐（一庭苦雨）……………………………………… 吴　藻　341

霜叶飞（萋萋芳草）……………………………………… 顾　春　343

卜算子（燕子不曾来）…………………………………… 蒋春霖　344

蝶恋花（百丈游丝牵别院）……………………………… 庄　棫　347

相见欢（深林几处啼鹃）………………………………… 庄　棫　349

蝶恋花（庭院深深人悄悄）……………………………… 谭　献　350

浪淘沙（华发对山青）…………………………………… 王鹏运　352

蝶恋花（九十韶光如梦里）……………………………… 文廷式　354

玉楼春（梅花过了仍风雨）……………………………… 郑文焯　357

声声慢（鸣螀颓城）……………………………………… 朱祖谋　359

苏武慢（愁入云遥）……………………………………… 况周颐　364

金缕曲（瀚海飘流燕）…………………………………… 梁启超　366

蝶恋花（百尺朱楼临大道）……………………………… 王国维　369

参考引用文献举要 …………………………………………… 373

第一编 唐五代词

菩萨蛮[1]

敦煌曲子词

枕前发尽千般愿。要休且待青山烂。水面上秤锤浮[2]。直待黄河彻底枯。　　白日参辰现。北斗回南面。休即未能休。且待三更见日头。

[注释]

①菩萨蛮：唐教坊曲名。《宋史·乐志》：女弟子舞队名。《尊前集》注中吕宫。《宋史·乐志》亦中吕宫。朱权《太和正音谱》注正宫。苏鹗《杜阳杂编》云：大中初，女蛮国入贡，危髻金冠，璎络被体，号菩萨蛮队。当时倡优遂制《菩萨蛮》曲，文士亦往往声其词。孙光宪《北梦琐言》云：唐宣宗爱唱《菩萨蛮》词，令狐绹命温庭筠新撰进之。王灼《碧鸡漫志》云：今《花间集》温词十四首是也。温庭筠词有"小山重叠金明灭"句，名《重叠金》。李煜词名《子夜歌》，一名《菩萨鬘》。韩淲词有"新声休写花间意"句，名《花间意》；又有"风前觅得梅花句"，名《梅花句》；有"山城望断花溪碧"句，名《花溪碧》；有"晚云烘日南枝北"句，名《晚云烘日》。　②秤锤（duī）："锤"为"锤"之别写。寒山《人生不满百》："秤锤落东海，到底始知休。"

[评析]

这是敦煌曲子词中写男女情誓的一首词，遣词造句质朴真率，爽直俚白,富于民间文学气息。与比喻圣手杜甫的《观公孙大娘弟子舞剑器行》、苏轼的《百步洪》以物象喻物象不同,此词以物象喻人情,处处从不可能处下笔,连续展开青山坏烂、秤锤浮水、黄河彻底枯、白日参辰现、北斗回南面、三更见日头等六种反喻,以六种不可能来说明一种不可能,一气呵成。奔放的爱情告白,斩钉截铁的信誓,从内容、格调到表现方式,都与汉乐府《上邪》非常相似:

上邪!我欲与君相知,长命无绝衰。山无陵,江水为竭,冬雷震震,夏雨雪,天地合,乃敢与君绝!

又,此词"水面上秤锤浮"句中"上"字、"直待黄河彻底枯"句中"直待"、"且待三更见日头"句中"且待",都是衬字。〔按:词有衬字,是不争的事实。唐词有衬字,此首即可为证。一般认为,在词调词体规范稳定的乐律格律所允许的范围内增加的字词,谓之衬字。衬字的运用主要是为了使声情的表现更和谐优美,或者使思想感情的表达更生动准确。前一种情况可能更多地出自于歌唱者的临场发挥或演唱个性,尤以敦煌民间词中为多;后者大多出自以思想内容为重而富于革新精神的词人,尤以柳永、苏轼等人为代表。唐宋文人词一般多谨守格律,衬字的运用并不普遍。〕

光绪二十六年(1900),敦煌莫高窟藏经洞被打开,两万余卷珍贵文献在沉埋千年后重见天日。其中的唐五代音乐舞蹈资料,尤其是数百首词曲的问世,为填补词史上民间阶段和初期阶段的空白提供了不可或缺的资料,进一步推动了唐五代词的研究。

敦煌词曲,除署名温庭筠、李晔(唐昭宗)、欧阳炯的三人五首文人词之外,多为民间及下层文士所作,写作时间大抵自武则天末年至后晋出帝开运年间。其中最重要的抄卷是收词三十首的《云谣集杂曲子》,抄写时间至迟在后梁乾化元年(911),比《花间集》的编定早出三十年左右。所用十三个词调,除《内家娇》外,均载于《教坊记·曲名表》。〔按:

《教坊记》为记载盛唐教坊与音乐情况的史料专著,今仅传残本,叙教坊制度与人事凡十二则(内附曲名十三);列曲名表,载曲名三百二十五个;另录曲调本事五则。今有任二北《教坊记笺订》,就原传本补充三处,增列曲名二个,补曲调本事二处。又据大量唐代史料,对原著进行翔实的笺释,范围所及,超出原著。书后有附录六种,其中《曲目流变表》对研究戏曲音乐源流具有重要价值。又,"曲名表"是民间词调的最早记录,虽然只有曲名而没有作品,还是可以根据这些曲名推测它们的内容:如《舍(拾)麦子》、《锉碓子》等,可能是写农民劳动生活的;《渔父引》、《拨棹子》等,是反映渔民生活的;《破阵子》、《怨黄沙》、《怨胡天》、《送征衣》等,是反映战争,写军队生活,写征妇思念出征的丈夫。从这些调名看来,它们所反映的民间生活确实相当广泛,内容相当丰富。〕

敦煌词取材广泛,境域宽宏。王重民《敦煌曲子词集叙录》对其内容和艺术作过精辟的概括:"有边客游子之呻吟,忠臣义士之壮语,隐君子之怡情悦志,少年学子之热望与失望,以及佛子之赞颂,医生之歌诀,莫不入调。其言闺情与花柳者,尚不及半,然其善者足以抗衡飞卿,比肩端己。至于'生死大唐好','只恨隔蕃邦,情恳难申吐;早晚灭狼蕃,一齐拜圣颜'等句,则真已唱出外族统治下敦煌人民的爱国壮烈歌声,绝非温飞卿、韦端己辈文人学士所能领会,所能道出者矣!"〔按:"生死大唐好"句,出自《献忠心》:"臣远涉山水,来慕当今。到丹阙,御龙楼,弃毡帐与弓剑,不归边地,学唐化,礼仪同,沐恩深。见中华好,与舜日同钦。垂衣理,菊花浓。臣遐方无珍宝,愿公千秋住,感皇泽,垂珠泪,献忠心。 蓦却多少云水,直至如今。涉历山阻,意难任。早晚得到唐圁里,朝圣明主,望丹阙,步步泪,满衣襟。生死大唐好,喜难任。齐拍手,奏仙音。各将向本国里,呈歌舞,愿皇寿千万岁,献忠心。"又,"只恨隔蕃邦"四句,出自《菩萨蛮》:"敦煌古往出神将。感得诸蕃遥钦仰。效节望龙庭。麟台早有名。 只恨隔蕃邦,情恳难申吐。早晚灭狼蕃。一齐拜圣颜。"〕如写妓女哀怨的《望江南》:

莫攀我,攀我太心偏。我是曲江临池柳。者人折了那人攀,恩爱一时间。

写民间疾苦的《捣练子》：

> 孟姜女，杞梁妻。一去烟（燕）山更不归。造得寒衣无人送，不免自家送寒衣。　　长城路，实难行。乳酪山下雪霏霏。吃酒则为隔饭病，愿身强健早还归。

写隐逸趣味的《浣溪沙》：

> 倦（卷）却诗书上钓船。身披莎笠执鱼竿。棹向碧波深处去，几重滩。　　不是从前为钓者，盖缘时世掩良贤。所以将身岩薮下，不朝天。

即使有着初期的拙稚，其中鲜明的特点，也往往为后世作家所不及。

敦煌词词格疏宽，声辞配合不严，用韵简单，常用衬字，字数不定，平仄不拘，叶韵不严，代表的是词史发展脉络中相当长的一个历史阶段内精粗并存的面貌。其作者具体来源较为复杂，所作各篇体制上的成熟程度不等，思想内容和艺术表现上也有工拙、文野之别，展示出作为"倚声椎轮大辂"（朱祖谋《云谣集杂曲子跋》）的过渡性特征。

鹊踏枝[①]

敦煌曲子词

叵耐灵鹊多瞒语。送喜何曾有凭据。[②]几度飞来活捉取。锁上金笼休共语。　　比拟好心来报喜。谁知锁我在金笼里。欲他征夫早归来，腾身却放我向青云里。

[注释]

①鹊踏枝：原作《雀踏枝》，唐教坊曲，晏殊词改《蝶恋花》。柳永《乐章集》注小石调。赵令畤词注商调。杨朝英《朝野新声太平乐府》注双调。冯延巳词有"杨柳风轻，展尽黄金缕"句，名《黄金缕》。赵令畤词有"不卷珠帘，人在深深院"句，名《卷珠帘》。司马槱词有"夜凉明月生南浦"句，名《明月生南浦》。韩淲词有"细雨吹池沼"句，名《细雨吹池沼》。贺铸词名《凤栖梧》。李石词名《一箩金》。衷元吉词名《鱼水同欢》。沈会宗词名《转调蝶恋花》。〔按：沈会宗词与《蝶恋花》正调完全相同，唯每片第四句末三字，原用平仄仄，沈词改为仄平仄，颠倒了一个字音。综合宋人其他转调词的句格文字看，所谓转调与正调之间的差别，还摸不出规律来。大约这纯粹是音律上的变化，表现在文字上的迹象都不很明白。〕　②"叵耐"二句：叵耐，原意没奈何，引申为咒骂的话头，像是说可恶的或可恨。王仁裕《开元天宝遗事》卷下："时人之家，闻鹊声，皆为喜兆，故谓灵鹊报喜。"

[评析]

这是敦煌曲子词中写怨妇情愫的一首词，构思无理而有趣，情感纯真无比。其中，下半阕作鹊对语，很曲折地把那复杂变化的心理表达得恰到好处，朴拙如古乐府。即以"叵耐灵鹊多瞒语"二句而论，后来金人王庭筠写过一首《谒金门》：

　　双喜鹊。几报归期浑错。尽做旧愁都忘却。新愁何处着。　瘦雪一痕墙角。青子已妆残萼。不道枝头无可落。东风犹作恶。

开篇即将闺中人的相思愁苦表现得细婉含蓄，凄凄楚楚，令人同情。与敦煌词相比，手法相同，思路相近，而多用一"双"字反射，意蕴也较为丰富些。但初期作品的那种朴拙之美，后起者虽见增饰之能，艺术上实未易论其高下。

词中"瞒"原作"满"，"比拟"当系"本拟"之误，"谁知锁我在金笼里"句中"在"字、"腾身却放我向青云里"句中"却"、"向"字是衬字。刘永济《唐五代两宋词简析》以为"谁知"句中衬字是"我"字，恐误。〔按：词中"衬字"之义，实起于朱熹论词中"泛声"说："古乐府只是诗，中间却添许多泛声。后来人怕失了那泛声，逐一添个实字，遂成长短句，今曲子便是。"（朱熹《朱子语类》卷一四〇）后明人因曲中有衬字，故以论词中亦有衬字。徐棨《词通》尝谓："（词调各体）字数之多少，综其大要，约有四因：曰添字，曰减字，曰衬字，曰虚声，如是而已。添字、减字者，添减调中之本字，而调中之定声，亦随之添减者也，实也。衬字者，调中之本字，不足于意，而于调外添字以助之。虚声者，调中之本字，不足于声，而即于调中添声以足之，皆虚也。虚声之理，非能歌者不明；衬字之法，则知文者皆识。而四者之中，又必先识衬字之故，而后古词之变通，旧谱之出入，可得而言焉。"并从正体常格、曲调、句法比较、前后遍比较、减字调、僻调变体、添减字等方面，论证衬字的存在。傅宇斌博士认为，徐说中有数疑存焉：以曲调证词中衬字不可，以正体常格证词中有衬字亦不妥，以前后遍比较可得衬字亦误，从其定义也可见词有衬字之误。详参其《现代词学的建立——〈词学季刊〉与20世纪三、四十年代的词学》。又按：郑骞《论北曲句法的变化》（载《大陆杂志》第一卷第7期）提出，衬字之外还有"增字"，是曲的特点，词没有这种作法。如王实甫《西厢记》之《正宫·端正好》："九曲风涛何处显。（则除是）此地偏。<u>这何</u>（带）齐梁（分）秦晋隘幽燕。（雪浪拍）长空、天际秋云卷。（竹索缆）浮桥、水上苍龙偃。（东西）贯九州。（南北）串百川。归舟紧<u>不</u>紧如何见。<u>恰便是</u>弩箭乍离弦。"下画线者为衬字，括弧内则皆增字也。又，衬字亦称"赠字"："词无赠字，而曲有赠字。如曲无赠字，则调不变，唱者亦无处生活。但不宜太多，使人棘口。"（黄图珌《看山阁闲笔》卷三）。均可参。〕

清平调①

李 白

云想衣裳花想容。春风拂槛露华浓。②若非群玉山头现③,会向瑶台月下逢④。

[注释]

①清平调:唐大曲名。指清商乐中的清调、平调。王灼《碧鸡漫志》卷五:"清平调辞,乃于'清调'、'平调'制词也。"近人或疑其说。后用为词牌,盖因旧曲名,另创新声。黄昇《唐宋诸贤绝妙词选》卷一调作《清平调辞》,题作"沉香亭应制"。 ②"春风"句:《楚辞·招魂》:"坐堂伏槛,临曲池些。" ③群玉山:《穆天子传》卷二:"癸巳,至于群玉之山。"郭璞注:"即《西山经》玉山,西王母所居者。" ④瑶台:王嘉《拾遗记》卷一〇:"第九层山形渐小狭,下有芝田蕙圃,皆数百顷,群仙种耨焉。傍有瑶台十二,各广千步,皆五色玉为台基。"

[评析]

李白(701~762)所作《清平调》共三首,时在长安供奉翰林。另外两首为:

一枝红艳露凝香。云雨巫山枉断肠。借问汉家谁得似,可怜飞燕倚新妆。

> 名花倾国两相欢。常得君王带笑看。解得春风无限恨，沉香亭北倚阑干。

此三首，宋乐史《杨太真外传》、林正大《风雅遗音》卷下及今传各本李白集皆著录。今人有疑其非词者，亦有疑为伪作者（参葛景春《近六十年来李白词真伪讨论综述》），迄无定论。兹依曾昭岷等编《全唐五代词》从《尊前集》、《唐宋诸贤绝妙词选》选录作词。又，据始见这三首词的唐李濬《松窗杂录》记载，当作于天宝二年（743）春的这组词有本事：

> 开元中，禁中初重木芍药，即今牡丹也。得四本：红、紫、浅红、通白者，上因移植于兴庆池东沉香亭前。会花方繁开，上乘月夜召太真妃以步辇从。诏特选梨园弟子中尤者，得乐十六色。李龟年以歌擅一时之名，手捧檀板，押众乐前，欲歌之。上曰："赏名花，对妃子，焉用旧乐词为？"遂命龟年持金花笺宣赐翰林学士李白，进《清平调词》三章。白欣承诏旨，犹苦宿醒未解，因援笔赋之。……龟年遽以词进，上命梨园弟子约略调抚丝竹，遂促龟年以歌。太真妃持颇梨七宝杯，酌西凉州蒲萄酒，笑领，意甚厚。上因调玉笛以倚曲，每曲遍将换，则迟其声以媚之。太真饮罢，饰绣巾重拜上意。……上自是顾李翰林尤异于他学士。〔按：这一记载有两点与事实不符：故事不是发生在开元年间，因为当时李白尚未待诏翰林；杨贵妃亦不应称贵妃，因其天宝四载始册封为贵妃。〕

李白的这三首应制词，辞谀而调不滥，共同点在于人花合写，浑融交织，言此意彼，交相辉映，所以，本来就应该合起来理解，正如沈德潜所评说的那样："三章合花与人言之，风流旖旎，绝世丰神。或谓首章咏妃子，次章咏花，三章合咏，殊近执滞。"（《唐诗别裁集》卷二〇）此第一首起句最是新颖奇妙，不说妃子的衣裳像云彩、容貌像鲜花，却反过来更深一层地说，云彩因倾慕而想成为妃子的衣裳，牡丹花因艳美而想成为妃子的容貌。末二句则又把妃子比作下凡的神仙，更进一层地描写妃子超绝人寰的容貌，给读者留下了无穷想象的空间。

从词史演进的角度看，词体在民间兴起后，盛唐和中唐的一些诗人开始进行尝试。他们的作品虽然格调未开，疆域不阔，但完成了从民间词到文人词的过渡，直接开启了晚唐五代词创作的局面。从内容上来看，早期文人词在表现社会生活上尚未囿于一端，取向较为广泛，如上述带有娱乐性质的三首词，以及同样题为李白所作的《菩萨蛮》（平林漠漠烟如织）和《忆秦娥》（箫声咽）二词，即是如此。后面的这两首词，至少在北宋就已经开始流传，而且宋人对其著作权也无所怀疑，南宋的黄昇甚至还从词史发展的高度，推崇为"百代词曲之祖"（《唐宋诸贤绝妙词选》卷一），但从明代开始，就有了不同的声音："今诗余，《望江南》外，《菩萨蛮》、《忆秦娥》最古，以《草堂》二词出太白也，近世文人学士或以实然。余谓太白在当时直以风雅自任，即近体盛行七言律，鄙不肯为，宁屑事此？且二词虽工丽而气衰竭，于太白超然之致不啻穹壤，藉令真出青莲，必不作如是语。详其语调，绝类温方城辈，盖晚唐人词嫁名太白者。"（胡应麟《少室山房笔丛》卷四一）至今仍然未有止息。可以指出的是，对题为李白的这另外两首词的宣扬，是在北宋尊体意识渐渐兴起的大背景中展开的，特别是北宋末年，词坛的尊体已经渐成气候，开始得到了人们的重视。所以，这时树立起李白这位典范，自然有着非常重要的文学史意义。

忆江南[①] 此曲亦名《谢秋娘》，每首五句

白居易

江南好，风景旧曾谙。[②]日出江花红胜火，春来江水绿如蓝[③]。能不忆江南。

[注释]

①忆江南：郭茂倩《乐府诗集》卷八二列入"近代曲辞"："一曰《望江南》。《乐府杂录》曰：《望江南》本名《谢秋娘》，李德裕镇浙西，为妾谢秋娘所制。后改为《望江南》。"又，唐代江南道划分为江南东道、江南西道、黔中道三道。"江南"慢慢演变为特指江南东道一带，即江东地区（今以南京为中心的苏浙皖地区）。 ②"风景"句：长庆二年（822）七月，白居易自中书舍人除杭州刺史。五年，徙苏州。宝历二年（826），病免回洛阳。在苏、杭凡五年。白居易《咏怀》："两地江山踏得遍，五年风月咏将残。" ③蓝：植物名。其叶可制蓝色染料，即靛青。叶如蓼，又称蓼蓝。

[评析]

这是白居易（772~846）所作《忆江南》联章组词三首中的第一首，另两首为：

> 江南忆，最忆是杭州。山寺月中寻桂子，郡亭枕上看潮头。何日更重游。

> 江南忆，其次忆吴宫。吴酒一杯春竹叶，吴娃双舞醉芙蓉。早晚复相逢。

王国维《唐写本〈春秋后语〉背记跋》定为大和八、九年（834~835）间所作。任二北《敦煌曲初探》之《杂考与臆说·时代》，系白居易、刘禹锡《忆江南》于大和八年。然大和八、九年，刘禹锡在苏州、汝州，开成三年（838）以太子宾客分司东都，与白居易同居洛阳。朱金诚《白居易年谱》据此定为开成三年作。

组词缘调而赋，以流畅优美的语句，表达了对江南生活的怀念。此第一首总写对江南的回忆。"日出江花红胜火"二句互文见义,以清切流丽之笔概括性地刻写江南春色,中心突出,内涵丰富,神韵兼到。后两首,分别选择描写杭州最有代表性的灵隐寺桂与钱塘江潮,以及当年在苏州尊前花间的娱乐场景。三首既可各自独立成篇,又能三位一体地整体呈现。每首都以感叹疑问句式延时收束,似信手拈来而意味往复无尽,使怀念之情更显深沉。

长相思①

白居易

汴水流。泗水流。流到瓜洲古渡头。②吴山点点愁。　思悠悠。恨悠悠。恨到归时方始休。月明人倚楼。

[注释]

①长相思:本唐教坊曲名。调名取自《古诗十九首》:"上言长相思,下言久离别。"　②"汴水"三句:汴水,唐代汴河由古汴河故道至今河南商丘,改东南经安徽至泗县入淮。泗水,源出今山东泗水,西南流入江苏淮安入淮河。瓜洲,在今江苏扬州南长江北岸,与镇江隔江相望。

[评析]

白居易所作《长相思》有两首,其第二首为:

深画眉。浅画眉。蝉鬓鬅鬙云满衣。阳台行雨回。　巫山高,巫山低。暮雨潇潇郎不归。空房独守时。〔按:白居易《寄殷协律》:"吴娘暮雨潇潇曲,自别江南更不闻。"自注:"江南吴二娘曲词云:暮雨潇潇郎不归。"又《听弹湘妃怨》:"分明曲里愁云雨,似道潇潇郎不归。"自注:"江南新词有云:暮雨潇潇郎不归。"似以此词为杭州名妓吴二娘所作。孟棨《本事诗》认为当系白居易制词而吴二娘歌之。此首别又作欧阳修词,见影宋本《醉翁琴趣外篇》卷六、影宋本《欧阳文忠公近体乐府》卷一、《乐府雅词》卷上。《近体乐府》罗泌校云:"此首《尊前集》作唐无名氏词。"然今传各本《尊前集》皆未收此词。兹姑依《全宋词》据黄昇《唐宋诸贤绝妙词选》卷一录作白词。〕

此第一首以倒插方式赋闺怨,"吴山点点愁"为词眼。整篇借流水寄情,含情无际,多用叠字叠韵,语句通俗流转,有民歌风味。

中唐元和以后,白居易、刘禹锡受贬所民间文艺熏陶,所作《竹枝》、《杨柳枝》等虽仍为七言绝句体,但已开始揣摩并尝试采用民歌音节及其风调。如刘禹锡与上述白词写法相近的《潇湘神》二首,描述湘灵哀怨与心事,言外寓自伤流落之感,亦可为证:

  湘水流。湘水流。九疑云物至今秋。若问二妃何处所,零陵芳草露中愁。

  斑竹枝。斑竹枝。泪痕点点寄相思。楚客欲听瑶瑟怨,潇湘深夜月明时。

忆江南① 和乐天春词,依《忆江南》曲拍为句

刘禹锡

春去也,多谢洛城人。弱柳从风疑举袂,丛兰裛露似沾巾②。独坐亦含颦③。

[注释]

①忆江南：此调因刘禹锡此词有"春去也，多谢洛城人"句，又名《春去也》。　②裛（yì）：通"浥"，沾湿。杜甫《狂夫》："风含翠筿娟娟静，雨裛红蕖冉冉香。"　③颦（pín）：即"顰"，皱眉。《韩非子·内储说上》："吾闻明主之爱一颦一笑，颦有为颦，而笑有为笑。"

[评析]

这是刘禹锡（772~842）与白居易同调唱和之作中的第一首，另外一首是：

> 春过也，共惜艳阳年。犹有桃花流水上，无辞竹叶醉尊前。惟待见青天。

两首和作都以同样的婉丽之笔，从春之多情的角度写出惜春之情，既是对白词的回应，也表现出了在如许风景中的幽独之怀与期盼之意。尤其是词前小序"和乐天春词，依《忆江南》曲拍为句"，为词史上倚声填词的最早明确记载——虽然可能只是文人才士的偶然尝试，加以较之白词在气质上的女性化和在意境上的更加词化，一并进一步改变了当日唐贤词作"与其诗不甚相远"（况周颐《蕙风词话》卷二）的格局。

稍早前，韦应物、戴叔伦作有可能也是互相唱和的两首《调笑令》：

> 胡马。胡马。远放燕支山下。跑沙跑雪独嘶。东望西望路迷。迷路。迷路。边草无穷日暮。

> 边草。边草。边草尽来兵老。山南山北雪晴。千里万里月明。明月。明月。胡笳一声愁绝。

在形式上，与王建同调咏团扇等作一样，以二字句和六字句构成，基本脱离了六言四句如《三台》之类平板整齐的绝句形式，与诗句稍异其趣，渐开填词风气。两相结合,足以说明当时的文人已经开始有了比较明确的创作意识。从这个角度看,晚唐五代词的繁荣局面就不是突然出现的。

菩萨蛮

温庭筠

小山重叠金明灭。鬓云欲度香腮雪①。懒起画蛾眉②。弄妆梳洗迟。　照花前后镜。花面交相映。新贴绣罗襦。③双双金鹧鸪。

[注释]

①鬓云:南朝乐府《读曲歌》:"花钗芙蓉髻,双鬓如浮云。"　②蛾眉:《诗·卫风·硕人》:"齿如瓠犀,螓首蛾眉。"　③"新贴"句:王栐《燕翼诒谋录》卷二:"大中祥符元年(1008)二月,诏:金箔、金银线、贴金、销金、间金、蹙金线,装贴什器土木玩之物,并行禁断。"又:"自中宫以下,衣服并不得以金为饰,应销金、贴金、缕金、间金……皆不许造。"《庄子·外物》:"未解裙襦(rú),口中有珠。"

[评析]

温庭筠(812?~866)是词史上第一个专力作词的人,被奉为"花间鼻祖"(王士禛《花草蒙拾》)。其内容,以反映女性生活和恋情为主,"类不出乎绮怨"(刘熙载《艺概》卷四),如此首《菩萨蛮》即是。温作此调本二十首,今存十四首,都是以闺人因思念久别之人成梦为题,所以,梦前、梦后、梦中情事略可贯通意脉。此第一首写梦醒时分情事,不是直白地表现情思，而是通过诉诸感官直觉，以密集、艳丽的词藻、意象去描写动作、衣饰、器物，含蓄隐晦地暗示出一种空虚孤独之感。其第四首，则是追叙昔日欢会的情景：

  翠翘金缕双鸂鶒。水纹细起春池碧。池上海棠梨。雨晴红满枝。
  绣衫遮笑靥。烟草粘飞蝶。青琐对芳菲。玉关音信稀。

上片，以鲜亮的景物描写衬出人情欢欣。下片，先虚写往日幽会，再实写今日孤寂，最后揭出本旨。在章法上，确是"字字有脉络"（周济《介存斋论词杂著》）。需要说明的是，温庭筠的《菩萨蛮》，除《花间集》所著录十四首之外，《尊前集》另收有"玉纤弹处真珠落"一首。唯前人对之多所存疑，鲜与十四首相提并论，如曾昭岷《温韦冯词新校》书中所云："此词鄙俗，与前十四阕不类，且为《花间集》所遗；《尊前》原本注云：'一作袁国传'，亦为尚有别本不作温词之证。是可疑也。"〔按：此首全阕为："玉纤弹处真珠落。流多暗湿铅华薄。春露浥朝花。秋波浸晚霞。 风流心上物。本为风流出。看取薄情人。罗衣无此痕。"虽吴讷本与朱祖谋本《尊前集》注云"一作袁国传"，然历代词籍未见有作袁国传者。又，《全唐诗》卷八九一、《历代诗余》卷九、刘毓盘辑本与王国维辑本《金荃词》俱作温庭筠词。〕可不论。

  此词，张惠言尝评曰："此感士不遇也。篇法仿佛《长门赋》，而用节节逆叙。此章从梦晓后领起，'懒起'二字，含后文情事。'照花'四句，《离骚》'初服'之意。"其《词选》所录温庭筠十四首《菩萨蛮》中的另外十二首，张惠言基本上都有批注，兹顺序附录如次：

  水精帘里颇黎枕。暖香惹梦鸳鸯锦。江上柳如烟。雁飞残月天。
  藕丝秋色浅。人胜参差剪。双鬓隔香红。玉钗头上风。（"梦"字提："江上"以下，略叙梦境。"人胜"参差，"玉钗"香隔，言梦亦不得到也。"江上柳如烟"是关络。）

  蕊黄无限当山额。宿妆隐笑纱窗隔。相见牡丹时。暂来还别离。

翠钗金作股。钗上蝶双舞。心事竟谁知。月明花满枝。（提起。以下三章，本入梦之情。）

杏花含露团香雪。绿杨陌上多离别。灯在月胧明。觉来闻晓莺。

玉钩褰翠幕。妆浅旧眉薄。春梦正关情。镜中蝉鬓轻。（结。）

玉楼明月长相忆。柳丝袅娜春无力。门外草萋萋。送君闻马嘶。

画罗金翡翠。香烛销成泪。花落子规啼。绿窗残梦迷。（"玉楼明月长相忆"，又提。"柳丝袅娜"，送君之时，故"江上柳如烟"，梦中情境亦尔。七章"阑外垂丝柳"、八章"绿杨满院"、九章"杨柳色依依"、十章"杨柳又如丝"，皆本此"柳丝袅娜"言之，明相忆之久也。）

凤凰相对盘金缕。牡丹一夜经微雨。明镜照新妆。鬓轻双脸长。

画楼相望久。阑外垂丝柳。音信不归来。社前双燕回。

牡丹花谢莺声歇。绿杨满院中庭月。相忆梦难成。背窗灯半明。

翠钿金压脸。寂寞香闺掩。人远泪阑干。燕飞春又残。（"相忆梦难成"，正是"残梦迷"情事。）

满宫明月梨花白。故人万里关山隔。金雁一双飞。泪痕沾绣衣。

小园芳草绿。家住越溪曲。杨柳色依依。燕归君不归。

宝函钿雀金鸂鶒。沉香阁上吴山碧。杨柳又如丝。驿桥春雨时。

画楼音信断。芳草江南岸。鸾镜与花枝。此情谁得知。（"鸾镜"二句，结。与"心事竟谁知"相应。）

南园满地堆轻絮。愁闻一霎清明雨。雨后却斜阳。杏花零落香。

无言匀睡脸。枕上屏山掩。时节欲黄昏。无聊独倚门。（此下乃叙梦。此章言黄昏。）

夜来皓月才当午。重帘悄悄无人语。深处麝烟长。卧时留薄妆。

当年还自惜。往事那堪忆。花露月明残。锦衾知晓寒。（此自卧时至晓,所谓"相忆梦难成"也。)

　　雨晴夜合玲珑日。万枝香袅红丝拂。闲梦忆金堂。满庭萱草长。绣帘垂篆毂。眉黛远山绿。春水渡溪桥。凭阑魂欲消。(此章正写梦。垂帘、凭阑,皆梦中情事,正应"人胜参差剪"三句。)

　　竹风轻动庭除冷。珠帘月上玲珑影。山枕隐浓妆。绿檀金凤凰。两蛾愁黛浅。故国吴宫远。春恨正关情。画楼残点声。(此言梦醒。"春恨正关情"与五章"春梦正关情"相对双锁。"青琐"、"金堂"、"故国"、"吴宫",略露寓意。)

　　张惠言为了推尊词体,论词专主寄托,因此,一般的缘情之作,也常常会被他赋予深刻的政治意涵和历史意义。在《词选序》中,他认为不仅《菩萨蛮》十四首有"感士不遇"之意,而且温庭筠的另外三首《更漏子》,"亦《菩萨蛮》之意"。也因此,张惠言的词学观点,尤其是对温庭筠《菩萨蛮》十四首的批注,引起后人热烈而广泛的讨论。如姜亮夫《词选笺注自序》:"张氏每于词尾小注数语,皆勉强附会,以为忧国思君之作。夫宋人尚自以词为小道,作家未必即有此心胸,今一例以忧国思君出之,多见其不为经典所缚也?"又,《周汝昌讲唐诗宋词》:"《菩萨蛮》十四首乃是词史上的一段丰碑。雍容绮绣,罕见同俦,影响后来至为深远。盖曲子词本是民间俗唱与乐工俚曲,士大夫偶一拈弄,不过花间酒畔,信手消闲,不以正宗文学视之。至飞卿此等精撰,始有意与刻意为之,词之为体,方得升格,文人精意遂兼入填词,词与诗篇分庭抗礼,争华并秀。"

　　如果从词学阐释学发展的角度来看,常州词派特别强调读者的作用,有时甚至置强大的历史传统于不顾,动机是要调动其读者的感发。上述张惠言解说的温庭筠《菩萨蛮》,即使在历史真实性上存在偏差,也是一种"深刻的片面",并且为阐释学又打开了一扇门。甚至可以认为,张惠言是有意识地对于历史的阐释空间给予另外的解释,从读者的角度出发,开拓更为开阔的阐释空间。尽管他的解说仍然会被认为牵强附会,但那些所谓的再解说,其实也是在他的基础上进行的发挥,也是当读者的能动性被调动起来以后才有的结果。张惠言等人的不足之处,也许不必苛责,因为,他们的宗旨本来就不在此。一旦语境发生变化,他们具体说词时已经体现出的对文心丰富多样性的欣赏,就有可能自然而然地将阐释引向深化。

更漏子①

温庭筠

玉炉香,红蜡泪。偏照画堂秋思②。眉翠薄③,鬓云残。夜长衾枕寒。　　梧桐树。三更雨。不道离情正苦④。一叶叶,一声声。空阶滴到明。⑤

[注释]

①更漏子:此调有两体,四十六字者始于温庭筠,唐宋词最多。《尊前集》注大石调,又属商调。一百四字者,止杜安世词"遥远途程"。 ②画堂:崔颢《王家少妇》:"十五嫁王昌,盈盈入画堂。" ③眉翠:涂在眉毛上的翠黛色。崔豹《古今注·杂注》:"魏宫人好画长眉,今多作蛾眉惊鹤髻。"江淹《丽色赋》:"夫绝世独立者,信东方之佳人,既翠眉而瑶质,亦卢瞳而赪唇。" ④不道:不顾、不管。李白《长干行》:"相迎不道远,直至长风沙。" ⑤"空阶"句:何逊《临行与故游夜别》:"夜雨滴空阶,晓灯暗离室。"

[评析]

此首，《尊前集》作冯延巳词，又见冯延巳《阳春集》。《四印斋所刻词》本《阳春集》注云："别作温庭筠。"《全唐诗》作温词，又作冯词，一词两见。《尊前集》误题作者姓氏者多有，自宋以来诸家选本皆题温作。姜亮夫《词选笺注》云："词境不类温作，当从《尊前》。"未足为据。当从《花间集》作温庭筠词。别又误作牛峤词，见《古今词统》卷四。

这首词写离情。上片是温庭筠词中惯见的密丽之法。玉炉烟袅，烛滴红泪，秋意满堂。一个"偏"字，不但凸显物象与人情的乖离，而且顺势逗引出思妇眉薄鬓残、愁肠百结、辗转难眠的情状。下片以雨打梧桐、滴落空阶衬托离情，情景交融，快笔淋漓。有嗔怪意味的"不道离情正苦"句担荷一篇承上启下之重，加上"叶叶"、"声声"以叠字方式具象化秋闺卧听梧桐雨，便将秋思之深、离情之苦表现得含蓄蕴藉，动人心魄。全首浓淡相间而又很是和谐，确如李冰若《栩庄漫记》所评："寻常情事，写来凄婉动人，全由秋思离情为其骨干。……温词如此凄丽有情致，不为设色所累者，寥寥可数也。"

温庭筠另外的一首写法相近的《更漏子》，也颇为值得注意，倒不一定是因为王国维曾以"其词品似之"（《人间词话》）而特地拈出了其中"画屏金鹧鸪"一语：

　　柳丝长，春雨细。花外漏声迢递。惊塞雁，起城乌。画屏金鹧鸪。　　香雾薄，透帘幕。惆怅谢家池阁。红烛背，绣帘垂。梦长君不知。

此句之妙，一如华钟彦《花间集注》中所解说的那样："按'塞雁'、'城乌'，对文。此言漏声迢递，非但感人，即征塞之雁，闻之则惊；宿城之鸟，闻之则起，其不为感动者，惟画屏上之金鹧鸪耳。以真鸟与假鸟对比，衬出胸中难言之痛，此法惟飞卿能之。"亦如俞陛云《唐五代两宋词选释》所云："前半词意以鸟为喻，即引起后半之意。塞雁、城乌，俱为惊起，而画屏上之鹧鸪，仍漠然无知，犹帘垂烛背，耐尽凄凉，而君不知也。"

梦江南

温庭筠

梳洗罢，独倚望江楼。过尽千帆皆不是，斜晖脉脉水悠悠①。肠断白蘋洲。②

[注释]

①脉脉：《古诗十九首》："盈盈一水间，脉脉不得语。" ②"肠断"句：赵征明《思妇》："犹疑望可见，日日上高楼。惟见分手处，白蘋满芳洲。"

[评析]

这是温庭筠写思妇愁怨的名篇。后来，柳永著名的《八声甘州》（对潇潇暮雨洒江天），创作思路或即受此词启发，其中"想佳人，妆楼颙望，误几回、天际识归舟"数句，更是与此深有渊源。

起首二句，勾勒思妇独倚江楼、痴情眺望的情态。以下三句即景抒情，在不断的场景转换中，以淡笔刻画出思妇内心凄楚怨慕、起伏跌宕的情怀。"过尽千帆皆不是"，为全首关键，因其正是七绝的表现技巧在词中的运用，即保留着初期文人词从七绝蜕变而来的痕迹，在全首一气融贯的前提下，第三句特别着力；而且，取景极美，感慨极深。"千帆"二字，已是能够获得局部特写的具象效果。而在整句凝练、含蓄的概括中，则又包含了几多引人遐思的细节和心理活动。似解人意的"脉脉"斜晖，与终归无情的"悠悠"江水，也仿佛无奈地随着景观与心境的对立统一，一并融入绵绵离愁。秋水望穿之余，回首向来分携处，但见蘋花摇曳，愈加使人寸断愁肠。

词中"白蘋洲"一语泛指情人分手处，世俗的来源是萧梁柳恽的《江南曲》："汀洲采白蘋，日落江南春。洞庭有归客，潇湘逢故人。故人何不返，春华复应晚。不道新知乐，且言行路远。"而"白蘋"之牵涉男女情事，其神话渊源则似是屈原《九歌·湘夫人》："帝子降兮北渚，目眇眇兮愁予。袅袅兮秋风，洞庭波兮木叶下。登白蘋兮骋望，与佳期兮夕张。"王逸注："蘋，草，秋生，今南方湖泽皆有之。……蘋，或作薲。"可见，"白蘋"同湘水男女神的恋爱故事有关，至少是这首神的情歌中的景物。神的情歌中写到"白蘋"，更为古老的源头是《诗·召南·采蘋》："于以采蘋，南涧之滨。于以采藻，于彼行潦。……于以奠之，宗室牖下。谁其尸之，有齐（斋）季女。"郑玄笺曰："古者，妇人先嫁三月，祖庙未毁，教于公宫；祖庙既毁，教于宗室；教以妇德、妇言、妇容、妇功。教成之祭，牲用鱼，芼用蘋藻，所以成妇顺也。此祭女所出祖也。法度莫大于四教。是又祭以成之，故举以言焉。蘋之为言宾也，藻之为言澡也；妇人之行尚柔顺、自洁清，故取名以为戒。"可见，蘋和藻作为带有浓厚宗教色彩的"教成之祭"中的祭物，虽无进一步的文献可考，但显然与男女婚事相关。白蘋，基本上就是顺着这样的粗略线索，由女子"教成之祭"的灵物而被组进神的情歌，再由神的情歌而变成了世俗男女恋情的暗示性形象。

菩萨蛮

韦 庄

人人尽说江南好。游人只合江南老。春水碧于天。画船听雨眠。　垆边人似月。皓腕凝霜雪。①未老莫还乡。还乡须断肠。

[注释]

①"垆边"二句:《史记·司马相如传》:"相如与俱之临邛,尽卖其车骑,买一酒舍酤酒,而令文君当炉。相如身自著犊鼻裈,与庸保杂作,涤器于市中。卓王孙闻而耻之,为杜门不出。"《西京杂记》卷二:"文君姣好,眉色如望远山,脸际常若芙蓉,肌肤柔滑如脂。"

[评析]

韦庄(836~910)与温庭筠齐名,所作也有花间词共同的婉媚柔丽特征。但跟温庭筠相比,也还有一些独特之处。他的词,语言自然,情调疏朗,抒情显豁,参以两家诗风,正相符合。其实,中唐文人词与花间、南唐词的区别,也可以用中、晚唐[五代]诗风之别来比观,主要是后者大多幽隐深微。

此首,又见冯延巳《阳春集》,歇拍云:"此去几时还。绿窗离别难。"与此不同。《尊前集》又作李白词,词云:"游人尽道江南好。游人只合江南老。未老莫还乡。还乡空断肠。　绣屏金屈曲。醉入花丛宿。春水碧于天。画船听雨眠。"显系误收,不可据信。当从《花间集》、《金衾集》作韦庄词。

这首词，是韦庄所作结构近乎完美的一组五首《菩萨蛮》中的第二首：

> 红楼别夜堪惆怅。香灯半卷流苏帐。残月出门时。美人和泪辞。
> 琵琶金翠羽。弦上黄莺语。劝我早归家。绿窗人似花。
> 如今却忆江南乐。当时年少春衫薄。骑马倚斜桥。满楼红袖招。
> 翠屏金屈曲。醉入花丛宿。此度见花枝。白头誓不归。
> 劝君今夜须沉醉。尊前莫话明朝事。珍重主人心。酒深情亦深。
> 须愁春漏短。莫诉金杯满。遇酒且呵呵。人生能几何。
> 洛阳城里春光好。洛阳才子他乡老。柳暗魏王堤。此时心转迷。
> 桃花春水渌。水上鸳鸯浴。凝恨对残晖。忆君君不知。

以白描手法写出游子所见所思，不过，其中可能也寓有沦落失意的苦闷，所以，陈廷焯评为"似直而纡，似达而郁"（《白雨斋词话》卷一），谭献则以为可当词中《古诗十九首》。吴世昌对此词写作时地的判断，可备一说："此词正作于八八三年至江南周宝幕府后，此时关中及中原均有战事，江南平静，故云'人人尽说江南好，游人只合江南老'云云。其时长安尚为黄巢所占，故曰'还乡须断肠'也。"（《词林新话》卷二）

其第一首中"弦上黄莺语"一语，王国维也曾以韦庄"词品亦似之"之故，于《人间词话》中特为标举。王兆鹏《婉约词选》一书中的解释可参："盖'弦上黄莺语'，其色绮美、其音清婉、其姿高贵也。缺其一，佳人的形象就不能完足。韦庄词中佳人如此，其'词品'也如此，故能特出于花间诸家之外。"当然，在《读词偶得》中提出"韦氏此词凡五首，实一篇之五节耳"的俞平伯，认为王国维的观点"颇不足以使人心折"："鹧鸪黄莺，固足以尽温、韦哉？转不如周氏'严妆淡妆'之喻，犹为妙譬也。"

后来，乔吉作有《双调·折桂令·七夕赠歌者》二首，其二颇类韦庄此词中"垆边人似月"二句意境：

> 黄四娘沽酒当垆，一片青旗，一曲骊珠。滴露和云，添花补柳，梳洗工夫。无半点闲愁去处，问三生醉梦何如。笑倩谁扶，又被春纤，搅住吟须。

所不同的是，除了写垆边人美之外，更突出了"黄四娘"婉转的歌喉及其乐观的情绪。"无半点闲愁去处"一句写出当垆女子的淳朴、乐观与豁达，给人留下极为深刻的印象。结末处诗人觅句掠须，竟是垆边人春纤玉手为之，着一丝谐谑，全曲俱活。于此又见垆边人的泼辣与豪爽。如是，则较韦词更进一层，亦更丰富有趣。江南风物，亦更加诱人。真的是江南好，"未老莫还乡，还乡须断肠"了。

思帝乡[①]

韦 庄

春日游。杏花吹满头。陌上谁家年少，足风流。妾拟将身嫁与，一生休。纵被无情弃，不能羞。

[注释]

①思帝乡：唐教坊曲名。《钦定词谱》卷二以创调者温庭筠词为正格："花花。满枝红似霞。罗袖画帘肠断，卓金车。回面共人闲语，战篦金凤斜。惟有阮郎春尽，不还家。"

[评析]

　　这首《思帝乡》,"作决绝语而妙"(贺裳《皱水轩词筌》),而后述《女冠子》也喜用直截了当的语气,不妨将其视为韦庄词作的风格特点之一。又,"妾拟将身嫁与,一生休。纵被无情弃,不能羞"数句对女子心理个性生动形象的描写,也似乎能让读者真实地感受到,温庭筠类似作品中仕女图般的形象,跟"她"相比确实是有距离的。

　　在花间派词人中,牛峤被认为"失之流荡忘返"(陈廷焯《白雨斋词话》卷六)的一首《菩萨蛮》:"玉楼冰簟鸳鸯锦。粉融香汗流山枕。帘外辘轳声。敛眉含笑惊。　柳阴烟漠漠。低鬓蝉钗落。须作一生拚。尽君今日欢。"末二句仍能获得好评:

　　　　词家多以景寓情,其专作情语而绝妙者,如牛峤之"甘作一生拚,尽君今日欢"、顾敻之"换我心为你心,始知相忆深"、欧阳修之"衣带渐宽终不悔,为伊消得人憔悴"、美成之"许多烦恼,只为当时,一晌留情",此等词古今曾不多见。(王国维《人间词话删稿》)

也是因为其直率。当然,韦庄此词最后的转笔,更能显出坚定意志,乃至一定的思想深度,尤其是相对于白居易的《井底引银瓶》而言。韦词的意境,与白诗中"妾弄青梅倚短墙,君骑白马傍垂柳。墙头马上遥相顾,一见知君即断肠"近似,但白诗写被抛弃后的心情是"今日悲羞归不得",在同情的基础上,还模拟当事人"现身说法"的口吻,作了这样的劝诫性说教:"寄言痴小人家女,慎勿将身轻许人!"

女冠子①

韦　庄

四月十七,正是去年今日,别君时。忍泪佯低面,含羞半敛眉②。　不知魂已断,空有梦相随。除却天边月,没人知。

[注释]

①女冠子:唐教坊曲名。小令始于温庭筠,长调始于柳永。柳永《乐章集》"淡烟飘薄"词注仙吕调,"断烟残雨"词注大石调。元高拭词注黄钟宫。柳永词一名《女冠子慢》。　②敛眉:庾信《伤往二首》其一:"见月长垂泪,花开定敛眉。"

[评析]

此首《女冠子》,与韦庄另外的一首同调之作意旨相连,可以合并起来读解:

　　昨夜夜半,枕上分明梦见,语多时。依旧桃花面,频低柳叶眉。

　　半羞还半喜,欲去又依依。觉来知是梦,不胜悲。

二词由追忆而入梦,由梦中而醒来,顺序叙写,而以前首中"空有梦相随"句两相扭结。前结二句措语婉妙,如王闿运所评:"不知得妙,梦随乃知耳。若先知,那得有梦?惟有月知,则常语矣。"(《湘绮楼词选》)后结二句点醒梦境,使情感律动顿显跳荡翻腾。在手法上,"运密入疏,寓浓于淡"(况周颐《历代词人考略》卷五),联系前述温庭筠、韦庄的

《菩萨蛮》，在某种程度上，也能看出词体的发展。

吴宏一《从"似直而纡，似达而郁"的观点论韦庄词》一文提出，陈廷焯《白雨斋词话》卷一所说的"似直而纡"，真正点出了韦庄词的语言结构的特色。第一首开头三句，固然"起得洒落"，明白如话，毫无修饰，但韦庄在直抒胸臆之余，其实叙述是迂回曲折的，并非全然平铺直叙。"四月十七"和"正是去年今日"二句，"七"与"日"叶，是押仄声韵，这两句是一组。它们和"别君时"连在一起时，由于文字的浅白、声韵的协畅，所以很容易被一般读者忽略为平直，认为一气贯注而别无余蕴。其实开头三句的读法，按照事情发生的顺序，应该是："别君时"，"正是去年今日"，"四月十七"。"忍泪"二句，是写"别君时"佳人的情态。下片四句，承应"别君时"一句，既写与君话别之时，亦写今日别后之思。"别君时"的"时"，和下文的"眉"、"随"、"知"是换平声叶韵的，句意也相承，足见它是全篇的关键。第二首的"语多时"，其作用亦如此。"依旧桃花面"二句，写风月烟花，当时所见；"半羞还半喜"二句，写惆怅别离，依依不舍。而这些情景，皆为首句"昨夜夜半"梦见之事。这样说来，在陈廷焯之前，大家只看到韦庄词的浅易朴素，一直没有人能够这样明白说出在浅易朴素的语言背后，还有如此严谨的组织结构，如此耐人寻味的写作技巧。

杨湜《古今词话》云："韦庄以才名寓蜀，王建割据，遂羁留之。庄有宠人，资质艳丽，兼善词翰。建闻之，托以教内人为词，强庄夺去。庄追念悒怏，作《小重山》及'空相忆'云云，情意凄怨，人相传播，盛行于时。姬后传闻之，遂不食而卒。"所提及之二词，为《小重山》："一闭昭阳春又春。夜寒宫漏永。梦君恩。卧思陈事暗消魂。罗衣湿，红袂有啼痕。　歌吹隔重阍。绕庭芳草绿，倚长门。万般惆怅向谁论。凝情立，宫殿欲黄昏。"以及《谒金门》："空相忆。无计得传消息。天上嫦娥人不识。寄书何处觅。　新睡觉来无力。不忍把伊书迹。满院落花春寂寂。断肠芳草碧。"刘永济《唐五代两宋词简析》或即据此推论,上录《女冠子》二首当为"追念其宠姬之词"。不过,据夏承焘《韦端己年谱》考定,韦庄留蜀时年已七十左右,则杨湜所云,殆不足信。

谒金门①

孙光宪

留不得。留得也应无益。白纻春衫如雪色②。扬州初去日。
轻别离。甘抛掷。江上满帆风疾。却羡彩鸳三十六③,孤鸾还一只。

[注释]

①谒金门:唐教坊曲名。元高拭词注商调。杨湜《古今词话》因韦庄词起句,名《空相忆》。张辑词有"无风花自落"句,名《花自落》;又有"楼外垂杨如此碧"句,名《垂杨碧》。李清照词有"杨花落"句,名《杨花落》。李石名《出塞》。韩淲词有"东风吹酒面"句,名《东风吹酒面》;又有"不怕醉,记取吟边滋味"句,名《不怕醉》;又有"人已醉,溪北溪南春意,击鼓吹箫花落未"句,名《醉花春》;又有"春尚早,春入湖山渐好"句,名《春早湖山》。　②白纻:白麻布。古乐府《白纻歌》:"质如轻云色如银,制以为衫余作巾。"　③彩鸳三十六:极言美人之多。田艺蘅《留青日札》卷二〇:"人皆不解七十二之说,盖言美人之数也。又古人多言三三美人,夫三三则六,而六六则为三十六矣;

左右各三十六合之,则为七十二矣。盖六六阴数之极,而六六三十六者,又纯阴之数,故用之妇人也。"

[评析]

  这首《谒金门》是孙光宪(896?~968)的代表作。词写别离。起笔"留不得"突兀而决绝。次句转进一层,变开篇三字的直露为内涵深折。"白纻春衫如雪色"二句承首句而来,追忆当时离别景况。先写对方风流神采,再交代对方去处,并和下片"江上满帆风疾"句一起,点出抒情主人公至今仍然对这"初去日"的念念难忘。下片首句在意脉上紧承上片"留得也应无益"而来,交代"无益"的因由。"轻"、"甘"二字,让读者看到对方的薄情。"江上"句所谓去舟之速,亦可证其毫无留意。此句,又如刘永济《唐五代两宋词简析》所评:"虽不合理,然确是怨极之词。去者未必便真如此,怨者必有此想法也。"结末二句托物言志。以"彩鸳"反衬,借"孤鸾"自况,用一"却"字转折其间,意谓鸾虽美于鸳鸯,而常孤飞,则反不如鸳鸯犹得双飞、双宿也,进一步反映出别后的哀凄孤愁。此词通首押入声韵,尤觉遒警沉郁。

  花间词人中,孙光宪在创作题材上也有所扩大。如《酒泉子》等边塞词:

    空碛无边。万里阳关道路。马萧萧,人去去,陇云愁。 香貂旧制戎衣窄。胡霜千里白。绮罗心,魂梦隔。上高楼。

曾被汤显祖评为:"三叠文之《出塞曲》,而长短句之《吊古战场文》也。再读不禁酸鼻。"(汤评本《花间集》)又如《风流子》等农村词:

    茅舍槿篱溪曲,鸡犬自南自北。菰叶长,水蕨开,门外春波涨绿。听织,声促,轧轧鸣梭穿屋。

李冰若《栩庄漫记》评曰:"《花间集》中忽有此淡朴咏田家耕织之词,

诚为异采。盖词境至此,已扩放多矣。"可以视为后来苏轼《浣溪沙》(簌簌衣巾落枣花)等五首著名同题材之作的先导。

鹊踏枝

冯延巳

谁道闲情抛掷久。①每到春来,惆怅还依旧②。日日花前长病酒。不辞镜里朱颜瘦。③　河畔青芜堤上柳。为问新愁,何事年年有。独立小桥风满袖。平林新月人归后。④

[注释]

①"谁道"句:牛希济《中兴乐》:"东风寂寞,恨郎抛掷,泪湿罗衣。"　②"惆怅"句:宋玉《九辩》:"廓落兮羁旅而无友生,惆怅兮而私自怜。"白居易《长恨歌》:"归来池苑皆依旧,太液芙蓉未央柳。"崔护《题都城南庄》:"人面不知何处去,桃花依旧笑春风。"　③"不辞"句:李煜《虞美人》:"雕栏玉砌应犹在,只是朱颜改。"　④"平林"句:《诗·小雅·车舝》:"依彼平林,有集维鷮。"

[评析]

冯延巳(903~960)词作数量居五代词人之首。其词虽仍以相思离别、雪月风花为题材,但既不像温庭筠那样醉心于女性服饰、容貌、举止的描绘,也不像韦庄那样多写具体情事,而是郁抑怨怅,若隐若显,与花间艳情之作不尽相同。

此首，又见欧阳修《近体乐府》卷二。《阳春集》、《近体乐府》皆杂有他人之作，而两集互见之作竟多达十六首。此词诸家选本多作冯词，《全唐诗》《全宋词》亦断为冯作。当从《阳春集》作冯延巳词。

此词为冯延巳《鹊踏枝》十四首中的第一首，抒写盘旋郁结的"闲情"，莫可名状，又难以指实，易于引起读者深刻的感受与丰富的联想，犹如诗中"无题"，即是如此。〔按：关于"无题"诗，《四库全书总目》卷一五一《李义山诗集》提要所云可参："无题之中，有确有寄托者，'来是空言去绝踪'之类是也；有戏为艳体者，'近知名阿侯'之类是也；有实寓狎邪者，'昨夜星辰昨夜风'之类是也；有失去本题者，'万里风波一叶舟'之类是也；有与无题相连误合为一者，'幽人不倦赏'之类是也。其摘首二字为题，如《碧城》、《锦瑟》诸篇，亦同此例。一概以美人香草解之，殊乖本旨。"〕开篇以自设问答的写法，表出"闲情"之深，读来倍觉警动，辛弃疾《摸鱼儿》（更能消、几番风雨）起处亦从此脱胎。再后来，王鹏运曾遍和冯氏《鹊踏枝》，兹录其相对应的一首及另一首以附读：

斜日危阑凝伫久。问讯花枝，可是年时旧。浓睡朝朝如中酒。谁怜梦里人消瘦。　香阁帘栊烟阁柳。片霎氤氲，不信寻常有。休遣歌筵回舞袖。好怀珍重春三后。

望远愁多休纵目。步绕珍丛，看笋将成竹。晓露暗垂珠簌簌。芳林一带如新浴。　檐外春山森碧玉。梦里骖鸾，记过清湘曲。自定新弦移雁足。弦声未抵归心促。

冯延巳为人敏给险诈，后世对其词评价虽高，结合人品时，往往也有微词。如《鹊踏枝》：

几度凤楼同饮宴。此夕相逢，却胜当时见。低语前欢频转面。双眉敛恨春山远。　蜡烛泪流羌笛怨。偷整罗衣，欲唱情犹懒。醉里不辞金盏满。阳关一曲肠千断。

张惠言《词选》即评曰："延巳为人，专蔽嫉妒，又敢为大言。此词盖以排间异己者,其君之所以信而弗疑也。"当然,对冯延巳的人品词品,也不能简单地比附。〔按:邓乔彬《唐宋词艺术发展史》所论颇可参读:冯延巳工诗、善书,学问渊博、文章颖发、能言善辩,甚得李璟信任。李璟醉心文艺,爱其文才,却未识其缺乏政治、军事才干,南唐的决策有误、连连失地,冯延巳是难辞其责的。冯延巳固乏宰相之才,其为人却非劣行显著。作为两朝元老,冯延巳身经激烈的党争,要承担同党,尤其是其弟冯延鲁的失败责任,虽受宠而不固(据夏承焘考,其自四十四岁起任宰相,十二年间,被罢四次,四上四下),屡遭攻击弹劾,最后只能对大国犒军朝贡,抑郁而亡。人生的感触,仕途的疑惧,国家的忧患,使之其情难抑,入之于词,应是很自然的。而作为一个必亡之国的宰相,外有强邻虎视眈眈,内有党争不已,冯词之充溢悲凉气氛,也是不难理解的。况且冯氏不似宋人之多有诗文,另有记事载言或分泄情感之途,其词当然不是无病呻吟;而思其情、论其意,作"同情之理解",以冯词之另有寄托,亦非子虚乌有。陈世修《阳春集序》仅以"娱宾而遣兴"、"以清商自娱"看待之,怕是未得其真意。论冯词,必须要有此一份理解。明乎此并进而推之,当指出:在悲凉之作以外,对那些看来是娱宾、自娱之词,也可以透过表象窥见真意,对似是无关紧要者,作关乎紧要的理解,一如春秋时期的赋诗言志,读者能就诗而观志。〕况且,由作者整个的环境遭遇、思想性格所决定的危苦烦乱意识,经过艺术处理,反而能提供给读者相当大的想象空间。正是在这个意义上,王国维说:"冯正中词虽不失五代风格,而堂庑特大。"(《人间词话》)冯延巳不仅开启了南唐词风,而且影响到北宋晏殊、欧阳修等人,所以,冯煦认为他的词是"正变之枢纽"(《唐五代词选序》)。

蝶恋花[①]

冯延巳

庭院深深深几许。杨柳堆烟,帘幕无重数。玉勒雕鞍游冶处。

楼高不见章台路②。　　雨横风狂三月暮。门掩黄昏，无计留春住。泪眼问花花不语。乱红飞过秋千去。

[注释]

①蝶恋花：萧纲《东飞伯劳歌》二首其一："翻阶蛱蝶恋花情，容华飞燕相逢迎。"　②章台：本秦宫名，汉章台街在章台路。《汉书·张敞传》："敞为京兆尹……时罢朝会过，走马章台街。"后多用以代称妓女聚集之地。

[评析]

此首，又见欧阳修《近体乐府》卷二。曾昭岷《冯延巳词考辨》谓：欧词集本原极杂乱，王灼《碧鸡漫志》卷二云："欧阳永叔所集歌辞，自作者三之一耳。"且"冯词蹊径颇与宋初之词相近，故多混入宋词，宋人亦不能辨识。易安之言未可确信也。"（孙人和《阳春集校证》）。〔按：所谓"易安之言"，是指李清照《临江仙》词序所云："欧阳公作《蝶恋花》，有'深深深几许'之句，予酷爱之。用其语作'庭院深深'数阕，其声即旧《临江仙》也。"词曰："庭院深深深几许。云窗雾阁常扃。柳梢梅萼渐分明。春归秣陵树，人客建安城。　感月吟风多少事，如今老去无成。谁怜憔悴更凋零。试灯无意思，踏雪没心情。"〕陈廷焯亦云："细味此阕，与上三章笔墨的是一色，欧公无此手笔。"（《白雨斋词话》卷一）当从《阳春集》作冯延巳词。

此词表面上是写闺情，结末"泪眼问花花不语"二句，也确如毛先舒所评有"层深而浑成"之妙："因花而有泪，此一层意也；因泪而问花，此一层意也；花竟不语，此一层意也；不但不语，且又乱落、飞过秋千，此一层意也。人愈伤心，花愈恼人，语愈浅而意愈入，又绝无刻画费力之迹，谓非层深而浑成耶？"（王又华《古今词论》引）所以，即使不明所喻指，也是一首好词。〔按：关于"层深"句，唐圭璋《论词之作法》还另外举出过许多例子予以疏解:此类句法,常用"更"字、"又"字、"尤"字,以示层层深入之意。其在写景方面:如范希文《渔家傲》之"山映斜阳天接水。芳草无情,更在斜阳外",欧阳永叔《踏莎行》之"平芜尽处是春山,行人更在春山外",王碧山《长亭怨慢》之"水远。怎知流水外,却是乱山尤远",皆描摹如画,含思绵邈已极。至抒情方面,如薛昭蕴《谒金门》之"早是相思肠欲断,忍教频梦见",杜安世《卜算子》之"才欲歌时泪已流,恨应更、多于泪",田为《江城子慢》之"此恨对语犹难,那堪更寄书说",皆深揭内心,凄苦异常。又如:"叹西园、已是花深无地,东风何事又恶"(周邦彦《瑞鹤仙》),"落花已作风前舞,又送黄昏雨"(叶梦得《虞美人》),"已是黄昏独自愁,更著风和雨"(陆游《卜算子》),"庾郎先自吟愁赋,凄凄更闻私语"(姜夔《齐天乐》),皆双层浮起,不嫌单薄。此外如张子野《青门引》下阕云:"楼头画角风吹醒,入夜重门静。那堪更被明月,隔墙送过秋千影。"始言闻声而悲,继言见影更悲,亦用层深之法。王碧山《醉蓬莱》云"一室秋灯,一庭秋雨,更一声秋雁,无名氏《青玉案》云"花无人戴,酒无人劝,醉也无人管",皆用层深句法,写足当前环境,加重悲哀成分,故读之令人倍增感慨。〕

谒金门

冯延巳

风乍起。吹皱一池春水。闲引鸳鸯香径里。手挼红杏蕊^①。斗鸭阑干独倚。^②碧玉搔头斜坠。终日望君君不至。举头闻鹊喜。

[注释]

①挼(ruó):揉弄。鹿虔扆《临江仙》:"暮天微雨洒闲庭。手挼裙带,无语倚云屏。" ②"斗鸭"句:斗鸭,古代游戏。约起于汉代,贵

富之家常建鸭栏于水池边，畜鸭相斗，以为笑乐。至宋代仍很风行，妇女尤为爱好。《三国志·吴书·陆逊传》："时建昌侯虑于堂前作斗鸭栏，颇施小巧。"《西京杂记》卷二："鲁恭王好斗鸡鸭及鹅雁。"蔡洪《斗凫赋》："产羽虫之丽凫，惟斗鸭之最精……感秋商之肃烈，从金气以出征，招爽敌于战门，交武势于川庭。尔乃振劲羽，𫘨六翮，抗严距，望雄敌，忽雷起而电发，赴洪波以奋击。"韩翃《送客还江东》："池畔花深斗鸭栏，桥边雨洗藏鸦柳。"

[评析]

　　此首，吴讷本、侯文灿本、金武祥本、旧抄本《阳春集》注云："《兰畹集》误作朱希济。""朱"当是"牛"之误。《词综》卷一又作成幼文词。《花间集》牛希济词无此阕，诸家选本亦未有作牛希济者，未知《兰畹集》何据。陈振孙《直斋书录解题》卷二一云："《阳春录》一卷，南唐冯延巳撰。高邮崔公度伯易题其后，称其家所藏，最为详确，而《尊前》、《花间》诸集，往往谬其姓氏。近传欧阳永叔词，亦多有之，皆失其真也。世言'风乍起'为延巳所作，或云成幼文也。今此集无有，当是幼文作。长沙本以置此集中，殆非也。"是直斋时已有长沙本在，而直斋据崔本断为成幼文作。胡仔《苕溪渔隐丛话》后集卷二九两引其说，未尝专属幼文。朱彝尊《词综》过信直斋，定为成作，遂滋后人疑窦。当从《阳春集》作冯延巳词。

　　冯延巳词还善于以若干字句着力表现心境意绪，可以造成多方面联想。如此首《谒金门》本系闺情词，谓行于池旁香径，以红杏花蕊抛入水中，戏引鸳鸯。行至斗鸭栏边，正思量所爱，忽闻鹊噪，举头而听，不觉搔头斜坠，因之报信而喜。一句一意，情随声转，写出缠绵往复之情，论者以为有曹植《洛神赋》"托微波以通辞"的意旨。据说，"元宗（指李璟）尝因曲宴内殿，从容谓曰：'吹皱一池春水'，干卿底事？"延巳对曰："安得如陛下'小楼吹彻玉笙寒'之句！"（陆游《南唐书·冯延巳传》）〔按：马令《南唐书·冯延巳传》所记，与此略同："元宗乐府词云'小楼吹彻玉笙寒'，延巳有'风乍起，吹皱一池春水'之句，皆为警策。元宗尝戏延巳：'吹皱一池春水，干卿何事？'延巳曰：'未若陛下小楼吹彻玉笙寒。'元宗悦。"〕这其实也可以理解成是换一种方式赞扬这两句情景交融的表现力。当然，刘永济所论似更可谓为"同情之理解"："此事昔人以为南唐君臣以词相戏，不知实乃中主疑冯词首句讥讽其政务措施，纷纭不安，故责问与之何干。冯词首句，无端以风吹池皱引起，本有讽意，因中主已觉，故引中主所作闺情词中佳句，而自称不如，以为掩饰。意谓我亦作闺情词，但不及陛下所作之佳耳。二人之言，针锋相对，非戏谑也。试以史称冯作相时，不满于'人主躬亲庶务，宰相备位'之语证之，二人言外所指之意，自然分明。此虽词家故事，而吾人读词之法亦可于此得之。"（《唐五代两宋词简析》）

冯延巳还有一首《谒金门》：

> 杨柳陌。宝马嘶空无迹。新着荷衣人未识。年年江海客。　　梦觉巫山春色。醉眼飞花狼藉。起舞不辞无气力。爱君吹玉笛。

先以整个上片的篇幅，勾画出一位美少年的形象，再极写女子对这位给她留下深刻印象的"江海客"的怀想与倾慕。由相见到入梦，因沉醉而六神无主，而梦寐不忘。用笔跳跃，造句雅健。可能也是别有寄托。

南乡子[①]

冯延巳

细雨湿流光。[②]芳草年年与恨长。[③]烟锁凤楼无限事，茫茫。鸾镜鸳衾两断肠④。　　魂梦任悠扬。睡起杨花满绣床。薄幸不来门半掩，斜阳。负你残春泪几行。

[注释]

①南乡子：唐教坊曲名。此词有单调、双调。单调者始自欧阳炯词。双调者始自冯延巳词。朱权《太和正音谱》注越调。　②"细雨"句：温庭筠《荷叶杯》："楚女欲归南浦，朝雨，湿愁红。"　③"芳草"句：淮南小山《招隐士》："王孙游兮不归，春草生兮萋萋。"　④鸾镜：范泰《鸾鸟诗序》："昔罽宾王结罝峻卯之山，获一鸾鸟。王甚爱之，欲其鸣而不致也。乃饰以金樊，飨以珍羞，对之愈戚，三年不鸣。其夫人曰：'尝闻鸟见其类而后鸣，何不悬镜以映之。'王从其意。鸾睹形悲鸣，哀响冲霄，一奋而绝。"

[评析]

此首，又见欧阳修《醉翁琴趣外篇》卷五。《醉翁琴趣外篇》不知何人所辑，《双照楼影刊宋金元明本词》有影宋本，收词二百零三首。其中不见于《近体乐府》者计八十三首。八十三首中见于《花间集》者三首，见于《尊前集》、《乐府雅词》、《唐宋诸贤绝妙词选》不题欧作者各一首；另又见《阳春集》一首，《张子野词》二首，《寿域词》一首。殊不足据。此首《近体乐府》未收，汲古阁《宋六十名家词》本《六一词》亦未收。《全宋词》欧阳修存目词亦断作冯词。当从《阳春集》作冯延巳词。又，张端义《贵耳集》卷上引周文璞语云："《花间集》只有五字佳，'细雨湿流光'，景意俱微妙。"《花间集》无此五字，周氏所云非是。

这是一首闺情词。起句著一"湿"字，使"细雨""流光"之景更为灵动。"芳草"句补足起句之意，同时将恨意拈出，涵盖全篇。"烟锁凤楼无限事"三句写独居苦楚，形容尽致。下片接写苦思成梦，而睡起后的满床杨花，既与悠扬梦境对立，又与一缕斜阳一道，适足引起更为深沉的苦痛。末三句，痴绝痛绝语。

此词首二句"细雨湿流光。芳草年年与恨长"，言离恨而以芳草起兴，妙在都是以具象表现抽象。与此相关的是，林逋《点绛唇》、梅尧臣《苏幕遮》和欧阳修《少年游》，曾被许为词史上吟咏春草的"绝调"：

金谷年年，乱生春色谁为主。余花落处。满地和烟雨。　又是离歌，一阕长亭暮。王孙去。萋萋无数。南北东西路。

露堤平，烟墅杳。乱碧萋萋，雨后江天晓。独有庚郎年最少。窣地春袍，嫩色宜相照。　接长亭，迷远道。堪怨王孙，不记归期早。落尽梨花春又了。满地残阳，翠色和烟老。

阑干十二独凭春，晴碧远连云。千里万里，二月三月，行色苦愁人。　谢家池上，江淹浦畔，吟魄与离魂。那堪疏雨滴黄昏，更特地、忆王孙。

梅、欧词，吴曾《能改斋漫录》卷一七载有本事：梅圣俞在欧阳公座。有以林逋草词"金谷年年，乱生青草谁为主"为美者。圣俞因别为《苏幕遮》一阕云云。欧公击节赏之，又自为一词云云。盖《少年游令》也。不惟前二公所不及，虽置诸唐人温、李集中，殆与之为一矣。"所不及"者，要点当在欧词中"吟魄与离魂"句。或以此，王国维更合以冯延巳此篇，许为"皆能摄春草之魂者也"（《人间词话》）。

摊破浣溪沙[①]

李　璟

菡萏香销翠叶残。西风愁起绿波间。还与韶光共憔悴，不堪看。　细雨梦回鸡塞远②,小楼吹彻玉笙寒③。多少泪珠无限恨,倚阑干。

[注释]

①摊破浣溪沙：一首词的曲调虽有定格,但在歌唱时,还可以对音节韵度,略有增减,使其美听。从音乐的角度来取名,增叫作添声,减叫作偷声。从歌词的角度来取名,增叫作添字,又称摊破,减叫作减字。《摊破浣溪沙》,即变《浣溪沙》上下阕末句的七言一句,句末协韵,为七言、三言两句,三言句末协韵。后来的曲谱中也有"摊破",与词的情况有所不同。〔按：曲中"摊破",如顾德润《摊破喜春来》："篱边黄菊经霜绽。囊里青蚨逐日悭。破情思晚砧鸣,断愁肠檐马韵,惊客梦晓钟寒。归去难。修一简。回两字报平安。"《中原音韵》中吕既收《喜春来》一调,又收《摊破喜春来》一调,可见二者不同。盖《喜春来》为本调,摊破乃用本调煞尾。首二句为本格,"破情思"三句为本调煞,末三句用《喜春来》作收。此调不独用,唯与《醉高歌》合用为带过曲。〕②鸡塞：即鸡鹿塞,亦称鸡禄山,在今陕西榆林市横山区西。《汉书·匈奴传》："送单于出朔方鸡鹿塞。"颜师古注："在朔方窳浑县西北。"这里泛指边塞。　③玉笙寒：陆龟蒙《赠远》："妾思冷如簧,时时望君暖。"

[评析]

李璟（916~961）的词虽然数量不多,但也有精品,如这首《摊破浣溪沙》。此首,《尊前集》、《唐宋诸贤绝妙词选》卷一、诸本《草堂诗余》、《词的》卷二、《啸余谱》卷三、《花间集补》卷下、《词腴》卷上作李煜词,《苕溪渔隐丛话》前集卷五九引《雪浪斋日记》载王安石之说亦以"细雨梦回"三句为李煜作,非。

词写秋思,意境高华,内蕴深厚,其中所流露的感情,已经超出一个弱小国主对个人富贵荣华将失的忧虑,升华为一种对自己所统治的国家和人民的命运的深深关切。王国维在《人间词话》中认为"菡萏香销翠叶残"二句有"众芳芜秽"、"美人迟暮"之感,正是体认到了这一点。

李璟的另外一首《摊破浣溪沙》,也似同样蕴含着深深的忧患意识:

> 手卷真珠上玉钩。依前春恨锁重楼。风里落花谁是主,思悠悠。
>
> 青鸟不传云外信,丁香空结雨中愁。回首绿波三楚暮,接天流。

这种忧患之感,在地名"三楚"所显示的阔大背景,和"真珠"、"玉钩"等芳洁名物的衬托下,较之冯延巳词所表现的怅然自失,更具庄严意味,且能显出一种气象。也正是在有气象这一点上,李璟可以具备冯延巳与李煜之间的某种"过渡意义"(余恕诚《唐五代词概说》)。

虞美人①

李 煜

春花秋月何时了。往事知多少。小楼昨夜又东风。故国不堪回首月明中。　雕栏玉砌应犹在。只是朱颜改。②问君能有几多愁。恰似一江春水向东流。

[注释]

①虞美人:唐教坊曲名。王灼《碧鸡漫志》云:《虞美人》旧曲三,其一属中吕调,其一属中吕宫,近世又转入黄钟宫。高拭词注南吕调。《乐府雅词》名《虞美人令》。周紫芝词有"只恐怕寒难近玉壶冰"句,名《玉壶冰》。张炎词赋柳儿,因名《忆柳曲》。王行词取李煜"恰似一

江春水向东流"句，名《一江春水》。 ②"只是"句：王闿运《湘绮楼评词》："朱颜本是山河，因归宋不敢言耳。若直说山河改，反浅也。"

[评析]

　　李煜（937~978）"生于深宫之中，长于妇人之手"（《荀子·哀公》），性格纯真，才华盖世，如王国维《人间词话》所云："故生于深宫之中，长于妇人之手，是后主为人君所短处，亦即为词人所长处。"前期词多写宫廷享乐生活，如《浣溪沙》：

　　　　红日已高三丈透。金炉次第添香兽。红锦地衣随步皱。　　佳人舞点金钗溜。酒恶时拈花蕊嗅。别殿遥闻箫鼓奏。

或宫闱中香艳情事，如《菩萨蛮》：

　　　　花明月暗笼轻雾。今宵好向郎边去。刬袜步香阶。手提金缕鞋。
　　　　画堂南畔见。一晌偎人颤。奴为出来难。教君恣意怜。

　　然自"仓惶辞庙"（《破阵子》），亡国之后，词风一变，于悲欢离合之中，极写人生的大悲哀。词发展到李煜，"眼界始大，感慨遂深，遂变伶工之词而为士大夫之词"（《人间词话》），开辟了词史的新阶段。如直写亡国之恨的这首《虞美人》，既"呜咽缠绵，满纸血泪"（陈廷焯《云韶集》卷一），又有"无尽之奔放"（俞平伯《读词偶得》）。据王铚《默记》卷上所记："后主在赐第，因七夕命故妓作乐，声闻于外，太宗闻之大怒。又传'小楼昨夜又东风'及'一江春水向东流'之句，并坐之，遂被祸云。"知此词或为李煜绝笔。又，此首清平山堂话本《柳耆卿诗酒玩江楼记》附会作柳永词，非。

　　鹿虔扆作为孟蜀遗臣，也写过一首《临江仙》，暗伤亡国，其音哀以思：

　　　　金锁重门荒苑静。绮窗愁对秋空。翠华一去寂无踪。玉楼歌吹，声断已随风。　　烟月不知人事改。夜阑还照深宫。藕花相向野塘中。暗伤亡国,清露泣香红。

李冰若《栩庄漫记》认为,它甚至比李煜的有些词写得还要好:"太白诗'只今惟有西江月,曾照吴王宫里人',已开鹿词先路。此阕之妙,妙在以暗伤亡国托之藕花。无知之物,尚且泣露啼红,与上句'烟月还照深宫'相衬,而愈觉其悲惋。其全词布置之密,感喟之深,实出后主'晚凉天净'一词之上,知音当不河汉斯言。"〔按:"晚凉天净"句,出自李煜的《浪淘沙》:"往事只堪哀。对景难排。秋风庭院藓侵阶。一任珠帘闲不卷,终日谁来。

金锁已沉埋。壮气蒿莱。晚凉天净月华开。想得玉楼瑶殿影,空照秦淮。"龙榆生《唐五代词选注》认为,此词下片抒情后忽然拓开,现出一幅壮阔画面,再融情入景,结以凄壮之音,笔力何等豪迈! 意即与鹿词难分高下。〕

乌夜啼①

李 煜

林花谢了春红。太匆匆。无奈朝来寒雨晚来风。　　胭脂泪,留人醉,几时重。自是人生长恨水长东。

[注释]

①乌夜啼:唐教坊曲名。朱权《太和正音谱》注南吕宫,又大石调。欧阳修词名《圣无忧》。赵令畤词名《锦堂春》。按,郭茂倩《乐府诗集》有清商曲《乌夜啼》,乃六朝及唐人古今诗体,与此不同,此盖借旧曲名,另翻新声也。又,相见欢,唐教坊曲名。李煜词有"无言独上西楼,月如钩"句,更名《秋夜月》,又名《上西楼》,又名《西楼子》。康与之词名《忆真妃》。张辑词有"唯有渔竿,明月上瓜州"句,因名《月上瓜州》。或名《乌夜啼》。

[评析]

　　此首借写林花遭风雨摧残而速谢，恨无回天之力，因而在物我相惜中转为对人生命运的思考。上片从惜花写起。"太匆匆"传写惊叹之神，表明惜花之意。"无奈朝来寒雨晚来风"句又转为怨恨之情，交代林花所以匆匆而谢的原因。朝是雨打，晚是风吹，花何以堪，人何以堪，说花即以说人。"无奈"二字，且见无力护花，无计回天之意。下片明点人事。"胭脂泪"承上片林花经雨而来。〔按：与离别相联系的"风"，在这里还别具一项功能，它与寒雨联手，成为春日之美的摧残者，而寒雨本身亦是最受诗人青睐的用来表征离别与孤独的意象。词的上阕保持着客观观察的角度，而下阕则转为主观的立场，不过"无奈"一词有意制造出模棱两可的意味，它既与花又与人相关。〕"留人醉"二句轻顿，花之易落，不得重上故枝，犹流光易逝，人亦韶华难再。"自是人生长恨水长东"句重落，以水之必然长东，喻人之必然长恨，语最深刻。"自是"二字，领衔结句重大之笔的陡转与词境的提升，尤能揭出人生苦闷沉哀之意蕴。

　　值得注意的是，俞平伯《唐宋词选释》认为："本词从杜甫《曲江对雨》'林花著雨燕脂湿'变化，却将一语演作上下两片。"其实，在北宋诗词的渗透中，以诗意为词，檃栝诗歌整首或数句，长短其句而成词，是颇为常见的。苏轼将花蕊夫人诗檃栝为《洞仙歌》（冰肌玉骨），是一个著名的例子。杨湜《古今词话》亦载有类似情形：

　　　　白云先生之子张才翁，风韵不羁，敏于词赋。初任临邛秋官，邛守张公序不知之，待之不厚。临邛故事，正月七日有白鹤之游，郡守率属官同往，而才翁不预焉。才翁密语官妓杨皎曰："此老子到彼，必有诗词，可速寄来。"公序既到白鹤，登信美亭，便留题曰："初眠官柳未成阴，马上聊为拥鼻吟。远宦情怀销壮志，好花时节负归心。别离长恨人南北，会合休辞酒浅深。欲把春愁闲抖擞，乱山高处一登临。"杨皎录此诗以寄，才翁得诗，即时增减作《雨中花》一阕，以遗杨皎，使皎调歌之，曰："万缕青青，初眠官柳，向人犹未成阴。据征鞍无语，拥鼻微吟。远宦情怀谁问，空劳壮志销沉。好花时节，山城留滞，又负归心。　别离万里，飘蓬无定，谁念会合难凭。相聚里、莫辞金盏。酒浅还深。欲把春愁抖擞，春愁转更难禁。乱山高处，凭栏垂袖，聊寄登临。"公庠再坐晚筵，皎歌于公庠侧。公庠怪而问，皎进禀曰："张司理恰寄来，令杨皎歌之，以献台座。"公庠遂青顾才翁，尤加礼焉。

张词只是剪裁诗句铺衍而成，吴曾《能改斋漫录》卷一六所录，更可能是因为口耳相传的缘故而略有异文："万缕青青，初眠官柳，向人犹未成阴。据雕鞍马上，拥鼻微吟。远宦情怀谁问，空嗟壮志销沉。正好花时节，山城留滞，忍负归心。　别离万里，飘蓬无定，谁念会合难凭。相聚里、休辞金盏。酒浅还深。欲把春愁抖擞，春愁转更难禁。乱山高处，凭阑垂袖，聊寄登临。"

又，王辟之《渑水燕谈录》卷七载：

> 石曼卿天圣、宝元间以歌诗豪于一时，尝于平阳作《代意寄师鲁》一篇，词意深美，曰："十年一梦花空委，仍旧山河损桃李。雁声北去燕西飞，高楼日日春风里。眉黛石州山对起，娇波泪落妆如洗。汾河不断水南流，天色无情淡如水。"曼卿死后，故人关咏梦曼卿曰："延年平生作诗多矣，独常自以为《代平阳》一首最为得意，而世人罕称之。能令予此诗盛传于世，在永言尔。"咏觉，增广其词为曲，度以《迷仙引》，于是人争歌之。

关词为："春阴霁。岸柳参差，袅袅金丝细。画阁昼眠莺唤起。烟光媚。燕燕双高，引愁人如醉。慵缓步，眉敛金铺倚。嘉景易失，懊恼韶光改，花空委。忍厌厌地。施朱粉，临鸾鉴，腻香销减摧桃李。　独自个凝睇。暮云暗，遥山翠。天色无情，四远低垂淡如水。离恨托、征鸿寄。旋娇波、暗落相思泪。妆如洗。向高楼、日日春风里。悔凭栏，芳草人千里。"此增衍改作，从艺术上看并不比石诗更好，但却与上引情形一样，都达到了预期的效果。

浪淘沙①

李 煜

帘外雨潺潺。春意阑珊。罗衾不耐五更寒。梦里不知身是客，一晌贪欢。 独自莫凭阑。无限江山。别时容易见时难。流水落花春去也，天上人间。

[注释]

①浪淘沙：盖《浪淘沙令》。柳永《乐章集》注歇指调。蒋氏《九宫谱目》：越调。《唐书·礼乐志》：歇指调乃林钟律之商声，越调乃无射律之商声也。贺铸词名《曲入冥》。李清照词名《卖花声》。史达祖词名《过龙门》。马钰词名《炼丹砂》。按，唐人《浪淘沙》，本七言断句，至李煜始制两段令词，虽每段尚存七言诗两句，其实因旧曲名，另创新声也。杜安世、柳永、宋祁、杜安石词，均源出于李煜词也。至柳永、周邦彦别作慢词，与此截然不同，盖调长拍缓，即古曼声之意也。

[评析]

李煜此词写亡国被俘后的悲苦之情，通过梦境与现实的强烈反差，在今昔对比中凸显出隐埋心底的深哀剧痛。上片先倒叙梦醒后的凄凉感受，再回忆梦中欢快情事。"梦里不知身是客"二句似轻闲，实苦痛。过片三句彼此呼应串联。彼时"贪欢"亡国仅在倏忽之间，此时"客"里凭栏，但见无限江山，不见故国"朱颜"。相见既已遥遥无期，而人生复有几何？"流水落花春去也"二句紧承此意，道出人生将尽的悲哀，正如唐圭璋所谓："水流尽矣，花落尽矣，春归去矣，而人亦将亡矣。将四种了语，并合一处作结，肝肠欲断，遗恨千古。"（《唐宋词简释》）此情此景，正与胡仔《苕溪渔隐丛话》前集卷五九引《西清诗话》所记相符："南唐李后主归朝后，每怀江山，且念嫔妾散落，郁郁不自聊。尝作长短句：帘外雨潺潺云云。含思凄婉，未几下世。"

李煜还写过一首《渡中江望石城泣下》：

> 江南江北旧家乡，三十年来梦一场。吴苑宫闱今冷落，广陵台殿已荒凉。云笼远岫愁千片，雨打归舟泪万行。兄弟四人三百口，不堪闲坐细思量。

马令《南唐书》卷五记其诗事曰：开宝八年（975）冬，金陵城破，李煜降。"煜举族冒雨乘舟，百司官属仅（近）千艘。煜渡中江，望石城泣下，自赋诗云：江南江北旧家乡……"《全唐诗》卷八即据以拟题《渡中江望石城泣下》。诗中所写，略可与此词互参。〔按：此诗作者，马令《南唐书》以外，《江南野史》亦以为李煜作，《江表志》与《江南余载》则记为吴主杨溥，题《泰州永宁宫》。四库馆臣以撰著者郑文宝曾任南唐之官，推断《江表志》所言更为可靠。本应二说并存以资考证，此处姑从一般看法将其归于李煜名下。〕

乌夜啼

李 煜

无言独上西楼。月如钩。寂寞梧桐深院，锁清秋。　　剪不断,理还乱,是离愁。别是一般滋味在心头①。

[注释]

①别是:陈耀文《花草粹编》卷一引《古今词话》作"别有"。

[评析]

此首,黄昇《唐宋诸贤绝妙词选》卷一引作李煜词,《南词十三种》本《南唐二主词》无之。杨湜《古今词话》系之于孟昶名下,唐圭璋编《词话丛编》案云:"杨湜谓为孟昶作,殆必有据。"今仍从《唐宋诸贤绝妙词选》作李煜词。又,有学者认为,此词明言"离愁",或系因七弟从善朝宋而被羁留不得南归而作,故只是反复诉说难以名状的寂寞之感,其沉痛程度远不及亡国后所作之长吁短叹、悲观绝望。可备一说。

此词托别情闺怨以写故国之思,凄婉之至,也令人耳目一新。正如袁枚所言:"先有寸心,后有千古","有必不可解之情,而后有必不可朽之诗"(《答蕺园论诗书》)。王国维甚至认为,像"问君能有几多愁,恰似一江春水向东流"、"自是人生长恨水长东"这样的句子,其中的意蕴,"俨然有释迦、基督担荷人类罪恶之意"(《人间词话》),亦即对人生的大悲哀有着具有普遍性的体验。这种崇高评价得到后世不少人的认同,并不是无缘无故的。李煜以其杰出的创作,成为南唐词的殿军,也开创了词创作的新纪元。

第二编 宋词

苏幕遮①

范仲淹

碧云天，黄叶地，秋色连波，波上寒烟翠。山映斜阳天接水。芳草无情，更在斜阳外。② 黯乡魂③，追旅思。夜夜除非，好梦留人睡。明月楼高休独倚。酒入愁肠，化作相思泪。

[注释]

①苏幕遮：唐教坊曲名。《新唐书·宋务光传》："比见坊邑相率为浑脱队，骏马胡服，名曰'苏莫遮'。"张说集有《苏幕遮》七言绝句，宋词盖因旧曲名，另度新声也。周邦彦词有"鬓云松"句，更名《鬓云松令》。金词注般涉调。 ②"芳草"二句：《饮马长城窟行》："青青河畔草，绵绵思远道。"杜牧《池州春送前进士蒯希逸》："芳草复芳草，断肠还断肠。自然堪下泪，何必更残阳。" ③黯乡魂：江淹《别赋》："黯然销魂者，唯别而已矣。"

[评析]

倡言"先天下之忧而忧，后天下之乐而乐"（《岳阳楼记》）的范仲淹（989~1052），胸怀天下，也满怀柔情。这首《苏幕遮》展示的是他镇守西北边塞时的羁旅情思。上片写景。先是大笔挥洒，描绘出一派壮美秋景。"山映斜阳天接水"三句，则既使天、地、山、水通过斜阳、芳草连接在一起，又收化实为虚之效，离情别绪隐寓其中。过片二句承上而来，直抒离情。塞外秋光如许，天涯望断，思乡之情与羁旅之愁重叠相续，令人黯然神伤。以下正话反说，实谓恰恰就是因为思乡，每晚都难以入眠。再下，一反常态地说"明月楼高休独倚"，刻意回避，生怕触碰，益见乡思之深浓。最后，以羁旅乡愁郁积于胸，不可排解，借酒浇愁愁更愁收束全篇。

王实甫《西厢记》第四本第三折"哭宴"中《正宫·端正好》："（莺莺唱）碧云天，黄花地，西风紧，北雁南飞。晓来谁染霜林醉？总是离人泪！"金圣叹评曰：

绝妙好辞！恰借范文正公"穷塞主"语作起，纯写景，未写情。

这首不仅仅是王实甫，甚至被认为是整个元曲中最为典雅的篇章，借用的正是这首《苏幕遮》中的语句。也是因了王实甫的一曲"绝妙好辞"，范仲淹的一首不算特别出色的词，从此备受瞩目，让人见识到戏曲名著在宋词的跨文体传播中的卓越效能。

御街行[①]

范仲淹

纷纷坠叶飘香砌，夜寂静，寒声碎。真珠帘卷玉楼空，天淡银河垂地。年年今夜，月华如练，长是人千里。[②]　愁肠已断无由醉，酒未到，先成泪。残灯明灭枕头欹，谙尽孤眠滋味。都来此事，眉间心上，无计相回避。

[注释]

①御街行：柳永《乐章集》注夹钟宫。杨湜《古今词话》无名氏词

有"听孤雁声嘹唳"句,更名《孤雁儿》。 ②"月华"二句:谢朓《晚登三山还望京邑》:"余霞散成绮,澄江静如练。"谢庄《月赋》:"美人迈兮音尘阙,隔千里兮共明月。"

[评析]

　　这首词写秋夜怀人。上片写景。先写听觉:静寂夜深,纷纷坠叶,飘落香阶,沙沙作响。"寒"字兼写秋寒节候与孤寒处境的感受。"碎"字与"纷纷"前后照应,写出由落叶而感知秋声,由秋声而感知寒意。再写视觉:佳人空楼寂寥,愁思难眠,卷帘眺望,夜空微茫,银河低倾,月华如练。"年年今夜"、"人千里"分别将时间、空间推向无限,后者同时承接前言"玉楼空",暗示怀人心绪。下片由景入情,次第描写酌酒垂泪的愁意,残灯倚枕的愁态,攒眉揪心的愁容,步步近逼,层层翻出。过片三句,谓肠已愁断,酒无由入,虽未到愁肠,已先化泪。比起同一机杼的《苏幕遮》中的入肠化泪,又添一折,再进一层。"残灯明灭枕头欹"二句,室内昏灯如灭,与室外明月两相映照,已自令人凄然不欢。枕头欹斜,写出佳人无眠,倚枕痴对残灯,寂然苦思的煎熬神态。结末三句,是诉说无以言传的相思之情的神来之笔,谓愁情凝心,故心上无计相回避,并形之于眉头紧锁。李清照《一剪梅》中"此情无计可消除,才下眉头,却上心头",明显受此影响。

　　范仲淹久任边帅,使得诸如《苏幕遮》与这首《御街行》中"无计相回避"的"相思泪",融入苍凉边景笼罩下的征人乡情,丽语柔情一变而为沉郁雄壮。又如《渔家傲》:

　　　　塞下秋来风景异。衡阳雁去无留意。四面边声连角起。千嶂里。长烟落日孤城闭。　　浊酒一杯家万里。燕然未勒归无计。羌管悠悠霜满地。人不寐。将军白发征夫泪。

与欧阳修送人出征的同调之作中所云"战胜归来飞捷奏"不同,将塞外景象、边镇劳苦、思归之情和报国之志融为一体,"深得《采薇》、《出车》'杨柳'、'雨雪'之意"(贺裳《皱水轩词筌》),较之唐五代的边塞之作,境界之高旷与情调之悲凉,皆远过之,为宋代词苑创辟了崭新境界。〔按:"战胜归来飞捷奏"句,出自欧阳修的《渔家傲》:"儒将不须躬甲胄。指挥玉麈风云走。战罢挥毫飞捷奏。倾贺酒。三杯遥献南山寿。　草软沙平春日透。萧萧下马长川逗。马上醉中山色秀。光——。旆戈矛戟山前后。"魏泰《东轩笔录》卷一一记其本事曰:"范文正公守边日,作《渔家傲》乐歌数阕,皆以'塞下秋来'为首句,颇述边镇之劳苦,欧阳公尝呼为'穷塞主之词'。及王尚书素出守平凉,文忠亦作《渔家傲》一词以送之,其断章曰:'战胜归来飞捷奏。倾贺酒。玉阶遥献南山寿。'顾王曰:'真元帅之事。'"吴熊和主编《唐宋词汇评》谓:"考王珪《华阴集》卷三十七《王懿敏公素墓志铭》:'治平元年(1064)秋,敌寇静边塞,权泾源帅陈述古,与副总管刘几议进兵,不合,敌寖围童家堡。天子西忧,以端明殿学士又知渭州。既入见,英宗谕曰:朕知学士久,今边陲有警,顾朝廷谁可属者。其勉为朕行。'欧词即为王素出知渭州送行。时欧阳修为吏部侍郎,王素为兵部侍郎。此词,《全宋词》仅据《东轩笔录》存三句。孔凡礼《全宋词补辑》据《诗渊》二十五册收其全词,然以作者为庞籍。按:庞籍嘉祐八年(1063)已卒,不及见王素西行也。严杰《欧阳修年谱》系此词于庆历四年六月。其时欧阳修为河北都转运使,不在京城,故不从。"〕

雨霖铃①

柳　永

寒蝉凄切②。对长亭晚③,骤雨初歇。都门帐饮无绪④,留恋处,兰舟催发。执手相看泪眼,竟无语凝噎。念去去、千里烟波,暮霭沉沉楚天阔。　　多情自古伤离别。更那堪、冷落清秋节。今宵酒醒何处，杨柳岸、晓风残月。此去经年，应是良辰好景虚设，便纵有、千种风情，更与何人说。

[注释]

　　①雨霖铃：一名《雨霖铃慢》。唐教坊曲名。郑处诲《明皇杂录》：帝幸蜀，初入斜谷，霖雨弥日，栈道中闻铃声，采其声为《雨霖铃》曲。宋词盖借旧曲名，另倚新声也。　②寒蝉：又名寒蜩，似蝉而小，青赤色。《礼记·月令》："孟秋之月，寒蜩鸣。"蔡邕《月令章句》："寒蝉应阴而鸣，鸣则天凉，故谓之寒蝉。"　③长亭：庾信《哀江南赋》："十里五里，长亭短亭。"　④帐饮：《汉书·疏广传》："上疏乞骸骨。上以其年笃老，皆许之。加赐黄金二十斤，皇太子赠以五十斤。公卿大夫、故人邑子设祖道，供张东都门外，送者车数百两，辞决而去。"

[评析]

　　整个唐五代词中的慢词长调，如《云谣集杂曲子》中的《内家娇》、《倾杯乐》，《花间集》中薛昭蕴的《离别难》以及《尊前集》中杜牧的《八六子》，尹鹗的《金浮图》，李存勗的《歌头》等，总共不过十来首。宋初，小令极盛，张先、晏殊和欧阳修都或多或少尝试过慢词，但真正开始大力创作慢词，还是要等到"日与僎子纵游娼馆酒楼间，无复检约"（严有翼《艺苑雌黄》）的柳永（987？~1053？）。词体在柳永的努力创造之下得以扩张，"遂为词坛别开广大法门"（龙榆生《中国韵文史》）。陈锐所谓"柳三变纯乎其为词矣乎"（《袌碧斋词话》），大致上也是这个意思。柳永又是两宋词坛上创调最多的词人，在整个宋代所用八百八十多个词调中，八分之一左右是柳永首创或首次使用。可以说，词至柳永，形式体制始备，为后来者的开拓提供了必要条件。

柳永还在长调创作中创造性地运用了铺叙和白描手法。如这首《雨霖铃》，细致描绘整个送别场景，刻画人物动作、情态、心绪，即事言情，事在情中，都很有表现力。其中"执手相看泪眼，竟无语凝噎"二句，略可参读后出的毛滂《惜分飞》："此恨平分取。更无言语空相觑。"这首词有一段佳话。据俞文豹《吹剑续录》记载，东坡有幕士善歌，因问："我词何如柳七？"对曰："柳郎中词，只好十七八女孩儿，按红牙拍，唱'杨柳岸、晓风残月'。学士词，须关西大汉，执铁绰板弹铜琵琶，唱'大江东去'。"东坡为之绝倒。这是准确地抓住了苏、柳两人词风的主要特色，并且把这首词当成了柳永此类风格的代表作来看。在再后来的词学批评中，"杨柳岸、晓风残月"更是几乎成为整个婉约词派的代名词。

值得注意的还有，词中"今宵酒醒何处"二句，曾被阑入元无名氏《马陵道》第四折《幺篇》："他那里语未绝，俺这里箭早拽。则见他蓦涧穿林，钻天入地，急切难迭。脚翘翘，眼乜斜，恰便似酒酣时节，庞涓也休猜做杨柳岸晓风残月。"又，有佛僧将之作为临终悟法偈颂："（邢州开元寺僧）法明曰：'平生醉里颠蹶，醉里却有分别。今宵酒醒何处，杨柳岸晓风残月。'言讫，踟跌而逝。"（丁传靖《宋人轶事汇编》卷一〇引《类苑》）又，日本词人森槐南写过一首《酹江月·书柳七晓风残月词后》："耆卿绝调，奉天家圣旨，蓬莱宫阙。报道宫姑争按拍，满殿歌云凝咽。红杏尚书，微云学士，让尔传新调。重来谁识，晓风吹尽残月。

犹似昐望华清，露寒仙掌，万古风流歇。词客遭逢如此耳，夜雨淋零凄切。不是梧桐，依然杨柳，白尽梨园发。更怜身后，酒醒寒食时节。"均可见出柳词在中外后世影响力之一斑。

凤栖梧

柳 永

伫倚危楼风细细。①望极春愁,黯黯生天际②。草色烟光残照里。③无言谁会凭阑意。④　拟把疏狂图一醉。对酒当歌,强乐还无味。⑤衣带渐宽终不悔。为伊消得人憔悴。⑥

[注释]

①"伫倚"句:《水经注·沮水》:"危楼倾崖,恒有落势。"徐悱《古意酬到长史溉登琅邪城》:"修篁壮下属,危楼峻上干。"张九龄《登临沮楼》:"危楼入水倒,飞槛向空摩。"李端《度关山》:"危楼缘广漠,古窦傍长城。"杜甫《宣政殿退朝晚出左掖》:"宫草微微承委珮,炉烟细细驻游丝。"晏殊《清平乐》:"金风细细,叶叶梧桐坠。"　②"黯黯"句:陈琳《游览诗》二首其一:"萧萧山谷风,黯黯天路阴。"江淹《哀千里赋》:"水黯黯兮莲叶动,山苍苍兮树色红。"王安石《望淮口》:"白烟弥漫接天涯,黯黯长空一道斜。"《易·丰卦》:"丰其屋,天际翔也。"谢朓《之宣城出新林浦向板桥》:"天际识归舟,云中辨江树。"李白《黄鹤楼送孟浩然之广陵》:"孤帆远影碧空尽,惟见长江天际流。"　③"草色"句:沈约《泛永康江》:"山光浮水至,春色犯寒来。"岑参《郡斋平望江山》:"山光围一郡,江月照千家。"李白《忆秦娥》:"西风残照,汉家陵阙。"　④"无言"句:元稹《嘉陵驿》二首其二:"无人会得此时意,一夜独眠西畔廊。"崔涂《上巳日永崇里言怀》:"游人过尽衡门掩,

独自凭栏到日斜。"李煜《浪淘沙》："独自莫凭阑。无限江山。别时容易见时难。"　⑤"拟把"三句：白居易《代书诗百韵寄微之》："疏狂属年少，闲散为官卑。"朱敦儒《鹧鸪天》："我是清都山水郎。天教懒慢带疏狂。"曹操《短歌行》："对酒当歌，人生几何。譬如朝露，去日苦多。"《淮南子·原道》："无味而五味形焉。"　⑥"衣带"二句：《古诗十九首》："相去日已远，衣带日已缓。"

[评析]

　　柳永此词，又见欧阳修《近体乐府》卷二。《全宋词》两收之。起首三句，写远望生愁。"草色烟光残照里"二句，实写所见冷落景象与伤高念远之意。下片谓借酒浇愁，不意强乐无味，抑且愁上加愁。结二句，"长守尾生抱柱之信，拼减沈郎腰带之围，真情至语"（俞陛云《唐五代两宋词选释》）。执着之意的陡然振起，升华了词境。在被王国维推许为古今成大事业、大学问者所必经之三种境界中的"第二境"（《人间词话》）以后，声誉更见隆盛。

　　王实甫的《中吕·十二月过尧民歌》，被认为是曲中写"别情"之杰构：

> 自别后遥山隐隐，更那堪远水粼粼。见杨柳飞绵滚滚，对桃花醉脸醺醺。透内阁香风阵阵，掩重门暮雨纷纷。　怕黄昏忽地又黄昏，不销魂怎地不销魂。新啼痕压旧啼痕，断肠人忆断肠人。今春，香肌瘦几分，搂带宽三寸。

后曲"今春，香肌瘦几分，搂带宽三寸"数句，相比于柳词的"衣带渐宽终不悔，为伊消得人憔悴"而言，来得更为直接、夸张，也更口语化，具有浓郁的生活气息。

定风波①

柳 永

自春来、惨绿愁红,芳心是事可可②。日上花梢,莺穿柳带,犹压香衾卧。暖酥消,腻云亸③。终日厌厌倦梳裹。无那④。恨薄情一去,音书无个。　　早知恁么。悔当初、不把雕鞍锁。向鸡窗、只与蛮笺象管,⑤拘束教吟课。镇相随⑥,莫抛躲。针线闲拈伴伊坐。和我。免使年少,光阴虚过。

[注释]

①定风波:唐教坊曲名。李珣词名《定风流》。张先词名《定风波令》。又,《定风波慢》有两体,一百字者,柳永词注林钟商,张耒词注商角调;一百五字者,柳永词注夹钟商。　②是事可可:凡事皆不在意。状心绪无趣。　③腻云亸(duǒ):腻云,浓密的云彩,此喻头发。亸,下垂。　④无那:无可奈何,不为别的。　⑤"向鸡窗"句:鸡窗,代指书窗或书房。欧阳询等编《艺文类聚》卷九一引《幽明录》:"晋兖州刺史沛同宋处宗尝买得一长鸣鸡,爱养甚至,恒笼著窗间。鸡遂作人语,与处宗谈论极有言智,终日不辍。处宗因此言巧大进。"罗隐《题袁溪张逸人所居》:"鸡窗夜静开书卷,鱼槛春深展钓丝。"又《清溪江令公宅》:"蛮笺象管夜深时,曾赋陈宫第一诗。"刘兼《春宴河亭》:"蛮笺象管休凝思,且放春心入醉乡。"　⑥镇:整日。

[评析]

  原本带有浓厚民间色彩的词，到了文人手中，更多地用于表达文人们自己的审美情怀。柳永顺应乃至主动迎合市民阶层的审美需求，表现他们所熟悉的世俗化生活与情调，所作也因此而部分脱离文人词的惯常创作路数，增添了富于时代色彩的审美内涵和趣味。其效果，正如陈师道所云："骫骳从俗，天下咏之。"（《后山诗话》）其中比较突出的内容，主要表现在传达世俗女性大胆而泼辣的情爱意识和痛苦心声。如《满江红》：

    万恨千愁，将年少、衷肠牵系。残梦断、酒醒孤馆，夜长无味。可惜许枕前多少意，到如今两总无终始。独自个、赢得不成眠，成憔悴。　　添伤感，将何计。空只恁，厌厌地。无人处思量，几度垂泪。不会得都来些子事，甚恁底死难拚弃。待到头、终久问伊看，如何是。

将词笔探入平民女性的内心世界，以女主人公的口吻，诉说怨尤，很容易引起听者共鸣。

  这首《定风波》，则是用直白的语言表达世俗女子的生活愿望。柳永却因此而受到晏殊的责难："柳三变既以词忤仁庙，吏部不放改官，三变不能堪，诣政府。晏公曰：'贤俊作曲子么？'三变曰：'只如相公亦作曲子。'公曰：'殊虽作曲子，不曾道：彩线慵拈伴伊坐。'柳遂退。"（张舜民《画墁录》）本来是承接敦煌曲子词之真切而来，此时却显得另类。当然，这种责难也可以理解为复雅崇格倾向中的一种文化冲突。事实上，词在体式和内容方面的变化，要求艺术表现也作出相应的变革。柳永首先在语言上进行大胆革新，充分运用现实生活中提炼出来的，也更容易被市民大众理解、接受的口语和俚语。当时"凡有井水饮处，即能歌柳词"（叶梦得《避暑录话》卷下），除了因为他的词"音律谐婉"（陈振孙

《直斋书录解题》卷二一）之外，也与此不无关系。不过，事情也还有另外一面。这首让柳永遭到当头棒喝的《定风波》，恰恰就是由于语言浅近直白，背离了已建构好的文人规范，甚而至于连那种抒情方式也被认为格调不高，尽管就内容而言，与包括责难者晏殊在内的许多词人的作品一样，并没有本质的不同。

后来，此词曾被录入关汉卿《钱大尹智宠谢天香》第一折和第二折中，后者详情如下：

（钱大尹云）张千，将酒来我吃一杯，教谢天香唱一曲调咱。（正旦云）告宫调。（钱大尹云）商角调。（正旦云）告曲子名。（钱大尹云）《定风波》。（正旦唱）自春来、惨绿愁红，芳心事事……（张咳嗽科）（正旦改云）已已。（钱大尹云）聪明强毅谓之才，正直中和谓之性。老夫着他唱"自春来、惨绿愁红，芳心事事可可"。他若唱出"可可"二字来，便是误犯俺大官讳字，我扣厅责他四十。听的张千咳嗽了一声，他把"可可"二字改为"已已"。哦，这"可"字是歌戈韵，"已"字是齐微韵。兀那谢天香，我跟前有古本，你若是失了韵脚，差了平仄，乱了官商，扣厅责你四十。则依着齐微韵唱！唱的差了呵，张千，准备下大棒子者。（正旦唱云）自春来、惨绿愁红，芳心事事已已。日上花梢，莺喧柳带，犹压绣衾睡。暖酥消，腻云髻。终日厌厌倦梳洗。无奈。薄情一去，音书无寄。　早知恁的。悔当初、不把雕鞍系。向鸡窗、收拾蛮笺象管，拘束教吟味。镇日相随莫抛弃。针线拈来共伊对。和你。免使年少，光阴虚费。

上述文字，极有助于后世读者比较真切地了解元杂剧的即时演唱状况。而其中"'可'字是歌戈韵，'已'字是齐微韵"云云，似更可以见出宋词在后世的戏曲传播中的一般情形。在周德清《中原音韵》中，"已"字属四齐微韵上声，"可"字属十二歌戈韵上声。剧中，钱大尹显然是要求谢天香依据

《中原音韵》来唱柳永的词，是执后律前地用曲韵改唱宋词，于是牵一发而动全身，造成整首韵脚变更，而诡异的是，关剧第一折中所谓"词寄《定风波》，是商角调"的这曲唱词，看上去却还能不像是另外的一首词。

戚氏①

柳　永

晚秋天。一霎微雨洒庭轩。槛菊萧疏，井梧零乱惹残烟。凄然。望江关。飞云黯淡夕阳间。当时宋玉悲感，向此临水与登山。②远道迢递，行人凄楚，倦听陇水潺湲③。正蝉吟败叶，蛩响衰草，相应喧喧。　　孤馆度日如年。风露渐变，悄悄至更阑。长天净，绛河清浅，皓月婵娟。思绵绵。夜永对景，那堪屈指，暗想从前。未名未禄，绮陌红楼，往往经岁迁延。　　帝里风光好，当年少日，暮宴朝欢。况有狂朋怪侣，遇当歌、对酒竞留连。别来迅景如梭，旧游似梦，烟水程何限。念利名、憔悴长萦绊。追往事、空惨愁颜。漏箭移、稍觉轻寒。渐呜咽、画角数声残。对闲窗畔，停灯向晓，抱影无眠。

[注释]

①戚氏：柳永《乐章集》注中吕调。丘处机词名《梦游仙》。　②"当时"二句：宋玉《九辩》："悲哉！秋之为气也，萧瑟兮草木摇落而变衰"，"憭栗兮若在远行，登山临水兮送将归"。　③潺湲（chán yuán）：水缓流貌。屈原《九歌·湘夫人》："荒忽兮远望，观流水兮潺湲。"

[评析]

　　这是柳永的一首羁旅行役词。结构上以时间为线索，从傍晚、深夜写到翌日破晓，脉络井然。先写凄清的秋绪，次写永夜的幽思，最后归结到对追逐名利的官场生活的厌倦上来，层次清晰。上片描写微雨刚过的薄暮景色。先从近景写起：秋雨梧桐，西风寒菊，点缀着荒寂的驿馆。"惹残烟"，一字一层。"烟""残"而曰"惹"，见出其勉为弄姿摇曳枝头的眷恋之情，益发令人怜惜。"凄然"以下是远景。"夕阳间"以无心的落照反衬上文。"倦听"以下，转写所闻：一个"应"字，写活了蝉鸣、蛩响彼此呼应的秋声。中片深入一层，刻画此地此时心理状态。月明夜静，一身孤旅，清宵独坐，怎能不勾起伊郁的情思？"屈指"以下转入忆旧，以虚衬实，放笔直书。下片"帝里风光好"五句，续写狂放不羁的少年生活，补足"暗想"的内容。仍用虚笔，与上片密衔细接。"别来迅景如梭"一句喝断，转写实景。以向日的欢娱，衬出如今的落寞，烟村水驿，何限凄凉。然后引出点睛语"念利名、憔悴长萦绊"，谓就是这些往事的萦回，使他数遍更筹，听残画角，终夕难眠。歇拍二句"停灯向晓，抱影无眠"，堪称写尽伶仃孤处滋味的摹神之极笔。总之，全首纵横排宕，颇似杜甫歌行手段，可以代表柳永在艺术追求上的最高成就，"体势之开拓，实亦下启东坡"（龙榆生《中国韵文史》）。

　　《戚氏》一调为柳永所创。从音律上讲，通篇谐协美听，句法活泼，平仄通叶，韵位尤错落有致。因其音律考究，当时就有"《离骚》寂寞千载后，《戚氏》凄凉一曲终"之誉。〔按：此语出自王灼《碧鸡漫志》卷二所引"前辈云"。王氏随即评曰："《戚氏》，柳所作也。柳何敢知世间有《离骚》？惟贺方回、周美成时时得之。"这种批评流于偏激。〕

八声甘州①

柳 永

对潇潇暮雨洒江天,一番洗清秋②。渐霜风凄紧,关河冷落,残照当楼。③是处红衰翠减,苒苒物华休。④惟有长江水,无语东流。

不忍登高临远,望故乡渺邈,归思难收。叹年来踪迹,何事苦淹留⑤。想佳人、妆楼颙望,误几回、天际识归舟。⑥争知我,倚阑干处,正恁凝愁⑦。

[注释]

①八声甘州:王灼《碧鸡漫志》:甘州,仙吕调。有曲破,有八声,有慢有令。按,此调前后段八韵,故名《八声》,乃慢词也,与《甘州遍》之曲破,《甘州子》之令词不同。柳永《乐章集》亦注仙吕调。周密词名《甘州》。张炎词因柳词有"对萧萧暮雨洒江天"句,更名《萧萧雨》。白朴词名《宴瑶池》。 ②洗清秋:韩愈《酬司门卢四兄云夫院长望秋作》:"长安雨洗新秋出,极目寒镜开尘函。" ③"渐霜风"三句:张相《诗词曲语辞汇释》:"渐,旋也;还,又也。柳永《八声甘州》词:'……渐霜风凄紧,关河冷落,残照当楼。'言雨后旋又为凄风残照之景况也。" ④"是处"二句:《诗词曲语辞汇释》:"是处,犹云到处或处处也。"李商隐《赠荷花》:"此荷此叶常相映,翠减红衰愁煞人。" ⑤淹留:宋玉《九辩》:"时缤纷其变易兮,又何足以淹留!" ⑥"想佳人"二句:颙望,凝望,抬头呆望。白居易《祈皋亭神文》:"下民颙望

而不知。"则指敬仰地期待。温庭筠《望江南》："梳洗罢,独倚望江楼。过尽千帆皆不是,斜晖脉脉水悠悠。" ⑦"正恁"句:恁,如此。《诗词曲语辞汇释》:"凝愁,愁之不已,犹云深愁也。"

[评析]

  被陈振孙赞为"尤工于羁旅行役"(《直斋书录解题》卷二一)的柳永,其《乐章集》中有六十多首羁旅行役词,也是他无比失意的一生的全面写照。如:"冻云黯淡天气,扁舟一叶,乘兴离江渚。渡万壑千岩,越溪深处。怒涛渐息,樵风乍起,更闻商旅相呼。片帆高举。"(《夜半乐》)"一叶扁舟轻帆卷。暂泊楚江南岸。孤城暮角,引胡笳怨。水茫茫,平沙雁、旋惊散。烟敛寒林簇,画屏展。天际遥山小,黛眉浅。"(《迷神引》)"鹜落霜洲,雁横烟渚,分明画出秋色。暮雨乍歇。小楫夜泊,宿苇村山驿。何人月下临风处,起一声羌笛。离愁万绪,闻岸草、切切蛩吟如织。"(《倾杯》)"一望乡关烟水隔。转觉归心生双翼。愁云恨雨两牵萦,新春残腊相催逼。岁华都瞬息。浪萍风梗诚何益。归去来,玉楼深处,有个人相忆。"(《归朝欢》)"游宦区区成底事,平生况有云泉约。归去来、一曲仲宣吟,从军乐。"(《满江红》)"游宦成羁旅,短樯吟倚闲凝伫。万水千山迷远近,想乡关何处。"(《安公子》)不一而足。

  这首《八声甘州》是柳永羁旅行役词中的名篇。上片为登楼凝眸的望中所见,动人归思。起二句,写雨后江天,澄澈如洗,用笔大气。"渐霜风凄紧"三句,添足清秋寥廓萧瑟之景,意境高远。"是处"以下,转写眼前风光。江水无语东流,不管叶残花落,亦不管人心中的愁绪,是反衬,更是"伟大的沉默"(邓乔彬《人情不似春情薄——宋词中的人生百味》)。下片写望中所思。"不忍"复又"难收",曲折委婉,见出思归之情的翻腾起伏。"叹年来踪迹"二句,自问自叹。"想佳人、妆楼颙望"

二句,从对面着笔,由自己的望乡想到闺中佳人的望归,把独望写成双方关山遥隔的千里相望,缱绻缠绵。结句呼应篇首,言欲归未得、思念不已之情,却又用"争知我"从对方设想来写自身,化实为虚,更见归思之切。全篇铺叙展衍章法细密,意绪动荡开阖,堪称"情景兼到,骨韵俱高,无起伏之痕,有生动之趣"的"古今杰构"(陈廷焯《词则·大雅集》卷一)。又,在语言上,此词既有"霜风凄紧,关河冷落,残照当楼"这样极为雅化、"不减唐人高处"(赵令畤《侯鲭录》卷七)的句子,也有"想佳人、妆楼颙望"这样"佳人妆楼四字连用,俗极"(陈廷焯《白雨斋词话》卷五)的俗语,雅不避俗,俗不伤雅,雅俗并陈。〔按:《侯鲭录》所引苏轼评语曰:"世言柳耆卿曲俗,非也。如《八声甘州》云:'霜风凄紧,关河冷落,残照当楼。'此语于诗句不减唐人高处。"彭玉平《唐宋词举要》认为,这段话貌甚赞美,其中也或有贬义,"盖有诗词体性辨别不明之意"。〕

作为宋代词史上第一个对词体大胆进行全面革新的大词人,柳永对后世词人影响非常大。如王灼即说"今少年""十有八九不学柳耆卿,则学曹元宠",又说沈唐、李甲、孔夷、孔榘、晁端礼、万俟咏等人,"源流从柳氏来"(《碧鸡漫志》卷二)。北宋中后期,各开一派的苏轼和周邦彦,都是直接从柳词发展而来,犹如一水中分,分流而进。

醉垂鞭①

张　先

双蝶绣罗裙。②东池宴。初相见。朱粉不深匀。闲花淡淡春。③细看诸处好。人人道。柳腰身。④昨日乱山昏。来时衣上云。⑤

[注释]

①醉垂鞭：李白《赠郭将军》："平明拂剑朝天去，薄暮垂鞭醉酒归。"　②"双蝶"句：魏承班《生查子》："蝶舞双双影，羞看绣罗衣。"　③"朱粉"二句：白居易《题令狐家木兰花》："腻如玉指涂朱粉，光似金刀剪紫霞。"张先《师师令》："学妆皆道称时宜，粉色有、天然春意。"　④柳腰：孟棨《本事诗·事感》载白居易诗："樱桃樊素口，杨柳小蛮腰。"温庭筠《杨柳枝》："宜春苑外最长条，闲袅春风伴舞腰。"又《南歌子》："转盼如波眼，娉婷似柳腰。"　⑤衣上云：李白《清平调》："云想衣裳花想容，春风拂槛露华浓。"

[评析]

老寿词人张先（990~1078）一生仕途平稳，啸咏优游，风月无边。所以，特别擅长表现歌舞音乐艺术的精妙及其表演者的迷人神态，常常使人有身临其境之感。如《减字木兰花》之写舞姿："垂螺近额。走上红裀初趁拍。只恐轻飞。拟倩游丝惹住伊。"《庆春泽》之写歌喉："冰齿映轻唇，蕊红新放。声宛转，疑随烟香悠扬。对暮林静，寥寥振清响。"《定西番》、《醉垂鞭》之分别传达乐音："三十六弦蝉闹，小弦蜂作团"、"啄木细声迟，黄蜂花上飞"。还有这首《醉垂鞭》之描写歌妓。

这是一首赠妓词，也是一般意义上的"有句无篇"之作，略如李清照《词论》所评："虽时时有妙语，而破碎何足以名家。"只是，这种评价多数时候似乎是以长调的标准来衡量小令，未必可以一概而论。即以此词而言，上片以写"她"的妆束开头：罗裙上绣着双飞的蝴蝶。只写了一半，却也能体现出谋篇布局之意。因为等读到了结尾才会明了，更能使人产生丰富联想的，还不是她的裙，而是她的衣。"东池宴"二句点明相见之地、之因,以及她侑酒的身份。"朱粉不深匀"二句,写她的本色之美。换头三句,用倒装句法:人人都说"她"身材好,但"细看"之下,"诸处"都"好",足见整体协调,人所共赞。由此自然引出结末二句写"她"的衣。词人由她衣上的云,联想到山上的云,而且是带些昏暗的乱山,让人感到朵朵白云从昏暗的乱山中徐徐而出。经过这样的烘染,就仿佛衣上的云变成了真正的云,而这位身着云衣的歌妓,就像一位神女从云端飘然下降了。全篇就此戛然而止,收得极为有力,故被赞为"横绝"(周济《宋四家词选》)。

一丛花令

张 先

伤高怀远几时穷。无物似情浓。①离愁正引千丝乱②,更东陌、飞絮蒙蒙。嘶骑渐遥,征尘不断,何处认郎踪。 双鸳池沼水溶溶。南北小桡通。③梯横画阁黄昏后,又还是、斜月帘栊。④沉恨细思,不如桃杏,犹解嫁东风。⑤

[注释]

①"无物"句:张先《木兰花》:"人生无物比多情,江水不深山不重。" ②千丝:刘禹锡《杨柳枝词》:"御陌青门拂地垂,千条金缕万条丝。" ③"双鸳"二句:《嘉泰吴兴志》卷九:"余英馆在县西南余英溪上,即沈约宗族所居之地,馆南有双鸳池。"注引《旧编》云:"旧尼寺基地。张子野乐府之'双鸳池沼水溶溶。南北小桡通',即此处。"

④"梯横"二句：李商隐《代赠二首》其一："楼上黄昏欲望休，玉梯横绝月中钩。" ⑤"不如"二句：李贺《南园》十三首其一："可怜日暮嫣香落，嫁与春风不用媒。"犹解，张相《诗词曲语辞汇释》："犹得也。"

[评析]

　　此首，别误作欧阳修词，见《近体乐府》卷三。又，皇都风月主人《绿窗新话》卷上引杨湜《古今词话》云其有本事："张先字子野，尝与一尼私约。其老尼性严，每卧于池岛中一小阁上，俟夜深人静，其尼潜下梯，俾子野登阁相遇。临别，子野不胜倦倦，作《一丛花》词以道其怀。"即便在一定程度上有助于理解这首《一丛花令》，也未可全信。

　　词作前两句总冒全篇，点明全词的基本内容。劈头一句，便用重笔直接倾泻萦绕在胸中的感情，略去却也是概括前此许多情事，起得虽突兀而有力，感慨深沉。紧接着一句，是对"几时穷"的回答。"离愁正引千丝乱"二句承上，写伤离之人对随风飘拂的柳丝飞絮的特殊感受。本来是乱拂的柳丝引动了离思，使自己心绪不宁，却反过来说自己的离愁引动得柳丝纷乱。"嘶骑渐遥"三句写别后登高，回忆往日情郎离去时的情景。过片仍承伤高怀远，续写登楼所见。"双鸳池沼水溶溶"二句看似闲笔，但所引起的对往昔欢聚情事的联想，以及今日触景伤怀之情可以想见。"梯横画阁黄昏后"二句所写景象，隐隐传出一种孤寂感。"又还是"三字，有追怀，有伤感。这就使词情由伤高怀远转入对自身命运的沉思默想，引出结拍"沉恨细思"三句来。这三句翻用李贺诗意，是说对只能在形影相吊中消尽青春，怀着深深的怨恨。言外有无法掌握命运，怨嗟自己未能抓住时机，以致无所归宿的意思。如此重笔收束，与开头的重笔抒慨铢两相称。词人也因此数句而被誉为"桃杏嫁东风郎中"（范公偁《过庭录》）。整首词扣紧"伤高怀远"，从登楼远望回忆，收归近处的池沼、眼前的楼阁,最后拍到自身,由远而近,次第井然。将对往事的追忆暗暗织入现境,并与现境构成对比,不仅强化了伤高怀远之情,而且增加了词的意蕴和耐人寻味的情韵。

天仙子　时为嘉禾小倅,以病眠,不赴府会①

张　先

水调数声持酒听②。午醉醒来愁未醒。送春春去几时回,临晚镜。伤流景。③往事后期空记省。　　沙上并禽池上暝。云破月来花弄影。④重重帘幕密遮灯,风不定。人初静。明日落红应满径。

[注释]

①天仙子:唐教坊曲名。段安节《乐府杂录》:"《天仙子》本名《万年斯》,李德裕进,属龟兹部舞曲。因皇甫松词有'懊恼天仙应有以'句,取以为名。"毛先舒《填词名解》:"韦庄词:'刘郎此日别天仙'云云,遂采以名。"此词有单调、双调两体。单调始于唐人,或押五仄韵,或押四仄韵,或押两仄韵、三平韵,或押五平韵。双调始于宋人,两段俱押五仄韵。又,词题中"嘉禾",旧郡名,宋代为秀州,治所在今浙江嘉兴。倅(cuì),副。此指通判。宋初于诸州府设置,地位略次于州府长官。有监察所在州府官员之权,号称"监州"。凡民政、财政、户口、赋役、司法等事务文书,须知州或知府与通判连署,方能生效。　②水调:唐大曲名。《乐苑》:"旧说《水调》、《河传》,隋炀帝幸江都时所制。曲成奏之,声韵悲切。"刘敞《扬州闻歌》:"淮南旧有于遮舞,隋俗今传水

调声。"　③"临晚镜"二句：杜牧《代吴兴妓春初寄薛军事》："自悲临晚镜，谁与惜流年。"　④"云破"句：白居易《三游洞序》："云破月出，光气含吐，互相明灭，晶莹玲珑，象生其中。"吴曾《能改斋漫录》卷八："张子野长短句'云破月来花弄影'，往往以为古今绝唱。然予古乐府唐氏瑶《暗别离》云：'朱弦暗断不见人，风动花枝月中影。'意子野本此。"张伯驹《丛碧词话》："后主《蝶恋花》词（一作李世英词）'数点雨声风约住，朦胧淡月云来去'，眼前景，别人道不得。张子野'云破月来花弄影'，似胎息于此。"

[评析]

　　张先此词，黄昇《唐宋诸贤绝妙词选》题作"春恨"。起二句叙持酒听歌，愁思缠身之状，宛然可见。接以"送春春去几时回"句，亦未醒之愁其一也。临老伤春，有暗怀往昔风流韵事之意。"临晚镜"三句，自伤之词。下片即景生情。词人烦闷郁结，往事空成记忆，后期更难预料，当前也是临镜伤春。故换头移步沙岸，但见鸳鸯双栖，风吹云动，月色溶溶，花儿轻摇。花将残而自弄影，自伤身世，与此时此地心境不谋而合。结末数句皆状风起之形，帘幕遮灯，人儿初静，情形就更为可伤了。

　　张先精于炼句，特别以善写"影"著称："尚书郎张先善著词，有云：'云破月来花弄影'，'帘压卷花影'，'堕轻絮无影'。世称诵之，号'张三影'。"（陈师道《后山诗话》）其中，"云破"一句的好处在于，"著一'弄'字，而境界全出"（王国维《人间词话》）。加上备受赞誉的"中庭月色正清明，无数杨花过无影"（《木兰花》）、"那堪更被明月，隔墙送过秋千影"（《青门引》）等，集中描摹"影"字句达二十九处之多。大抵体物细腻，意境朦胧，可见其创作追求。〔按：张先词中的"影"字句，其他二十四处可录以备参："棹影轻于水底云"（《南乡子》）、"愿教清影长相见"(《相思儿令》)、"花影闲相照"(《谢池春慢》)、"犹有花上月,清影徘徊"(《宴春台慢》)、"风影轻飞"(《采桑子》)、"水影横池馆"(《卜算子慢》)、"苕水天摇影"(《虞美人》)、"樯竿渐向望中疏,旗影转"(《天仙子》)、"忆苕溪、寒影透清玉"(《忆秦娥》)、"朦胧影、画勾阑"(《系裙腰》)、"花影涴金尊"(《庆春泽》)、"鸳鸯集、仙花斗影"(《双韵子》)、"青楼夸乐,人在银潢影里"(《鹊桥仙》)、"人影鉴中移"(《画堂春》)、"风乌弄影画船移"(《芳草渡》)、"渐楼台上下,火影星分"(《泛清苕》)、"绿定见花影"(《劝金船》)、"草树争春红影乱"(《木兰花》)、"横塘水静,花窥影、孤城转"(《倾杯》)、"高鬟照影翠烟摇"(《西江月》)、"隔帘灯影闭门时"(《醉桃源》)、"照影红妆"(《蝶恋花》)、"清影外、见微尘"(《燕归梁》)、"固向鸾台同照影"(《木兰花》)。又,其诗中的"影"字句,如"浮萍破处见山影,小艇归时闻草声"(《题西溪无相院》)、"桥南水涨虹垂影,清夜澄光合太湖"(《吴江》)等,亦有可观。]

千秋岁[①]

张　先

数声鶗鴂。又报芳菲歇。[②]惜春更把残红折。雨轻风色暴,梅子青时节。永丰柳[③],无人尽日花飞雪。　　莫把幺弦拨[④]。怨极弦能说。天不老,情难绝。[⑤]心似双丝网,中有千千结。夜过也,东窗未白凝残月。

[注释]

①千秋岁:《宋史·乐志》:歇指调。金词注中吕调。一名《千秋节》。　②"数声"二句:鶗鴂(tí jué),即鹈鴂。屈原《离骚》:"恐鹈

鹎鸠之先鸣兮，使夫百草为之不芳。"《汉书·扬雄传》颜师古注："鹈鸠，一名子规，一名杜鹃，常以立夏鸣，鸣则众芳皆歇。" ③永丰柳：孟棨《本事诗·事感》："白尚书姬人樊素善歌，妓人小蛮善舞。尝为诗曰：'樱桃樊素口，杨柳小蛮腰。'年既高迈，而小蛮方丰艳，因为《杨柳》之词以托意：'一树春风万万枝，嫩于金色软于丝。永丰坊里东南角，尽日无人属阿谁。'及宣宗朝，国乐唱是词。上问：'谁词？永丰在何处？'左右具以对之。遂因东使，命取永丰柳两枝，植于禁中。" ④幺弦：琵琶的第四根弦。刘禹锡《澈上人文集纪》："世之言诗僧多出江左。灵一导其源，护国袭之；清江扬其波，法振沿之，如幺弦孤韵，瞥入人耳，非大乐之音。" ⑤"天不老"二句：李贺《金铜仙人辞汉歌》："衰兰送客咸阳道，天若有情天亦老。"

[评析]

　　此首，别又误入欧阳修《近体乐府》卷三。罗泌校曰："《兰畹》作张子野词。"《兰畹曲集》为北宋元祐间孔夷所辑，其作张先词必有所据。词调《千秋岁》声情激越，宜于抒发抑郁的情怀，秦观的一首"水边沙外"也是如此。张先此词抒写伤春惜花情怀，暗寓相思之意，"含蓄""发越"兼而有之。上片织入鹎鸠鸣叫、花残雨轻、风狂梅青、人静絮飞种种景象，营造出浓重的、令人感伤欲绝的氛围，逼出下片满腔幽怨的倾诉。"天不老，情难绝"化用李贺诗句，以天的无情作为反衬，表现执着感情。词中用"双丝网"比喻愁心千结，十分恰当。

　　被定位为"古今一大转移"（陈廷焯《白雨斋词话》卷一）的子野词，基本上是写"心中事，眼中泪，意中人"（《行香子》），并没有超出传统范围。张先是宋代较早、较多进行慢词创作的词人。如《谢池春慢·玉仙观道中逢谢媚卿》：

缭墙重院，时闻有、啼莺到。绣被掩余寒，画阁明新晓。朱槛连空阔，飞絮知多少。径莎平，池水渺。日长风静，花影闲相照。

尘香拂马，逢谢女、城南道。秀艳过施粉，多媚生轻笑。斗色鲜衣薄，碾玉双蝉小。欢难偶，春过了。琵琶流怨，都入相思调。

这首"一时传唱几遍"（沈辰垣等编《历代诗余》卷一一四引《古今词话》）的作品，"长调中纯用小令作法"（夏敬观评张子野词），条理清晰，不像后来周、秦诸家变化多端，其实这也是长调技法稚嫩时期的常态，并非有意为之，似不宜贸然视为"偏才"（周济《介存斋论词杂著》）。当然，周济在另一半评语中说张先此类词作语势萎弱，"无大起落"，也是客观的评判。张先的词史贡献还表现在：酬赠唱和之作多达二十首以上，如《山亭宴慢·有美堂赠彦猷主人》、《玉联环·送临淄相公》《定风波令·再次韵送子瞻》等，又率先在其四成以上的作品中使用题序，不仅将日常生活引入词中，而且扩大了词的日常交际功能，更借助湖杭一带曾经存在过的准词学社团，对当日初濡词笔的苏轼产生了比较直接的影响。

浣溪沙①

晏　殊

一曲新词酒一杯。去年天气旧亭台。夕阳西下几时回。　　无可奈何花落去，似曾相识燕归来。小园香径独徘徊。

[注释]

①浣溪沙：唐教坊曲名。张泌词有"露浓香泛小庭花"句，名《小

庭花》。贺铸名《减字浣溪沙》。韩淲词有"芍药酴醾满院春"句，名《满院春》；有"东风拂栏露犹寒"句，名《东风寒》；有"一曲西风醉木犀"句，名《醉木犀》；有"霜后黄花菊自开"句（应作"霜后黄花尚自开"），名《霜菊黄》；有"广寒曾折最高枝"句，名《广寒枝》；有"春风初试薄罗衫"句（应作"春衫初试薄香罗"），名《试香罗》；有"清和风里绿荫初"句，名《清和风》；有"一番春事怨啼鹃"句，名《怨啼鹃》。

[评析]

  晏殊（991~1055）的词风与冯延巳渊源很深，不过，与冯氏偶尔在词中流露出的"人生得几何"（《春光好》）的淡淡愁思不尽相同，晏殊经常在优裕闲雅的生活中，反思和体悟人生，反复抒写"细算浮生千万绪，长于春梦几多时"（《木兰花》）、"可奈光阴似水声，迢迢去未停"（《破阵子》）、"时光只解催人老"（《采桑子》）、"一向年光有限身"（《浣溪沙》）之类的忧思，从而构成其词情中有思的特质，颇可与其"闲雅有情思"（《宋史》本传）的诗风互通消息。如这首《浣溪沙》，似为妙手偶得之作，但在悲哀之中的确有着一种内省，甚至隐隐有一种哲思。又，此首别误作南唐李璟词，见《类编草堂诗余》卷一；别又误作晏几道词，见陈钟秀本《草堂诗余》卷上；别又误入《梦窗词集》。

  晏殊还写过一首七律《示张寺丞王校勘》：

    元巳清明假未开，小园幽径独徘徊。春寒不定斑斑雨，宿酒难禁滟滟杯。无可奈何花落去，似曾相识燕归来。游梁赋客多风味，莫惜青钱万选才。

据胡仔《苕溪渔隐丛话》后集卷二〇引《复斋漫录》记载，这是他的得意之作："（晏殊）召（王琪）至同饭，饭已，又同步游池上。时春晚，已有落花。晏云:'每得句,书墙壁间,或弥年未尝强对。且如无可奈何花落去,至今未能对也。'王应声曰:'似曾相识燕归来。'自此辟置馆职,遂跻侍从矣。"于是,诗中的颈联,被他原原本本地移植到了自己的这首词中。结果,非但没有削弱,反而在新的语境中取得了强烈的审美效果。晏殊的做法,无论是诗先词后,还是词先诗后,都称得上"诗词互见,各有佳处"(陈廷焯《白雨斋词话》卷五)。

蝶恋花

晏 殊

槛菊愁烟兰泣露。罗幕轻寒,燕子双飞去。明月不谙离恨苦。斜光到晓穿朱户。　昨夜西风凋碧树①。独上高楼,望尽天涯路。欲寄彩笺兼尺素。山长水阔知何处。

[注释]

①凋碧树:江淹《杂体诗·陈思王曹植赠友》:"凉风荡芳气,碧树先秋落。"

[评析]

晏殊的词绝大部分抒写相思、别离之情。如"垂杨只解惹春风,何曾系得行人住","春风不解禁杨花,蒙蒙乱扑行人面"(《踏莎行》);"天涯地角有穷时,只有相思无尽处"(《玉楼春》),都是其名句。不过,这些恋情词,常常托闺情以抒己情,用语也不尽如晚唐五代词人那般艳丽，而是往往显得清秀温雅。如这首《蝶恋花》，主题、题材、人物、景色和情事等，与以下一首《踏莎行》都极为相似：

　　碧海无波，瑶台有路。思量便合双飞去。当时轻别意中人，山长水远知何处。　　绮席凝尘，香闺掩雾。红笺小字凭谁附。高楼目尽欲黄昏，梧桐叶上萧萧雨。

然而，在作者笔下，却都能够"各自成为一个完整的、不可重复的艺术形象"（沈祖棻《宋词赏析》）。此词中"昨夜西风凋碧树"三句，表现出思妇深情专注的精神品格和悲壮意味，与《诗·秦风·蒹葭》中的意蕴极为相近：

　　蒹葭苍苍，白露为霜。所谓伊人，在水一方。溯洄从之，道阻且长。溯游从之，宛在水中央。

　　蒹葭萋萋，白露未晞。所谓伊人，在水之湄。溯洄从之，道阻且跻。溯游从之，宛在水中坻。

　　蒹葭采采，白露未已。所谓伊人，在水之涘。溯洄从之，道阻且右。溯游从之，宛在水中沚。

因而被王国维借用来喻示成就大事业、大学问的第一种境界。又，此首别又见《张子野词》卷二。

山亭柳[①]　赠歌者

晏　殊

　　家住西秦[②]。赌博艺随身[③]。花柳上、斗尖新[④]。偶学念奴声调，有时高遏行云。[⑤]蜀锦缠头无数，[⑥]不负辛勤。　　数年来往咸京道，残杯冷炙漫销魂⑦。衷肠事、托何人。若有知音见采，不辞遍唱阳春。⑧一曲当筵落泪，重掩罗巾。

[注释]

①山亭柳：此调有平韵、仄韵两体，平韵者始自晏殊，仄韵者始自杜安世，均无别首宋词可校，句读大同小异。　②西秦：项羽于秦亡后，三分关中地，称三秦，西秦在咸阳西。曹植《侍太子坐》："齐人进奇乐，歌者出西秦。"　③赌博：《楚辞·招魂》："有六博些。"王逸注："投六箸，行六棋，故为六博也。"　④尖新：敦煌曲子词《内家娇》："善别宫商，能调丝竹，歌令尖新。"　⑤"偶学"二句：元稹《连昌宫词》："力士传呼觅念奴，念奴潜伴诸郎宿。"自注："念奴，天宝中名倡，善歌。"《列子·汤问》："（秦青）抚节悲歌，声振林木，响遏行云。"　⑥"蜀锦"句：白居易《琵琶行》："五陵年少争缠头，一曲红绡不知数。"　⑦残杯冷炙：杜甫《奉赠韦左丞丈二十二韵》："残杯与冷炙，到处潜悲辛。"　⑧"若有"二句：宋玉《对楚王问》："客有歌于郢中者，其始曰《下里》、《巴人》，国中属而和者数千人……其为《阳春》、《白雪》，国中属而和者不过数十人而已。"

[评析]

这首《山亭柳》在晏殊的词作中别具一格。词写红极一时的歌女，因年长色衰而遭弃绝。全词看似纯客观叙述，但一反其一贯的风流蕴藉的风格，字里行间包含作者无尽的身世感慨，所谓借他人之酒杯，浇一己胸中块垒。正如郑骞《词选》所认为的："此词云'西秦'、'咸京'，当是知永兴军时作。时同叔年逾六十，去国已久，难免抑郁。"这种以叙事为抒情的方式，艺术成就可以和白居易《琵琶行》互参。

当时京师妓女云集。据孟元老《东京梦华录》卷二记载："凡京师酒店,门首皆缚彩楼欢门,唯任店入其门,一直主廊约百余步,南北天井两廊皆小阁子,向晚灯烛荧煌,上下相照。浓妆妓女数百,聚于主廊槏面上,以待酒客呼唤,望之宛若神仙。"所以,这个与市民生活内容、消费方式密不可分的特殊群体,不断出现在柳永笔下。对这个群体,柳永虽然在很多时候不免狎戏玩弄,写了一些备受指责的俗艳之作,如《玉女摇仙佩·佳人》中"愿奶奶、兰心蕙性,枕前言下,表余深意。为盟誓。今生断不孤鸳被"之类。但"同是天涯沦落人"的遭遇,使他在观念上发生了一些改变,有时也能以平等和相知的态度欣赏、赞美、同情这些"烟花伴侣"(《迷仙引》):"心性温柔,品流详雅,不称在风尘"(《少年游》)、"丰肌清骨,容态尽天真"(《少年游》)、"一生赢得是凄凉。追前事、暗心伤"(《少年游》)。晏殊也是如此。

值得注意的是,对于古代京师妓女的"重要"社会作用,后来龚自珍《京师乐籍说》尝论曰:"自非二帝三王之醇备,国家不能无私举动,无阴谋。霸天下之统,其得天下与守天下皆然。老子曰:'法令也者,将以愚民,非以明民。'孔子曰:'民可使由之,不可使知之。'齐民且然,士也者,又四民之聪明喜论议者也。身心闲暇,饱暖无为,则留心古今而好论议。留心古今而好论议,则于祖宗之立法,人主之举动措置,一代之所以为号令者,俱大不便。"于是乃有乐籍之设,以"钳塞天下之游士":"使之耗其资财,则谋一身且不暇,无谋人国之心矣。使之耗其日力,则无暇日以谈二帝三王之书,又不读史而不知古今矣。使之缠绵歌泣于床笫之间,耗其壮年之雄材伟略,则思乱之志息,而议论图度,上指天下画地之态益息矣。使之春晨秋夜为飣饾词赋、游戏不急之言,以耗其才华,则论议军国臧否政事之文章可以毋作矣。如此则民听壹,国事便,而士类之保全者亦众。"钱锺书《管锥编·全上古三代文》更进一步指出,龚氏论帝王募招女子,仅言其可用以"耗",未识其并可用以侦也。

破阵子①

晏　殊

燕子来时新社②,梨花落后清明。池上碧苔三四点,叶底黄鹂一两声。日长飞絮轻。　　巧笑东邻女伴③,采桑径里逢迎。疑怪昨宵春梦好,元是今朝斗草赢④。笑从双脸生。

[注释]

①《破阵子》:唐教坊曲名,一名《十拍子》。陈旸《乐书》云:唐《破阵乐》属龟兹部,秦王所制。舞用二千人,皆画衣甲,执旗旆。外藩镇春衣犒军设乐,亦舞此曲,兼马军引入场,尤壮观也。按,唐《破阵乐》乃七言绝句,此盖因旧曲名,另度新声。高拭词注正宫。　②新社:此指春社。古时乡俗,通常在立春、立秋后第五个戊日祭土地神,称社日。　③巧笑:《诗·卫风·硕人》:"巧笑倩兮,美目盼兮。"　④斗草:即斗百草。古代在女子之间流行的游戏,内容一般为对花草名,或斗草的多寡、韧性等。宗懔《荆楚岁时记》:"五月五日,四民并踏百草,又有斗百草之戏。"

[评析]

晏殊也善写闺阁代言之作,如这首《破阵子》。从旁观者的角度,白描春日游女戏乐的情景,并进而代写其欢乐的心情,笔调活泼,风格朴实。

后来,元人黄澄写过一首《绮罗香》斗草词:"绡帕藏春,罗裙点露,相约莺花丛里。翠袖拈芳,香沁笋芽纤指。偷摘遍、绿径烟霏,悄攀下,画阑红紫。扫花阶,褥展芙蓉,瑶台十二降仙子。　芳园清昼乍永,亭上吟吟笑语,妒秾夸丽。夺取筹多,赢得玉珰瑜珥。凝素靥,香粉添娇,映黛眉,淡黄生喜。绾胸带,空系宜男,情郎归也未。"《红楼梦》第六十二回描述的情形则是:"大家采了些花草来兜着,坐在花草堆中斗草。这一个说:'我有观音柳。'那一个说:'我有罗汉松。'那一个又说:'我有君子竹。'这一个又说:'我有美人蕉。'这个个说:'我有星星翠。'那个又说:'我有月月红。'这个又说:'我有《牡丹亭》上的牡丹花。'那个又说:'我有《琵琶记》里的枇杷果。'豆官便说:'我有姐妹花。'众人没了。香菱便说:'我有夫妻蕙。'豆官说:'从没听见有个夫妻蕙。'香菱道:'一个剪儿一个花儿叫作兰,一个剪儿几个花儿叫作蕙。上下结花的为兄弟蕙,并头结花的为夫妻蕙。我这枝并头的,怎么不是夫妻蕙?'豆官没的说了,便起身笑道:'依你说,要是这两枝一大一小,就是老子儿子蕙了?若是两枝背面开的,就是仇人蕙了?你汉子去了大半年,你想他了,便拉扯着蕙上也有了夫妻了,好不害臊!'香菱听了,红了脸,忙要起身拧他……"可以参读。

玉楼春[①]　春景

宋　祁

　　东城渐觉风光好。縠皱波纹迎客棹[②]。绿杨烟外晓寒轻,红杏枝头春意闹。　浮生长恨欢娱少。肯爱千金轻一笑。为君持酒劝斜阳,且向花间留晚照[③]。

[注释]

①玉楼春：《花间集》顾夐词起句有"月照玉楼春漏促"句，又有"柳映玉楼春日晚"句；《尊前集》欧阳炯词起句有"春早玉楼烟雨夜"句，又有"日照玉楼花似锦，楼上醉和春色寝"句，取为调名。李煜词名《惜春容》。朱希真词名《西湖曲》。康与之词名《玉楼春令》。《高丽史·乐志》词名《归朝欢令》。《尊前集》注大石调，又双调；柳永《乐章集》注大石调，又林钟商，皆李煜词体也。《乐章集》又有仙吕调词，与各家平仄不同。又，木兰花，即《木兰花令》，唐教坊曲名。朱权《太和正音谱》注高平调。按，《花间集》载《木兰花》、《玉楼春》两调，其七字八句者为《玉楼春》体，《木兰花》则韦庄、毛熙震、魏承班词共三体，从无与《玉楼春》同者。《钦定词谱》卷一一谓：自《尊前集》误刻以后，宋词相沿，率多混填。　②縠（hú）皱波纹：刘禹锡《竹枝》："江上春来新雨晴，瀼西春水縠纹生。"縠，本系绉纱一类的丝织品。罗隐《贺淮南节度卢员赐绯》："御题彩服垂天眷，袍展花心透縠纹。"③"且向"句：李商隐《写意》："日向花间留返照，云从城上结层阴。"

[评析]

宋祁（998~1061）此词由描绘城东湖上游赏所见旖旎春光，写到感叹人生苦短、欢娱恨少。其中，备受关注的是"红杏枝头春意闹"，作为历来称赏的名句，清代词论家的相关讨论和争辩主要集中在"闹"字上。比较有代表性的，一是刘体仁"卓绝千古"（《七颂堂词绎》）之赞，一是王国维"境界全出"（《人间词话》）之赏，都是如此。彭玉平《唐宋词举要》认为：此二说"皆不免烛见一点，不及其余"。原因在于："盖'红杏枝头春意闹'之妙，全赖有'绿杨烟外晓寒轻'作映衬耳。不有绿杨,岂见红杏?不有晓寒轻柔,岂闻春意相闹?故若无'绿杨'之句,'红杏'句也就其来无端,几成呆句。"然此意实恐已浓缩在了王国维"境界"一语内。〔按:"红杏枝头春意闹"句常与张先"云破月来花弄影"句并置论列,当缘于胡仔《苕溪渔隐丛话》前集卷三七引《遁斋闲览》所载:"张子野郎中以乐章擅名一时。宋子京尚书奇其才,先往见之,遣将命者,谓曰:'尚书欲见云破月来花弄影郎中乎?'子野屏后呼曰:'得非红杏枝头春意闹尚书耶?'遂出,置酒尽欢。盖二人所举,皆其警策也。"又,李渔《窥词管见》尝评曰:"琢句炼字,虽贵新奇,亦须新而妥,奇而确。妥与确总不越一理字,欲望句之惊人,先求理之服众。时贤勿论,吾爱古人。古人多工于此技,有最服余心者,'云破月来花弄影郎中'是也。有蜚声千载上下而不能服强项之笠翁者,'红杏枝头春意闹尚书'是也。'云破月来'句,词极尖新,而实为理之所有。若红杏之在枝头,忽然加一'闹'字,此语殊难著解。争斗有声之谓闹,桃李争春则有之,红杏闹春,予实未之见也。'闹'字可用,则'吵'字、'斗'字、'打'字皆可用矣。宋子京当日以此噪名,人不呼其姓氏,竟以此作尚书美号,岂由尚书二字起见耶?予谓'闹'字极粗极俗,且听不入耳,非但不可加于此句,并不当见之诗词。近日词中争尚此字者,子京一人之流毒也。"所论过于泥固,可不论。〕

采桑子①

欧阳修

群芳过后西湖好,狼籍残红。飞絮蒙蒙。垂柳阑干尽日风。笙歌散尽游人去,始觉春空。垂下帘栊。双燕归来细雨中。②

[注释]

①采桑子:唐教坊曲,有《杨下采桑》,调名本此。《尊前集》注羽

调。曾慥《乐府雅词》注中吕宫。李煜词名《丑奴儿令》。冯延巳词名《罗敷媚歌》。贺铸词名《丑奴儿》。陈师道词名《罗敷媚》。　②"垂下"二句：谢朓《和王主簿季哲怨情》："花丛乱数蝶，风帘入双燕。"陆龟蒙《病中秋怀寄袭美》："同人散后休赊酒，双燕辞来始下帘。"冯延巳《采桑子》："日暮疏钟，双燕归栖画阁中。"

[评析]

　　欧阳修（1007~1072）作有歌咏颍州西湖的《采桑子》联章组词，凡十首，此为其四。〔按：另外的九首依次为："轻舟短棹西湖好，绿水逶迤。芳草长堤。隐隐笙歌处处随。　无风水面琉璃滑，不觉船移。微动涟漪。惊起沙禽掠岸飞。""春深雨过西湖好，百卉争妍。蝶乱蜂喧。晴日催花暖欲然。　兰桡画舸悠悠去，疑是神仙。返照波间。水阔风高扬管弦。""画船载酒西湖好，急管繁弦。玉盏催传。稳泛平波任醉眠。　行云却在行舟下，空水澄鲜。俯仰流连。疑是湖中别有天。""何人解赏西湖好，佳景无时。飞盖相追。贪向花间醉玉卮。　谁知闲凭阑干处，芳草斜晖。水远烟微。一点沧洲白鹭飞。""清明上巳西湖好，满目繁华。争道谁家。绿柳朱轮走钿车。　游人日暮相将去，醒醉喧哗。路转堤斜。直到城头总是花。""荷花开后西湖好，载酒来时。不用旌旗。前后红幢绿盖随。　画船撑入花深处，香泛金卮。烟雨微微。一片笙歌醉里归。""天容水色西湖好，云物俱鲜。鸥鹭闲眠。应惯寻常听管弦。　风清月白偏宜夜，一片琼田。谁羡骖鸾。人在舟中便是仙。""残霞夕照西湖好，花坞蘋汀。十顷波平。野岸无人舟自横。　西南月上浮云散，轩槛凉生。莲芰香清。水面风来酒面醒。""平生为爱西湖好，来拥朱轮。富贵浮云。俯仰流年二十春。　归来恰似辽东鹤，城郭人民。触目皆新。谁识当年旧主人。"〕此词的总体布局值得注意，也就是谭献《复堂词话》所说的"扫处即生"。扫即扫除，生即生发。首句，是说前一个阶段情景的结束，即"群芳过后"，春光已尽。以已尽而不是未尽开篇，不就等于是把有可写之处的东西扫除了吗？等到读下去，才知道下面又出现了另外一番情景，即暮春时节的闲淡愁怀。而这些，才是词人所要着力表现的，也是词中最为动人的部分，所以叫"扫处即生"。这种写法，本来是因为受到篇幅限制而被"逼"出来的写法，却也正好可以把省略了的部分当作背景，以反衬正文，从而"出人意外"（沈祖棻《宋词赏析》）地加强了正文的感染力量。后来，周邦彦的《望江南》、李清照的《武陵春》也都是如此布局：

游妓散，独自绕回堤。芳草怀烟迷水曲，密云衔雨暗城西。九陌未沾泥。　桃李下，春晚未成蹊。墙外见花寻路转，柳阴行马过莺啼。无处不凄凄。

风住尘香花已尽，日晚倦梳头。物是人非事事休。欲语泪先流。闻说双溪春尚好，也拟泛轻舟。只恐双溪舴艋舟。载不动许多愁。

踏莎行①

欧阳修

候馆梅残②，溪桥柳细，草薰风暖摇征辔③。离愁渐远渐无穷，迢迢不断如春水。　寸寸柔肠，盈盈粉泪，楼高莫近危栏倚④。平芜尽处是春山，行人更在春山外。⑤

[**注释**]

①踏莎行：金词注中吕调。贺铸词有"红衣脱尽芳心苦"，名《芳心苦》。曹冠词名《喜朝天》。越长卿词名《柳长春》。《鸣鹤余音》词名

《踏雪行》。曾觌、陈亮词添字者名《转调踏莎行》。　②候馆：《周礼·地官·遗人》："五十里有市，市有候馆。"郑玄注："候馆，楼可以观望者也。"　③草薰风暖：江淹《别赋》："闺中风暖，陌上草薰。"　④危栏：李商隐《北楼》："此楼堪北望，轻命倚危栏。"危，《说文》："危，在高而惧也。"　⑤"平芜"二句：石延年《高楼》："水尽天不尽，人在天尽头。"范仲淹《苏幕遮》："山映斜阳天接水，芳草无情，更在斜阳外。"

[评析]

　　与"北宋倚声家初祖"（冯煦《蒿庵论词》）晏殊相比，持词为"聊佐清欢"之"薄伎"（《采桑子·西湖念语》）创作观念的欧阳修，词中雅俗并存，新变的成分却要多些。欧阳修浮沉宦海，深刻体验到人生命运的变幻不定，因而不时流露出"忧患凋零，老去光阴速可惊"、"谁羡骖鸾，人在舟中便是仙"（《采桑子》）、"世路风波险，十年一别须臾"（《圣无忧》）、"浮世歌欢真易失，宦途离合信难期"（《浣溪沙》）、"如今薄宦老天涯"（《临江仙》）的感叹。有时，这种体验还与传统的类型化相思恨别抒写打成一片，如这首《踏莎行》。上片写行者的离愁，并不因行程渐远而有所减弱，反而是每前进一步就增进一层。下片写居者对行人的思念，写法也是由近及远，正所谓"天涯虽远，而想望中的人物更远"（钱锺书《宋诗选注》）。〔按：宋代使用这种写法的例子，还有如李觏的《乡思》："人言落日是天涯，望极天涯不见家。已恨碧山相阻隔，碧山还被暮云遮。"欧阳修《千秋岁》："夜长春梦短，人远天涯近。"另一种写法是：想望中的人物虽近，却比天涯还远。如吴融《浙东筵上有寄》："见了又休真似梦，坐来虽近远于天。"王实甫《西厢记》第二本第一折："系春心，情短柳丝长；隔花阴，人远天涯近。"都是抒写空间距离与心理距离之间的矛盾与紧张，情感表现夸张强烈，意境更为新颖。〕这类小令在继承冯延已传统的基础上，也明显地向深沉方面开掘演进。

生查子①

欧阳修

去年元夜时,花市灯如昼。月上柳梢头,人约黄昏后。　今年元夜时,月与灯依旧。不见去年人,泪湿春衫袖②。

[注释]

①生查子:唐教坊曲名。《尊前集》注双调。元高拭词注南吕宫。朱希真词有"遥望楚云深"句,名《楚云深》。韩淲词有"山意入春晴,都是梅和柳"句,名《梅和柳》;又有"晴色入青山"句,名《晴色入青山》。　②"泪湿"句:白居易《琵琶行》:"座中泣下谁最多,江州司马青衫湿。"

[评析]

此首,别误作朱淑真词,见《词品》卷二;又误作秦观词,见《续选草堂诗余》卷上。方回《瀛奎律髓》卷一六又引"月上柳梢头"句以为李清照作,亦误。欧阳修此词通过对照"去年"和"今年"元夜情景的不同,写出一段难以忘怀的缠绵情事。无论是其简明而又饶有意味之处,还是物是人非的失落之感,都与崔护《题城南庄》异曲同工:"去年今日此门中,人面桃花相映红。人面不知何处去,桃花依旧笑春风。"当然,欧词似能更见语言的错综回环之美,也更具民歌风情。所以,徐士俊有这样的评价:"元曲之称绝者,不过得此法。"(卓人月《古今词统》卷三）后来，辛弃疾的一首《生查子》，是在此基础上采用了双线结构：

> 去年燕子来，帘幕深深处。香径得泥归，都把琴书污。　　今年燕子来，谁听呢喃语。不见卷帘人，一阵黄昏雨。

稍早于辛弃疾的李石也作有一首《生查子》，则又是从现在推想未来：

> 今年花发时，燕子双双语。谁与卷珠帘，人在花间住。　　明年花发时，燕语人何处。且与寄书来，人往江南去。

被杨慎《词品》误认作朱淑真词，也是造就这首《生查子》巨大影响的重要因素。之所以如此，说到底，是由于对词体文学的轻慢。而这种轻慢之所以成为一种近乎牢不可破的"传统"观念，是与很多人从一开始就对词体发生史的无端漠视，和对其所承载的社会功能无休止地进行道德价值方面无情的拷问紧密相关的。但是，词毕竟已经成为一种客观、普遍甚至是繁荣的存在，所以，身处两难境地的评论者们只好曲为之说。其中，他人伪托构陷与少年所作之说尤为常见。以欧阳修词中包括此词在内的所谓"鄙亵"之作为例，这个艳丽的话题在宋元时期被反复提起，俨然成为一个相当严肃且难于回避的问题。如曾慥《乐府雅词引》云："欧公一代儒宗，风流自命，词章窈眇，世所矜式。当时小人，或作艳曲，谬为公词，今悉删除。"罗泌校毕欧公词集有云："公性至刚，而与物有情，盖尝致意于《诗》，为之本义，温柔宽厚，所得深矣。吟咏之余，溢为歌词，有《平山集》盛传于世，曾慥《雅词》，不尽收也。今定为三卷，且载乐语于首，其甚浅近者，前辈多谓刘煇伪作，故削之。……则此三卷，或甚浮艳者，殆非公之少作，疑以传疑可也。"王灼《碧鸡漫志》卷二："欧阳永叔所集歌词，自作者三之一耳。其间他人数章，群小因指为永叔，起暧昧之谤。"俞文豹《吹剑录外集》："欧阳文忠、范文正矫矫风节，而欧公词……可想见其清雅，而《长相思》词……情之所钟，虽贤者不能免，岂少年所作耶？"释文莹《湘山野录》卷上："公不幸晚为憸人构淫艳数曲射之，以成其毁。予皇祐中，都下已闻此阕歌于人口者二十年矣，嗟哉，不能为之力辩。"吴师道《吴礼部诗话》："近有《醉翁琴趣外篇》凡六卷，二百余首，所谓鄙亵之语，往往而是，不止一二也。前题东坡居士序……词气卑陋，不类坡作，益可证词之伪。"陈振孙《直斋书录解题》卷二一、卷一七分云："其间多有与《花间》、《阳春》相混者，亦有鄙亵之语一二厕其中，当是仇人无名子所为也"、"世传煇既黜于欧阳公，怨愤造谤，为猥亵之词。今观杨杰志煇墓……盖笃厚之士也，肯以一试之淹，而为此憸薄之事哉？"又，司马光、王安石的情况也是如此。如《词品》卷三引姜明叔语评《西江月》（宝髻匆匆梳就）："此词决非温公作。宣和间，耻温公独为君子，作此诬之。"陈霆《渚山堂词话》卷三评《锦堂春》（红日迟迟）："乃司马温公感旧之作。……公端劲有守，所赋妩媚凄婉，殆不能忘情，岂少年所作耶？"周紫芝《竹坡诗话》亦曾以"荆公平生不作是语"，为《清平乐》（留春不住）力辩其伪。左支右绌却又乐此不疲地辩白解释，从另外的角度看，与其说是为尊者、贤者讳，倒不如说是因为受制于对词、学之间关系的认识。

南歌子①

欧阳修

凤髻金泥带，②龙纹玉掌梳③。走来窗下笑相扶。爱道画眉深浅、入时无。④　　弄笔偎人久⑤，描花试手初。等闲妨了绣功夫⑥。笑问双鸳鸯字、怎生书⑦。

[注释]

①南歌子：唐教坊曲名。此词有单调、双调。单调者，始自温庭筠词，因词有"恨春宵"句，名《春宵曲》。张泌词本此添字，因词有"高卷水晶帘额"句，名《水晶帘》；又有"惊破碧窗残梦"句，名《碧窗梦》。郑子聃有"我爱沂阳好"词十首，更名《十爱词》。双调者，有平韵、仄韵两体。平韵者始自毛熙震词，周邦彦、杨无咎、僧挥五十四字体，无名氏五十三字体，俱本此添字。仄韵者始自曾慥《乐府雅词》，唯石孝友词最为谐婉。周邦彦词名《南柯子》。程垓词名《望秦川》。田不伐词有"帘风不动蝶交飞"句，名《风蝶令》。 ②"凤髻"句：宇文士及《妆台记》："周文王于髻上加珠翠翘花，傅之铅粉，其髻高名曰凤髻。"欧阳炯《凤楼春》："凤髻绿云丛，深掩房栊。"孟浩然《宴张记室宅》："玉指调筝柱，金泥饰舞罗。" ③玉掌梳：元稹《六年春遣怀八首》其四："玉梳钿朵香胶解，尽日风吹玳瑁筝。" ④"爱道"句：朱庆余《近试上张水部》："妆罢低声问夫婿，画眉深浅入时无。"〔按：对于这样一首干谒诗，张籍的回复含蓄而明确："越女新妆出镜心，自知明艳更沉吟。齐纨未足时人贵，一曲菱歌敌万金。"（《酬朱庆余》）"由是朱之诗名流于海内"（计有功《唐诗纪事》卷四六），为其不久之后进士及第打下了坚实的基础。〕 ⑤弄笔：王充《论衡·佚文》："天文人文，文岂徒调墨弄笔，为美丽之观哉！"徐陵《玉台新咏序》："于是然脂暝写，弄笔晨书。"元稹《闺晚》："调弦不成曲，学书徒弄笔。" ⑥等闲：无端。邵亨贞《蝶恋花》："忽见呢喃华屋底，等闲牵动离人泪。" ⑦怎生：怎样，如何。吕岩《绝句》："不问黄芽肘后方，妙道通微怎生说。"

[评析]

欧阳修的有些艳词，写得非常大胆，因此成为后世词论家反复讨论的

话题。其中,如《醉蓬莱》和《看花回》:

  见羞容敛翠,嫩脸匀红,素腰袅娜。红药阑边,恼不教伊过。半掩娇羞,语声低颤,问道有人知么。强整罗裙,偷回波眼,伴行伴坐。 更问假如,事还成后,乱了云鬟,被娘猜破。我且归家,你而今休呵。更为娘行,有些针线,诮未曾收啰。却待更阑,庭花影下,重来则个。

  晓色初透东窗,醉魂方觉。恋恋绣衾半拥,动万感脉脉,春思无托。追想少年,何处青楼贪欢乐。当媚景,恨月愁花,算伊全妄凤帏约。 空泪滴、真珠暗落。又被谁、连宵留着。不晓高天甚意,既付与风流,却恁情薄。细把身心自解,只与猛拚却。又及至、见来了,怎生教人恶。

此等词作,不免"鄙亵"。另外一些,则相对接近市民大众的审美趣味。如这首《南歌子》,亲昵的情感,写来生动温馨,可见在继承花间传统时有所发展。特别是上、下两结,均以问句出之,在人物内心感情的自然流露中,表现出轻灵活泼的风格,这在花间词中也是很少见的。〔按:此首作者,《乐府雅词》卷上云:《草堂》作仲殊。又,后来,此词被录为崇祯本《金瓶梅》第七十八回回首词,其中"等闲妨了绣功夫"二句改作"等闲含笑问狂夫。笑问欢情不减、旧时么"。无独有偶,宋无名氏的一首《柳梢青》:"有个人人。海棠标韵,飞燕轻盈。酒晕潮红,羞蛾凝绿,一笑生春。 为伊无限伤心。更说甚、巫山楚云。斗帐香消,纱窗月冷,着意温存。"也曾被录为《金瓶梅》第十八回回首词,其中"羞蛾凝绿"二句改作"羞蛾一笑生春"。或化俗为浊,或罔顾词律,却能表明小说作者对引用对象词作比较熟悉,同时也显示出了这部小说的文体特征和时代特征。〕

蝶恋花

晏几道

梦入江南烟水路。行尽江南,不与离人遇。①睡里消魂无说处。觉来惆怅消魂误。　欲寄此情书尺素。浮雁沉鱼,终了无凭据。②却倚缓弦歌别绪。断肠移破秦筝柱。③

[注释]

①"梦入"三句:岑参《春梦》:"枕上片时春梦中,行尽江南数千里。"　②"浮雁"二句:刘义庆《世说新语·任诞》:"殷洪乔作豫章郡太守。临去,都下人因附百许函书。既至石头,悉掷水中,因祝曰:'沉者自沉,浮者自浮,殷洪乔不能作致书邮!'"戴叔伦《相思曲》:"鱼沉雁杳天涯路,始信人间别离苦。"　③"断肠"句:岑参《秦筝歌》:"汝不闻秦筝声最苦,五色缠弦十三柱。怨调慢声如欲语,一曲未终日移午。"移破,犹云移尽或移遍也。张相《诗词曲语辞汇释》:"破,犹尽也,遍也,煞也。"

[评析]

晏几道(1038~1110)生长于富贵之家,但壮年即落拓不偶,又耿介孤傲,既"不践诸贵之门"(王灼《碧鸡漫志》卷二),又拙于谋生。前后生活状况的急剧变化,"足以养成其千回百转之词心"(龙榆生《中国韵文史》)。他曾自陈其创作心理,说如果直接表露内心的苦楚不平,

"愤而吐之,是唾人面也"(黄庭坚《小山词序》)。于是把自己"微痛纤悲"(夏敬观评《小山词·跋尾》)的身世之感,曲折地寄托于两性间的离合悲欢,以词"叙其所怀","期以自娱"(《小山词自序》),也是期以自如。如《采桑子》中的"倦客",《浣溪沙》中"不将心嫁冶游郎"的孤傲凄凉的歌女,都是词人的自我写照。而《浣溪沙》(二月和风到碧城)中似讽、似怜、又似以盛衰无常警诫之语,以及《阮郎归》中"欲将沉醉换悲凉,清歌莫断肠"等语,则是深谙世态炎凉后的直抒其情。

颇为引人瞩目的是,晏几道"能于小令之中,具有长调之气格"(刘永济《唐五代两宋词简析》),即将长调铺叙中的腾挪、转折、顿挫等章法追求,与短篇之中传达丰富思致的小令家法结合起来。这是对小令艺术的创造性发展。这首《蝶恋花》即是如此。词写因思念而入梦,入梦却不见,不见仍销魂,销魂更惆怅。于是弄琴倾诉,无奈心烦意乱,最终弦断音希,而情思绵绵难止。全篇跌宕转折,非如易安《词论》所批评的"苦无铺叙",而是更见高超又韵味无穷。小山词深入浅出,艳而不俗,从语言的精度、情感的深度和以长调之法为小令等三个层面,把小令艺术推到了极致,"追逼《花间》,高处或过之"(陈振孙《直斋书录题解》卷二一),在宗柳学苏之外,给北宋后期词坛增添了异样的色彩。

临江仙[①]

晏几道

梦后楼台高锁,酒醒帘幕低垂。去年春恨却来时。落花人独立,微雨燕双飞。[②] 记得小蘋初见,两重心字罗衣。[③] 琵琶弦上说相思。[④]当时明月在,曾照彩云归。[⑤]

[注释]

①临江仙：唐教坊曲名。黄昇《花庵词选》云：唐词多缘题所赋，《临江仙》之言水仙，亦其一也。柳永词注仙吕调。高拭词注南吕调。李煜词名《谢新恩》。贺铸词有"人归落雁后"句，名《雁后归》。韩淲词有"罗帐画屏新梦悄"句，名《画屏春》。李清照词有"庭院深深深几许"句，名《庭院深深》。 ②"落花"二句：翁宏《春残》："又是春残也，如何出翠帷。落花人独立，微雨燕双飞。" ③"两重"句：欧阳修《好儿女令》："一身绣出，两同心字，浅浅金黄。" ④"琵琶"句：白居易《琵琶行》："低眉信手续续弹，说尽心中无限事。" ⑤"当时"二句：李白《宫中行乐词》："只恐歌舞散，化作彩云飞。"

[评析]

与黄庭坚、晁补之等沿着苏轼指引的方向前行不同，晏几道固守小令阵地，书写与几位歌女之间的悲欢离合，"此情深处，红笺为无色"（《思远人》）；"小莲风韵出瑶池"（《鹧鸪天》）、"赚得小鸿眉黛、也低颦"（《虞美人》）、"说与小云新恨、也低眉"（《虞美人》）。这段经历，详见于其自序《小山词》："始时沈十二廉叔、陈十君宠家有莲、鸿、蘋、云，品清讴娱客。每得一解，即以草授诸儿。吾三人持酒听之，为一笑乐而已。已而君宠疾废卧家，廉叔下世，昔之狂篇醉句，遂与两家歌儿酒使，俱流转于人间。"

为人执着痴情的晏几道，主要是在词中追忆失落的往日情爱，表达刻骨铭心的相思。如这首《临江仙》，体现出今昔不同的两重情感世界之间的纠结，出语非常深挚。即便是并非己出的"落花人独立"二句，也无法削弱它们在本语境中所造成的强烈效果。而且，全篇所围绕展开的过去与现在之间的情感张力,也在词末通过月亮意象而被削弱或趋于平和,也即在过去与现在的鸿沟之间,通过代表大自然的恒常的月亮架起了一座桥梁。确实是"既闲婉,又沉着"(陈廷焯《白雨斋词话》卷一)。

鹧鸪天①

晏几道

彩袖殷勤捧玉钟。当年拚却醉颜红②。舞低杨柳楼心月,歌尽桃花扇底风。　从别后,忆相逢。几回魂梦与君同。今宵剩把银釭照,犹恐相逢是梦中。③

[注释]

①鹧鸪天:《乐章集》注正平调。朱权《太和正音谱》注大石调。蒋氏《九宫谱目》入仙吕引子。赵令畤词名《思越人》。李元膺词名《思佳客》。贺铸词有"剪刻朝霞钉露盘"句,名《剪朝霞》。韩淲词有"只唱骊歌一叠休"句,名《骊歌一叠》。卢祖皋词有"人醉梅花卧未醒"句,名《醉梅花》。　②拚却:豁出去,心甘情愿。牛峤《菩萨蛮》:"须作一生拚,尽君今日欢。"　③"今宵"二句:釭(gāng),油灯。王融《咏幔》:"但愿置樽酒,兰釭当夜明。"戴叔伦《江乡故人偶集客舍》:"还作江南会,翻疑梦里逢。"司空曙《云阳馆与韩绅宿别》:"乍见翻疑梦,相悲各问年。"杜甫《羌村三首》其一:"夜阑更秉烛,相对如梦寐。"

[评析]

创造如梦似幻的艺术境界,是小山词的显著特点。晏几道常常建构梦境,以重温往日的甜蜜与温馨:"篇中所纪悲欢合离之事,如幻如电,如昨梦前尘,但能掩卷抚然,感光阴之易逝,叹境缘之无实也。"(《小山词自序》)总共二百六十首词作,有五十二首五十九句写到"梦",或在梦中追寻:"梦魂惯得无拘检,又踏杨花过谢桥"(《鹧鸪天》);或在梦中相逢:"梦里时时得见伊"(《采桑子》);或与对方同梦,如这首《鹧鸪天》。词写别后相逢。上片追溯当年之乐。换头"从别后"三句,言别后相忆之深,时常魂牵梦萦。"今宵剩把银釭照"二句始归到今日相逢。上言梦似真,今言真似梦,文心微妙曲折:"由于相思,曾经多次做梦,今天夜里是真的见面了,却反而疑惑起来,以为又在梦中。为了解除这个是真还是幻的疑问,只好把银灯尽管拿着照了又照,才放下心来。"(沈祖棻《宋词赏析》)这种写法,显系承继杜诗名篇而来:"峥嵘赤云西,日脚下平地。柴门鸟雀噪,归客千里至。妻孥怪我在,惊定还拭泪。世乱遭飘荡,生还偶然遂。邻人满墙头,感叹亦歔欷。夜阑更秉烛,相对如梦寐。"(《羌村三首》其一)末二句写夜阑不寐,秉烛对视,恍如梦中,囊括乱世离情,令全章摇曳生姿。

卜算子[①] 送鲍浩然之浙东

王 观

水是眼波横,[②]山是眉峰聚。欲问行人去那边,眉眼盈盈处。才始送春归,又送君归去。若到江南赶上春,千万和春住。

[注释]

①卜算子:高拭词注仙吕调。苏轼词有"缺月挂疏桐"句,名《缺

月挂疏桐》。秦湛词有"极目烟中百尺楼"句,名《百尺楼》。僧皎词有"目断楚天遥"句,名《楚天遥》。无名氏词有"蹙破眉峰碧"句,名《眉峰碧》。　②"水是"句:李白《长相思二首》其二:"昔为横波目,今作流泪泉。"

[评析]

　　此首,《词林万选》卷四误以为苏轼作。王观(生卒年不详)的这首送别词,开篇一反常道,以眼波、眉峰分别形容水的灵动清澈、山的高峻连绵,情语作景语,新人耳目。随即自问自答,摹想友人一路经行处,生动传神,令人心旌摇漾。即此,已可证王灼所评其词"新丽处与轻狂处皆足惊人"(《碧鸡漫志》卷二)为不虚。过片以送春归去之不舍,表达送别友人的淡淡离愁。结末又一反常轨,将惜别之情化作对友人的祝福,"让人将离别当成另一种出发"(王兆鹏《婉约词选》)。吴曾《能改斋漫录》卷一六谓:"王逐客送鲍浩然游浙东,作长短句云云。韩子苍在海陵送葛亚卿诗断章云:'今日一杯愁送君,明日一杯愁送君。君应万里随春去,若到桃源问归路。'诗词意同。"

　　王观还有一首轻狂惊人的《清平乐·应制》:
　　　　黄金殿里。烛影双龙戏。劝得官家真个醉。进酒犹呼万岁。
　　　　折旋舞彻伊州。君恩与整搔头。一夜御前宣住,六宫多少人愁。
主观愿望也许是歌颂天子的恩泽降及妃嫔,但词作竟似以滑薄轻佻的语气,揶揄至尊无上的皇帝,读来让人隐隐发笑。王观也因此而罢职被逐:"王观学士尝应制撰《清平乐》词云云,高太后以为媟渎神宗,翌日罢职,世遂有'逐客'之号。"(《能改斋漫录》卷一七)〔按:与王观此首《清平乐》风格大体近似的御前文人之作,还有如《大宋宣和遗事》前集所记:宣和六年(1124)东京元宵观灯,百姓不问富贵贫贱老少尊卑,尽到端门下赐御酒一杯,有教坊大使曹元宠（组）口号一词，唤作《脱银袍》："济楚风光，升平时世。端门支散，碗遂逐旋温来，吃得过、那堪更使金器。分明是，与穷汉、消灾灭罪。　又没支分，犹然递滞，打笃磨槎来根底。换头巾，便上弄交番厮替。告官里，驼逗高阳饿鬼。"亦颂圣而作滑稽调笑语。又，谢维新等《古今合璧事类备要》前集卷一七引《荆楚岁时记》载："重阳日常有疏风冷雨。康伯可在翰苑日，尝重九遇雨，奉敕撰词，伯可口占《望江南》一阕进云：'重阳日，阴雨四垂垂。戏马台前泥拍肚，龙山会上水平脐。直浸到东篱。　茱萸胖，菊蕊湿滋滋。落帽孟嘉寻箬笠，休官陶令觅蓑衣。两个一身泥。'"周必大《二老堂诗话》所录词作有异文："庆元丙辰（1196）重九，风雨中，七兄约登高于神冈西，喜，因记康与之在高宗时谑词云：'重阳日，四面雨垂垂。戏马台前泥拍肚，龙山路上水平脐。淹浸倒东篱。　茱萸胖，黄菊湿蘁蘁。落帽孟嘉寻箬笠，漉巾陶令买蓑衣。都道不如归。'为之一笑。与之自语人云：'末句或传"两个一身泥"，非也。'"〕

水龙吟^①　次韵章质夫杨花词

苏　轼

似花还似非花，也无人惜从教坠。抛家傍路，思量却是，无情有思。^②萦损柔肠，^③困酣娇眼^④，欲开还闭。梦随风万里，寻郎去处，又还被、莺呼起。^⑤　不恨此花飞尽，恨西园、落红难缀。晓来雨过，遗踪何在，一池萍碎。杨花落水为浮萍，验之信然。春色三分，二分尘土，一分流水。^⑥细看来，不是杨花，点点是离人泪。^⑦

[注释]

①水龙吟：姜夔词注"无射商，俗名越调"。曾觌词结句有"是丰年

瑞"句,名《丰年瑞》。吕渭老词名《鼓笛慢》。史达祖词名《龙吟曲》。杨樵云词因秦观词起句,更名《小楼连苑》。方味道词结句有"伴庄椿岁"句,名《庄椿岁》。 ②"抛家"三句:杜甫《白丝行》:"落絮游丝亦有情,随风照日宜轻举。"韩愈《晚春》:"杨花榆荚无才思,惟解漫天作雪飞。" ③"萦损"句:白居易《杨柳枝》:"人言柳叶似愁眉,更有愁肠似柳丝。" ④娇眼:李商隐《二月二日》:"花须柳眼各无赖,紫蝶黄蜂俱有情。" ⑤"梦随风"三句:金昌绪《春怨》:"打起黄莺儿,莫教枝上啼。啼时惊妾梦,不得到辽西。" ⑥"春色"三句:徐凝《忆扬州》:"天下三分明月夜,二分无赖是扬州。"叶清臣《贺圣朝》:"三分春色二分愁,更一分风雨。" ⑦"细看来"三句:曾季狸《艇斋诗话》引唐人诗:"君看陌上梅花红,尽是离人眼中血。"

[评析]

　　此首,别误作周邦彦词,见《词学筌蹄》卷一。章楶原唱为:"燕忙莺懒芳残,正堤上、柳花飘坠。轻飞乱舞,点画青林,全无才思。闲趁游丝,静临深院,日长门闭。傍珠帘散漫,垂垂欲下,依前被、风扶起。

　　兰帐玉人睡觉,怪春衣、雪沾琼缀。绣床旋满,香球无数,才圆却碎。时见蜂儿,仰粘轻粉,鱼吞池水。望章台路杳,金鞍游荡,有盈盈泪。"苏轼(1037~1101)元丰四年(1081)给章质夫的信中说:"《柳花》词妙绝,使来者何以措词!本不敢继作,又思公正柳花飞时出巡按,坐想四子,闭门愁断,故写其意,次韵一首寄去,亦告不以示人也。《七夕》词亦录呈。"据知此词应作于其时。章词实写杨花,尤其是"傍珠帘散漫"三句,"曲尽杨花妙处"(魏庆之《诗人玉屑》卷二〇)。苏轼因难见巧,避实就虚,化"无情"之花为"有思"之人,"直是言情,非复赋物"(沈谦《填词杂说》),从而另辟新境,"和韵而似原唱"(王国维《人间词话》)。

　　首句不仅准确把握住杨花的独特"风流标格",也定下了一篇既咏物象、又写人言情的咏物宗旨。次句承以"也无人惜从教坠",暗逗出缕缕怜惜之意,并为下片雨后觅踪伏笔。"抛家傍路"三句承上"坠"字,写杨花离枝坠地、飘落无归情状,非但见拟人端倪,亦为下文花人合一张本。"萦损柔肠"三句紧承"有思"而来,驰骋想象,将抽象的"有思"的杨花化作具体的有生命的人,明写思妇而暗赋杨花,花人合一。以下"梦随风万里,寻郎去处,又还被、莺呼起"数句妙笔天成,在不即不离之间,双摄思妇、杨花之魂,篇首所言"似花还似非花",可于此中心领神会。下片承上片"惜"字意脉,借追踪杨花,抒发一片惜春深情,情物交融而至于浑化无迹。"不恨此花飞尽"二句以落红陪衬杨花,曲笔传出花事已尽、春色将逝之恨。以下由"晓来雨过"而问询杨花遗踪。春水觅踪,可谓一往情深;但杨花不见,唯有一池浮萍在目,进一步加深春恨。恨未尽,于是继以"春色三分"三句。"分",想象奇妙又极度夸张;"二分尘土"与上片"抛家傍路"相呼应,"一分流水"与上文"一池萍碎"一意相承。至此,杨花的最终归宿,与词人的满腔惜春之情水乳交融。煞拍总收上文,由眼前的流水,联想到思妇的泪水;又由思妇的点点泪珠,映带出空中的纷纷杨花,虚中有实,实中见虚,总在虚实相间、似与不似之间,余味无穷。

卜算子　黄州定惠院寓居作

苏　轼

　　缺月挂疏桐,漏断人初静[①]。时见幽人独往来,缥缈孤鸿影。

惊起却回头，有恨无人省。拣尽寒枝不肯栖，寂寞沙洲冷②。

[注释]

①漏断：谓漏声已停，指初更已过。漏，我国古代的时计，其法以水计时；用刻好度数的箭装置在铜壶中，壶中盛水，壶底有孔，水渐漏减，箭上的时刻度数便逐度露出。 ②"寂寞"句：陈鹄《耆旧续闻》卷二："赵右史家有顾禧景蕃补注东坡长短句真迹云：余顷于郑公实处见东坡亲迹书《卜算子》断句云'寂寞沙汀冷'，今本作'枫落吴江冷'，词意全不相属。"〔按：据《新唐书·崔信明传》，"枫落吴江冷"句乃崔信明孤句："信明蹇亢，以门望自负，尝矜其文，谓过李百药，议者不许。扬州录事参军郑世翼者，亦骜倨，数桃轻忤物，遇信明江中，谓曰：'闻公有枫落吴江冷，愿见其余。'信明欣然多出众篇，世翼览未终，曰：'所见不逮所闻！'投诸水，引舟去。"〕

[评析]

苏轼常常在词中表达对人生的哲理性思考。如在徐州即有"古今如梦"（《永遇乐》）的感喟，"乌台诗案"后的体会更为真切、深刻："笑劳生一梦"（《醉蓬莱》）、"万事到头都是梦"（《南乡子》）、"世事一场大梦"（《西江月》）、"长恨此身非我有"（《临江仙》）。这种理性思索，既增强了词的哲理意蕴，也能开拓人的心胸。所以，苏轼不仅没有因为屡受挫折而否定人生，反而始终保持乐观、超然的人生态度。如词中抒情人物形象与创作主体趋向同一的《定风波》（莫听穿林打叶声），便是显例。

相比而言，苏轼咏物词的情况则要复杂很多。如这首谪居之作《卜算子》，就引起了广泛讨论与争议。仅以之为某一女子而作者，即有吴曾的《能改斋漫录》（卷一六）、杨湜的《古今词话》（引《女红余志》）、袁文的《瓮牖闲评》（卷五）等。争论的焦点，主要集中在有无寄托、寄托为何上。鲖阳居士首主寄托之说，认为："缺月，刺明微也。漏断，暗时也。幽人，不得志也。独往来，无助也。惊鸿，贤人不安也。回头，爱君不忘也。无人省，君不察也。拣尽寒枝不肯栖，不偷安于高位也。寂寞吴江冷，非所安也。此词与《考槃》诗极相似。"俞文豹亦主寄托，而与鲖阳居士略异："缺月挂疏桐，明小不见察也；漏断人初静，群谤稍息也；时见幽人独往来，进退无处也；缥缈孤鸿影，悄然孤立也；惊起却回头，犹恐谗慝也；有恨无人省，谁其知我也；拣尽寒枝不肯栖，不苟依附也；寂寞沙洲冷，宁甘冷淡也。"（《吹剑录》）陈鹄则谓"拣尽寒枝不肯栖"一句"取兴鸟择木之意"（《耆旧续闻》卷二）。黄苏以为"此词乃东坡自写在黄州之寂寞耳。初从人说起，言如孤鸿之冷落，第二阕专就鸿说，语语双关"（《蓼园词选》）。谢章铤认为此词"别有寄托"，又力诋鲖阳居士之说为"断章取义"，为"刻舟求剑"，"大非也"（《赌棋山庄词话》卷二）。张惠言《词选》、张德瀛《词征》、谭献《复堂词话》等也赞同寄托说。王士禛明确反对寄托说，批评鲖阳居士"村夫子强作解事，令人欲呕"（《花草蒙拾》）。王国维也认为此词乃"兴到之作，有何命意？皆被皋文深文罗织"（《人间词话》）。总体上看，寄托说占据了明显的上风。〔按：在导致苏轼贬斥黄州的"乌台诗案"中，被认定为其典型的反新法作品的，有《山村五绝》其二、其三、其四："烟雨蒙蒙鸡犬声，有生何处不安生。但教黄犊无人佩，布谷何劳也劝耕。""老翁七十自腰镰，惭愧春山笋蕨甜。岂是闻韶解忘味，迩来三月食无盐。""杖藜裹饭去匆匆，过眼青钱转手空。赢得儿童语音好，一年强半在城中。"《八月十五日看潮五绝》其四："吴儿生长狎涛渊，冒利忘生不自怜。东海若知明主意，应教斥卤变桑田。"以及《汤村开运盐河雨中督役》、《和刘道原见寄》、《和刘道原寄张师民》、《王复秀才所居双桧二首》、《径山道中次韵答周长官兼赠苏寺丞》等，以杭州时期所作（刊印为《钱塘集》）为主。〕

此词未必不是"兴到之作",但临文亦未尝不可融入身世之感,体现出作者思想感情中所存在着的深刻矛盾。苏轼既有投闲置散之叹,又有遁世无闷之乐;既有忧谗畏讥之心,又有愤世嫉俗之意。因此,当深夜的月光之下,一只孤鸿突然闯入视线的时候,就自觉或不自觉地寄予了它以深挚的同情,并且将它赋予了作者自己的感情和性格。词中孤鸿和幽人便形成可分而又不可分的关系,达到情与景会,人与物合,成为一个和谐的整体了。从意蕴上看,词中的孤鸿,既可以指当前的景物,也可以暗比作者自己,又可以泛喻不得其位的贤人君子。而即使抛开这些不谈,"仅从词的表面上来看,它本身仍自是一个完整的、独立的艺术形象"(沈祖棻《清代词论家的比兴说》)。

江城子① 乙卯(1075)正月二十日夜记梦

苏 轼

十年生死两茫茫。不思量。自难忘。千里孤坟②,无处话凄凉。纵使相逢应不识,尘满面,鬓如霜。　夜来幽梦忽还乡。③小轩窗。正梳妆。相顾无言,惟有泪千行。料得年年肠断处,明月夜,短松冈。④

[注释]

①江城子:唐词单调,以韦庄词为主,余俱照韦词添字,至宋人始作双调。晁补之改名《江神子》。韩淲词有"腊后春前村意远"句,名《村意远》。　②千里孤坟:《苏轼文集》卷一五《亡妻王氏墓志铭》:"治平

二年（1065）五月丁亥，赵郡苏轼之妻王氏，卒于京师。六月甲午，殡于京城之西。其明年六月壬午，葬于眉之东北彭山县安镇乡可龙里先君先夫人墓之西北八步。轼铭其墓曰：君讳弗，眉之青神人，乡贡进士方之女。生十有六年，而归于轼。有子迈。"　③"夜来"句：李商隐《银河吹笙》："重衾幽梦他年断，别树羁雌昨夜惊。"　④"料得"三句：孟棨《本事诗·征异》：开元中张姓幽州衙将，妻生五子，不幸去世。"复娶妻李氏，悍怒狠戾，虐遇五子，日鞭棰之。五子不堪其苦，哭于其葬，母忽于冢中出，抚其子，悲恸久之，因以白布巾题诗赠张，曰：'欲知肠断处，明月照孤坟。'"

[评析]

十一世纪下半叶，柳永等人先后离开词坛，继之而起的，一是以苏轼为领袖，黄庭坚、秦观、晁补之、李之仪、赵令畤、陈师道、毛滂等为羽翼，以及与苏门词人过从甚密的晏几道和贺铸等组成的泛苏门词人群落；一是以周邦彦为主帅，由曹组以及曾供职于大晟府的万俟咏、晁端礼、徐伸、田为、晁冲之、江汉、姚公立等人组成的大晟词人群落。两大群体中人"各尽其力，自成一家"（王灼《碧鸡漫志》卷二）：苏轼继柳永之后进一步大力开拓词境，晏几道对小令有新的发展，黄庭坚、晁补之师法苏轼而自成面目，秦观学柳永而别有会心，贺铸融豪侠之气与绮丽柔情为一体，周邦彦通过建立严整的词艺规范而另开一派。南宋词就是沿着苏、周二人开辟的方向继续发展。

苏轼对词的变革，基于他诗词一体的词学观念和"自成一家"的创作主张。自晚唐五代以来，文人墨客很少不是游戏笔墨于"方之曲艺，犹不逮焉"的词，写成之后，往往"随亦自扫其迹"（胡寅《酒边集序》）。苏轼则认为，词"盖诗之裔"（《祭张子野文》），外在形式的差别,并不妨碍它们在艺术本质和表现功能上的一致性。因此,常常将词与诗相提并论,如称道陈季常"新词,句句警拔,诗人之雄,非小词也"(《与陈季常书》),蔡承禧(一作延禧)的"新词,此古人长短句诗也"(《与蔡景繁书》)。这就为从文体观念上将词提高到与诗同等的地位,进而为实现词与诗的相互沟通、渗透,提供了一定的理论依据。

为使词的美学品位真正能与诗并驾齐驱,苏轼在不断关注词坛"新词"发展的基础上,提出了词须"自是一家"的创作主张:"近却颇作小词,虽无柳七郎风味,亦自是一家。……颇为壮观也。"(《与鲜于子骏书》)此处所谓"自是一家",既针对"柳七郎风味",又具有一定的普遍意义,换言之,指的是他所创作的豪放词在当时的主流词坛上,可以别成一种风格。而事实上,可能一度学过柳词的苏轼,所进行的创造又非仅仅是豪放词所能包括的,所以,从理论上看,"自是一家"说包容的范围要更广泛一些,无疑为词的进一步发展指出了新的方向。

正如杨湜所云:"(苏轼)凡赋诗缀词,必写其所怀。"(《古今词话》)扩大表现功能,开拓词境,使词可以像诗一样充分表现作者的性情怀抱,是苏轼改革词体的主要方向,也表现在了他的创作中。如作于熙宁七年(1074)的《沁园春·密州早行马上寄子由》(孤馆灯青),既有致君尧舜的人生理想、豪迈自信的精神风貌,也流露出历经仕途挫折之后复杂的人生感慨。又如稍后所写的《江神子·密州出猎》(老夫聊发少年狂),词中所具有的报国情怀,特别是建功边塞的激情,体现出一种昂扬的气概,影响后人甚大。苏轼还有悼亡之作如此首《江城子》,不仅表现出痛彻心扉的思念,同时也包含了自己人生的失意,平淡中见深情,建立了悼亡词的经典抒情方式,卓绝千古。

蝶恋花

苏 轼

花褪残红青杏小。燕子飞时,绿水人家绕。枝上柳绵吹又少。天涯何处无芳草。① 墙里秋千墙外道。墙外行人,墙里佳人笑。笑渐不闻声渐悄。多情却被无情恼。

[注释]

① "天涯"句:屈原《离骚》:"何所独无芳草兮,尔何怀乎故宇。"

[评析]

苏轼此词在矛盾中写景、写情、写理。上片写暮春景色与伤春情绪。起句谓残红褪尽,青杏初生。接二句将视线移向广阔的空间。"燕子飞时",冲淡了首句投下的悲凉阴影。"绿水人家",幽静中带有富贵气象。"枝上柳绵吹又少"二句一跌一扬,感情深挚,襟抱旷达。如果说上片是在写景中寄托伤春之感,那么,下片则通过人的关系、行动,表现对爱情以至整个人生的看法。"墙里秋千墙外道"数句,在艺术描写上充分体现出藏和露的关系,并且词意流走,一气呵成,直到结尾,才作一停顿,所用的具体方法是"顶真格"。按照词律,《蝶恋花》本为双调,上下片各四仄韵,字数相同,节奏相等,此词前后感情色彩不同而节奏有异,不能算是当行本色。不过,晁补之所谓"自是曲子中缚不住者"(吴曾《能改斋漫录》卷一六引),盖即指此类而言。人云苏轼"以诗为词",这种在词中灌注人生感悟的做法，似乎也不是可以被断然排除在外的。〔按：所谓"曲子中缚不住"，与苏轼"非心醉于音律"（王灼《碧鸡漫志》卷二）有关，而不"心醉于音律"，却并不等于说苏轼不知音律。不知音律之说，一部分原因恐怕也在于对彭乘《墨客挥犀》卷四所载"自言"云云的误解："子瞻尝自言平生三不如人，谓着棋、吃酒、唱曲也。"又，龚鹏程《中国文学史》所论可参：宋朝不仅面临一个诸多体裁逐渐混淆的困局，更处在一个风格体制转变的历史场景中。欧阳修《醉翁亭记》被认为与赋相似，范仲淹《岳阳楼记》以对语说时景，正是骈文从律赋走向散文赋，而与散文在风格、体制上逐渐不易析辨的具体例证。诗也是如此。韩愈诗显然代表了中唐以后诗风转变的一种典型，与以前截然不同，故后山曾说韩愈"于诗本无解会，特以才高而好耳"，东坡也说："诗之美者，莫如韩退之，然诗格之变，自退之始。"（胡仔《苕溪渔隐丛话》前集卷一七引）沈括之所以批评韩诗"格不近诗"，也正是因为碰到了这个问题。在一个剧变的时代里，文学批评必然会深刻而焦虑地想找出一个历史之常与变的判准和解释，用以甄定目前的状况，规范未来的发展。文体论的强调及"当行"、"本色"诸术语的建立，就是为了应付这一需要。〕

卜算子

李之仪

我住长江头，君住长江尾。日日思君不见君，共饮长江水。此水几时休，此恨何时已。①只愿君心似我心，定不负相思意。②

[注释]

① "此水"二句：徐干《室思》："思君如流水，何有穷已时。"

② "只愿"二句：顾敻《诉衷情》："换我心，为你心，始知相忆深。"定，

是词中的衬字，极为少见。〔按：况周颐主张宋词用衬字："元人制曲，几乎每句皆有衬字，取其能达句中之意，而付之歌喉又抑扬顿挫，悦人听闻。所谓迟其声以媚之也。两宋人词间亦有用衬字者。王晋卿云：'烛影摇红向夜阑，乍酒醒、心情懒。''向'字、'乍'字是衬字。据词谱，《烛影摇红》第二句七字，应仄平仄仄平平仄。周美成云：'黛眉巧画宫妆浅'，不用衬字，与换头第二句同。"（《蕙风词话》卷二）秦巘《词系》亦认为，倚声填词，为词意特殊表达的需要，可以加虚字衬之："万氏谓曲有衬字，词无衬字，余不谓然。盖因词意不畅，加一虚字以达之，原无碍于歌喉，亦无关于体格。所谓带腔也。如张之《沁园春》前段多一字，苏则后段多一字，此类北宋最多，南宋始加琢整齐。若美成'但时时自剔灯花'，梦窗'纵芭蕉不雨也飕飕'，'但'字、'纵'字岂非衬字？但不可加实字耳。"〕

[评析]

　　这是李之仪（1048~1118）富于民歌风味的一首词，以"长江水"为抒情线索。起二句写江头与江尾的千里遥隔，引发"日日思君"的情愫。次二句，谓虽可共饮一江水以解相思之渴，然流水无情，思而不见，有情人的绵绵怨情又长于悠悠江水。换头二句宕开一笔的反诘，化无形的思绪为有形的江水，幻想江水流尽，相思之恨有尽头。结二句为面对现实的无奈期盼语：唯愿君心似我这般痴情，彼此不负相思情意。全篇如毛晋所评："直是古乐府俊语。"（《姑溪词跋》）

　　在姑溪词中，浓浓相思意而同样出之以淡泊明白语的，还有如以下一首《谢池春》，可录以并读：

　　　　残寒销尽，疏雨过、清明后。花径敛余红，风沼萦新皱。乳燕穿庭户，飞絮沾襟袖。正佳时，仍晚昼。著人滋味，真个浓如酒。
　　　　频移带眼，空只恁、厌厌瘦。不见又思量，见了还依旧。为问频相见，何似长相守。天不老，人未偶。且将此恨，分付庭前柳。

沁园春[①]

黄庭坚

把我身心,为伊烦恼,算天便知。恨一回相见,百方做计,未能偎倚,早觅东西。镜里拈花,水中捉月,觑着无由得近伊。添憔悴,镇花销翠减,玉瘦香肌。　　奴儿。又有行期。你去即无妨我共谁。向眼前常见,心犹未足,怎生禁得,真个分离。地角天涯,我随君去。掘井为盟无改移。君须是,做些儿相度,莫待临时。

[注释]

①沁园春:金词注般涉调。《蒋氏十三调》注中吕调。张辑词结句有"号我东仙"句,名《东仙》。李刘词名《寿星明》。秦观减字词名《洞庭春色》。

[评析]

黄庭坚(1045~1105)论词雅俗并重,写词也是雅俗并存。黄庭坚的雅词,主要是学苏所得,适如王灼所云:"晁无咎、黄鲁直皆学东坡,韵制得七八。"(《碧鸡漫志》卷二)如《定风波》(万里黔中一漏天)、《念奴娇》(断虹霁雨)之虽遭贬谪却傲岸不屈,仍然潇洒俊逸、乐观豪迈,洵似乃师。又如《鹧鸪天》(黄菊枝头生晓寒),所塑造的狂放形象,既是作者自己及朋友,更是不谐于俗且怀不平傲世之心的文人们的共同写照,上片第三、四句,被认为可与苏轼《南乡子》"破帽多情却恋头"相媲美。此外，黄词或写闲适与孤独："万里投荒，一身吊影，成何欢意"（《醉蓬莱》）；或写手足之情："当年夜雨，头白相依无去住"，"阿连高秀，千万里来忠孝有"（《减字木兰花》）；或写夫妻间的相濡以沫："归来晚，文君未寝，相对小窗前"（《满庭芳》），"一叶扁舟卷画帘。老妻学饮伴清谈"（《浣溪沙》）。题材内容以及抒情方式都有进一步自我化的趋势。

作为"江西诗派"的代表人物，词并不是黄庭坚最有成就的文体，但当时也有盛名。尽管黄庭坚自己也说："余尝为少年言：士大夫处世可以百为，唯不可俗，俗便不可医也"（《书缯卷后》），"以俗为雅，以故为新，百战百胜"（《再次杨明叔韵序》）。不过，黄庭坚的一百九十二首词中，有因早年"放于狭邪"（《碧鸡漫志》卷二）所作的三十多首艳词和俗词。有些甚至比柳词更为疏荡，如《添字少年心》下片："见说那厮脾鳖热。大不成我便与拆破。待来时、鬲上与厮嗽则个。温存着，且教推磨。"仅就词之俗艳这一点而言，当时就有人如法秀道人曾当面指责黄庭坚败坏人心，是以笔墨劝淫："太史山谷居士黄庭坚，字鲁直……好作艳词，尝谒圆通秀禅师，秀呵曰：'大丈夫翰墨之妙，甘施于此乎？'秀方戒李伯时画马事，公诮之曰：'无乃复置我于马腹中邪？'秀曰：'汝以艳语动天下人淫心，不止马腹中，正恐生泥犁耳。'公悚然悔谢，由是绝笔。"（普济《五灯会元》卷一七）〔按："五灯"是指五部禅宗灯录——北宋法眼宗道原的《景德传灯录》、北宋临济宗李遵勖的《天圣广灯录》、北宋云门宗惟白的《建中靖国续灯录》、南宋临济宗悟明的《联灯会要》、南宋云门宗正受的《嘉泰普灯录》，先后于北宋景德元年（1004）至南宋嘉泰二年（1202）的近二百年间分别成书。"五灯"共一百五十卷，内容层见叠出，存在诸多重复。〕黄则说这不过是"少时""使酒玩世"（《小山词序》）的"空中语"。后来，朱彝尊在《词综·发凡》中指出"言情之作，易流于秽"的现象时，所举的例子也正是黄庭坚。黄庭坚的这些侧艳俚俗之词,是一时风气所致。就像这首《沁园春》,通过女子自诉衷情的形式,放言直写相思心理,大胆主动,真切缠绵。其质朴坦率处,远承唐五代民间曲子词,与有些词作的求俗过甚不同。

绿头鸭① 咏月

晁端礼

晚云收,淡天一片琉璃。烂银盘、来从海底,②皓色千里澄辉。莹无尘、素娥淡伫,静可数、丹桂参差。③玉露初零,金风未凛,一年无似此佳时。露坐久,疏萤时度,乌鹊正南飞。④瑶台冷,栏干凭暖,欲下迟迟。　　念佳人、音尘别后,对此应解相思。最关情、漏声正永,暗断肠、花影偷移。料得来宵,清光未减,阴晴天气又争知。共凝恋、如今别后,还是隔年期。人强健,清尊素影,长愿相随。

[注释]

①绿头鸭:一名《多丽》。周格非词名《陇头泉》。此调有平韵、仄韵两体。　②"烂银盘"句:卢仝《月蚀》:"烂银盘从海底出,出来照我草屋东。"　③"莹无尘"二句:谢庄《月赋》:"集素娥于后庭。"李周翰注:"嫦娥窃药奔月,因以为名。月色白,故云素娥。"王灼《碧鸡漫志》卷三:"上皇与申天师中秋夜同游月中,见一大宫府……素娥十余人舞笑于广庭大树下。"李时珍《本草纲目》卷三四:"其花有白者名银

桂,黄者名金桂,红者名丹桂。" ④"乌鹊"句:曹操《短歌行》:"月明星稀,乌鹊南飞。绕树三匝,无枝可依。"

[评析]

  中秋怀想之作中,大晟府制撰协律晁端礼(1046~1113,一作元礼)的这首《绿头鸭》是名篇。起首两句总揽全局,一笔放开,生发出下文的一切相关情景。以下极写中秋月景,由海底涌月轮,澄辉无边际,嫦娥伫立,丹桂参差,过渡到美景良辰,使人流连忘返,并以"栏干凭暖"牵出对月怀人之意。过片二句承上启下,宛转妥贴。接着从写对方的此夜情中,极为深婉地表达出一己的念念深情,同时也是对上片"露坐"、凭栏之深意的揭示与照应。歇拍跟苏轼《水调歌头》(明月几时有)一样,都是从谢庄《月赋》"隔千里兮共明月"句化出,然雍雅和婉,与苏词之豪宕劲健不同。就全篇而言,晁词描景写情传神细腻,语言风格婉雅清和,结构意脉通畅自如。有此等中秋词之虽"篇长惮唱,故湮没无闻"而实为上佳之篇者,则不可全谓东坡而后"余词尽废"(胡仔《苕溪渔隐丛话》后集卷三九)。

  中秋词,自胡仔提出东坡而后"余词尽废"一说之后,已经被广泛认同和接受。后来者当然明了这主要是就有限时段立论的,胡仔自己其实也已经在上引之说后接着说:"然其后,亦岂无佳词,如晁次膺《绿头鸭》一词云云。"但绝大多数人有鉴于苏轼在词史上的威名,仍然愿意将此"空前"之论等同于空前绝后,而无意于再去深究可能同样"篇长惮唱"的苏词何以并未"湮没无闻"。事实上,即便纯粹从案头阅读的意义上讲,也至少还有两首中秋词不亚于"明月几时有"。一是张孝祥的《念奴娇·过洞庭》(洞庭青草)。广阔澄静的湖光月色与冰清玉洁的人格境界水乳交融,哲理意蕴虽不及苏轼中秋词,但浪漫奇想实有过之。一是辛弃疾的《木兰花慢·中秋饮酒,将旦,客谓前人诗词有赋待月无送月者,因用天问体赋》(可怜今夕月)。以《天问》体入词,专赋送月,已属创举。至于综合神话传说,放纵想象,驰骤思绪,间有惊人发现,比如大胆设想此处月落西方时,彼处正月出东方,则更是已经前所未有地暗合了近代天体学说。

望海潮①

秦 观

梅英疏淡,冰澌溶泄,东风暗换年华。金谷俊游,②铜驼巷陌,③新晴细履平沙。长记误随车。④正絮翻蝶舞,芳思交加。柳下桃蹊⑤,乱分春色到人家。　　西园夜饮鸣笳。⑥有华灯碍月,飞盖妨花。兰苑未空,行人渐老,重来是事堪嗟。烟暝酒旗斜。但倚楼极目,时见栖鸦。无奈归心,暗随流水到天涯。

[注释]

①望海潮:柳永《乐章集》注仙吕调。　②"金谷"句:《晋书·石崇传》:"崇有别馆在河阳之金谷,一名梓泽。送者倾都,帐饮于此焉。"石崇《金谷诗序》:"余有别庐在金谷涧中。清泉茂树,众果、竹柏、药物备具。又有水碓鱼池,此世所谓金谷园也。"何逊《车中见新林分别甚盛》:"金谷宾游盛,青门冠盖多。"　③"铜驼"句:《太平御览》卷一五八引陆机《洛阳记》:"洛阳有铜驼街,汉铸铜驼二枚,在宫西南会道相对。"骆宾王《艳情代郭氏赠卢照邻》:"铜驼路上柳千条,金谷园中花

几色。"杜甫《至后》:"青袍白马有何意,金谷铜驼非故乡。"刘禹锡《杨柳枝词九首》其四:"金谷园中莺乱飞,铜驼陌上好风吹。" ④"长记"句:韩愈《游城南十六首·嘲少年》:"直把春偿酒,都将命乞花。只知闲信马,不觉误随车。"张泌《浣溪沙》:"晚逐香车入凤城。东风斜揭绣帘轻。慢回娇眼笑盈盈。　消息未通何计是,便须佯醉且随行。依稀闻道太狂生。" ⑤桃蹊:《史记·李广传》:"谚曰:'桃李不言,下自成蹊。'" ⑥"西园"句:曹丕《芙蓉池作》:"乘辇夜行游,逍遥步西园。"曹植《公宴》:"公子敬爱客,终宴不知疲。清夜游西园,飞盖相追随。"又,驸马都尉王诜曾于西园中延请苏轼和苏门文士宴集雅游。李公麟绘《西园雅集图》,米芾作《记》。所画凡十六人:王诜、苏轼、苏辙、黄庭坚、秦观、李公麟、米芾、蔡肇、李之仪、郑靖老、张耒、王钦臣、刘泾、晁补之以及僧圆通、道士陈碧虚,另有侍姬、书童。

[评析]

在北宋词坛上,秦观(1049~1100)被认为是最能体现当行本色的词手:"近世以来,作者皆不及秦少游"(晁补之《评本朝乐章》)、"今代词手,唯秦七、黄九尔,唐诸人不逮也"(陈师道《后山诗话》)。秦观的词,内容并没有跳出离愁别恨的传统范围。他和晏几道一样,都是"古之伤心人"(冯煦《蒿庵论词》),有万不得已之词心,细腻敏感,词中浸透了泪水和愁恨。如下面二首:

西城杨柳弄春柔。动离忧,泪难收。犹记多情,曾为系归舟。碧野朱桥当日事,人不见,水空流。　韶华不为少年留。恨悠悠。几时休。飞絮落花时候、一登楼。便做春江都是泪,流不尽,许多愁。(《江城子》)

水边沙外。城郭春寒退。花影乱,莺声碎。飘零疏酒盏,离别宽衣带。人不见，碧云暮合空相对。　　忆昔西池会。鹓鹭同飞盖。携手处，今谁在。日边清梦断，镜里朱颜改。春去也，飞红万点愁如海。（《千秋岁》）

这些江海般深重的愁与恨，都是词人历经坎坷后从心底流出。

这首《望海潮》是秦观被贬官外放，春间行前追怀旧游而作。起三句由梅疏冰溶表明冬去春来，"东风暗换年华"略点春光依旧而年光非昔。"金谷"以下到"华灯"、"飞盖"，均写当年春日京华俊游盛况，"长记误随车"句，乃追忆中情事。京华春光之美，夜宴冠盖之盛，"误随车"之少年浪漫，令人神往。"兰苑未空"三句，说明物华如旧、行年渐老，与"暗换"呼应，且发出深长感喟。以下转入眼前景，烟暗风紧，天宇无际，栖鸦飞掠，面对行将远谪天涯的前程，颇如栖鸦无奈，顿生何枝可依之感。忆昔伤今，以往日俊游，反衬今夕寥落，一为"春色到人家"，一为"流水到天涯"，"暗换"意脉，贯通全章，愁思满楮。秦观还写过一首《雨中花》游仙词，结构与此词相似，可录以参读：

指点虚无征路，醉乘斑虬，远访西极。正天风吹落，满空寒白。玉女明星迎笑，何苦自淹尘域。正火轮飞上，雾卷烟开，洞观金碧。

重重观阁，横枕鳌峰，水面倒衔苍石。随处有、奇香幽火，杳然难测。好是蟠桃熟后，阿环偷报消息。在青天碧海，一枝难遇，占取春色。

八六子

秦　观

倚危亭。恨如芳草，萋萋刬尽还生。②念柳外青骢别后，水边红袂分时,怆然暗惊。　　无端天与娉婷。夜月一帘幽梦,春风十里柔情。③怎奈向、欢娱渐随流水,素弦声断,翠绡香减,那堪片片飞花弄晚,蒙蒙残雨笼晴。正销凝,黄鹂又啼数声。

[注释]

①八六子:秦观词有"黄鹂又啼数声"句,又名《感黄鹂》。杜牧词见《尊前集》,分段处"扃"字非本韵,似宜于"辇路苔侵"分段为允。若依宋人词体,则当于"绣衾"句分。但不便据宋词以分唐词,且前后长短太不均。在宋词之分段,于体例亦未尽善。因前无所据,姑晁补之、杨缵、秦观、李演、王沂孙词彼此各仍其旧。　②"恨如"二句:白居易《赋得古原草送别》:"野火烧不尽,春风吹又生。远芳侵古道,晴翠接荒城。"李煜《清平乐》:"离恨恰如春草,更行更远还生。"　③"夜月"二句:杜牧《赠别二首》其一:"娉娉袅袅十三余,豆蔻梢头二月初。春风十里扬州路,卷上珠帘总不如。"

[评析]

此首,别误入侯文灿《十名家词》本贺铸《东山词》,原引《词话源流》后帙。秦观此词写别情。发端三句,写独倚危亭,忽睹芳草,因芳草之刬尽还生而联想到离情之缠绵郁结,难以屏除。只用一"恨"字作联系,设想与用笔均极为含蕴空灵,故周济誉为"神来之笔"(《宋四家词选》)。下边两句用"念"字领起追忆。"柳外青骢"、"水边红袂",分写自己与对方离别时的情况。柳外、水边是幽雅的环境,青骢、红袂是鲜明的形象,当日情景,宛然再现,这是虚景实写。"怆然暗惊"一句,突然落到今日的现实,追忆的梦幻霎时惊醒,遂有无限凄楚之感,也含有离别已久之恨。下片"无端天与娉婷"三句,再进一步追忆当时欢聚之乐。

"夜月一帘幽梦"二句叙写欢聚情况,借用杜牧诗句以含蓄出之。"怎奈向、欢娱渐随流水"三句叹惋好景不常,倏又离散。"素弦声断,翠绡香减",仍是用形象写别离,有幽美凄清之致。"那堪片片飞花弄晚"二句,忽又写当前景物,以景融情。"片片飞花弄晚,蒙蒙残雨笼晴",是凄迷之景,"弄"、"笼"二字极富想象力,又生动新颖。在怀人的深切愁闷中,观此景更增惆怅,故用"那堪"二字领起。结尾"正销凝,黄鹂又啼数声",又是融情入景,更使人烦恼,有悠然不尽之意。

"正销凝"二句,洪迈《容斋四笔》卷一三谓效杜牧词而有所不及:"秦少游《八六子》词云:'片片飞花弄晚,蒙蒙残雨笼晴。正销凝,黄鹂又啼数声。'语句清峭,为名流推激。予家旧有建本《兰畹曲集》,载杜牧之一词,但记其末句云:'正销魂,梧桐又移翠阴。'秦公盖效之,似差不及也。"杜词全阕为:

  洞房深。画屏灯照,山色凝翠沉沉。听夜雨冷滴芭蕉,惊断红窗好梦,龙烟细飘绣衾。辞恩久归长信,凤帐萧疏,椒殿闲扃。 辇路苔侵。绣帘垂、迟迟漏传丹禁。舜华偷悴,翠鬟羞整,愁坐、望处金舆渐远,何时彩仗重临。正消魂,梧桐又移翠阴。

词写宫怨,与王昌龄《长信秋词》五首其一的"熏笼玉枕无颜色,卧听南宫清漏长",其三的"玉颜不及寒鸦色,犹带昭阳日影来",用意相同。上片全是冷宫夜景,衬托失宠者内心的苦闷。下片说皇帝长久不来,只听得漏声从里面传来,銮舆又转向别的宫里去了。梧桐移影,又是一晚的失望,命中注定将要随着寸寸消失的光阴走完一生。句篇合观,秦观词应更胜一筹。

满庭芳①

秦 观

山抹微云,天连衰草,画角声断谯门②。暂停征棹,聊共引离尊。多少蓬莱旧事,空回首、烟霭纷纷。斜阳外,寒鸦数点,流水绕孤村。③ 销魂。当此际,香囊暗解,罗带轻分。谩赢得、青楼薄幸名存。④此去何时见也,襟袖上、空惹啼痕。伤情处,高城望断⑤,灯火已黄昏。

[注释]

①满庭芳:此调有平韵、仄韵两体。平韵者,周邦彦词名《锁阳台》;葛立方词有"要看黄昏庭院,横斜映霜月朦胧"句,名《满庭霜》;晁补之词有"堪与潇湘暮雨,图上画扁舟"句,名《潇湘夜雨》;韩淲词有"甘棠遗爱,留与话桐乡"句,名《话桐乡》;吴文英词因苏轼词有"江南好,千钟美酒,一曲满庭芳"句,名《江南好》;张埜词名《满庭花》。杨朝英《朝野新声太平乐府》注中吕宫。高拭词注中吕调。仄韵者,曾慥《乐府雅词》名《转调满庭芳》。 ②谯门:周祈《名义考》卷三:"门上为高楼以望曰谯……古者为楼以望敌阵,兵列于其间,下为门,上为楼,或曰谯门,或曰谯楼也。"《史记·陈涉世家》:"攻陈,陈守令皆不在,独守丞与战谯门中。" ③"寒鸦"二句:杨广《野望》:"寒鸦千万点,流水绕孤村。" ④"谩赢得"句:杜牧《遣怀》:"十年一觉扬州梦,赢得青楼薄幸名。" ⑤高城:欧阳詹《初发太原途中寄太原所思》:"高城已不见,况复城中人。"

［评析］

秦观在艳情的书写方面有自己的特色，如这首《满庭芳》，由别时写到往日再写到别后，层层展开。尽管，"销魂"以下几句，暗示幽欢，不够雅正，被苏轼斥为学柳七作词，〔按：黄昇《唐宋诸贤绝妙词选》卷二苏轼《永遇乐》词末载："秦少游自会稽入京，见东坡。坡云：'久别当作文甚胜，都下盛唱公"山抹微云"之词。'秦逊谢。坡遽曰：'不意别后，公却学柳七作词。'秦答曰：'某虽无识，亦不至是。先生之言无乃过乎？'坡云：'"销魂，当此际"，非柳词句法乎？'秦惭服。"薛瑞生《论苏东坡及其词》一文极论此事之非，略谓：考东坡、少游行实，唯元祐三年（1088）少游被召入京应制科为言者阻，复回蔡州时，东坡在京。然少游自蔡州入京，曾憗却谓自会稽入都见东坡，与事实不符；少游为婉约词人名家，词风始终如一，东坡何能谓"不意别后，公却学柳七作词"耶？元祐时为东坡盛赞柳永词"不减唐人高处"时，何能薄柳永如此？元祐三年少游至京后为言者阻不得预试，心情不佳，东坡何能于此时问此语？苏轼"燕子楼空"词据"诰案"为元丰元年（1078）作于徐州，至此时已十一年，苏轼何以举此词以应少游"公近作"之问？晁无咎此时在颍州，何能预汴州之会而谓"只三句，便说尽张建封事"？〕但以景结情，便有余味，官场失意依稀包括其中，是其学柳而又善于变化之处，在创造精神上表现出与苏轼的明显契合。

秦观惯"将身世之感，打并入艳情"（周济《宋四家词选》），从而给传统的艳词注入了新的情感内涵。此词，如果联系李清照在南渡以后所创作的《永遇乐》（落日熔金）诸作，把亡国之痛融入身世之悲，可以看出一条前后贯通的线索。又如贬谪南迁之作《阮郎归》：

  湘天风雨破寒初。深沉庭院虚。丽谯吹罢小单于。迢迢清夜徂。
  乡梦断，旅魂孤。峥嵘岁又除。衡阳犹有雁传书。郴阳和雁无。

词格由温婉而入于凄厉，与稍早所作《阮郎归》（潇湘门外水平铺）正相一致。同样寄寓这种凄凉苦恨的，还有如《减字木兰花》中的"天涯旧恨，独自凄凉人不问"、"困倚危楼，过尽飞鸿字字愁"等。相比而言，"语意极似刘梦得楚、蜀间语"（周煇《清波杂志》卷九）的《踏莎行》（雾失楼台），以及《如梦令》（遥夜沉沉如水）等词，直抒孤独苦闷，在抒情方式上有向东坡词靠拢的趋势。

蔡絛《铁围山丛谈》卷四云："（范）温尝预贵人家会，贵人有侍儿，善歌秦少游长短句，坐间略不顾温。温亦谨，不敢吐一语。及酒酣欢洽，侍儿者始问：'此郎何人耶？'温遽起，叉手而对曰：'某乃山抹微云女婿也。'闻者多绝倒。"可见当时盛唱此词。又，据吴曾《能改斋词话》卷一六，歌妓琴操曾当场改动过此词："杭之西湖，有一倅闲唱少游《满庭芳》，偶然误举一韵云：'画角声断斜阳。'妓琴操在侧云：'画角声断谯门，非斜阳也。'倅因戏之曰：'尔可改韵否？'琴即改作阳字韵云：'山抹微云，天连衰草，画角声断斜阳。暂停征辔，聊共饮离觞。多少蓬莱旧侣，频回首、烟霭茫茫。孤村里，寒鸦万点，流水绕低墙。　　魂伤。当此际，轻分罗带，暗解香囊。漫赢得，秦楼薄幸名狂。此去何时见也，襟袖上、空有余香。伤心处，长城望断，灯火已昏黄。'东坡闻而称赏之。"后来，这首改作词被录入著名选本《词综》卷二五（秦观原词则收在卷六），更可以双倍地见出秦观《满庭芳》的影响力。

鹊桥仙[①]

秦　观

纤云弄巧，飞星传恨，银汉迢迢暗度[②]。金风玉露一相逢[③]，便胜却、人间无数。[④]　　柔情似水，佳期如梦，忍顾鹊桥归路[⑤]。两情若是久长时，又岂在、朝朝暮暮。

[注释]

①鹊桥仙：此调有两体。五十六字者始自欧阳修，因词中有"鹊迎桥路接天津"句，取为调名。周邦彦词名《鹊桥仙令》。《梅苑》词名《忆人人》。韩淲词取秦观词句，名《金风玉露相逢曲》。张辑词有"天风吹送广寒秋"句，名《广寒秋》。高拭词注仙吕调。八十八字者始自柳永，《乐章集》注云歇指调。　②银汉：吴均《续齐谐记》："桂阳成武丁有仙道，常在人间，忽谓其弟曰：'七月七日，织女当渡河，诸仙悉还宫，吾向已被召，不得暂停，与尔别矣。'弟问曰：'织女何事渡河？兄当何还？'答曰：'织女暂诣牵牛，一去后三千年当还。'明旦果失武丁所在。世人至今犹云：七月七日，织女嫁牵牛。"　③金风玉露：李商隐《辛未七夕》："恐是仙家好别离，故教迢递作佳期。由来碧落银河畔，可要金风玉露时。"　④"便胜却"句：赵璜（一作李郢）《七夕诗》："乌鹊桥头双扇开，年年一度过河来。莫嫌天上稀相见，犹胜人间去不回。"　⑤鹊桥：殷芸《小说》："天河之东有织女，天帝之女也。年年织杼劳役。织成云锦天衣，容貌不暇整。帝怜其独处，许嫁河西牵牛郎，嫁后遂废织纴。天帝怒，责令归河东，唯使一年一度相会。"应劭《风俗通》："织女七夕当渡河，使鹊为桥。相传七日鹊首无故皆髡，因为梁以渡织女故也。"

[评析]

孙兢《竹坡老人词序》引蔡伯世语曰："苏东坡辞胜乎情，柳耆卿情胜乎辞，辞情兼称者，唯秦少游而已。"以小令而言，秦观的这首《鹊桥仙》正是如此，咏牛郎织女而作翻案文章，一反《古诗十九首》"迢迢牵牛星"中之悲切："河汉清且浅，相去复几许。盈盈一水间，脉脉不得语。"表现对感情质量的追求，将之升华到崇高的精神境界，提升了词品。

七夕题材，由于内容本身特别容易为女性所关注，所以，明清尤其是清代女词人，不仅写得多，而且较前人又翻出了较多新意。如杨琇的《西江月》：

> 镜里双蛾时蹙，枕边香泪长抛。邻姬无事爱吹箫。不管旁人潦倒。
> 露下野莲有子，风凉秋燕离巢。银河千丈也填桥。天上原来恁巧。

将喜鹊之同情、牛女之深情都带过不提，却以妒忌的语气，突出"千丈"及"巧"字，看似纯粹站在旁观者的角度，实则暗示自己与情人相距并不远，却难得一见。意似不忠厚，正是感伤身世的过激之辞。又如邓瑜的《鹊桥仙·七夕词索和璞斋》、张玉珍的《鹊桥仙·七夕》和黄婉璩的《七娘子·七夕》：

> 凉风瑟瑟，罗云冉冉，又是纤纤明月。谩将奇巧乞双星，怕弄巧、依然成拙。　　无情河汉，有情乌鹊，万古千秋此夕。一年一度一相逢，总赢得、伤离惜别。

> 香消碧篆，烛沉红影，此夕深闺频祷。难将旧恨织回文，惟愿取、蛛丝分巧。　　虚庭露冷，疏帘风逗，铜箭声声催晓。双星莫怨别离多，如较是、人间还少。

> 闲庭永夜金风细。看银湾，共说双星会。好梦今宵，离愁隔岁，两情脉脉从头记。　　明晨还向璇宫里。算聘钱，应悔黄姑赀。毕竟仙家，不同人世，一年一度云軿至。

各篇转换不同的角度来写，争奇斗艳，自出机杼，又可说是对秦观此词不同程度的继响。

事实上，秦观此词问世不久就产生了影响。龚明之《中吴纪闻》卷四记曰："昆山县东三十六里，地名黄姑。古老相传云：尝有织女牵牛星降于此地，织女以金篦划河，河水涌溢，牵牛因不得渡。今庙之西，有水名百沸河。乡人异之，为之立祠。……祠中旧列二像，建炎兵火时，士大夫多避地东冈,有范姓者经从祠下,题于壁间云:'商飙初至月埋轮,乌鹊桥边绰约身。闻道佳期唯一夕,因何朝暮对斯人。'乡人遂去牵牛像,今独织女存焉。"再之后,又经过洪昇改动后录入《长生殿·密誓》,用于介绍织女的出场:"《鹊桥仙》:'纤云弄巧,飞星传信,银汉秋光暗度。金风玉露一相逢,便胜却人间无数。　柔肠似水,佳期如梦,遥指鹊桥前路。两情若是久长时,又岂在朝朝暮暮。'吾乃织女是也。"而对于此词的主题,黄苏《蓼园词选》所主寄托之说,虽恐求之过深,也可以算是一种别样的接受:"少游以坐党被谪,思君臣际会之难,因托双星以写意,而慕君之念,惋恻缠绵,令人意远矣。"〔按:黄苏所言秦观"坐党被谪"的经历,可录以备参:绍圣元年(1094),哲宗亲政后,再度起用新党章惇等人,恢复新法。苏轼首当其冲地被列为旧党一派,并以"讥斥先朝"的罪名,先后被贬至英州、惠州和儋州。与此同时,秦观因为和苏轼的关系密切,也被列入旧党而贬为杭州通判。赴任时,再贬为监处州酒税。因在那里写了一首《题法海平阇黎》:"寒食山川百鸟喧,春风花雨暗川原。因循移病依香火,写得弥陀七万言。"被削职流徙到郴州。绍圣四年,就在苏轼被贬至儋州时,秦观也被编管横州。元符二年(1099),秦观被除名,移送雷州编管。〕

浣溪沙

秦　观

漠漠轻寒上小楼①。晓阴无赖似穷秋。②淡烟流水画屏幽。自在飞花轻似梦,③无边丝雨细如愁。宝帘闲挂小银钩。

[注释]

①漠漠:《荀子·解蔽》:"听漠漠而以为讻讻。"杨倞注:"漠漠,无

声也。"韩愈《同水部张员外籍曲江春游寄白二十二舍人》:"漠漠轻阴晚自开,青天白日映楼台。" ②"晓阴"句:崔涂《残花》:"迟迟傍晓阴,昨夜色犹深。"徐陵《乌栖曲》:"唯憎无赖汝南鸡,天河未落犹争啼。"鲍照《代白纻曲二首》其一:"穷秋九月荷叶黄,北风驱雁天雨霜。" ③"自在"句:《法华经·总序》:"尽诸有结,心得自在。"注:"不为三界生死所缚,心游空寂,名为自在。"冯延巳《鹊踏枝》:"撩乱春愁如柳絮,悠悠梦里无寻处。"杜甫《放船》:"江流大自在,坐稳兴悠哉。"

[评析]

秦观的这首《浣溪沙》将传统的闺怨主题写得情景交融,蕴藉空灵。手法神似韩偓《已凉》:"碧栏干外绣帘垂,猩色屏风画折枝。八尺龙须方锦褥,已凉天气未寒时。"似乎只是细致而准确地交代一个特定的环境和气氛,却能让读者恍如置身其中,驰骋想象,进行与这样的环境相契合的再创造。

古人写愁恨,往往将其物质化,也就是化虚为实。如李煜《虞美人》中的"问君能有几多愁。恰似一江春水向东流",秦观《江城子》中的"便做春江都是泪,流不尽,许多愁"以及这首《浣溪沙》中的"自在飞花轻似梦,无边丝雨细如愁"二句。沈祖棻《宋词赏析》的评赏,可谓透辟:

> 它的奇,可以分两层说。第一,"飞花"和"梦","丝雨"和"愁",本来不相类似,无从类比。但词人却发现了它们之间有"轻"和"细"这两个共同点,就将四样原来毫不相干的东西联成两组,构成了既恰当又新奇的比喻。第二,一般的比喻,都是以具体的事物去形容抽象的事物,或者说,以容易捉摸的事物去比譬难以捉摸的事

物。但词人在这里却反其道而行之。他不说梦似飞花，愁如丝雨，而说飞花似梦，丝雨如愁，也同样很新奇。

这种化虚为实的写法中，也包括写愁的重量，在后来作家手中，各有千秋，名篇迭出。周邦彦《尉迟杯》中的"无情画舸，都不管、烟波隔南浦。等行人、醉拥重衾，载将离恨归去"，是说愁恨能载得走。李清照《武陵春》中的"只恐双溪舴艋舟。载不动、许多愁"，则又说愁恨载不动。诗词中的写作思路，还影响到了曲。比如董西厢《仙吕·点绛唇缠令·尾》写道："休问离愁轻重，向个马儿上驮也驮不动。"王西厢《正宫·端正好·收尾》也说："遍人间烦恼填胸臆，量这些大小车儿如何载得起。"诸多创变，既是后来者可资借鉴的宝贵资源，也可以成为进一步创造的挑战和动力。比如，清代女词人张蘩的一首《清平乐·忆妹》就是如此：

重门深处。听尽黄梅雨。千遍怀人慵不语。魂断临歧别路。

一天离恨分开。同携一半归来。日暮孤舟江上，夜深灯火楼台。

跳出前人藩篱，认为愁恨一半被离人载走，一半却被居者留下，从而旧曲翻新，别有韵味。

蝶恋花

赵令畤

卷絮风头寒欲尽。坠粉飘香，日日红成阵。[①]新酒又添残酒困。今春不减前春恨。　蝶去莺飞无处问。隔水高楼，望断双鱼信。[②]恼乱横波秋一寸。[③]斜阳只与黄昏近。

[注释]

①"坠粉"二句：杜甫《秋兴八首》其七："波漂菰米沉云黑，露冷莲房坠粉红。"韦庄《叹落花》："飘红堕白堪惆怅，少别秾华又来年。"

②双鱼信：古乐府《饮马长城窟行》："客从远方来，遗我双鲤鱼。呼儿烹鲤鱼，中有尺素书。长跪读素书，书中竟何如。上言加餐饭，下言长相忆。"　③"恼乱"句：李贺《唐儿歌》："骨重神寒天庙器，一双瞳人剪秋水。"

[评析]

这是赵令畤（1064～1134）的一首伤春怀人之作。先写暮春花落，由惜花引发春恨，"新酒"、"残酒"、"今春"、"前春"，反映出离愁累日连年，为时已久。次写独处高楼，翘盼音讯，"蝶去莺飞"，衬托孤独；恼乱秋波，渲发春恨。末以黄昏晚景收结，给人以黯然神伤之感。全篇写来情景交错，句句递进，怨望之情，溢于言外。赵令畤还有一首同主题《蝶恋花》：

> 欲减罗衣寒未去。不卷珠帘，人在深深处。红杏枝头花几许。啼痕止恨清明雨。　尽日沉烟香一缕。宿酒醒迟，恼破春情绪。飞燕又将归信误。小屏风上西江路。

尤以结处风华掩映，余韵不尽。两首《蝶恋花》，都又见于晏几道《小山词》，前一首别又误作晏殊词，见杨金本《草堂诗余后集》卷下。或者以为，赵词托意闺帏，自诉哀衷，似非仅写儿女之情者。

芳心苦

贺 铸

杨柳回塘①,鸳鸯别浦②。绿萍涨断莲舟路。断无蜂蝶慕幽香③,红衣脱尽芳心苦。　　返照迎潮,行云带雨。依依似与骚人语。当年不肯嫁春风④,无端却被秋风误。

[注释]

①回塘:张衡《南都赋》:"收欢命驾,分背回塘。"　②别浦:欧阳询等编《艺文类聚》卷九引《风土记》:"大水小口别通为浦。"王融《奉辞镇西应教》:"风旗萦别浦,霜琯迥遥洲。"　③慕幽香:王仁裕《开元天宝遗事》卷上:"都中名姬楚莲香者,国色无双,时贵门子弟争相诣之。莲香每出处之间,则蜂蝶相随,盖慕其香也。"　④不肯嫁春风:韩偓《寄恨》:"死恨物情无会处,莲花不肯嫁东风。"

[评析]

为人豪爽精悍的贺铸(1052~1125),作词也像苏轼一样,"满心而发,肆口而成"(张耒《东山词序》)。这位一生郁郁不得志的侠士,"胸中眼中,另有一种伤心说不出处"(陈廷焯《白雨斋词话》卷一),在词史上第一次展现出英雄豪侠的精神和情怀。如《六州歌头》(少年侠气),表现少年豪侠的雄奇之概以及"悲翁"的悲壮之情,句短韵密,硬语盘空,雄姿壮采,不可一世,继苏轼之后,进一步拓展了词的壮美意境。又如《望湘人·春思》（厌莺声到枕），正如黄苏所评："意态浓腴，得《骚》怨之遗韵。……张文潜称其乐府妙绝一世，幽索如屈、宋，悲壮如苏、辛，断推此种。"（《蓼园词选》）《将进酒》（城下路）亦此之类，大似卢仝、马异之诗，借咏叹普遍性的历史现象，以发抒受压抑和排斥的不平之鸣、悲愤之怀，与多数咏史即咏怀词作的格局、命意相异。

古代诗人习惯于以男女之情比君臣之义、出处之节，以美女之不肯轻易嫁人比贤士之不肯随便出仕，所以也往往以美女之因择夫过严而迟迟不能结婚以致耽误了青春年少的悲哀，比贤士之因择主、择官过严而迟迟不能任职以致耽误了建立功业的机会的痛苦。如曹植《美女篇》："佳人慕高义，求贤良独难……盛年处房室，中夜起长叹。"杜甫《秦州见敕目薛毕迁官》："唤人看腰褭，不嫁惜娉婷。"陈师道《放歌行》："春风永巷闭娉婷，长使青楼误得名。不惜卷帘通一顾，怕君着眼未分明。""当年不嫁惜娉婷，抹白施朱作后生。说与旁人须早计，随宜梳洗莫倾城。"贺铸的这首《芳心苦》虽立意措辞有所不同，也是以婚媾之事，比出处之节，通体以荷花为比，更为含蓄地言及贤者须立身高洁，不轻慕荣华，犹荷花之不开于春风桃杏竞放时，"骚情雅意"，让读者"不自知何以心醉"（陈廷焯《白雨斋词话》卷一），在托闺词以自抒己情之外，别立一格。晏几道曾写过一首《蝶恋花》咏莲词：

> 笑艳秋莲生绿浦。红脸青腰，旧识凌波女。照影弄妆娇欲语。西风岂是繁华主。　　可恨良辰天不与。才过斜阳，又是黄昏雨。朝落暮开空自许。竟无人解知心苦。

贺铸此词用韵及遣辞造句都与之相似，当有所借鉴于小晏。

青玉案①

贺 铸

凌波不过横塘路。②但目送、芳尘去。锦瑟华年谁与度③。月台花榭，琐窗朱户④。只有春知处。　　碧云冉冉蘅皋暮⑤。彩笔新题断肠句⑥。若问闲情都几许。一川烟草，满城风絮。梅子黄时雨。⑦

[注释]

①青玉案：张衡《四愁诗》："美人赠我锦绣缎，何以报之青玉案。"调名取此。周德清《中原音韵》注双调。朱权《太和正音谱》注高平调。蒋氏《九宫谱目》入中吕引子。韩淲词有"苏公堤上西湖路"句，名《西湖路》。　②"凌波"句：曹植《洛神赋》："凌波微步，罗袜生尘。"龚明之《中吴纪闻》卷三："铸有小筑在姑苏盘门之南十余里，地名横塘。方回往来于其间。"　③锦瑟华年：《周礼·乐器图》："雅瑟二十三弦，颂瑟二十五弦，饰以宝玉者曰宝瑟，绘文如锦曰锦瑟。"李商隐《锦瑟》："锦瑟无端五十弦，一弦一柱思华年。"冯浩笺注："言瑟而言锦瑟、宝瑟，犹言琴而曰玉琴、瑶琴，亦泛例也。"　④琐窗：《后汉书·梁冀传》："窗牖皆有绮疏青琐。"李贤注："青琐，谓刻为琐文，而以青饰之也。"　⑤蘅皋：曹植《洛神赋》："尔乃税驾乎蘅皋。"　⑥彩笔：《南史·江淹传》："又尝宿于冶亭，梦一丈夫自称郭璞，谓淹曰：'吾有笔在卿处多年，可以见还。'淹乃探怀中得五色笔一以授之。尔后为诗绝无美

句，时人谓之才尽。" ⑦"梅子"句：陈肖岩《庚溪诗话》："江南五月梅熟时，霖雨连旬，谓之黄梅雨。"《潘子真诗话》引寇准诗："杜鹃啼处血成花，梅子黄时雨如雾。"

[评析]

贺铸也能写浓挚之情，其中感人至深的是《半死桐》：

> 重过阊门万事非。同来何事不同归。梧桐半死清霜后，头白鸳鸯失伴飞。　　原上草，露初晞。旧栖新垅两依依。空床卧听南窗雨，谁复挑灯夜补衣。

半死梧桐与头白鸳鸯，成为后世悼亡诗词常用的经典意象。"挑灯补衣"的细节描写，承接了潘岳悼亡诗所强化的自《诗·邶风·绿衣》创始的抒情模式，沉痛地表达出对亡妻相濡以沫之情的深切怀念。这首《青玉案》，则是写情思却并非仅限于情爱的作品。尤其是结末四句，近取诸身，先情后景，熔景入情，构思奇妙，"以三者比愁之多也，尤为新奇，兼兴中有比，意味更长"（罗大经《鹤林玉露》卷七）。〔按：刘熙载《艺概》卷四则谓："其末句好处，全在'试问'句呼起，及与上'一川'二句并用耳。或以方回有'贺梅子'之称，专赏此句误矣。且此句原本寇莱公'梅子黄时雨如雾'诗句，然则何不目莱公为'寇梅子'耶？"〕贺铸也因此而得"贺梅子"（周紫芝《竹坡诗话》）的雅号，宋金词人步其韵唱和仿效者，多达二十五人二十八首，在唐宋词史上独一无二。其中，比较值得留意的是，黄庭坚兄黄大临的一首《和贺方回韵送山谷弟贬宜州》："千峰百嶂宜州路。天黯淡，知人去。晓别吾家黄叔度。弟兄华发，远山修水，异日同归处。樽罍饮散长亭暮。别语缠绵不成句。已断离肠能几许。水村山郭，夜阑无寐，听尽空阶雨。"以及黄庭坚稍后作的一首《至宜州次韵上酬七兄》："烟中一线来时路。极目送，幽人去。第四阳关云不度。山胡新啭，子规言语，正是人愁处。　　忧能损性休朝暮。忆我当年醉时句。渡水穿云心已许。晚年光景，小轩南浦，同卷西山雨。"

贺铸词风格多样，和他恪守作诗八法——"平淡不流于浅俗，奇古不邻于怪僻，题咏不窘于物象，叙事不病于声律。比兴深者通物理，用事工者如己出。格见于成篇浑然不可镌，气出于言外浩然不可屈"（胡仔《苕溪渔隐丛话》前集卷三七）密切相关，工于造语，则是由于他注重从前人诗句中吸取精华。如《梦江南》："九曲池头三月三，柳毵毵。香尘扑马喷金衔，浣春衫。　　苦笋鲥鱼乡味美，梦江南。阊门烟水晚风恬，落归帆。"被认为"多以唐人成句入词，有天衣无缝之妙"（夏敬观评《东山词》）。贺铸自己也曾说："吾笔端驱使李商隐、温庭筠，当奔命不暇。"（叶梦得《贺铸传》）深婉密丽的语言风格由此形成。王灼甚至因此而将他与周邦彦并称："二公卓然自立，不肯浪下笔。予故谓语意精新，用心甚苦。"（《碧鸡漫志》卷二）贺铸在词史上具有独特的地位和影响，洋溢词中的英雄豪侠气概，开了辛派豪气词的先河，可以说是从苏轼到辛弃疾的过渡者之一，语言风格则影响到了吴文英等人。

瑞龙吟[①]

周邦彦

章台路。还见褪粉梅梢，试花桃树[②]。愔愔坊陌人家，[③]定巢燕子，归来旧处。　　黯凝伫。因念个人痴小，[④]乍窥门户。侵晨浅约宫黄，障风映袖，[⑤]盈盈笑语。　　前度刘郎重到[⑥]，访邻寻里，同时歌舞。唯有旧家秋娘[⑦]，声价如故。吟笺赋笔，犹记燕台句。[⑧]知谁伴、名园露饮⑨,东城闲步⑩。事与孤鸿去。探春尽是,伤离意绪。官柳低金缕。归骑晚、纤纤池塘飞雨。断肠院落,一帘风絮。

[注释]

①瑞龙吟:黄昇云:此调前两段,双拽头,属正平调;后一段犯大石调,"归骑晚"以下,仍属正平调也。 ②试花:张籍《新桃》:"植之三年余,今年初试花。" ③"愔(yīn)愔"句:柳恽《长门怨》:"玉壶夜愔愔,应门重且深。"坊陌,一作"坊曲"。孙棨《北里志》:"平康里入北门东回三曲,即诸妓所居之聚也。" ④"因念"句:白居易《井底引银瓶》:"寄言痴小人家女,慎勿将身轻许人。"念,张相《诗词曲语辞汇释》:"犹怜也,爱也。"个,《诗词曲语辞汇释》:"指点辞,犹这也,那也。" ⑤"侵晨"二句:萧纲《美女篇》:"约黄能效月,裁金巧作星。"王初《送王秀才谒池州吴都督》:"衣袂障风金镂细,剑光横雪玉龙寒。" ⑥前度刘郎:刘禹锡《再游玄都观》:"种桃道士归何处,前度刘郎今又来。" ⑦旧家秋娘:旧家,《诗词曲语辞汇释》:"犹云从前,家为估量之词。"白居易《琵琶行》:"曲罢曾教善才伏,妆成每被秋娘妒。" ⑧"吟笺"二句:李商隐《赠柳枝》:"长吟远下燕台去,惟有衣香染未消。" ⑨露饮:沈括《梦溪笔谈》卷九:"(石曼卿)每与客痛饮,露发跣足。" ⑩东城闲步:杜牧《张好好诗》序:"牧太和三年,佐故吏部沈公江西幕。好好年十三,始以善歌来乐籍中。后一岁,公移镇宣城,复置好好于宣城籍中。后二岁,为沈著作述师以双鬟纳之。后二岁,于洛阳东城重睹好好,感旧伤怀,故题诗赠之。"

[评析]

这是周邦彦(1056~1121)的一首伤离恋旧词。词写故地重游,回忆起当年冶游的经历,尤其是那位"声价如故"的"坊陌"女子,但久别重来,已是物是人非,不免失意与苦涩"意绪"萦怀。首叠写旧地重游所见所感。起首三句写景,次则点明所怀之人的身份。"愔愔"二字极言冷清,暗寓今夕对比之意;又用燕归旧巢兼喻作者的重游故地。次叠写当年旧人旧事。用"黯凝伫"的凝重之笔,引出下文轻盈跳脱词句,写备受作者怜爱的坊陌女子当时的活泼天真,相映成趣,也可见思念之深重。三叠写抚今追昔之情。前度刘郎"重到",追忆往事,"如故"云云,写出所追念者当年声价之高,以及移情别恋的现况。"吟笺赋笔"以下,是所追怀情事的具体内容。"事与孤鸿去",一笔收束往事,回到当前。"探春尽是,伤离意绪"是一篇主旨,显得沉着深厚。结尾再次写景,既与篇首遥相照应,又写出其足以令人"断肠",更增添了离愁别恨。全篇层次分明,曲折盘旋,情思缠绵,语语真切。

此词,周济《宋四家词选》以为"不过桃花人面,旧曲翻新",罗忼烈《周邦彦清真集笺》则认为"看似章台感旧,而弦外之音,实寓身世之感,则又系乎政事沧桑者也"。可见,各版清真词集置其于篇首以压卷,当非无故。吴世昌《词林新话》卷三评此首于词中写故事的作法云:

> 近代短篇小说的作法,大抵先叙目前情事,次追述过去,求与现在上下衔接,然后承接当下情事,继叙尔后发展。欧美大家作品殆无不守此义例。清真当九百年前已能运用自如。第一段叙目前景况,次段追叙过去,三段再回到本题。杂叙情景故事,又能整篇浑成,毫无堆砌痕迹。

叙事相对完善,或亦可以成为该篇备受重视的一个理由。

过秦楼①

周邦彦

水浴清蟾,叶喧凉吹②,巷陌马声初断。闲依露井,笑扑流萤,惹破画罗轻扇。③人静夜久凭阑,愁不归眠,立残更箭④。叹年华一瞬⑤,人今千里,梦沉书远。　　空见说、鬓怯琼梳,容销金镜,⑥渐懒趁时匀染。梅风地溽⑦,虹雨苔滋,一架舞红都变。谁信无憀,为伊才减江淹,情伤荀倩⑧。但明河影下⑨,还看稀星数点。

[注释]

①过秦楼:调见曾慥《乐府雅词》,李甲作,因词有"曾过秦楼"句,取以为名。《片玉集》以周邦彦《选官子》词刻作《过秦楼》,各谱遂名周词为《仄韵过秦楼》。不知《选官子》调其体不一,应以周词编入《选官子》调内,不得以《仄韵过秦楼》另分一体。　②"叶喧"句:李商隐《雨》:"秋池不自冷,风叶共成喧。"鲍照《秋夕》:"幽闺溢凉吹,闲庭满清晖。"　③"闲依"三句:杜牧《秋夕》:"银烛秋光冷画屏,轻罗小扇扑流萤。天阶夜色凉如水,坐看牵牛织女星。"　④更箭:杜甫《湖城东送孟云卿》:"岂知驱车复同轨,可惜刻漏随更箭。"　⑤一瞬:陆机《文赋》:"观古今于须臾,抚四海于一瞬。"　⑥"空见说"二句:苏辙《程之元表弟奉使江西次前年送赴楚州韵戏别》:"纷纷出歌舞,绿发照琼梳。"江淹《采石上菖蒲》:"瑶琴久芜没,金镜废不看。"　⑦地溽(rù):刘禹锡《和郴州杨侍郎玩郡斋紫薇花十四韵》:"露溽暗传香,

风轻徐就影。"　⑧"情伤"句：刘义庆《世说新语·惑溺》："荀奉倩与妇至笃，冬月妇病热，乃出中庭自取冷，还以身熨之。妇亡，奉倩后少时亦卒。以是获讥于世。奉倩曰：'妇人德不足称，当以色为主。'"刘孝标注引《荀粲别传》曰："粲常以妇人才智不足论，自宜以色为主。骠骑将军曹洪女有色，粲于是聘焉。容服帷帐甚丽，专房燕婉。历年后，妇病亡。未殡，傅嘏往喭粲，粲不明而神伤。嘏问曰：'妇人才色并茂为难。子之聘也，遗才存色，非难遇也。何哀之甚？'粲曰：'佳人难再得，顾逝者不能有倾城之异，然未可易遇也。'痛悼不能已已，岁余亦亡。亡时年二十九。"　⑨明河：杜甫《夜二首》其二："暗树依岩落，明河绕塞微。"

[评析]

　　周邦彦此词写离愁别情。寻常主题，读来却感词意迷离，主要是因为结构奇幻，将时间与空间、现实与回忆（想象）错综杂糅起来写的缘故。起首"水浴清蟾"三句，写回忆中那位人物住处的门外景色，以及那个值得回忆的季节和时间。次三句由写景逐步转入写情，由写门外的自然景色转而写门内的人物神态。以上，写自己和情人共同欢乐地度过的美好夜晚，回忆当时的情事。以下，则由过去的回忆转入今日的相思。"人静夜久凭阑"三句，写的是今日的时间、地点和情事。"立残更箭"的过程，也就是回忆与相思的过程。以今昔对写，在这首词里表现得特别显露，两两相形，自然不能不生出许多感慨来。这就有了写今天感慨的"叹年华一瞬"三句。"梦沉"承"年华一瞬"，"书远"承"人今千里"，而总付之一叹，故以"叹"字领起。总的说来，上片是以今昔对比的手法处理的。首六句写昔时之乐，"人静"三句写今日之哀，"叹年华"三句抒今昔异同之感。下片则换了一种手法，从彼此对比来写。

换头三句，先将自己的相思暂时搁在一边，而从传闻中所听到的对方消息写起。这是一层曲折顿挫。写所听到的对方消息，又不直写对方的相思之情，而只写对方由于相思而引起的日常生活的变化。这又是一层曲折顿挫。以"空见说"三字领起，其辞含蓄，其情凄婉。接着，词笔又从人事宕开，转到景物。"梅风地溽"三句，明写春色阑珊，暗喻欢情消歇，借物言情，是二是一，意味深厚。在这以下，才正面写出自己的离情。在这里用了两个典故，意思是说：谁肯相信我的抑郁无聊是为了她，以至于像江淹那样才思减退、荀奉倩那样神情伤耗呢？写自己的离别之感，却从恐怕对方不知、不信着想，愈见彼此间阻之苦、愁恨之深。结尾两句，谓抚今追昔，无可奈何之余，只有在天河的光影之下，独自凝望着天畔的几点星星而已。写景即以抒情，语尽而情不尽。（详参沈祖棻《宋词赏析》）黄景仁《绮怀》诗十六首其十五中的两句："如此星辰非昨夜，为谁风露立中宵。"差可比拟通首立意。全篇章法结构和谋篇布局方面的特色，正如陈洵《海绡说词》所分析的："换头三句，承'人今千里'；'梅风'三句，承'年华一瞬'。然后以'无聊为伊'三句结情，以'明河影下'两句结景。篇法之妙，不可思议。"

苏幕遮

周邦彦

燎沉香①，消溽暑②。鸟雀呼晴③，侵晓窥檐语④。叶上初阳干宿雨⑤。水面清圆，一一风荷举。　　故乡遥，何日去。家住吴门⑥，久作长安旅。五月渔郎相忆否。小楫轻舟⑦，梦入芙蓉浦。

[注释]

①燎沉香：李时珍《本草纲目》卷三四："交趾蜜香树，彼人取之先断其积年老木根，经年其外皮干，俱朽烂，木心与枝节不坏，坚黑沉水者，即沉香也。"李商隐《隋宫守岁》："沉香甲煎为庭燎，玉液琼苏作寿杯。" ②消溽暑：沈约《休沐寄怀》："临池清溽暑，开幌望高秋。" ③鸟雀呼晴：苏轼《江神子》："昨夜东坡春雨足，乌鹊喜，报新晴。" ④"侵晓"句：徐璧《失题》："双燕今朝至，何时发海滨。窥檐向人语，如道故乡春。" ⑤初阳：张缵《侍宴饯东阳太守萧子云应令》："仲月发初阳，轻寒带春序。" ⑥吴门：泛指吴越之地。张先《渔家傲》："天外吴门清霅路。君家正在吴门住。" ⑦小楫轻舟：刘缓《江南可采莲》："楫小宜回径，船轻好入丛。"

[评析]

这是周邦彦的一首夏日思乡词，以写雨后风荷为中心，而引出故乡归梦。上片写景多彩丰富，特别是"叶上初阳干宿雨"三句，写荷花神态，着一"举"字而境界全出，推敲锻炼之极，归于清新自然，是"真能得荷之神理者"（《人间词话》）。下片先将想象之笔落实在"吴门"和"长安"这两个有相当空间距离的点上，再进一步使之微缩、具体化。最后以"小楫轻舟"二句绾合全篇，从而既使上、下片联成一气，不着痕迹，又融景入情，在尽量稀释悲伤情调的同时，表达迷离淡远的乡愁。以"缥缈而闲雅之趣"唱出对故乡的思念，"宋代知识分子的教养、温柔敦厚似能见其一斑"（[日]青山宏《唐宋词研究》）。薛瑞生《周邦彦两入长安考》文以为词作于长安，可备一说。

这首《苏幕遮》，正像词里所写的荷花一样，"清水出芙蓉，天然去雕饰"（李白《经乱离后天恩流夜郎忆旧游书怀赠江夏韦太守良宰》），在一向以镂金刻玉手段著称的周词中，可算是极少的例外。作为全篇最为突出、动人之处，"叶上"三句"咏荷绝唱"（钱仲联《唐宋词谭》）的意义在于，通过摒弃往往摇笔即来的写荷花的"冷香"、"红衣"一类字眼，去模糊化可能因为这些字眼而受到遮蔽的荷花形象，从而塑造出生动活泼且富有朝气和情趣的荷花形象，又句在篇中，左右逢源，也使得这首词犹如亭亭玉立于吹进词坛的一股清风中，摇曳生姿。从词法上讲，上述审美效果的取得，跟晚清宋诗派巨子郑珍《春尽日》的前四句同工异曲："绿荷扶夏出，嬉立如婴儿。春风欲舍去，尽日抱之吹。"都是绚烂已极的必然结果。

少年游①

周邦彦

并刀如水②，吴盐胜雪③，纤手破新橙。锦幄初温④，兽烟不断⑤，相对坐调笙。　　低声问向谁行宿⑥，城上已三更。马滑霜浓，不如休去，直是少人行⑦。

[注释]

①少年游：调见晏殊《珠玉集》，因词有"长似少年时"句，取以为名。柳永《乐章集》注林钟商调。韩淲词有"明窗玉蜡梅枝好"句，更名《玉蜡梅枝》。萨都剌词名《小阑干》。此调极为参差，《钦定词谱》卷八分七体，其源俱出于晏殊词。　　②并刀：杜甫《戏题王宰画山水图歌》："焉得并州快剪刀，剪取吴淞半江水。"　　③吴盐：李白《梁园吟》：

"玉盘杨梅为君设,吴盐如花皎白雪。" ④锦幄:黄庭坚《次韵张仲谋过酺池寺斋》:"十年醉锦幄,酴醾照金沙。" ⑤兽烟:黄庭坚《阮郎归》:"歌停檀板舞停鸾。高阳饮兴阑。兽烟喷尽玉壶干。香分小凤团。"〔按:此首,陈景沂《全芳备祖》后集卷二八"茶"门作苏轼词。别又误作张先词。〕

⑥谁行(háng):谁那里。 ⑦直:张相《诗词曲语辞汇释》:"与就使、即使之就字、即字相当,假定之辞。凡文笔作开合之势者,往往用直字以垫起,与饶字相似,特饶字缓而直字劲耳。"

[评析]

这是周邦彦的一首感旧之作。因为是"感旧",所以开篇即紧扣题面,描绘留下深刻印象的场景和细节:破新橙,焚兽香,坐调笙,借以烘托当初见面时的室内氛围,橙香笙语,一派温馨优雅。接下来,行云流水般地过渡到对室外情景的想象:时已三更,马滑霜浓,行人稀少,细致刻画人物的心理动态,浓挚已极,情调婉转缠绵。

此词跟很多类似题材作品的写法不一样,不是先通过环境描写进行铺垫,而是通过实物,实际上是以与实物相关的抒情主人公的动作,以及蕴含其间的款款深情渲染气氛。紧接着是以高超的语言技巧,在关合擒纵之间,在描摹室外寒冷景象的同时,含蓄蕴藉而又生动形象地抒发蜜意柔情,为读者打开了相当大的想象空间。全篇借景抒情,虚实兼到,丽极而清,清极而婉。特别是结末"马滑霜浓"三句,游走于叙事和抒情之间,本色当行,乐而不淫,没有出现一个情字,但语语关情,浓情四溢,透出纸背。所以,清真词中才会有另外三首同调作品的别后回思,情难自已。个中哀怨凄楚处,正与该阕刻本中标示的宫调——"商调"的声情特征相谐。声文合一,也是类似的词作之所以格外动人的地方。

这首词有所谓"本事",影响很大,谓为宋徽宗赵佶、李师师韵事:

道君幸李师师家,偶周邦彦先在焉,知道君至,遂匿于床下。道君自携新橙一颗,云江南初进来,遂与师师谑语。邦彦悉闻之,隐括成《少年游》云云。李师师因歌此词,道君问谁作,师师云周邦彦词。道君大怒。坐朝,宣谕蔡京云:"开封府有监税周邦彦者,闻课额不登,如何京尹不按发来?"蔡京罔知所以,奏云:"容臣退朝,呼京尹叩问,续得复奏。"京尹至,蔡以御前圣旨谕之,京尹云:"惟周邦彦课税增羡。"蔡云:"上意如此,只得迁就将上。"得旨:"周邦彦职事废弛,可日下押出国门。"隔一二日,道君复幸李师师家,不见李师师,问其家,知送周监税。道君方以邦彦出国门为喜,既至,不遇,坐久至更初,李始归,愁眉泪睫,憔悴可掬。道君大怒云:"尔去那里去?"李奏:"臣妾万死。知周邦彦得罪,押出国门,略致一杯相别。不知官家来。"道君问:"曾有词否?"李奏云:"有《兰陵王》词。"今"柳阴直"者是也。道君云:"唱一遍看。"李奏云:"容臣妾奉一杯,歌此词为官家寿。"曲终,道君大喜,复召为大晟府乐正。后官至大晟乐府待制。(张端义《贵耳集》卷下)

罗忼烈《两小山斋论文集·谈李师师》已辨其伪:周邦彦初旅汴京时,生于元丰五年(1082)的宋徽宗最多还只是个婴孩。不过,从中也可以大略知悉,周邦彦的某些词作,包括这首《少年游》以及《兰陵王》等,或许正是因了名妓李师师的演唱而广为流传,甚至闻于宫掖之中。

六丑① 落花

周邦彦

正单衣试酒②,恨客里、光阴虚掷。愿春暂留,春归如过翼③。

一去无迹。为问花何在，夜来风雨，葬楚宫倾国④。钗钿堕处遗香泽。⑤乱点桃蹊，轻翻柳陌。⑥多情为谁追惜。但蜂媒蝶使，时叩窗隔。　　东园岑寂。渐蒙笼暗碧。静绕珍丛底⑦，成叹息。长条故惹行客。似牵衣待话⑧，别情无极。残英小、强簪巾帻。终不似一朵，钗头颤袅，向人欹侧。⑨漂流处、莫趁潮汐。恐断红、尚有相思字，⑩何由见得。

[注释]

①六丑：调见周邦彦《清真乐府》。此词平仄异同处，遍校诸家，不过数字，可见古人声律之严。　②试酒：周密《武林旧事》卷三："户部点检所十三酒库，例于四月初开煮，九月初开清。先至提领所呈样品尝，然后迎引至诸所隶官府而散。"　③"春归"句：杜甫《夜二首》其二："城郭悲笳暮，村墟过翼稀。"　④楚宫倾国：《汉书·李夫人传》："孝武李夫人，本以倡进。初，夫人兄延年性知音，善歌舞，武帝爱之。每为新声变曲，闻者莫不感动。延年侍上起舞，歌曰：'北方有佳人，绝世而独立。一顾倾人城，再顾倾人国。宁不知倾城与倾国，佳人难再得。'上叹息曰：'善！世岂有此人乎？'平阳主因言延年有女弟，上乃召见之，实妙丽善舞。"　⑤"钗钿"句：《新唐书·杨贵妃传》："国忠既遥领剑南，每十月，帝幸华清宫，五宅车骑皆从，家别为队，队一色，俄五家队合，烂若万花，川谷成锦绣，国忠导以剑南旗节。遗钿堕舄，瑟瑟玑琲，狼藉于道，香闻数十里。"　⑥"乱点"二句：秦观《望海潮》："柳下桃蹊，乱分春色到人家。"　⑦珍丛：韩偓《大庆堂赐宴元珰而有诗呈吴越王》："笙歌风紧人酣醉，却绕珍丛烂漫看。"　⑧待：张相《诗词曲语辞汇释》："拟词，犹将也，打算也。"　⑨"残英"四句：柳永《木兰花》："美人纤手摘芳枝，插在钗头和凤颤。"巾帻（zé），头巾，以幅巾制成的

帽子。　⑩"恐断红"句：各书所载，略有异同。范摅《云溪友议》卷一〇：唐宣宗时，卢渥赴京应试，偶临御沟，拾得红叶，叶上题诗云："流水何太急，深宫尽日闲。殷勤谢红叶，好去到人间。"后宣宗放出一些宫女，许从百官司吏。渥得一人，即红叶题诗者。又，刘斧《青琐高议》前集卷五：唐僖宗时，于祐于御沟中拾一叶，上有诗。祐亦题诗于叶，置沟上流，宫人韩夫人拾之。后值帝放宫女，韩氏嫁祐成礼，各于笥中取红叶相示曰：可谢媒矣。又，孟棨《本事诗》：玄宗时，顾况于苑中得一大梧叶，上题诗云："一入深宫里，年年不见春。聊题一片叶，寄与有情人。"况亦于叶上题诗和之。又，王铚《补侍儿小名录》：唐德宗时，贾全虚在御沟见一花流至，旁有数叶，上题诗句与《本事诗》稍仿佛。全虚悲思其人，不觉下泪。事闻于德宗，得知为王才人养女凤儿所题。德宗因以凤儿赐全虚。

[评析]

　　周邦彦的这首咏物词借惜花伤春，抒发身世飘零等多种复杂情感。起首写客里虚度光阴，孤寂无聊，到了暮春"单衣试酒"时节，因而感到惆怅。于是就与"春"商量，希望暂缓归去的脚步。但"春"并不理睬，反而归去匆匆，连一点痕迹也没有留下。鲜明对比人之多情与春之无情，也是前云"恨"的一种内涵。"愿春暂留"三句，写惜春留春，确如周济《宋四家词选》所云"千回百折"。"为问花何在"句转折。春既已匆匆归去，蔷薇自然难以幸免。以下先以"夜来风雨"五句，形象勾画春去花落的衰飒景象，接着从"多情为谁追惜"句的追问中，表明再无人顾惜它的存在，只有多情蜂蝶穿梭其中，寻香追惜。下片写花谢后情事。词人因惜春而惜花，而步入"岑寂"东园，但见落花无言，静绕珍丛，四周朦胧暗碧，不禁声声叹息。"长条故惹行客"三句，用拟人手法写蔷薇枝条对人的依恋，反衬人对花的爱怜。"残英"四句，惜残英无神。偶然瞥见枝头残花，顺手摘取插戴，终究感觉比不上它盛开时戴在美人头上颤颤袅袅的情景那般美妙。结末三句，不忍正面写落花被流水卷去，难得一见，只是殷勤叮咛落花莫要随波逐流；化用红叶题诗典故，其中或者也有怀恋旧情之意，余韵悠长。全篇章法严密，措辞精粹，比兴深婉，作风含蓄。

悼惜落花且有弦外之音，早在唐代韩偓就有一首《哭花》："曾愁香结破颜迟，今见妖红委地时。若是有情争不哭，夜来风雨葬西施。"《六丑》是周邦彦创制的新调，声情悲郁，音节拗怒，连押十七个入声韵，所用虚字，无一不与文情相合，读来语意缠绵，如泣如诉，可以视为类似题材在整个文学创作领域的一个有代表意义的新进展。所以，蒋敦复才会有"精深华妙，后来作者，罕能继踪"（《芬陀利室词话》卷一）的高度评价。

兰陵王[①] 柳

周邦彦

柳阴直[②]。烟里丝丝弄碧。隋堤上、曾见几番，拂水飘绵送行色。[③]登临望故国。谁识。京华倦客[④]。长亭路，年去岁来，应折柔条过千尺。[⑤] 闲寻旧踪迹。又酒趁哀弦，灯照离席。[⑥]梨花榆火催寒食。[⑦]愁一箭风快，半篙波暖，[⑧]回头迢递便数驿。望人在天北。

凄恻。恨堆积。渐别浦萦回，津堠岑寂。斜阳冉冉春无极。念月榭携手，露桥闻笛[⑨]。沉思前事，似梦里，泪暗滴。[⑩]

[注释]

①兰陵王：唐教坊曲名。王灼《碧鸡漫志》：《北齐史》及《隋唐嘉话》称，齐文襄之长子长恭封兰陵王。与周师战，尝著假面对敌，击周师金墉城下，勇冠三军。武士共歌谣之，曰《兰陵王入阵曲》。今越调《兰陵王》凡三段、二十四拍，或曰遗声也。此曲声犯正宫，管色用大凡字，大一字，勾字，故一名《大犯》。　②直：宋元语，视线所及处，非弯直之直。　③"隋堤"二句：隋炀帝开通济渠，沿河筑堤植柳，因谓之隋堤。《庄子·盗跖》："今者阙然数日不见，车马有行色，得微往见跖耶？"　④京华倦客：《史记·司马相如列传》："昆弟诸公更谓王孙曰：'有一男两女，所不足者非财也。今文君已失身于司马长卿，长卿故倦游，虽贫，其人材足依也，且又令客，独奈何相辱如此！'"《集解》引郭璞曰："厌游宦也。"杜甫《梦李白》："冠盖满京华，斯人独憔悴。"　⑤"长亭路"三句：《白孔六帖》卷九："十里一长亭，五里一短亭。"《三辅黄图》卷六："霸桥在长安东，跨水作桥。汉人送客至此桥，折柳赠别。"　⑥"又酒趁"二句：《广韵》："趁，逐。"韩愈《月蚀诗效玉川子作》："油灯不照席，是夕吐焰如长虹。"　⑦"梨花"句：胡仔《苕溪渔隐丛话》前集卷二三引《迂叟诗话》曰："而唐时唯清明取榆柳之火，以赐近臣戚里。本朝因之，唯赐辅臣、戚里、帅臣、节察、三司使、知开封府、枢密直学士、中使，皆得厚赠，非常赐例也。"宗懔《荆楚岁时记》："《琴操》曰：'晋文公与介子绥俱亡，子绥割股以啖文公。文公复国，子绥独无所得。子绥作龙蛇之歌而隐，文公求之不肯出，乃燔左右木，子绥抱木而死。文公哀之，令人五月五日不得举火。'又周举《移书》及魏武《明罚令》、陆翙《邺中记》，并云寒食断火，起于子推。《琴操》所云子绥，即推也。又云五月五日，与今有异，皆因流俗所传。"

⑧"愁一箭"二句：箭风，顺风，或风速迅疾如飞箭。牛峤《杨柳枝》："袅翠笼烟拂暖波，舞裙新染曲尘罗。" ⑨闻笛：向秀《思旧赋序》："嵇博综技艺，于丝竹特妙。临当就命，顾视日影，索琴而弹之。余逝将西迈，经其旧庐。于时日薄虞渊，寒冰凄然。邻人有吹笛者，发声寥亮，追思曩昔游宴之好，感音而叹。"李白《春夜洛城闻笛》："此夜曲中闻折柳，何人不起故园情。" ⑩"沉思"三句：耿湋《宋中》："空思前事往，向晓泪沾巾。"

[评析]

周邦彦的这首"绍兴初，都下盛传"（冯金伯《词苑萃编》卷二四引《樵隐笔录》）的送别词，借咏柳而抒发仕途寥落之叹。主要的妙处，在于抒情的回环往复，沉郁顿挫。对此，陈廷焯《白雨斋词话》卷一有过细密的剖析：

> 美成词，极其感慨，无处不郁，令人不能遽窥其旨。如《兰陵王·柳》云："登临望故国。谁识京华倦客。"二语是一篇之主。上有"隋堤上、曾见几番，拂水飘绵送行色"之句，暗伏"倦客"之根，是其法密处。故下接云："长亭路，年去岁来，应折柔条过千尺。"久客淹留之感，和盘托出。他手至此，以下便直抒愤懑矣。美成则不然。"闲寻旧踪迹"二叠，无一语不吞吐。只就眼前景物，约略点缀，更不写淹留之故，却无处非淹留之苦。直至收笔云："沉思前事，似梦里，泪暗滴。"遥遥挽合，妙在才欲说破，便自咽住，其味正自无穷。

从感情形态上说，"用意忠厚"或"怨而不怒"都是达到沉郁境界的必要条件，而作为以此为前提的表现手法，也还有其他的要求，就是一个"咽"字。所谓欲言还止，欲吐又吞，缠绵往复，纡徐低徊，略可形容其情致。陈廷焯以上所论，体察周氏词心，允称知音，而"无处不郁"这一结论，也正是通过分析作品句法、章法的吞吐、伸缩而得出的，可以看作其"沉郁"说的一个具体应用或证明。

刘熙载说过："伏应转接，夹叙夹议，开合尽变，古诗之法。近体亦俱有之，惟古诗波澜较为壮阔耳。"（《艺概》卷二）从技术层面来看，如果说，晚唐五代小令的含蓄风味，很大程度上是借鉴于近体诗（特别是七绝）的写作经验的话，那么，清真长调的波澜老成，则又是得力于古体诗的写作经验，不过是把"夹叙夹议"改为情语与景语交织写来。周邦彦不仅擅长写词，而且擅长写赋和古体诗。他的《薛侯马》、《天赐白》写得大气磅礴，极尽顿挫跌宕之妙。所以，他在写词的时候，很自然地会运用这种写古诗的方法入词，于"浑灏流转中下字用意，皆有法度"（陈廷焯《词坛丛话》），和柳永那种明白家常、平叙自然的词风大有不同。王国维在后期，曾把周邦彦比为词中老杜，"其着眼点主要恐即在于此种地方"（杨海明《唐宋词风格论·张炎词研究》）。

词中"斜阳冉冉春无极"句，后世评论家几乎众口一词地给予高度赞赏。谭献在周济《词辨》卷一的评语中这样说："微吟千百遍，当入三昧，出三昧。"梁令娴《艺蘅馆词选》乙卷引梁启超评曰："绮丽中带悲壮，全首精神振起。"俞平伯《唐宋词选释》卷中则云："一句中含两意，一日光景已近黄昏，春光却无限，也是无穷的。"这些评语的丰富含义，程千帆《说"斜阳冉冉春无极"的旧评》曾作过典范性的透辟阐发。

周词在音律方面的特点是调美、律严、字工。周邦彦新创、自度五十余调，虽然数量不及柳永，但其中如《瑞龙吟》、《兰陵王》和《六丑》等，声腔圆美，用字高雅，因而受到更为广泛的遵从和效法："凡作词，当以清真为主。盖清真最为知音，且无一点市井气。"（沈义父《乐府指迷》）周词也注重词调声情与宫调音色协调一致。如同为《少年游》，写离别感伤，选用商调（首句"并刀如水"）；写荆州的明媚春光，则用黄钟宫（首句"南都石黛扫晴山"）。为使音律和谐，周词审音用字非常严格精密，不仅分平仄，而且严分仄字三声，使语言字音的高低与曲调旋律的变化密切配合。如《绕佛阁·旅情》之双拽头："暗尘四敛。楼观迥出，高映孤馆。清漏将短。厌闻夜久，签声动书幔。　桂华又满。闲步露草，偏爱幽远。花气清婉。望中迤逦，城阴度河岸。"四声几无一字不合。后来，吴文英等作词分四声，就是以周词为典范，凡与周词同调之作，音律一概依之不变。方千里、杨泽民的《和清真词》与陈允平的《西麓继周集》，几乎遍和清真（分别为九十三、九十二、一百二十八首），且谨守其句读字声，"一一按谱填腔，不敢稍失尺寸"（《四库全书总目》卷一九八《片玉词》提要）。"（宋代）词律未造专书，即以清真一集为之仪埻"（邵瑞彭序《周词订律》），可见周词影响之大与规范词律之功。周词还特别擅长在拗怒中追求音律的和谐统一，一方面使字声错综使用，能更恰当地表达喜怒哀乐等不同情感；另一方面加强声情顿挫的美感，适应歌者的自然声腔和乐曲旋律的需要。所以，王国维《清真先生遗事》说：

> 以宋词比唐诗，则东坡似太白，欧、秦似摩诘，耆卿似乐天，方回、叔原则大历十子之流，南宋惟一稼轩可比昌黎，而词中老杜，则非先生不可。昔人以耆卿比少陵，犹为未当也。……故先生之词，文字之外，须兼味其音律。……今其声虽亡，读其词者，犹觉拗怒之中，自饶和婉，曼声促节，繁会相宣，清浊抑扬，辘轳交往。两宋之间，一人而已。

龙榆生《词学十讲》也以此首《兰陵王》为例，单就周词的句度安排和声韵组织，探究过它"至末段声尤激越"的原因：

> 在句式上，末段用了一个二言、三个三言短句，又以一个去声渐

字领两个四言偶句，一个去声念字也领两个四言偶句；而在一句之中的平仄安排，又故意违反调声常例，有如"津堠岑寂"的平去平入，"月榭携手"的入去平上，"似梦里"的上去上，"泪暗滴"的去去入；又在每句的落脚字，除"渐别浦萦回"独用平声，较为和婉外，其余并用仄收：这就构成它的拗怒音节，显示激越声情，适宜表达苍凉激越的情调。再看它的整体结构。第一段用了一个二言、三个三言短句和三个四言、一个六言偶句，虽然中间参错着一个五言、两个七言奇句，好像符合"奇偶相生"的调整规律，但在句中的平仄安排，却又违反调声常例，有如"拂水飘绵送行色"的入上平平去平入，"登临望故国"的平平去去入，"应折柔条过千尺"的平入平平去平入，又都构成拗怒的音节。第二段用了一个以去声又字领两个四言偶句和一个以平声愁字领两个四言偶句，虽然参错着两个五言、两个七言奇句，似乎有了"奇偶相生"的谐婉音节，但句中的平仄安排却又违反调声常例，有如"闲寻旧踪迹"的平平去平入，"回头迢递便数驿"的平平平去去去入，"望人在天北"的去平去平入，加上偶句"灯照离席"的平去平入，"一箭风快"的入去平去，都是一些不能自由变更的拗句。把这三段的声韵组织联系起来，仔细体味，确是越来越紧，充分显示激越声情，和一种软媚的靡靡之音是截然殊致的。

杨缵曾举周邦彦词为典范指示词法，成《圈法周美成词》一书，惜已佚。所作《作词五要》，传于张炎，著于《词源》，可能是《圈法周美成词》的纲要，至少两者应该是相通的。这五个要点是：择腔、择律、填词按谱、随律押韵、立新意。前四条讲词律，是重点所在，特点在于"严"。词法与词风彼此呼应，相互影响。宋末论词，几乎无不以协音为先，词家也多严于持律。杨缵所指出的这些特点，与周邦彦的典范性创作和创造有莫大关系，当然会对后来的词史进程产生重要影响。又，曾学词于吴文英的沈义父,在其《乐府指迷》中将周邦彦树为楷模,当是带有吴文英指授的影子。而具体地看,吴氏对他的传授,可能就包括:"音律欲其协,不协则成长短之诗;下字欲其雅,不雅则近乎缠令之体;用字不可太露,露则直突而无深长之味;发意不可太高,高则狂怪而失柔婉之意。"这些内容正好可以铺展开来形容周邦彦。以这四条为纲领,《乐府指迷》主要谈具体的词法,类似于发源于唐、大盛于宋的一些诗格著作,因而不妨将之称为"词格"。《乐府指迷》与张炎《词源》的前后出现,从二者表现出的相当的一致性,可以见出当时词坛的总体趋向。

贺新郎①

叶梦得

睡起啼莺语。掩青苔、房栊向晚,乱红无数。吹尽残花无人见,惟有垂杨自舞。渐暖霭、初回清暑。宝扇重寻明月影,暗尘侵、尚有乘鸾女②。惊旧恨、遽如许。　　江南梦断横江渚。浪粘天、葡萄涨绿③,半空烟雨。无限楼前沧波意,谁采蘋花寄取④。但怅望、兰舟容与。⑤万里云帆何时到,送孤鸿、目断千山阻。谁为我,唱金缕。⑥

[注释]

①贺新郎:叶梦得词有"唱金缕"句,名《金缕歌》,又名《金缕曲》,又名《金缕词》。苏轼词有"乳燕飞华屋"句,名《乳燕飞》;有"晚凉新浴"句,名《贺新凉》;有"风敲竹"句,名《风敲竹》。张辑

词有"把貂裘换酒长安市"句,名《貂裘换酒》。 ②乘鸾女:柳宗元《龙城录》:"九月望日,明皇游月宫见素娥千余人,皆皎衣乘白鸾。" ③葡萄涨绿:李白《襄阳歌》:"遥看汉水鸭头绿,恰似葡萄初酦醅。" ④"谁采"句:柳恽《江南曲》:"汀洲采白蘋,日暖江南春。"柳宗元《酬曹侍御过象县见寄》:"春风无限潇湘意,欲采蘋花不自由。" ⑤"但怅望"句:屈原《九歌·湘夫人》:"搴汀洲兮杜若,将以遗兮远者。时不可兮骤得,聊逍遥兮容与。" ⑥"谁为我"二句:杜秋娘《金缕衣》:"劝君莫惜金缕衣,劝君须惜少年时。花开堪折直须折,莫待无花空折枝。"

[评析]

此词,当为叶梦得(1077~1148)早年所作,洪迈《夷坚志》丁志卷一二载其本事曰:

> 叶少蕴左丞初登第,调润州丹徒尉。郡守器重之,俾检察征税之出入。务亭在西津上,叶尝以休日往,与监官并栏干立,望江中有彩舫,傃亭而南,满载皆妇女,嬉笑自若。谓为富贵家人。方趋避之,舫已泊岸。十许辈袨服而登,径诣亭上,问小史曰:"叶学士安在?幸为入白。"叶不得已出而见之,皆再拜致词曰:"学士隽声满江表,妾辈乃真州妓也,常愿一侍尊俎,惬平生心。而身隶乐籍,仪真过客如云,无时不开宴,望顷刻之适不可得。今日太守私忌,郡官皆不会集,故相约绝江此来,殆天与其幸也。"叶慰谢,命之坐。同官谋取酒与饮,则又起言:"不度鄙贱,辄草具肴酝自随,敢以一杯为公寿。愿得公妙语持归,夸示淮人,为无穷光荣,志愿足矣。"顾从奴挈椟而上,馔品皆精洁,迭起歌舞。酒数行,其魁捧花笺以请,叶命笔立成,不加点窜,即今所传《贺新郎》词也。其词曰……卒章盖

纪实也。此词脍炙人口,配坡公"乳燕华屋"之作,而叶公自以为非其绝唱,人亦罕知其事云。(叶晦叔说。)

刘昌诗则以为,叶梦得赋此词时"年方十八"(《芦浦笔记》卷一〇)。词作纤丽而豪逸。上片幽境幽情。起三句言睡起时间与见闻。向晚房栊,莺语花飞,是幽静之境。以细聆莺啭来突出环境的幽寂,也即"鸟鸣山更幽"之意。"吹尽残花无人见"二句,更言徘徊四顾,庭院无人,唯有垂杨自舞。柳条随风轻摆,是静中见动;一"自"字写出四周无人的寂寥况味。"渐暖霭、初回清暑"数句,言因暖而寻扇,因扇有乘鸾女,遂引起旧恨。下片另从对面推论,人去远,无由重见。"江南梦断横江渚"三句,写江天空阔之景,为下文铺垫。"无限楼前沧波意"二句,写人远路远,深意难寄。"但怅望、兰舟容与"三句,写千山阻隔,望亦徒然。与柳永《玉蝴蝶》末数句境界相似:"海阔山遥,未知何处是潇湘。念双燕、难凭远信,指暮天、空识归航。黯相望,断鸿声里,立尽斜阳。"末句,怅无人歌唱,"振起全篇"(唐圭璋《唐宋词简释》)。

有必要指出的是,在当时人们还不太认同苏轼革新词体之际,黄庭坚和晁补之给予了苏轼全力的支持,壮大了苏词的声势。再经叶梦得下延一线,又有向子諲、陈与义等为之张帜,于是蔚然成风,广被于南北各方,对词史的发展有重要的意义。其中,叶梦得的诗学观念偏于"熙宁派",〔按:叶梦得作为蔡京的门客,在历史上一直被视为"绍述余党",虽然他没有和王安石见过面,但人们还是习惯将他称作"熙宁派"。如方回《瀛奎律髓》卷二四:"石林叶梦得少蕴以妙年出蔡京之门……诗似半山,然《石林诗话》专主半山,而阴抑苏、黄,非正论也。"又,《四库全书总目》卷一二一《避暑录话》提要:"惟本为蔡京之门客,不免以门户之故,多阴抑元祐而曲解绍圣。"卷一九五《石林诗话》提要:"推重王安石者,不一而足……盖梦得出蔡京之门,而其婿章冲则章惇之孙,本为绍述余党。故于公论大明之后,尚阴抑元祐诸人。"〕似乎并未影响到他在词的创作方面传承苏轼衣钵,也从一个侧面展现了南宋初年词学与党争之间的微妙关系。当然,也不能简单地说,后代词人只要词风雄豪,就一定只能是学苏所得。但仅就宋南渡前后而言,由于特定的时代风云,苏轼对词人们在创作上的选择,是有其推动作用的。

燕山亭① 北行见杏花

赵 佶

裁剪冰绡,轻叠数重,淡着胭脂匀注。新样靓妆,艳溢香融,羞杀蕊珠宫女。易得凋零,更多少、无情风雨。愁苦。问院落凄凉,几番春暮。　　凭寄离恨重重,这双燕,何曾会人言语。天遥地远,万水千山,知他故宫何处。怎不思量,除梦里、有时曾去。无据。和梦也、新来不做。②

[注释]

①燕山亭:"燕"或作"宴",然与《山亭宴》无涉。　②"无据"二句:晏几道《阮郎归》:"梦魂纵有也成虚,那堪和梦无。"

[评析]

赵佶(1082~1135,宋徽宗)此词上片描绘杏花,运笔细腻,由外形到神态,勾勒出一幅绚烂的图画,接着突然一转,描写杏花遭到风雨摧残以后的黯淡场景,从它的极盛到衰败,暗示作者自身的境遇,不仅是写花,也在写人,从中表达出内心的无限苦痛。这也就是宋徽宗在流徙途中见到艳丽无比的杏花时的感触,由此过渡到下片对自身遭遇的沉痛哀诉。下片借燕与梦道出从期望到失望、由失望而绝望的内心活动。先是写因思念而企盼能通音问,再写由期望之不可能达到而转为失望,而几度"故国梦重归"又使沉重的思念和失望得到片刻慰安;但近来连梦也没有,使自己的心情终于由失望而陷入绝望。这样的心理刻画,层层深入,愈转愈深,愈深愈痛,产生了较大的艺术效果。又,《阳春白雪》卷二此首误题僧仲殊作。

在早前的长庆三年(823)春,元稹也写过一首《杏花》,哀痛远逊于此词,而稍可参读:"常年出入右银台,每怪春光例早回。惭愧杏园行在景,同州园里也先开。"诗人上年六月贬同州刺史,本年八月转浙东观察。诗写在同州见到杏花开放的不胜今昔之感。先由眼前的杏花勾起对往日京城银台生活的回忆。元稹自重新回到长安,一时宠荣至极,正所谓"常年出入右银台"。春风得意时,物象与心境是完全一致的,感觉杏花总是早早地开放,就好像春光提前洒上了杏树。一个"怪"字,正写出了一种受宠若惊的喜悦之情,即人间的春光也同样早早地降临到了自己身上。可惜,没过多久,诗人便被贬来同州,让人深感仕途坎坷,命运多舛。如今,同州园里的杏花也开放了,而且一如当初京城杏园的杏花那般占得春光之先,这使得诗人既惊讶,又惭愧。惊讶的是,同州的杏花虽远离帝都的杏园,可它们照例关不住满园春色。惭愧的是,同样面对杏花,自己却已是判若两人,由原来京城的显贵达官沦为外放的地方官员。自嘲之余,也借以表达出了聊以自慰的坚定个性,就像报春的杏花,不会因为环境的变迁而改变物性。

如梦令①

李清照

昨夜雨疏风骤。浓睡不消残酒。试问卷帘人,却道海棠依旧。知否。知否。应是绿肥红瘦②。

[注释]

①如梦令:苏轼词注:此曲本唐庄宗制,名《忆仙姿》,嫌其名不雅,故改为《如梦令》。盖因此词中有"如梦如梦"叠句也。周邦彦又因此词首句改名《宴桃源》。沈会宗词有"不见不见"叠句,名《不见》。张辑词有"比著梅花谁瘦"句,名《比梅》。黄大舆《梅苑》词名《古记》。《鸣鹤余音》词名《无梦令》。魏泰双调词名《如意令》。 ②绿肥红瘦:韩偓《莫春浐水送别》:"绿暗红稀出凤城,暮云楼阁古今情。行人莫听宫前水,流尽年光是此声。"

[评析]

李清照(1084~1156)对大自然的变化非常敏感,常常能把这种感受写得非常细腻,如可与韩偓《懒起》诗对读的这首《如梦令》,便是如此。以对话入词,丫环的漫不经心和小姐的敏感思致形成鲜明对比。丫环和小姐互动并对比的模式,是中国文学中多种文体所常用的,这篇作品,"短幅中藏无数曲折"(黄苏《蓼园词选》),而在语言上,"绿肥红瘦"一句,以具体喻抽象,在时间的突然凝聚中推出直观的形象,比对强烈而又鲜明。同时,由于身体的肥与瘦往往是人的精神状态的外在表现,因此,用于花与叶,便使之带上强烈的感情色彩,进一步深化了前人所开创的这一意境。

"绿肥红瘦"一语,明清女词人往往把它直接用于自己的作品中。如沈善宝的《如梦令》,是用来感叹春天消逝之快:

> 才过禁烟节后。又值饯春时候。无语对东风,泪湿斑斑罗袖。休骤。休骤。忍见绿肥红瘦。

更多的时候,则是继承李清照创造"绿肥红瘦"的精神,加以灵活运用。如沈宜修的《柳梢青·初夏》和《踏莎行·春暮》:

> 绿暗薇屏。红飘荇镜,春付浮萍。束素寒消,薄罗香细,数尽归程。　新篁翠径初成。微雨后、荷珠溅倾。玉管声沉,桐花影外,一段闲情。

> 绿闹春残,红衔蕊少。水流依旧平堤杳。东风杨柳挂愁丝,杏花只送啼鹃老。　燕子飞飞,征帆渺渺。天涯尽是王孙草。昼长屏掩博山寒,烟光日日屏前绕。

前者写蔷薇花谢,落红飘水,相当富于想象力地创造出屏风和镜子两个意象。后者更是用一"闹"字和"衔"字,不但描摹出春天消逝、令人感伤的景象,而且写出了一种生命力的转换。明清女词人对前代,主要是在某些方面对李清照的超越,就是如此,首先把李清照的作品当作经典来学习和模仿,〔按:如张玉娘的《如梦令·戏和李易安》,也是这样一首竭力模仿之作:"门外车驰马骤。绣阁犹醺春酒。顿觉翠衾寒,人在枕边如旧。知否。知否。何事黄花俱瘦。"〕在此基础上,再从不同的方面、程度不同地进行进一步的挖掘和创造。而在这些创造的过程中,她们也逐渐树立起了自己的词史形象。

凤凰台上忆吹箫①

李清照

香冷金猊,被翻红浪,②起来慵自梳头。任宝奁尘满③,日上帘钩。生怕离怀别苦,多少事、欲说还休。新来瘦,非干病酒,④不是悲秋。　　休休,这回去也,千万遍阳关⑤,也则难留。念武陵人远,烟锁秦楼。⑥惟有楼前流水,应念我、终日凝眸。⑦凝眸处,从今又添,一段新愁。

[注释]

①凤凰台上忆吹箫:《列仙传拾遗》云:萧史善吹箫,作鸾凤之声。秦穆公有女弄玉,善吹箫,公以妻之,遂教弄玉作凤鸣。居十数年,凤凰来止。公为作凤台,夫妇止其上。数年,弄玉乘凤,萧史乘龙去。调名取此。《高丽史·乐志》一名《忆吹箫》。　②"香冷"二句:陆容《菽园杂记》卷二:"金猊(ní),其形似狮,性好火烟,故立于香炉盖上。"谢逸《燕归梁》:"六曲阑干翠幕垂,香烬冷金猊。"柳永《凤栖梧》:"酒力渐浓春思荡,鸳鸯绣被翻红浪。"　③宝奁:贺铸《忆仙姿》:"销黯。销黯。门共宝奁长掩。"　④"新来"二句:柳永《临江仙》:"觉新来,憔悴旧日风标。"冯延巳《鹊踏枝》:"日日花前常病酒,不辞镜里朱颜瘦。"　⑤阳关:王维《送元二使安西》:"劝君更尽一杯酒,西出阳关无故人。"　⑥"念武陵"二句:武陵,兼用陶渊明《桃花源记》记武陵人入桃源及刘义庆《幽明录》记刘晨、阮肇误入天台后亦被人称为武陵遇

仙女之典。冯延巳《南乡子》:"烟锁凤楼无限事,茫茫。鸾镜鸳衾两断肠。"李白《忆秦娥》:"箫声咽,秦娥梦断秦楼月。"　⑦"惟有"二句:李商隐《闻歌》:"敛笑凝眸意欲歌,高云不动碧嵯峨。"

[评析]

  南渡词坛,因为李清照的出现而绽放奇光异彩。李清照在《词论》中提出带有辨体性质的词"别是一家"之说,是宋代词学最主要的创获之一。"别是一家"说,从理论上讨论并初步明确了词的独特文体地位。所谓"别是一家",是指与诗相比而言,词是别一种家数,即词之所以为词,主要在于它在音乐性上有着跟诗不完全一样的要求。词为了协律可歌,不仅要像诗那样分平仄,而且还要分五音、五声、六律、清浊轻重:

> 盖诗文分平侧,而歌词分五音,又分五声,又分六律,又分清浊轻重。且如近世所谓《声声慢》、《雨中花》、《喜迁莺》,既押平声韵,又押入声韵。《玉楼春》本押平声韵,又押上、去声,又押入声。本押仄声韵,如押上声则协,如押入声,则不可歌矣。

不如此,词就不成其为词,而是一种"句读不葺之诗"。词只有保持住自身独立的文体特性,才有可能不被诗取代,拥有自己独立的文体地位,屹立于各体文学之林。李清照从词的本体论而不是苏轼的渊源论角度出发,进一步要求确立词体独立的文学地位,成为后世学者推尊词体的思想资源之一。

  在苏轼之后,李清照之前,李之仪曾提出过词"自有一种风格"(《跋吴思道小词》)的看法,可以认为是从创作论的角度立论,对李清照提出"别是一家"理论可能会有一定的启发。"别是一家"说,也反映出李清照较为强烈的文体忧患意识,由此,就不难理解,为什么一种本来是相当正面的立论,而要出之以对前代相关作家近乎全盘否定的挑剔口吻,而且,在她自己不多的作品中,尽力恪守规程,以创作示范、印证自己提出的理论。李清照的词记录了自己的情感历程,如这首《凤凰台上忆吹箫》,写与丈夫离别后的相思情深,离愁的苦涩和眷恋的幸福彼此交织。上下片结三句细分阴阳,正是其词论的实践。

一剪梅①

李清照

红藕香残玉簟秋。轻解罗裳,独上兰舟。云中谁寄锦书来,雁字回时,月满西楼。　花自飘零水自流。一种相思,两处闲愁。② 此情无计可消除,才下眉头,却上心头。③

[注释]

①一剪梅:高拭词注南吕宫。周邦彦词起句有"一剪梅花万样娇",取以为名。韩淲词有"一朵梅花百和香"句,名《腊梅香》。李清照词有"红藕香残玉簟秋"句,名《玉簟秋》。　②"一种"二句:罗邺《雁二首》其二:"江南江北多离别,忍报年年两地愁。"韩偓《青春》:"樱桃花谢梨花发,肠断青春两处愁。"　③"此情"三句:范仲淹《御街行》:"都来此事,眉间心上,无计相回避。"

[评析]

李清照的这首《一剪梅》写别后相思。起句兼写户内外景物又暗寓情意,显示环境气氛和感情色彩,领起全篇。以下,顺序描写由昼而夜所做之事、所触之景、所生之情。"轻解罗裳"二句写水面泛舟，暗逗离情。"云中谁寄锦书来"句，明写别后悬念。接以"雁字回时"二句，构成一种目断神迷的意境。换头句承上启下，即景又兼比兴。花落水流之景，既与上片"红藕香残"、"独上兰舟"两句遥相拍合，又象喻人生、年华、爱情、离别，自然过渡到后面五句的直抒胸臆。"一种相思"二句，由己身推想到对方，也是上片"云中"句的补充和引申。合起来看，从"一种相思"到"两处闲愁"，是两情的分合与深化。其分合，表明此情是一而二、二而一的；其深化，则诉说此情已由"思"而化为"愁"。结拍三句，紧承这两句，因人已分在两处，心已笼罩深愁，此情也就当然难以排遣，而是"才下眉头，却上心头"了。成功点化范仲淹《御街行》词句，在句与篇的相得益彰中，令人耳目一新。又，此首别误入赵长卿《惜香乐府》卷九，文字有异同。

后来，在围绕易安此词是否存在"出韵"、原作是否脱去"西"字等问题上，曾经出现过不同的声音：

周永年曰：《一剪梅》惟易安作为善。刘后村换头亦用平字，于调未叶。若"云中谁寄锦书来"，与"此情无计可消除"，"来"字、"除"字不必用韵，似俱出韵。但"雁字回时月满楼"，"楼"字上失一"西"字。刘青田"雁短人遥可奈何"，"楼"上似不必增"西"字。（沈雄《古今词话·词辨》下卷引）

玉梅词隐云：易安精研宫律，所作何至出韵？周美成倚声专家，为南北宋关键，其《一剪梅》第四句均不用韵，讵皆出韵耶？窃谓《一剪梅》调当以第四句不用韵一体为最早。晚近作者，好为靡靡之音，徒事和畅，乃添入此叶耳。（况周颐《漱玉词笺》）

可见，易安词中"来"、"除"二字不用韵，非不合律。又，据黄昇《唐宋诸贤绝妙词选》卷一〇、明抄本《乐府雅词》卷下，上片歇拍本为七字句,非流传之误。加以《词律》卷九以"雁字回时月满楼"句体李清照词为正体,而以"何事尊前,拍手误招"句体周邦彦词为别体;《钦定词谱》卷一三则以"何事尊前,拍手误招"句体清真词为"正体",不列易安词。又可见出,坚持词"别是一家"的李清照,跟她在《词论》中"隐含"的观点一致,在创制《一剪梅》的过程中,并未越清真"正体"雷池一步。

醉花阴①

李清照

薄雾浓云愁永昼。瑞脑消金兽。佳节又重阳,玉枕纱厨②,半夜凉初透。　东篱把酒黄昏后③。有暗香盈袖。莫道不消魂,帘卷西风,人比黄花瘦④。

[注释]

①醉花阴:周德清《中原音韵》注黄钟宫。杨朝英《朝野新声太平乐府》注中吕宫。　②纱厨:纱帐。司空图《王官二首》其二:"尽日无人只高卧,一双白鸟隔纱厨。"　③东篱:陶渊明《饮酒》其五:"采菊东篱下,悠然见南山。"　④"人比"句:秦观(一作宋无名氏)《如梦令》:"依旧。依旧。人与绿杨俱瘦。"程垓《摊破江城子》:"人瘦也,比梅花、瘦几分。"

[评析]

李清照的这首《醉花阴》,黄昇《花庵词选》有词题作"九日"。词作抒发重阳佳节怀人心绪。上片的薄雾浓云,昼永夜凉,写出无法消解的愁闷和幽怨。下片的把酒独酌,菊香盈袖,写出令人消魂的执着和凄苦。结末"莫道不消魂"三句,以女性声口借花喻人,表达浓浓相思情意,尤为婉转动人。据《琅嬛记》卷中记载,此词还曾引出过一段趣事:

> 易安以重阳《醉花阴》词函致明诚。明诚叹赏,自愧弗逮,务欲胜之。一切谢客,忘食忘寝者三日夜,得五十阕,杂易安作以示友人陆德夫。德夫玩之再三,曰:"只三句绝佳。"明诚诘之,答曰:"莫道不消魂,帘卷西风,人比黄花瘦。"正易安作也。〔按:《琅嬛记》,钱希言《戏瑕》卷三"赝籍"条云:"传是余邑桑民怿(悦)所藏,祝希哲(允明)窃之,第无核据。考之二公集中,初未尝用《琅嬛》语。后此而作者,有《缉柳编》、《女红余志》诸书五六种,并是赝籍,不知何人缔构。顾多俊事致谈,书类胜国,要或近世好事者为之耳。"又,《四库全书总目》卷一三一"杂家类存目八"《琅嬛记》提要云:《琅嬛记》三卷,旧本题元伊世珍撰。语皆荒诞猥琐。书首载张华为建安从事,遇仙人引至石室,多奇书。问其地,曰:琅嬛福地也。注出《玄观手抄》,其命名之义盖取乎此。然《玄观手抄》竟亦不知为何书。其余所引书名,大抵真伪相杂,盖亦《云仙散录》之类。钱希言《戏瑕》以为明桑怿所伪托,其必有所据矣。〕

虽类小说家言,也不妨视为易安词在后世巨大的传播接受效应的一部分。而且,有此记载,"好事者就不至于异想天开、凭空分析了"(宛敏灏《词学概论》)。

清代女词人彭玉嵌有一首题为"和漱玉词"的《醉花阴》,即和此词韵,巧妙运用李清照的某些独创性意象,并有所转化:

> 斜卷珠帘风拂昼。门掩铜环兽。天气渐融合和,才弄纤箫,粉汗轻衫透。　子归啼到无声后。岂但愁粘袖。暮雨渍飞花,一担相思,怎载凌波瘦。

结三句,显系从李清照《武陵春》"只恐双溪舴艋舟,载不动、许多愁"

来,但以飞花形容相思之无奈,进而写出花落担上,无以载愁,较之张元干《谒金门》的"艇子相呼相语,载取暮愁归去"以及王实甫《西厢记》的"遍人间烦恼填胸臆,量这些大小车儿如何载得起",就显得不露痕迹,而且温润细腻。

永遇乐①

李清照

落日熔金②,暮云合璧,人在何处。染柳烟浓,吹梅笛怨,春意知几许。元宵佳节,融和天气③,次第岂无风雨④。来相召、香车宝马⑤,谢他酒朋诗侣。　　中州盛日,闺门多暇,记得偏重三五。铺翠冠儿,捻金雪柳,簇带争济楚。⑥如今憔悴,风鬟霜鬓,怕见夜间出去。不如向、帘儿底下,听人笑语。

[注释]

①永遇乐:周密《武林旧事》卷一《天基圣节排当乐次》:乐奏夹钟宫。第五盏,觱篥起《永遇乐慢》。此调有平韵、仄韵两体。仄韵者始自北宋,柳永《乐章集》注林钟商。晁补之词名《消息》,自注越调。平韵者始自南宋,陈允平创为之。　②熔金:廖世美《好事近》:"落日水熔金,天淡暮烟凝碧。"　③融和:张登《小雪日戏题绝句》:"融和长养无时歇,却是炎洲雨露偏。"　④次第:张相《诗词曲语辞汇释》:"次第,进展之辞,犹云接着也,转眼也。……李清照《永遇乐》词:'元宵佳节,融和天气,次第岂无风雨。'言转眼恐有风雨也。"　⑤香车宝马:

王维《同比部杨员外十五夜游有怀静者季》:"香车宝马共喧阗,个里多情侠少年。" ⑥"铺翠"三句:吴自牧《梦粱录》卷一:"(杭州)官巷口、苏家巷二十四家傀儡,衣装鲜丽,细旦戴……珠翠冠儿,腰肢纤袅,宛如妇人。"《武林旧事》卷二:"元夕节物,妇人皆戴珠翠、闹蛾、玉梅、雪柳、菩提叶……"又卷三:"妇人簇戴,多至七插。"周邦彦《红窗迥》:"有个人人,生得济楚。"

[评析]

　　通过写自己生活的变化来写时代的变化,是李清照词对词史的重要贡献之一,如这首《永遇乐》。对此词,沈祖棻《宋词赏析》有这样的论述:"李清照晚年的词,非常具体地、生动地反映了她精神生活方面的变化,而对于她物质生活的变化,则涉及很少。这首词却给我们透露了一些。首先是她说'中州盛日,闺门多暇',这就反证了南渡暮年,闺门少暇。归来堂中的赌书泼茶,建康城上的戴笠寻诗,恐怕早已被琐屑的家务劳动代替了。由于贫困,不能不亲自操作,就忙了起来,这是可推而知之的。其次是她说'向帘儿底下,听人笑语',这决不是居在深宅大院、有重重门户的大户人家所可能,也决不是上层妇女的行为。只有一般市民,居宅浅狭,开门见街,妇女才有垂下帘子看街上动静和听行人说话的习惯。而她竟然也是如此,则其生涯之潦倒,就更可想见了。"

　　宋末刘辰翁是这首词最好的批评者之一,他"曾和此词,小序云:'余自乙亥上元,诵李易安《永遇乐》,为之涕下。今三年矣。每闻此词,辄不自堪,遂依其声,又托之易安自喻,虽辞情不及,而悲苦过之。'"在南宋灭亡后,"刘辰翁正是从这首词中即小见大,即从其所写的过元宵节时的今昔之感,看到国家的兴亡、广大人民丧乱流离的痛苦的"。刘辰翁词附以参读:

璧月初晴,黛云远淡,春事谁主。禁苑娇寒,湖堤倦暖,前度遽如许。香尘暗陌,华灯明昼,长是懒携手去。谁知道、断烟禁夜,满城似愁风雨。　　宣和旧日,临安南渡,芳景犹自如故。缃帙流离,风鬟三五,能赋词最苦。江南无路,鄜州今夜,此苦又谁知否。空相对、残红无寐,满村社鼓。

声声慢①

李清照

寻寻觅觅,冷冷清清,凄凄惨惨戚戚②。乍暖还寒时候,最难将息。三杯两盏淡酒,怎敌他、晚来风急。雁过也,正伤心,却是旧时相识。　　满地黄花堆积③。憔悴损,如今有谁堪摘。守着窗儿,独自怎生得黑④。梧桐更兼细雨,⑤到黄昏、点点滴滴。这次第⑥,怎一个、愁字了得。

[注释]

①声声慢:蒋氏《九宫谱》注仙吕调。晁补之词名《胜胜慢》。吴文英词有"人在小楼"句,名《人在楼上》。此调有平韵、仄韵两体。平韵者,以晁补之、吴文英、王沂孙词为正体。仄韵者,以高观国词为正体。　②"凄凄"句:谢灵运《道路忆山中》:"凄凄明月吹,恻恻广陵散。"《诗·小雅·正月》:"忧心惨惨,念国之为虐。"《论语·述而》:"君子坦荡荡,小人长戚戚。"　③黄花:《礼记·月令》:"鞠有黄华。"　④怎生:柳永《甘州令》:"好时节、怎生轻舍。"　⑤"梧桐"句:白居易

《长恨歌》:"春风桃李花开日,秋雨梧桐叶落时。" ⑥次第:刘禹锡《寄杨八寿州》:"圣朝方用敢言者,次第应须旧谏臣。"

[评析]

靖康之难,国破家亡,李清照的心境、词境皆为之一变。如这首《声声慢》,全篇九十七字,舌、齿两声多至五十七字,是有意用啮齿叮咛的口吻,极写郁伊惝恍的心情。曾与温情慰藉、潇洒自赏之乐相伴的大雁、菊花,而今引发的却是伤心绝望、斯人憔悴之悲。轻盈曼妙、明丽轻快的闺词恋曲,变成沉重哀戚、灰冷凝重的生死恋歌,同时也是苦难时代的真实写照。后来,清代女词人席佩兰作有一首《声声慢·题风木图》,全篇模仿李清照此词,某些地方竟至一字不移:

萧萧瑟瑟,惨惨凄凄,呜呜哽哽咽咽。一片秋阴摇弄,晚天如墨。三丝两丝细雨,更助它、白杨风急。雁过也,遍寒林,尽是断肠声息。 有客天涯孤立。回首望,高堂更无人一。寒食梨花,麦饭几曾亲设。空含两行血泪,洒枯枝、点点滴滴。待反哺,学一个、乌鸟不得。

李清照在视野拓展之后,词境有时会变得非常开阔,如《渔家傲》:"天接云涛连晓雾。星河欲转千帆舞。仿佛梦魂归帝所。闻天语。殷勤问我归何处。 我报路长嗟日暮。学诗谩有惊人句。九万里风鹏正举。风休住。蓬舟吹取三山去。"起、结以惊人的海天景象,又以一问一答连缀上、下片,严整中极动荡之致,逶迤中闻风雷之声,见出灵动的艺术构想和表现力。全篇气势磅礴,雄浑高迈,有似苏、辛一派,构成其词审美境界的另外一面。

采桑子

吕本中

恨君不似江楼月，南北东西。南北东西。只有相随无别离。恨君却似江楼月，暂满还亏①。暂满还亏。待得团团是几时。

[注释]

①亏：吴世昌《词林新话》卷四："读如欺，今吴语犹如此。"

[评析]

吕本中（1084~1145）的这首《采桑子》效仿民歌风调，也即充分利用本调的形式结构，运用平行、变化和重复，营造出相随与别离以及恒久和善变之间的紧张关系，以代言方式抒写相思别离。词由"江楼月"南北相随、阴晴圆缺的特征联想到人生的聚散离合，从正反两面设譬，互为对比：上片"恨君不似江楼月"，人各一方，不如明月始终相随相守；下片"恨君却似江楼月"，聚少离多，恰似明月总是难得团圆。整个词情从"月"生发，比拟衬托，既多情如彼，又薄情如此，扬之抑之，正说反说，都用一"恨"字联结。恨君即思君，时而恨"不似"，时而恨"却似"，恨之愈切，思之愈深，恰在这不似而似、恨而不恨的回旋往复中，抒发一怀幽怨。全篇平浅如话，却深刻入骨，非情至至真，写不出此等痴人痴语。

此词用同一喻体设譬，而利用这一事物的不同特征表达不同的感情，正是钱锺书《管锥编·周易正义》所说的比喻中的"二柄"与"多边"。所谓二柄:"同此事物,援为比喻,或以褒,或以贬,或示喜,或示恶,词气迥异;修辞之学,亟宜拈示。"像"韦处厚《大义禅师碑铭》:'佛犹水中月,可见不可取',超妙而不可即也,犹云'高山仰止,虽不能至,心向往之',是为心服之赞词。黄庭坚《沁园春》:'镜里拈花,水中捉月,觑着无由得近伊',犹云'甜糖抹在鼻子上,只教他舐不着',是为心痒之恨词。"同样用水中之月作比喻,一个寄以敬仰之意,一个表示不满之情,感情不同,称为二柄。"比喻有两柄而复具多边。盖事物一而已,然非止一性一能,遂不限于一功一效。取譬者用心或别,着眼因殊,指同而旨则异;故一事物之象可以孑立应多,守常处变。譬夫月,形圆而体明,圆若明之在月,犹《墨经》言坚若白之在石,不相外而相盈。镜喻于月,如庾信《咏镜》:'月生无有桂',取明之相似,而亦可兼取圆之相似。王禹偁《龙凤茶》:'圆似三秋皓月轮',仅取圆之相似,不及于明。'月眼'、'月面'均为常言,而眼取月之明,面取月之圆,各傍月性之一边也。"同用月做比喻,可以比圆,比明亮,这是比喻的多边。

曾季狸《艇斋诗话》尝谓:"东莱晚年长短句尤浑然天成,不减唐《花间》之作。"以下二首,也是"非寻常词人所能作"的"精绝"之作,录以附读:

> 雪似梅花,梅花似雪。似和不似都奇绝。恼人风味阿谁知,请君问取南楼月。　　记得旧时,探梅时节。老来旧事无人说。为谁醉倒为谁醒,到今犹恨轻离别。(《踏莎行》)

> 平生臭味如君少。自是君难老。似侬憔悴更谁知。只道心情不似、少年时。　　春风也到江南路。小槛花深处。对人不是忆姚黄。实是旧时风味、老难忘。(《虞美人》)

清平乐①

张元干

明珠翠羽②。小绾同心缕③。好去吴松江上路。寄与双鱼尺素。兰桡飞取归来。愁眉待得伊开。相见嫣然一笑④,眼波先入郎怀。

[注释]

①清平乐:《宋史·乐志》属大石调。柳永《乐章集》注越调。王灼《碧鸡漫志》云:欧阳炯称李白有应制《清平乐》四首,此其一也,在越调,又有黄钟宫、黄钟商两音。黄昇《中兴以来绝妙词选》名《清平乐令》。张辑词有"忆著故山萝月"句,名《忆萝月》。张翥词有"明朝来醉东风"句,名《醉东风》。 ②明珠翠羽:曹植《洛神赋》:"或采明珠,或拾翠羽。" ③同心缕:林逋《长相思》:"君泪盈。妾泪盈。罗带同心结未成。" ④嫣然一笑:宋玉《登徒子好色赋》:"嫣然一笑,惑阳城,迷下蔡。"

[评析]

靖康之难中,张元干(1091~1161)投笔从戎,目睹民族的灾难,扼腕痛恨,词风转向慷慨悲凉。如《石州慢·己酉秋吴兴舟中作》(雨急云飞),虽一腔忠爱,但报国无门,唯有悲歌怒号。又如《贺新郎·送胡邦衡待制》(梦绕神州路)与《贺新郎·寄李伯纪丞相》(曳杖危楼去),

情怀是一样的悲壮激烈，艺术上也都具有表现力，因而同被后人评为集中压卷之作。

是民族战争，使得原本偏于柔丽婉转的词也变成了战斗和批判的武器。张元干在这一转变过程中极为典型。〔按：因为毁禁的缘故，现存张元干挂冠后词作已看不到靖康、建炎间那种批判现实的精神。不过，不能不指出的是，歌颂秦桧辅佐宋高宗实现"中兴盛业"，是"绍兴和议"期间作家创作中的惯见主题，甚至连秦桧的生日，都成为年复一年歌功颂德的盛大节日，四方"献投书启者，以皋、夔、稷、契为不足比，拟必曰'元圣'或'大圣'"（徐梦莘《三朝北盟会编》卷二二〇）。张元干也曾加入到这一炮制"盛世之音"的运动中。如《瑶台第一层》："宝历祥开飞练上，青冥万里光。石城形胜，秦淮风景，威凤来翔。腊余春色早，兆钧璜、贤佐兴王。对熙旦，正格天同德，全魏分疆。　荧煌。五云深处，化钧独运斗魁旁。绣裳龙尾，千官师表，万事平章。景钟文瑞世，醉尚方、难老金浆。庆垂芳。看云屏间坐，象笏堆床。"其中的赞美之辞，相当露骨且肉麻，事后读来，却又不是觉得极端的无趣和强烈的反讽那么简单，适如王曾瑜《宋高宗》一书所论："高宗和秦桧以严刑和峻罚摧残正论，又以赏官和赠禄招徕文丐，成为绍兴黑暗政治相辅相成的两大特色。值得注意者，是某些尚有血性的士大夫，也迫于权势或其他原因，而参加到为皇帝和宰相歌功颂德的行列。在令人窒息的高压政治下，要维护古代儒家十分强调的名节，确是难乎其难的事。他们既然留下了违心之笔，也不免成为他们个人历史上的污点。"创作中出现的这种带有"适应性的变异"意味的"文丐奔竞"局面，反映出的尽管只是当时文学生态的一个面相（合参沈松勤《从高压政治到"文丐奔竞"——论"绍兴和议"期间的文学生态》、王建生《"文丐奔竞"之外——也论"绍兴和议"期间的文学生态》），但伴随这种局面而出现的对某些文人精神上的阉割，对文学发展造成的深重伤害，与清代貌似局限于物质形态摧残的书禁殊途同归。〕南渡之前，张元干也时常"百万呼卢，拥越女吴姬共掷"（《柳梢青》）。所作如这首《清平乐》，表现艳遇情事，直抒胸臆，语浅情深，丽而不佻。其中，别后喜相逢的眼神、笑貌，写来更是如见其人，柔情荡漾。类似的作品还有以下数例：

香暖帷。玉暖肌。娇卧嗔人来睡迟。印残双黛眉。　　虫声低。漏声稀。惊枕初醒灯暗时。梦人归未归。(《长相思令》)

疏雨洗,细风吹。淡黄时。不分小亭芳草绿,映檐低。　　楼下十二层梯。日长影里莺啼。倚遍阑干看尽柳,忆腰肢。(《春光好》)

减塑冠儿,宝钗金缕双绥结。怎教宁帖。眼恼儿里劣。　　韵底人人,天与多磨折。休分说。放灯时节。闲了花和月。(《点绛唇》)

这些艳情词的共同特点,就是采用白描手法,直抒风流韵事,语言浅近通俗,属于传统的情致畅发的一路,自然不必以是否具备丰富的内涵来要求。

清平乐　夏日游湖

朱淑真

恼烟撩露①。留我须臾住。携手藕花湖上路。一霎黄梅细雨。　　娇痴不怕人猜。和衣睡倒人怀。最是分携时候,归来懒傍妆台。

[注释]

①恼烟撩露:苏轼《蝶恋花》:"笑渐不闻声渐悄。多情却被无情恼。"

[评析]

与李清照齐名而时代稍晚的朱淑真(生卒年不详),作品多写愁怨:"朱淑真者,钱唐人。幼警慧,善读书,工诗,风流蕴藉。早年父母无识,嫁市井民家，其夫村恶，篷篨戚施，种种可厌。淑真抑郁不得志，作诗多忧愁怨恨之思，时牵情于才子，竟无知音，悒悒抱恚而死。"（田汝成《西湖游览志余》卷一六）一生备受情感的折磨与煎熬，因之将种种忧怨嗟叹、孤寂落寞一发于词。如《减字木兰花·春怨》：

> 独行独坐。独唱独酬还独卧。伫立伤神。无奈春寒著摸人。
>
> 此情谁见。泪洗残妆无一半。愁病相仍。剔尽寒灯梦不成。

闺怨愁恨的背后，是与不幸婚姻抗争却又孤立无援的才女心灵深处的呐喊。起首二句连下五个"独"字，足以表现其沉重到无以复加的孤独感。

朱淑真所处的社会环境，与李清照的后期相同，可是她的词作风格却又回到了李清照的早期，仍然是对个人感情的追求，或这种感情不得其所的哀怨。这或者就是古代女性生活的常态，因此反映在文学之中，也是题中应有之义。而且，李清照晚期的词，从理论上说，并不是刻意去拓展自己的风格，实在是由于她的生活发生了与社会变动有着直接关系的巨大变化，要写这种巨变，就不能不涉及社会的变化。朱淑真则不是这样，所以她的词风按照被社会规定好的一般风格发展，并不能苛求。

朱淑真或者曾经与命运进行过事实上的抗争，如这首《清平乐》所写。〔按：当然，这首词也可以理解成追忆，甚至是"放诞得妙"（吴衡照《莲子居词话》卷二）的文学想象。其中，"和衣睡倒人怀"句，《断肠词》作"随群暂遣愁怀"。〕不过，她也为此付出了沉重的代价，郁郁而终之后甚至不能葬骨于地下，可谓生死两不幸！当然，与李清照的作品散失殆尽相比，诗词遗稿被父母付之一炬的朱淑真，后来得有心人感于其悲惨遭际，而为之收拾，实在又算是万幸。

后来，戴冠作《和朱淑真〈断肠词〉》二十六首，跋语谓："始予得朱淑真《断肠词》于钱塘处士陈逸山。阅之，喜其清丽，哀而不伤。癸亥（1503）岁除之夕，因乘兴遍和之，且系以诗。盖欲益白朱氏之心，非与之较工拙也。已而携之游都下,以呈大复,间有一二字为所许者。比来渐觉玩物丧志,欲遂弃之,窃叹当时好事,故不忍焉。况历经寒暑,几易而所就莫加于前,抑又何也,乃题而藏之箧底,以惩旷废。或者他日苟有所进,亦得以正其谬嗸云耳。弘治乙丑(1505)九月望后三日题。"〔按:戴氏和淑真此词为:"翠荷擎露。好景留人住。拍岸烟波迷去路。那更轻风细雨。　红妆出水休猜。愁人对此开怀。两两兰舟轻发,欢娱疑到阳台。"下片略显浅俗,且煞拍一句闪烁其辞,在感情的表露上,似隐实显,似庄实浮,远不如原作明快而单纯。〕任德魁《词文献研究》通过对戴氏和词进行编次研究,得到《断肠词》的旧本面貌,认为可以从版本上否定《生查子》(去年元夜时)为朱淑真所作的谬论。

钗头凤[①]

陆　游

红酥手[②]。黄縢酒[③]。满城春色宫墙柳。东风恶。欢情薄。一怀愁绪,几年离索[④]。错错错。　春如旧。人空瘦。泪痕红浥鲛绡透[⑤]。桃花落。闲池阁。山盟虽在,锦书难托[⑥]。莫莫莫。

[注释]

①钗头凤:即《撷芳词》。杨湜《古今词话》云:政和间,京师妓之姥曾嫁伶官,常入内教舞,传禁中《撷芳词》以教其妓。人皆爱其声,又爱其词,类唐人所作。张尚书帅成都,蜀中传此词,竟唱之。却于前段下添"忆忆忆"三字,后段下添"得得得"三字。又名《摘红英》,殊失其义。不知禁中有"撷芳园",故名《撷芳词》也。按,程垓词名《折红

英》。曾觌词名《清商怨》。吕渭老词名《惜分钗》。陆游因词中有"可怜孤似钗头凤"句，改名《钗头凤》。吴曾《能改斋漫录》无名氏词名《玉珑璁》。　②红酥：元稹《离思五首》其一："须臾日射燕脂颊，一朵红苏旋欲融。"　③黄滕（téng）：苏轼《岐亭五首》其三："为我取黄封，亲拆官泥赤。"施元之注："京师官法酒，以黄纸或黄罗绢封罩瓶口，名黄封酒。"　④离索：《礼记·檀弓》："子夏曰：'吾离群而索居，亦已久矣。'"郑玄注："索，犹散也。"杜甫《夜听许十损诵诗爱而有作》："离索晚相逢，包蒙欣有击。"　⑤鲛绡：任昉《述异记》卷上："南海出鲛绡纱，泉室潜织，一名龙纱。其价百余金，以为服，入水不濡。"温庭筠《张静婉采莲曲》："掌中无力舞衣轻，剪断鲛绡破春碧。"　⑥锦书：《晋书·窦滔妻苏氏传》："窦滔妻苏氏，始平人也，名蕙，字若兰。善属文。滔，苻坚时为秦州刺史，被徙流沙，苏氏思之，织锦为回文旋图诗以赠滔。宛转循环以读之，词甚凄惋，凡八百四十字，文多不录。"武则天《璇玑图序》："五色相宣，纵横八寸，题诗二百余首，计八百余言，纵横反复，皆成章句。"李白《久别离》："况有锦字书，开缄使人嗟。"

[评析]

　　陆游（1125~1210）此词的写作背景，周密《齐东野语》卷一曾有记载："陆务观初娶唐氏，闳之女也，于其母夫人为姑侄。伉俪相得而弗获于其姑。既出，而未忍绝之，则为别馆，时时往焉。姑知而掩之，虽先知挈去，然事不得隐，竟绝之，亦人伦之变也。唐后改适同郡宗子士程。尝以春日出游，相遇于禹迹寺南之沈氏园，唐以语赵，遣致酒肴，翁怅然久之，为赋《钗头凤》一词题园壁间……实绍兴乙亥（1155）岁也。"陈鹄《耆旧续闻》卷一〇、刘克庄《后村诗话》续集卷二所记，细节稍异。于北山《陆游年谱》认为，"姑侄"应作"族姑侄"方符实际，后世言唐氏名"婉"或"蕙仙"不足信。至放翁与唐氏离异因由,刘克庄所记"二亲恐其惰于学"或近是。词作上片抚今追昔,从两情相悦到东风逞恶、夫妇离索,极写愧悔之意。下片叙写今日相遇情景,从物是人非到思绪翻腾、自醒自警,无不浸透着浓浓的爱意。上下两结"错"、"莫"二字的叠用,突破了连绵词的常规用法,各依其本字取义,且又相互呼应,不仅情辞高度契合,全词结构、韵律也因之更为紧凑、和谐。

陆游数十年后所作二绝,可与此词合观,如《后村诗话》所记:"放翁少时,二亲教督甚严。初婚某氏,伉俪相得。二亲恐其惰于学也,数谴妇。放翁不敢逆尊者意,与妇诀。某氏改事某官,与陆氏有中外。一日通家于沈园,坐间目成而已。翁得年甚高,晚有二绝云:'肠断城头画角哀,沈园非复旧池台。伤心桥下春波绿,曾见惊鸿照影来。''梦断香销四十年,沈园柳老不吹绵。此身行作稽山土,犹吊遗踪一泫然。'旧读此诗,不解其意,后见曾温伯言其详。温伯名黯,茶山孙,受学于放翁。"又,《耆旧续闻》载:"余弱冠客会稽,游许氏园,见壁间有陆放翁题词……笔势飘逸,书于沈氏园,辛未(1151)三月题。放翁先室内琴瑟甚和,然不当母夫人意,因出之。夫妇之情,实不忍离。后适南班士名某,家有园馆之胜。务观一日至园中,去妇闻之,遣遗黄封酒果馔,通殷勤。公感其情,为赋此词。其妇见而和之,有'世情薄,人情恶'之句,惜不得其全阕。未几,怏怏而卒。闻者为之怆然。"卓人月《古今词统》卷一〇所引唐氏和词为:"世情薄。人情恶。雨送黄昏花易落。晓风干。泪痕残。欲笺心事,独语斜阑。难难难。　人成各。今非昨。病魂尝似秋千索。角声寒。夜阑珊。怕人寻问,咽泪装欢。瞒瞒瞒。"盖系后人补全之作,可不论。

卜算子　咏梅

陆　游

驿外断桥边，寂寞开无主。已是黄昏独自愁，更著风和雨。无意苦争春，一任群芳妒。零落成泥碾作尘①，只有香如故。

[注释]

①零落：屈原《离骚》："惟草木之零落兮，恐美人之迟暮。"

[评析]

　　陆游的这首《卜算子》抒写身世之感，而借咏梅自比出之。〔陆游笔下的梅花形象，不是"雪满山中高士卧"（高启《梅花九首》其一）的象征，而是"精神每遇雪月见，气力苦战冰霜开。羁臣放士耿独立，淑姬静女知谁媒。摧伤虽多意愈厉，直与天地争春回"（《故蜀别苑在成都西南十五六里，梅至多，有两大树夭矫若龙，相传谓之"梅龙"。予初至蜀，尝为作诗，自此岁常访之，今复赋一首。丁酉十一月也》）那样地富有坚强的战斗性格，也正是诗人"十年走万里"（《雪后苦寒行饶抚道中有感》）的身世和"思为君王扫河洛"（《弋阳道中遇大雪》）壮志未就的心境的鲜明写照。〕上片写所遇之世如此堪愁：梅开之处，驿外断桥；梅开之时，黄昏更兼风雨。下片写其平生不慕荣华，品坚质贞如梅之耐寒，虽"零落成泥"而香不灭，又非仅深刻无匹地揭示出梅之真性而已。〔咏物词，能抒写作者的主观情思，做到词中有人，不同于单纯写物的试帖诗，这固然是主要的。但如果只是单纯写个人主观情思，而不能做到词中有物，主客观统一，情寄于物，物因情见，并体现出客观对象的特殊性，也就不能算是咏物的上乘。此词的特色，正在于物我融洽,突出梅花的特性,尤以末二句言简意深。〕后来,张可久所作《越调·天净沙·晚步》,与此词在构思和意境方面有相通之处:

> 吟诗人老天涯,闭门春在谁家。破帽深衣瘦马。晚来堪画,小桥风雪梅花。

陆游"有意要做诗人"(刘熙载《艺概》卷二),作词不像辛弃疾那样的专门,但同样表现出独特的精神风貌和人生体验,堪称辛派中坚。如《汉宫春·初自南郑来成都作》(羽箭雕弓)和《秋波媚·七月十六日晚登高兴亭望长安南山》(秋到边城角声哀),身历西北前线,描绘战地景观,表现必胜信念,慷慨昂扬,创造了独特的艺术境界。但陆游最终壮志难酬,如《诉衷情》(当年万里觅封侯)和《夜游宫·记梦寄师伯浑》(雪晓清笳乱起)所云,幽愤难平,于是只能将理想化为梦境,在与现实的强烈对比中尽情宣泄,一泻无余。总的来看,才气过人的放翁词风多样,确如前人所评,奄有众家之长,而"皆不能造其极"(《四库全书总目》卷一九八《放翁词》提要)。这可能是他并未像作诗那样全力投入所致。其中,最重要的缘由应该是词学观念,如其《花间集》两跋所论:

> 《花间集》皆唐末、五代时人作。方是时,天下岌岌,生民救死不暇,士大夫乃流宕如此,可叹也哉!或者亦出于无聊故邪?

> 唐自大中后,诗家日趋浅薄,其间杰出者,亦不复有前辈阔妙浑厚之作,久而自厌。然桔于俗尚,不能拔出。曾有倚声作词者,本欲酒间易晓,颇摆落故态,适与六朝跌宕意气差近,此集所载是也。故历唐季五代,诗愈卑,而倚声者辄简古可爱。盖天宝以后,诗人常恨文不迫;大中以后,诗衰而倚声作,使诸人以其所长格力施于所短,则后世孰得而识?笔墨驰骋则一,能此不能彼,未易以理推也。

具体的褒贬虽系从不同角度出发,却也不能完全掩盖陆游对词体的轻视态度。陆游对其诗词的删定情况——陆游出川以前的词占全部词作的八分之三,而现存的经过陆游严格删定的出川以前的诗仅占其全部诗作的八分之一——便是明证,这说明"陆游对于词的要求,远不如他对于诗的那样严格"(朱东润《陆游研究》)。

摸鱼儿^①

辛弃疾

淳熙己亥(1179),自湖北漕移湖南,同官王正之置酒小山亭,为赋。

更能消、几番风雨。匆匆春又归去。惜春长怕花开早,何况落红无数。^②春且住。见说道、天涯芳草无归路。^③怨春不语。算只有殷勤,画檐蛛网^④,尽日惹飞絮。　　长门事,准拟佳期又误。^⑤蛾眉曾有人妒。千金纵买相如赋,脉脉此情谁诉。^⑥君莫舞。君不见、玉环飞燕皆尘土。^⑦闲愁最苦。休去倚危栏,斜阳正在,烟柳断肠处。^⑧

[注释]

①摸鱼儿:一名《摸鱼子》,唐教坊曲名。晁补之词有"买陂塘、旋栽杨柳"句,更名《买陂塘》,又名《陂塘柳》,或名《迈陂塘》。辛弃疾赋怪石词名《山鬼谣》。李治赋并蒂荷词有"请君试听双蕖怨"句,名《双蕖怨》。　②"惜春"二句:李白《书情寄从弟邠州长史昭》:"怀君芳岁歇,庭树落红滋。"　③"见说道"句:催审《别友人》:"芳草迷归

路,春衣滴泪痕。"苏轼《桃源忆故人》:"暖风不解留花住。片片著人无数。楼上望春归去。芳草迷归路。" ④画檐蛛网:苏轼《虚飘飘》:"虚飘飘,画檐蛛结网,银汉鹊成桥。" ⑤"长门"二句:据《史记·外戚世家》及《汉书·外戚传》,汉武帝即位,长公主刘嫖之女被立为皇后,擅宠骄贵,十余年而无子。闻卫子夫颇得宠幸,几死者数焉。武帝怒,废之,罢退居长门宫,而立卫子夫为皇后。 ⑥"千金"二句:司马相如《长门赋序》:"孝武皇帝陈皇后,时得幸,颇妒,别在长门宫,愁闷悲思。闻蜀郡成都司马相如天下工为文,奉黄金百斤,为相如、文君取酒,因于解悲愁之辞。而相如为文以悟主上,陈皇后复得亲幸。"〔按:此序文显系后人伪托:司马相如卒于汉武帝之前,不可能知道武帝的谥号"孝武";序末复幸事,与《汉书》所载不合。〕 ⑦"君莫舞"二句:玉环、飞燕,杨玉环、赵飞燕,一为唐玄宗贵妃,马嵬之变时,被缢死于佛室;一为汉成帝皇后,汉哀帝时尊为皇太后,汉平帝即位,废为庶人,被逼自尽。《赵飞燕外传》所附《伶玄自叙》:"哀帝时,子于老休,买妾樊通德……有才色,知书……颇能言赵飞燕姊弟故事。子于闲居,命言,厌厌不倦。子于语通德曰:'斯人俱灰灭矣!当时疲精力驰,鹜嗜欲蛊惑之事,宁知终归荒田野草乎!'通德占袖,顾视烛影,以手拥髻,凄然泣下,不胜其悲。子于亦然。" ⑧"休去"三句:苏舜钦《春日晚晴》:"谁见危栏外,斜阳尽眼平。"

[评析]

"昂昂千里,泛泛不作水中凫"(《水调歌头》)的辛弃疾(1140~1207),以英雄自期:"英雄事,曹刘敌"(《满江红》)、"天下英雄谁敌手。曹刘。生子当如孙仲谋"(《南乡子》),人生理想本来是"把诗书马上,笑驱锋镝"(《满江红》),挥拥万夫,建树"弓刀事业"(《破阵子》)。然而,也许是由于历史的误会,一生"三仕三已"(《哨遍》),"雕弓挂壁无用"、"长剑铗,欲生苔"(《水调歌头》),只能在"谁念英雄老矣,不道功名蕞尔,决策尚悠悠"(《水调歌头》)的慨叹中,"笔作剑锋长"(《水调歌头》),转而在词坛上开疆拓土。

辛弃疾以词为"陶写之具"(范开《辛弃疾词序》),表现自我的出处行藏和精神世界:"人无同处面如心。不妨旧事从头记,要写行藏入笑林"(《鹧鸪天》),"有心雄泰华,无意巧玲珑"(《临江仙》),拓展出一类气势豪迈、个性鲜明丰满的英雄形象。这类英雄自我形象使命感异常强烈、执着,如"道男儿、到死心如铁。看试手,补天裂"(《贺新郎》)、"看依然、舌在齿牙牢,心如铁"、"待十分做了,诗书勋业"(《满江红》)。因而,生命激情几乎一直都是飞扬跳荡:"横空直把,曹吞刘攫"(《贺新郎》)、"气吞万里如虎"(《永遇乐》)、"狂歌击碎村醪盏。欲舞还怜衫袖短"(《玉楼春》)、"说剑论诗余事,醉舞狂歌欲倒,老子颇堪哀"(《水调歌头》)、"酒兵昨夜压愁城。太狂生。转关情。写尽胸中、魂磊未全平"(《江神子》)。他的词有明显的阶段性特征,从青少年的"少年横槊,气凭陵,酒圣诗豪余事"(《念奴娇》),"壮岁旌旗拥万夫。锦襜突骑渡江初"(《鹧鸪天》),到中年之后的"腰间剑,聊弹铗"(《满江红》)、"和泪看旌旗"(《定风波》)、"试弹幽愤泪空垂"(《鹧鸪天》),直到晚年的"众里寻他千百度"后"蓦然回首"(《青玉案》),已是"头白齿牙缺"(《水调歌头》),"不知筋力衰多少,但觉新来懒上楼"(《鹧鸪天》),发出"功名妙手,壮也不如人,今老矣,尚何堪"(《蓦山溪》)的感慨,在词里都有表现。

辛弃疾善于开掘词体长于表现复杂意态心绪的潜在功能,充分展现出心灵世界的曲折深广。如《水龙吟·登建康赏心亭》(楚天千里清秋),以传统的悲秋主题,写其壮志难酬之感,慷慨淋漓而又感情细腻。下片以不同的典故构成，写尽报国无门、归隐不甘的矛盾心理，有着巨大的震撼力。处于这样的状态中，辛弃疾难免在词里有所反思。

这种反思，有时非常直接，如："渡江天马南来，几人真是经纶手。长安父老，新亭风景，可怜依旧。夷甫诸人，神州沉陆，几曾回首。"（《水龙吟·为韩南涧尚书寿》）有时则比较隐晦，如这首《摸鱼儿》。词作上片就暮春景象，写伤春之感，隐寓时势之忧。凄风苦雨几番摧折，但见落花无数，又是匆匆春归时节，令人情难以堪。想要留住春天，告以"天涯芳草迷归路"，不如休去，但难阻春归。只有画檐间的蛛网，沾惹着飘飞的柳絮，试图挽留些许春光。然蛛网力弱，殷勤又有何用。暗示时势日非，风雨飘摇，满含大局难以挽回的忧愁和痛苦。下片承暮春而翻出蛾眉遭妒，美人迟暮，写身世之感。陈皇后遭人构陷而失宠，纵以千金买得相如赋，为之辩护，也无济于事。词人多年来屡受排挤，正与此相似。但眼前的得宠者只是一时得志，终不免如玉环、飞燕，灰飞烟灭。真正令人伤感的是，日薄西山，烟柳凄迷，时势危殆，触目惊心。全篇借鉴"香草美人"手法，纯以隐喻、象征出之，摧刚为柔，"词意殊怨"。据说，"寿皇（即宋孝宗，尊号——至尊寿皇圣帝）见此词，颇不悦"（罗大经《鹤林玉露》卷一），说明他也看出了词中的忧谗畏讥与拗怒不平之气。类似的作品还有《菩萨蛮·书江西造口壁》（郁孤台下清江水），其中也有很明显的批判性，并直接影响到宋末的刘克庄、陈人杰等人。

祝英台近[①] 晚春

辛弃疾

宝钗分，桃叶渡。烟柳暗南浦。[②]怕上层楼，十日九风雨。断肠片片飞红，都无人管，更谁劝、啼莺声住。③　鬓边觑。试把花卜归期，才簪又重数。④罗帐灯昏，哽咽梦中语。是他春带愁来，春归何处。却不解、带将愁去。⑤

[注释]

①祝英台近：高拭词注越调。辛弃疾词有"宝钗分，桃叶渡"句，名《宝钗分》。张辑词有"趁月底重修箫谱"句，名《月底修箫谱》。韩淲词有"燕莺语，溪岸点点飞绵"句，名《燕莺语》；又有"却又在他乡寒食"句，名《寒食词》。②"宝钗"三句：白居易《长恨歌》："含情凝睇谢君王，一别音容两渺茫……唯将旧物表深情，钿合金钗寄将去。钗留一股合一扇，钗擘黄金合分钿。但教心似金钿坚，天上人间会相见。临别殷勤重寄词，词中有誓两心知。七月七日长生殿，夜半无人私语时。在天愿作比翼鸟，在地愿为连理枝。天长地久有时尽，此恨绵绵无绝期。"③"断肠"三句：秦观《千秋岁》："春去也，飞红万点愁如海。"④"试把"二句：郭钰《送远曲》："归期未定须寄书，误人莫误灯花卜。"⑤"是他"三句：刘克庄《后村诗话》前集卷一："雍陶《送春》云：'今日已从愁里去，明年更莫共愁来。'稼轩词云：'是他春带愁来，春归何处，却不解和愁将去。'虽用前语，而反胜之。"

[评析]

辛弃疾此词代言闺怨。上片由伤别而伤春。"宝钗分"三句，描绘离别场面，景中含情。以下，借由伤春写出既别之后孤苦凄凉光景。下片因盼归而怨春。"鬓边觑"三句，写花卜归期甚细，揭示女子盼望情人归来心思。但望而不见，盼而不归，不由借梦语抒发怨恨。结末三句不怨人不归，却怨春带愁来、不带愁归，情味愈浓，托意深远。

后来，文廷式也作过一首《祝英台近·感春》，与稼轩此词如出一辙：

  剪鲛绡，传燕语。黯黯碧云暮。愁望春归，春到更无绪。园林红紫千千，放教狼藉，休但怨、连番风雨。 谢桥路。十载重约钿车，惊心旧游误。玉佩尘生，此恨奈何许。倚楼极目天涯，天涯尽处。算只有、蒙蒙飞絮。

不同的只是，文词结末三句极见哀怨怅望、无可如何的末世情绪。

青玉案　元夕

辛弃疾

  东风夜放花千树。更吹落、星如雨。①宝马雕车香满路。②凤箫声动，玉壶光转，一夜鱼龙舞。③　　蛾儿雪柳黄金缕。④笑语盈盈暗香去。众里寻他千百度。蓦然回首，那人却在，灯火阑珊处。

[注释]

  ①"东风"二句：苏味道《正月十五夜》："火树银花合，星桥铁锁开。"孟元老《东京梦华录》卷六：正月十六夜汴京各坊巷"各以竹竿出灯球于半空，远近高低，望如飞星然"。　②"宝马"句：郭利贞《上元》："九陌连灯影，千门度月华。倾城出宝骑，匝路转香车。"骆宾王《咏美人在天津桥》："整衣香满路，移步袜生尘。"　③"凤箫"三句：周密《武林旧事》卷二："灯之品极多……福州所进，则纯用白玉，晃耀夺目，如清冰玉壶，爽彻心目。"《汉书·西域传赞》："鱼龙角抵之戏。"颜师古注："鱼龙者，为舍利之兽，先戏于庭极毕，乃入殿前，激水化成

比目鱼,跳跃潋水,作雾障日毕,化成黄龙八丈,出水敖戏于庭,炫耀日光。" ④"蛾儿"句:《大宋宣和遗事》:"京师民有似雪浪,尽头上带着玉梅、雪柳、闹蛾儿,直到鳌山下看灯。"《武林旧事》卷二:"元夕节物,妇人皆戴珠翠、闹蛾、玉梅、雪柳、菩提叶、灯毬、销金合、貂蝉袖、项帕,而衣多尚白,盖月下所宜也。"

[评析]

　　辛弃疾此词写元夕观灯,灯事阑珊,心底涌起的另一番情味反而愈加缱绻,挥之难去。前一部分打通上下分片通则,极写元夕的辉煌灯火,以及观灯的热闹场面。"众里寻他"以下,写灯火冷落处所苦苦寻觅的心仪对象。在前后极其强烈的对比和反差中,表现出"自怜幽独"(梁令娴《艺蘅馆词选》丙卷附梁启超评)之意。"绝代有佳人,幽居在空谷","天寒翠袖薄,日暮倚修竹",这样高贵的美人品格,首先是出现在杜甫《佳人》诗里,辛弃疾则将其神理成功地运用到倚声领域。词作极为丰厚的美学内涵的基点,就在于发现"那人"的一瞬间,这"是人生精神的凝结和升华,是悲喜莫名的感情铭篆,是万金无价的人生幸福而又辛酸的一瞬的美好境界"(周汝昌评语)。此前,王国维第三种境界之说的天才发挥,大抵亦如是。又,此首别误作姚进道词,见《历代诗余》卷四四。

　　唐宋词中的"回首",能像辛弃疾这样写得深情无限,又开拓、升华境界,甚或带有哲理性思考的,还有不少。选读如下:

　　　　渌水带青潮。水上朱阑小渡桥。桥上女儿双笑靥,妖娆。倚着阑干弄柳条。　月夜落花朝。减字偷声按玉箫。柳外行人回首处,迢迢。若比银河路更遥。(晏几道《南乡子》)

　　　　春山烟欲收,天淡星稀小。残月脸边明,别泪临清晓。　语已多,情未了。回首犹重道。记得绿罗裙,处处怜芳草。(牛希济《生

查子》)

莫听穿林打叶声。何妨吟啸且徐行。竹杖芒鞋轻胜马。谁怕。一蓑烟雨任平生。　料峭春风吹酒醒。微冷。山头斜照却相迎。回首向来萧瑟处。归去。也无风雨也无晴。(苏轼《定风波》)

丑奴儿　书博山道中壁

辛弃疾

少年不识愁滋味,爱上层楼。爱上层楼。为赋新词强说愁。而今识尽愁滋味,欲说还休①。欲说还休。却道天凉好个秋。

[注释]

①欲说还休:李清照《凤凰台上忆吹箫》:"生怕离怀别苦,多少事、欲说还休。"

[评析]

辛弃疾的这首《丑奴儿》,上片写少不更事,登楼觅愁,为赋"新词"无愁说愁。下片转写而今历尽沧桑,却无可诉说,只好出之以仿佛言不及义的"天凉好个秋"。不言之言,包孕深广,意味深长。

此词,曾被美国学者傅汉思译成英文,介绍给西方读者,能够和在其前后的外译宋词一道,在一定程度上彰显中国古典文学作品的世界影响。〔按:俄苏学者巴斯曼诺夫《梅花开(中国历代词选)》,选译稼轩词六十八首,数量最多;另有两版《辛弃疾诗词集》单行。〕兹录以附读:

When I was young I did not know the taste of grief. I loved to climb tall buildings. I loved to climb tall buildings. Composing original poems that artificially spoke of grief.　　Now I fully know the taste of grief. I want to speak of it but don't. I want to speak of it but don't. I just say, "What a nice cool autumn day!"（《梅花与宫闱佳丽：中国诗选译随谈》）

水龙吟　春恨

陈　亮

闹花深处层楼，画帘半卷东风软。春归翠陌，平莎茸嫩，垂杨金浅。迟日催花，淡云阁雨，轻寒轻暖。恨芳菲世界，游人未赏，都付与、莺和燕。　　寂寞凭高念远。向南楼、一声归雁。金钗斗草，青丝勒马，风流云散。罗绶分香①，翠绡封泪，几多幽怨。正销魂，又是疏烟淡月，子规声断。

［注释］

①罗绶分香：秦观《满庭芳》："销魂。当此际，香囊暗解，罗带轻分。"

［评析］

希望以词略陈"平生经济之怀"（叶适《书龙川集后》）的陈亮（1143~1194），所作有极香艳者，如写于妓席之上的《浣溪沙》（小雨翻花落画檐）等。不过，龙川词更多的还是表达与抗战复国安民之怀紧密相关的政治军事主张，现实针对性强烈，政治功利性鲜明，议论纵横开阖，往往可以跟他"议论风凛"（辛弃疾《祭陈同父文》）的政论文相互印证，几乎就是"以词为文"的"纵横家之词"（刘师培《论文杂记》）。如《水调歌头·送章德茂大卿使虏》（不见南师久），写出慷慨激昂的爱国情怀，与《上孝宗皇帝第一书》、《戊申再上孝宗皇帝书》合读，可以看出其政论性之强。其中换头五句，"可作中兴露布读"（陈廷焯《白雨斋词话》卷一）。而风格的痛快淋漓，"真是和那作者的生命分劈不开"（梁启超《中国韵文里头所表现的情感》）。当然，如果与辛弃疾《水龙吟》（楚天千里清秋）对读，则又能够见出陈氏此词伤于外露，艺术成就逊于稼轩。

毛晋跋《龙川词》有云："《龙川词》一卷，读至卷终，不作一妖语、媚语，殆所称不受人怜者欤！"后来，看到包括本篇在内的七首婉丽之作，便在《补跋》中说："余正喜同甫不作妖语、媚语。偶阅《中兴词选》，得《水龙吟》以后七阕，亦未能超然。"这首《水龙吟》就是所谓的"未能超然"之作。词作抒写凭高念远的春情。起数句写景。楼高风微，平莎垂杨，寒暖不定。"恨芳菲世界"三句收束上片，谓好景无人赏，仅莺燕相乐，令人恼恨。换头因雁去而念远，"金钗斗草"三句言当日之乐事无踪，"罗绶分香"三句言别后幽怨难消，"正销魂"三句以景结情，极为伤感。以下《虞美人·春愁》一首，大抵亦如是：

  东风荡扬轻云缕。时送萧萧雨。水边台榭燕新归。一口香泥湿带、落花飞。　　海棠糁径铺香绣。依旧成春瘦。黄昏庭院柳啼鸦。记得那人和月、折梨花。

只是，二词虽然都不乏"媚语"，风格幽情秀逸，但因是源自于对年华渐逝、壮志难酬的深沉感慨，所以显得外柔内刚，与前述《水调歌头》一类壮怀激烈的作品，可以构成一体之两面。正如沈祥龙《论词随笔》所云:"以词为小技,此非深知词者。词至南宋,如稼轩、同甫之慷慨悲凉,碧山、玉田之微婉顿挫,皆伤时感事,上与风骚同旨,可薄为小技乎?若徒作侧艳之体,淫哇之音,则谓之小也亦宜。"

踏莎行　自沔东来,丁未(1187)元日至金陵,江上感梦而作

姜　夔

燕燕轻盈,莺莺娇软。①分明又向华胥见②。夜长争得薄情知,春初早被相思染。　　别后书辞,别时针线。离魂暗逐郎行远。淮南皓月冷千山,冥冥归去无人管。③

[注释]

①"燕燕"二句:苏轼《张子野年八十五尚闻买妾述古令作诗》:"诗人老去莺莺在,公子归来燕燕忙。"王文浩辑注:"李厚曰:'唐贞元中,有张生者,遇崔氏女于蒲,小名莺莺……'宋援曰:'《汉外戚传》成帝尝微行,出,过阳阿主,作乐。上见赵飞燕而悦之。先是有童谣曰:燕燕,尾涎涎,张公子,时相见。盖帝每微行,尝与张放俱,而称富平侯家,故有张公子。'任居实曰:'或说张祜妾名燕燕。'"　②华胥:《列子·黄帝》:"昼寝而梦,游于华胥氏之国。"　③"淮南"二句:杜甫《梦李白》:"魂来枫林青,魂返关塞黑。"又《咏怀古迹》五首其三:"画图省识春风面,环佩空归月下魂。"

[评析]

此为姜夔(1155?~1208)元夕感梦之作。起笔言梦中见人,写来如

见其人,如闻其声。接写春夜思深。过片二句谓别后回忆,款款深情,实难相忘。书辞针线,皆伊人相思之情。"淮南皓月冷千山"二句,以凄黯之景结怜惜之情。盖因相思而有人入梦,因人之入梦,又怜其天涯飘荡,冷月千山,踽踽独归,伶仃可念。

声名震耀一世的艺术全才姜夔,力图在改造传统婉约词表现艺术的基础上建立新的审美规范。以恋情题材为例,白石词往往略去温馨缠绵的艳遇细节,对炽热的柔情进行独特的冷色调处理,着重表现离别之后铭心刻骨的相思苦恋,从而赋予柔思艳情以高雅脱俗的情趣韵味。如此词与下一首《长亭怨慢》,即借鉴江西诗派清劲瘦硬的语言特色,进一步改造传统婉约词尤其是艳情词软媚华美的语言基调,创造出清刚醇雅的审美风格和意境,瘦劲曲折,浑灏流转,结构上也能收放自如。

姜夔另有一首《满江红》,也是寓刚于柔的名篇:

　　仙姥来时,正一望、千顷翠澜。旌旗共、乱云俱下,依约前山。命驾群龙金作轭,相从诸娣玉为冠。向夜深、风定悄无人,闻佩环。

　　神奇处,君试看。奠淮右,阻江南。遣六丁雷电,别守东关。却笑英雄无好手,一篙春水走曹瞒。又怎知、人在小红楼,帘影间。

一笔写出红楼帘影间的丽质与辟易千军的猛士,是合红牙檀板与铁板铜琶于一手的惊人之笔。白石诗作既得江西诗派骨鲠,又润以晚唐风神,绵邈清刚,两兼其胜。如《昔游》十五首其十三:"濠梁四无山,坡陀亘长野。吾披紫茸毡,纵饮面无赭。自矜意气豪,敢骑雪中马。行行逆风去,初亦略沾洒。疾风吹大片,忽若乱飘瓦。侧身当其冲,丝鞚袖中把。重围万箭急,驰突更叱咤。酒力不支吾,数里进一舍。燎茅烘湿衣,客有见留者。徘徊望神州,沉叹英雄寡。"《虞美人草》:"夜阑浩歌起,玉帐生悲风。江东可千里,弃妾蓬蒿中。化石那解语,作草犹可舞。陌上望骓来,翻愁不相顾。"皆坚苍悲壮,几于握拳透爪。如果将其诗、词结合起来看,两者之间应该存在着一定的关联性。〔按:张师宏生《大篇的书写与超越的气度——姜夔的〈昔游诗〉及其与杜诗的关系》一文提出,姜夔的联章五言古诗《昔游诗》十五首,将二十多年的生活用纪行的方式体现出来,其写法受到了杜甫的深刻影响,尤其是在结构上,对杜甫借鉴甚多,而其作品中所表现出的思力,也与他对杜诗的体认是分不开的。不过,姜夔学杜,并非亦步亦趋,他以水路为描写中心,以对人物的刻画来写大自然的变化,以及水路行旅的主观体验等,都有自己的体验。姜夔与江西诗派和江湖诗派都颇有渊源,但二派虽然学杜,往往都需要一个中间环节,姜夔则认为可以直接学习杜甫,不必经过一个过渡,因此,他的《昔游诗》就体现出超越的气度,从而与江西和江湖诗人都区别了开来。〕

长亭怨慢

姜 夔

予颇喜自制曲,初率意为长短句,然后协以律,故前后阕多不同。桓大司马云:"昔年种柳,依依汉南。今看摇落,凄怆江潭。树犹如此,人何以堪?"此语予深爱之。①

渐吹尽、枝头香絮。是处人家,绿深门户。②远浦萦回,暮帆零乱向何许③。阅人多矣,④谁得似、长亭树。树若有情时,不会得、青青如此。　日暮。望高城不见,只见乱山无数。⑤韦郎去也,怎忘得、玉环分付。⑥第一是、早早归来,怕红萼、无人为主。算空有并刀,难剪离愁千缕。

[注释]

①序中"桓大司马"云云:刘义庆《世说新语·言语》:"桓公北征,

经金城,见前为琅琊时种柳,皆已十围。慨然曰:'木犹如此,人何以堪!'攀枝执条,泫然流泪。" ②"渐吹尽"三句:苏轼《蝶恋花》:"枝上柳绵吹又少,天涯何处无芳草。" ③何许:刘长卿《秒秋洞庭中,怀亡道士谢太虚》:"故园复何许,江海徒迟留。" ④"阅人"句:沈祖棻《宋词赏析》谓:语出《左传》,文姜云:"妾阅人多矣,未有如公子者。" ⑤"望高城"二句:欧阳詹《初发太原途中寄太原所思》:"趋马渐觉远,回头长路尘。高城已不见,况复城中人。" ⑥"韦郎"二句:范摅《云溪友议》卷三:唐西川节度使韦皋少游江夏,止于姜使君之馆,姜家有婢名玉箫,与韦皋相爱。韦皋省亲辞归,赠玉箫玉指环一枚。一别七年,玉箫因韦皋无音信,绝食而死,殡时著玉环于中指。后韦皋镇蜀时又得一歌姬,亦名玉箫,中指玉环隐出。韦皋知为玉箫再世,遂与其团聚。

[评析]

姜夔此词上片先记时地,同为情深一往。再写景,景中有情。换头"日暮"二字暗点心情。"望高城不见"二句,谓远望高城,聊抒离恨,已极可悲,何况所见者唯乱山重叠而已。高城且不可见,又况此城中之人?"韦郎"以下,谓因去时"玉环"有约,而对景难排遣。"第一是、早早归来"二句的吩咐之语,情愈蕴藉而愈缠绵,语愈分明而愈凄苦,则虽有并刀,亦难剪此离愁。

姜夔的有些自度曲,如这首《长亭怨慢》,与传统意义上的因声制词不同,是先词后曲:"予颇喜自制曲,初率意为长短句,然后协以律,故前后阕多不同。"先作词,固然可以少受固定格律的限制,舒卷自如地抒发情感,比拘谱盲填相对自由一些,但并不意味着下笔之时就一定毫无遵循格律之意。按照一定的规则组合字句,充分发挥其内在的音乐性,暗含的其实也是一种格律意识。当然,因词制曲,音乐节奏往往更能与情感律动协调配合，所以，姜夔的自度曲大都音节谐婉。而后世的"自度"曲，大抵曲之不存，不得不流为文字上的模拟与变化，就显然不可与此同日而语。〔按：曹辛华《姜夔词序问题新辨》所论可参：姜氏很可能在自编词集时"补加"过词序。其中，有六例在宋本《白石道人歌曲》卷四"自制曲"（凡十三首）中。准此，除《疏影》与《暗香》共用一序外，其余五篇"自制曲"小序当属后来补加，与作词时间不同步。此首《长亭怨慢》小序所云"予颇喜自制曲，初率意为长短句"云云，也正指明了此点。又，宋本《白石道人歌曲》中词旁凡附工尺谱者（自制曲、自度曲、创调），其词序补加意味尤明。又按：这附有旁谱的十七首词是：《扬州慢》（淮左名都）、《淡黄柳》（空城晓角）、《角招》（为春瘦）、《徵招》（潮回却过西陵浦）、《霓裳中序第一》（亭皋正望极）、《玉梅令》（疏疏雪片）、《杏花天》（绿丝低拂鸳鸯浦）、《长亭怨慢》（渐吹尽、枝头香絮）、《鬲溪梅令》（好花不与殢香人）、《凄凉犯》（绿杨巷陌）、《秋宵吟》（古帘空）、《石湖仙》（松江烟浦）、《暗香》（旧时月色）、《疏影》（苔枝缀玉）、《醉吟商小品》（又正是春归）、《惜红衣》（簟枕邀凉）、《翠楼吟》（月冷龙沙）。〕

齐天乐

姜　夔

丙辰（1196）岁，与张功父会饮张达可之堂，闻屋壁间蟋蟀有声，功父约予同赋，以授歌者。功父先成，辞甚美。予裴回茉莉花间，仰见秋月，顿起幽思，寻亦得此。蟋蟀，中都呼为促织，善斗。好事者或以三二十万钱致一枚，镂象齿为楼观以贮之。①

庾郎先自吟愁赋。凄凄更闻私语。露湿铜铺，苔侵石井，都是曾听伊处。哀音似诉。正思妇无眠，起寻机杼。曲曲屏山，夜凉独自甚情绪。　　西窗又吹暗雨。为谁频断续，相和砧杵②。候馆吟秋，离宫吊月③，别有伤心无数。豳诗漫与。④笑篱落呼灯，世间儿女。写入琴丝，一声声更苦。宣政间有士大夫制《蟋蟀吟》。

[注释]

①序中"好事者"云云，西湖老人《繁胜录》所云可参："促织盛出，都民好养，或用银丝为笼，或作楼台为笼。……乡民争捉入城货卖，斗赢三两个，便望卖一两贯钱，若生得大更会斗，便有一两银卖。每日如此，九月尽天寒方休。"　②砧杵：《古子夜秋歌》："佳人理寒服，万结砧杵劳。"　③离宫：《汉书·枚乘传》："修治上林，杂以离宫。"④"豳诗"句：《诗·豳风·七月》："七月在野，八月在宇，九月在户，十月蟋蟀入我床下。"杜甫《江上值水如海势聊短述》："老去诗篇浑漫兴，春来花鸟莫深愁。"

[评析]

姜夔写了不少咏物词。有的作品能够融入人生失意或国事感慨，写来空灵蕴藉。如这首《齐天乐》，在写法上，自始至终都没有刻画蟋蟀的正面形象，而是从听蟋蟀的人入手，转换场景和角色，进行烘托渲染，间有寄托遥深的家国之思，或似哀悼北宋沦亡，又似揭露淫靡的社会风气，有无之间，若即若离，可以留下很大的想象空间。

张镃（功父）也有一首《满庭芳》：

月洗高梧，露溥幽草，宝钗楼外秋深。土花沿翠，萤火坠墙阴。静听寒声断续，微韵转、凄咽悲沉。争求侣，殷勤劝织，促破晓机心。

儿时曾记得，呼灯灌穴，敛步随音。任满身花影，犹自追寻。携向华堂戏斗，亭台小、笼巧妆金。今休说，从渠床下，凉夜伴孤吟。

被郑文焯评为："清隽幽美，实擅词家能事。"（郑校本《白石道人歌曲》）其实，正因其太过切近，反而远逊于姜作。又，王国维《齐天乐·蟋蟀，用姜石帚原韵》：

天涯已自悲秋极，何须更闻虫语。乍响瑶阶，旋穿绣闼，更入画屏深处。喁喁似诉。有几许哀丝，佐伊机杼。一夜东堂，暗抽离恨万千绪。　　空庭相和秋雨，又南城罢柝，西院停杵。试问王孙，苍茫岁晚，那有闲愁无数。宵深谩与。怕梦稳春酣，万家儿女，不识孤吟，劳人床下苦。〔按：词题中"姜石帚"，手稿本作"姜白石"。姜石帚，梦窗友人，宋末杭州士子，生卒年不详。《四库全书总目》以石帚为姜夔。夏承焘《姜石帚非姜白石辨》（载《词学季刊》一九三四年第一卷第四号）尝辨证其非，略谓：《吴梦窗词集》有《赠姜石帚》词六首，其《惜红衣序》云："予从姜石帚游苕霅间，三十五年矣。重来伤今感昔，聊以咏怀。"前人以《惜红衣》乃姜白石自度曲，苕霅又白石旧游地，遂以为石帚即白石之别号。近代易顺鼎、王国维始以为疑，顾皆未详其说。梁启超著《吴梦窗年齿与姜白石》一文，申易、王之旨，亦未有显据。其定梦窗与白石年代不相及，尤为失考。予曩曾撰论辨此，而因梁文不足定二姜非一人，遂疑易、王之说亦不可信。顷稍稍钩稽杂书，乃悟石帚确非白石，易、王之说未尝误也。所举四证为：白石客苕霅，尚在梦窗生前；梦窗《拜星月》赠石帚词，作于白石卒后；姜石帚之名，又见于《随隐漫录》；梦窗赠石帚词，与白石晚年身世不合。夏著《姜白石词编年笺校》所附《石帚辨》，即承延此说。嗣后，罗忼烈从《诗渊》中发现了两首姜石帚诗，撰《为姜石帚非姜白石添一证》（载其《词学杂俎》）支持夏说。当然，对夏文观点提出反对意见的也不乏其人，如冒广生《驳白石石帚为二人说》（作于上世纪三十年代后期，载《冒鹤亭词曲论文集》）、陈磊《夏承焘先生"白石卒年考"及"石帚辨"之质疑》。〕

从结构到措辞，都与白石原作颇为相似。"万家儿女，不识孤吟"数句，满含世无知音的凄苦落寞之感，则似更为沉痛。

扬州慢

姜　夔

淳熙丙申至日,余过维扬。夜雪初霁,荠麦弥望。入其城则四顾萧条,寒水自碧,暮色渐起,戍角悲吟。余怀怆然,感慨今昔,因自度此曲。千岩老人以为有"黍离"之悲也。①

淮左名都,竹西佳处②,解鞍少驻初程。过春风十里,尽荠麦青青。自胡马窥江去后,废池乔木,犹厌言兵。渐黄昏,清角吹寒,都在空城。　　杜郎俊赏,算而今、重到须惊。纵豆蔻词工,青楼梦好,难赋深清。二十四桥仍在③,波心荡、冷月无声。念桥边红药,年年知为谁生。

[注释]

①扬州慢:姜夔自度中吕宫曲。又,词序中"淳熙丙申至日",指宋孝宗淳熙三年(1176)冬至日。维扬,扬州别称。《尚书·禹贡》:"淮海维扬州。"荠麦,《淮南子·地形训》:"麦秋生夏死,荠冬生中夏死。"千岩老人,萧德藻号。黍离,《诗·王风·黍离》:"彼黍离离,彼稷之苗。"《毛诗序》:"《黍离》,闵宗周也。周大夫行役,至于宗周,过故宗庙宫室,尽为禾黍。闵周室之颠覆,彷徨不忍去,而作是诗也。"　②竹西:杜牧《题扬州禅智寺》:"谁知竹西路,歌吹是扬州。"　③二十四桥:沈括《梦溪笔谈·补笔谈》卷三:"扬州在唐时最为富盛,旧城南北十五里

一百一十步，东西七里十三步，可纪者有二十四桥。最西浊河茶园桥，次东大明桥（今大明寺前），入西水门有九曲桥（今建隆寺前），次东正当帅牙南门有下马桥，又东作坊桥，桥东河转向南有洗马桥，次南桥（见在今州城北门外），又南阿师桥、周家桥（今此处为城北门）、小市桥（今存）、广济桥（今存）、新桥、开明桥（今存）、顾家桥、通泗桥（今存）、太平桥（今存）、利园桥，出南水门有万岁桥（今存）、青园桥，自驿桥北河流东出有参佐桥（今开元寺前），次东水门（今有新桥，非古迹也），东出有山光桥。（见在今山光寺前。）又自衙门下马桥直南有北三桥、中三桥、南三桥，号九桥，不通船，不在二十四桥之数，皆在今州城西门之外。"李斗《扬州画舫录》则以为一桥之名："廿四桥即吴家砖桥，一名红药桥。"

[评析]

姜夔浪迹江湖，对凄凉苦寒感受多且深刻，因而习惯于用一些衰落、枯寂、阴冷的意象营造清幽悲冷的词境。他善于别出心裁地用艺术通感写情状物，表达特定的心理感受，虚处传神，意境空灵。如由扬州残破抒发黍离之悲的这首《扬州慢》，将宋室南渡之际扬州被兵之后的凄惨景象写得非常生动，风格上，显得低徊凄咽，哀怨无端。

刘熙载词论中有涉及修辞的部分，如《艺概》卷四《词曲概》云："姜白石词用事入妙，其要诀所在，可于其《诗说》见之，曰：'僻事实用，熟事虚用，学有余而约以用之，善用事者也，乍叙事而间以理言，得活法者也。'"周振甫《中国修辞学史》所论可录以参读：

这里讲的"僻事实用"，如姜夔《扬州慢》"淮左名都"首，引用《一统志》："扬州府开明桥，在甘泉县东北，旧传桥左右春月芍药花市最盛。"这是僻事，词里作："念桥边红药，年年知为谁生。"

写开明桥边红芍药,即实用。又约用,如杜牧《赠别》诗:"春风十里扬州路,卷上珠帘总不如。"词里作:"过春风十里,尽荠麦青青。"是约用,暗指繁华的闹市,都被金兵入侵毁了,只成了田野。这些意思,只在"春风十里"中透露,用辞极为简约。又称"熟事虚用",如杜牧《寄扬州韩绰判官》:"二十四桥明月夜,玉人何处教吹箫。"这诗是比较熟的,词里作:"二十四桥仍在,波心荡,冷月无声。"按"二十四桥"北宋时只存七桥,见沈括《梦溪笔谈》,这里只是借那里的荒凉,是虚用。又讲"活法",如杜牧《赠别》:"娉娉袅袅十三余,豆蔻梢头二月初。"又:"十年一觉扬州梦,赢得青楼薄幸名。"词作:"杜郎俊赏,算而今、重到须惊。纵豆蔻词工,青楼梦好,难赋深情。"这是说,假定杜牧能够再来,他的好梦难寻,深情难赋,极写扬州的繁华毁于兵火,这里只是借杜牧的诗来表达悲哀,是活用。这里显出在词的创作上对于修辞的用事格的种种变化。

暗香

姜 夔

辛亥(1191)之冬,予载雪诣石湖,止既月,授简索句,且征新声,作此两曲。石湖把玩不已,使工妓隶习之,音节谐婉,乃名之曰《暗香》、《疏影》。①

旧时月色。②算几番照我,梅边吹笛。唤起玉人,不管清寒与攀摘。③何逊而今渐老,都忘却、春风词笔。④但怪得、竹外疏花⑤,香冷入瑶席⑥。　　江国。正寂寂。叹寄与路遥,⑦夜雪初积。翠尊易泣。红萼无言耿相忆。长记曾携手处,千树压、西湖寒碧。又片片、吹尽也,几时见得。

[注释]

①暗香:姜夔自度仙吕宫曲,咏梅花作也。张炎以此调咏荷花,更名《红情》。又序中"暗香疏影",调名取自林逋《山园小梅》二首其一:"疏影横斜水清浅,暗香浮动月黄昏。"隶(yì)习,学习。　②"旧时"句:温庭筠《经故秘书崔监扬州南塘旧居》:"唯向旧山留月色,偶逢秋涧似琴声。"　③"唤起"二句:贺铸《浣溪沙》:"淡黄杨柳暗栖鸦。玉人和月摘梅花。"　④"何逊"二句:何逊曾官扬州法曹,以咏早梅诗《扬州法曹梅花盛开》知名:"兔园标物序,惊时最是梅。衔霜当路发,映雪拟寒开。枝横却月观,花绕凌风台。朝洒长门泣,夕驻临邛杯。应知早飘落,故逐上春来。"另有《咏春风》:"可闻不可见,能重复能轻。镜前飘落粉,琴上响余声。"杜甫《和裴迪登蜀州东亭送客,逢早梅相忆见寄》:"东阁官梅动诗兴,还如何逊在扬州。"　⑤竹外疏花:苏轼《和秦太虚梅花》:"江头千树春欲暗,竹外一枝斜更好。"　⑥瑶席:刘禹锡《酬严给事贺加五品兼简同制水部李郎中》:"雕盘贺喜开瑶席,彩笔题诗出锁闱。"　⑦"叹寄与"句:陆凯《赠范晔》:"折梅逢驿使,寄与陇头人。江南无所有,聊寄一枝春。"

疏影①

姜　夔

　　苔枝缀玉②。有翠禽小小③，枝上同宿。客里相逢，篱角黄昏，无言自倚修竹④。昭君不惯胡沙远，但暗忆、江南江北。想佩环、月夜归来，化作此花幽独。　　犹记深宫旧事，那人正睡里，飞近蛾绿。⑤莫似春风，不管盈盈，早与安排金屋⑥。还教一片随波去，又却怨、玉龙哀曲⑦。等恁时、重觅幽香，已入小窗横幅。

[注释]

　　①疏影：姜夔自度仙吕宫曲。张炎词咏荷叶，易名《绿意》。彭远逊词有"遗佩环浮沉澧浦"句，名《解佩环》。　②苔枝：范成大《梅谱》："古梅会稽最多，四明、吴兴亦间有之。其枝樛曲万状，苍藓鳞皴，封满花身。又有苔须，垂于枝间，或长数寸，风至绿丝飘飘可玩。初谓古木久历风日致然，详考会稽所产，虽小株亦有苔痕，盖别是一种，非必古木。"周密《武林旧事》卷七："苔梅有二种，一种宜兴张公洞者，苔藓甚厚，花极香；一种出越上，苔如绿丝，长尺余。"　③翠禽：柳宗元《龙城录》："隋开皇中，赵师雄迁罗浮。一日天寒日暮，在醉醒间，因憩仆车于松林间酒肆傍舍，见一女子淡妆素服，出迓师雄。时已昏黑，残雪未消，月色微明。师雄喜之，与之语，但觉芳香袭人，语言极清丽。因与之扣酒家门，得数杯，相与饮。少顷，有一绿衣童来，笑歌戏舞，亦自可观。顷醉寝，师雄亦懵然，但觉风寒相袭。久之，时东方已白，师雄起

视，乃在大梅花树下，上有翠羽啾嘈，相顾月落参横，但惆怅而尔。"
④"无言"句：杜甫《佳人》："天寒翠袖薄，日暮倚修竹。" ⑤"犹记"三句：《太平御览》卷三〇引《杂五行书》："宋武帝女寿阳公主，人日卧于含章殿檐下。梅花落公主额上，成五出花，拂之不去。皇后留之，看得几时。经三日，洗之乃落。宫女奇其异，竞效之，今梅花妆是也。"
⑥金屋：《太平御览》卷八八引《汉武故事》："若得阿娇作妇，当作金屋贮之。" ⑦玉龙哀曲：指笛曲《梅花落》。李白《与史郎中钦听黄鹤楼上吹笛》："黄鹤楼中吹玉笛，江城五月落梅花。"

[评析]

　　宋人喜咏梅，在北宋，咏梅词就大量出现，而到了姜夔手中，则把这一题材推向了登峰造极。姜夔的这两篇作品，融汇历史和现实，打通人与物，不作琐细刻画，重在传神。这种看似不紧扣所咏之物的写法，使物取代人成为吟咏中心和抒情主体，作为作品结构的一个点和人物感情在作品中的一个坐标，创作主体贯注其中的感情非但没有弱化，反而更为强烈了。这样一种创作姿态，使姜夔在拥有悠久历史的咏物文学传统中，占据了一个相当显眼的位置，白石咏物词因而在一定意义上意味着宋代咏物词审美理想的确立。

　　晚清著名学者陈澧曾手批《白石词》，后有人将其与陈澧手批《绝妙好词笺》中之姜夔词评语汇辑为一册，名《白石词评》，凡二十七首七十八则，对白石词研究颇有价值。其中，第一首《小重山令·赋潭州红梅》（人绕湘皋月坠时）评曰："细玩白石各词，咏景咏物，俱有一段深情，缠绵悱恻于其间。至其偶拈一义，用典必灵化无痕，尤为独步。"可以看作是对白石词的总评。陈澧在词评中凸显出了精深的词作鉴赏功力，如评《醉吟商小品》（又正是春归）末二句"一点芳心休诉，琵琶解语"为

"绝唱",并谓"此似从'画堂前人不语,谁解语'脱胎";评《一萼红》(古城阴)中"南去北来何事,荡湘云楚水,目极伤心"数句:"豪极矣,而神不外散。何等勇力,高唱入云";评《琵琶仙》(双桨来时)末二句"想见西出阳关,故人初别":"加'想见'二字,使异样生新,妙在有逆挽之势。结则悲壮而用歇后语,便有不尽之神";评《长亭怨慢》(渐吹尽、枝头香絮)末二句"算空有并刀,难剪离愁千缕":"音调嘹亮,裂石穿云";评《淡黄柳》(空城晓角)末四句"怕梨花落尽成秋色。燕燕飞来,问春何在,惟有池塘自碧":"'梨花'句已妙极,结句尤妙不可言";评《暗香》(旧时月色)结尾"又片片、吹尽也,几时见得":"末句微带生硬而别有风味,所谓不着一实笔,白石独到处也";评《疏影》(苔枝缀玉)结尾"等恁时、重觅幽香,已入小窗横幅":"别用一意作收,善于谋篇。说到花落矣,谁解如此作收?"评《法曲献仙音》首二句"虚阁笼寒,小帘通月":"起句奇丽,接句幽而不滞";评《翠楼吟》(月冷龙沙)中"花销英气"为:"惊心动魄之句";评《齐天乐》(庾郎先自吟愁赋):"咏物当以此为式。尝见拈咏物题者,搜罗典故,堆垛满纸,令人懵然不解;又恐人不解,乃详加自注,真是事类赋矣。"又,陈澧在词评中关注并能深刻理解、评价姜夔的少量感伤时事词作。如评《扬州慢》(淮左名都)"清角吹寒,都在空城"句:"凄入心脾,哀感顽艳";评《疏影》"昭君不惯胡沙远,但暗忆江南江北":"张皋文谓此'以二帝之愤发之',皋文论词多穿凿,惟此似得之,否则何忽说到'胡沙'耶?"评《齐天乐》"候馆迎秋,离宫吊月,别有伤心无数。幽诗漫与,笑篱落呼灯,世间儿女。写入琴丝,一声声更苦"数句:"候馆离宫,怀汴都也;幽诗漫与,想盛时也;儿女呼灯,不知亡国恨也。故以更苦语结之。"尤其是《齐天乐》,陈澧从前读此词,不明其所指,后"忽因'离宫'二字,乃会作者之意",故有此深刻之评。屈向邦深以此评为是,誉为"千载下白石之唯一知己",屈氏在跋中又道:"自来评白石词者,多以为只《暗香》、《疏影》二词借二帝之恨发之较有内容外,其余惟以风流气韵,标映一世,比之苏、辛,内容空虚多矣。今得先生评语,而知白石眷怀家国,随感而发,非只以风流气韵标映一世为高者,特读者未能悉心索隐阐微耳。"屈氏此评,也可称得上是白石、东塾二人的知音了。当然,陈澧的词评中也有批评意见,如评《法曲献仙音》(虚阁笼寒)下片中"不道秀句"为"拙";评《秋宵吟》(古帘空)上片中"坠月皎"三字为"硬";对咏荷花的《念奴娇》(闹红一舸)小序中既提到"武陵",又说到"吴兴"和"西湖",是地点"稍欠分明"。

  陈澧还从音韵和词律的角度对所评姜夔词中的若干处用字和用韵提出了不同的看法。如谓《浣溪沙》(雁怯重云不肯啼)上片结句"打头风浪恶禁持":"'恶'字恐误,疑是'怎'字。"他的解释是:"'怎'字是'作么'二字急言之,故造此字从'乍'也。'么'字合唇音,'作'字之末,继以合唇,则成'怎'字音矣。"梁启勋《曼殊室随笔》则云:"姜白石《浣溪沙》曰'打头风浪恶禁持',恶字训'难',今唯吾乡新会语能存此字之旧训。如难做则曰'恶做',难食则曰'恶食',恰是白石'恶禁持'之词意。"据知,应以不改为宜。又谓《长亭怨慢》(渐吹尽、枝头香絮)上片结句"不会得、青青如此"的押韵:"'此'字宜改'许'字乃合韵,上'许'字宜改'处'字。"实万树《词律》按语已云:"此调,为白石所创,其字句自应守之。但前结'此'字,不是韵,乃白石借叶。"陈澧因疏忽而致误。

双双燕① 咏燕

史达祖

过春社了,度帘幕中间,去年尘冷。差池欲住②,试入旧巢相并。还相雕梁藻井③。又软语、商量不定。飘然快拂花梢,翠尾分开红影。　芳径。芹泥雨润④。爱贴地争飞,竞夸轻俊。红楼归晚,看足柳昏花暝。应自栖香正稳。便忘了、天涯芳信⑤。愁损翠黛双蛾,日日画阑独凭。

[注释]

①双双燕:调见《梅溪集》,词咏双燕,即以为名。　②差池:《诗·邶风·燕燕》:"燕燕于飞,差池其羽。"　③藻井:古代建筑中的一种装饰性木结构顶棚,多建于宫殿或寺庙佛坛上方,自天花平顶向上凹进,如倒竖之井,上有各种花纹、雕刻和彩绘。　④芹泥:杜甫《徐步》:"芹泥随燕嘴,花蕊上蜂须。"　⑤天涯芳信:江淹《拟李都尉陵从军》:"而我在万里,结发不相见。袖中有短书,愿寄双飞燕。"王仁裕《开元天宝遗事》卷下:长安豪民郭行先,有女子绍兰,适巨商任宗,为贾于湘中,数年不归,复音信不达。绍兰目睹堂中有双燕戏于梁间,兰长吁而语于燕曰:"我闻燕子自海东来,往复必径由于湘中。我婿离家不归数岁,蔑有音耗,生死存亡,弗可知也,欲凭尔附书投于我婿。"言讫泪下。燕子飞鸣上下,似有所诺。兰复问曰:"尔若相允,当泊我怀中。"燕遂飞于膝上。兰遂吟诗一首云:"我婿去重湖,临窗泣血书。殷勤凭燕翼,

寄与薄情夫。"兰遂小书其字系于足上，燕遂飞鸣而去。任宗时在荆州，忽见一燕飞鸣于头上，宗讶视之，燕遂泊于肩上，见有一小封书系在足上。宗解而示之，乃妻所寄之诗。宗感而泣下，燕复飞鸣而去。宗次年归，首出诗示兰。后文士张说传其事，而好事者写之。

[评析]

史达祖（生卒年不详）与高观国同为姜夔羽翼，词风与姜夔有神似之处，又精于炼句，李调元尝汇为《摘句图》（《雨村词话》卷三），谓为"史氏碎金"：起句如："杏花烟，梨花月。谁与晕开春色。""馆娃春睡起。为发妆酒暖，脸霞轻腻。""蕙花老尽离骚句。绿染遍，江头树。""秋是愁乡。自锦瑟断弦，有泪如江。""雨入愁边翠树，晚无人，风叶如剪。""秋风早入潘郎鬓，斑斑遽惊如许。""阑干只在鸥飞处。""鸳鸯拂破蘋花影，低低趁凉飞去。""西风来劝凉云去，天东放开金镜。""好领青衫，全不向诗书中得。""人若梅娇，正愁横断坞，梦绕溪桥。"咏雪云："梦回虚白初生，便疑冷月通窗户。"尾句如："明朝双燕定归来，叮嘱重帘休放下。""深闭重门听夜雨。""如今但柳发晞春，夜来和露梳月。""直须吟就绿杨篇。湾头寄小怜。""将愁去也，不成今世，终误王昌。""记取崔徽模样，归来暗写。""莫教无用月，来照可怜宵。""想吾曹便是神仙也，问今夜是何夜。""向来箫鼓地，犹见柳婆娑。""瘦因缘此瘦，羞亦为郎羞。""常待不吟诗，诗成癖。""换尽风流性，偏恨鸳鸯不念人。""料也和前度金笼鹦鹉，说人情浅。"散句如："无人深巷，已早杏花先卖。""最妨他佳约风流，钿车不到杜陵路。""燕子不知愁，惊堕黄昏泪。""梅春人不春。""还因秀句，意流江外，便随轻梦，身堕愁边。""讳道相思，偷理绡裙，自惊腰衩。""余花未落，似供残蝶经营。""蝴蝶一生花里活。""船向少陵佳处放。""怕见绿荷相倚恨，恨白鸥见了清波阔。""折取断虹堪作钓,待玉夋今夜来时节。""青榆钱小,碧苔钱古,难买东君住。""西湖游子,惯识雨愁烟恨。""沙鸥未落,怕愁沾诗句。""卖花门馆生秋草,怅弯弓、几时重见。""愁在何处,不离淡烟衰草。""想凄凉欠郎偎抱。""还被乱鸥飞去,秀句难续。""可怜闲叶,犹抱凉蝉。""谢娘悬泪立风前。""见说西风,为人吹恨上瑶树。""时有露萤自照,占风裳可喜影欹金。""相思因甚到纤腰,定知我、今无魂可销。""秦楚横殿可怜身。""一程烟草一程愁。""江痕妥贴。日光熨动黄金叶。阑干直下愁相接。一朵红莲,飞上越人楫。""闭门明月关心,倚窗小梅索句。"〔按:关于摘句图,《四库全书总目》卷一九一"总集类存目一"《文选句图》提要云:"摘句为图,始于张为。其书以白居易等六人为主,以杨乘等七十八人为客,主分六派,客亦各有上入室、入室、升堂、及门四格,排比联贯,事同谱牒,故以图名。后九僧各摘名句,亦曰句图,盖非其本。似孙此书,亦沿旧名,所录皆《文选》诸诗,去取不甚可解。如苏武诗之'馥馥我兰芳,馨香中夜发'。上、下联各割一句,尤为创调。其句下附录之句,盖即钟嵘《诗品》源出某某之意。其句下附录一两首者,则莫喻其体例矣。"又,邱炜蒌《五百石洞天挥麈》卷一二云:"摘句图始自唐贤,亦即宋人诗话所自昉。然诗话之例,不专主摘句。国朝摘句图,实始于新城王渔洋之摘愚山诗。迨后,番禺张南山辑《国朝诗人征略》乃大演摘句之风,无人不摘,无体不摘,为卷六十,足称巨观。"〕如享有盛名的这首《双双燕》,刻画春燕情态,笔势轻俊如所咏之物,尾句暗含思妇意致。又如《东风第一枝·咏春雪》:

巧沁兰心,偷粘草甲,东风欲障新暖。谩凝碧瓦难留,信知暮寒轻浅。行天入镜,做弄出、轻松纤软。料故园、不卷重帘,误了乍来双燕。　　青未了、柳回白眼。红欲断、杏开素面。旧游忆着山阴,厚盟遂妨上苑。寒炉重暖,便放慢春衫针线。恐凤靴、挑菜归来,万一灞桥相见。

咏春雪而以闺情、旧俗穿插其中,亦为咏物词一格。这两首词,都正如姜夔《梅溪词序》所评:"融情景于一家,会句意于两得。"(黄昇《中兴以来绝妙词选》卷七引)

卜算子 泛西湖坐间寅斋同赋
高观国

屈指数春来①,弹指惊春去。檐外蛛丝网落花,也要留春住。几日喜春晴,几夜愁春雨。十二雕窗六曲屏,题遍伤春句。

[注释]

①屈指:亦作"诎指"。《汉书·陈汤传》:"诎指计其日。"孟昶《玉楼春》:"屈指西风几时来,只恐流年暗中换。"

[评析]

高观国(生卒年不详)此词抒发伤春惜春之情,写来曲折有致,工巧流丽。后来,薛昂夫曾作有《双调·楚天遥带过清江引》:

花开人正欢,花落春如醉。春醉有时醒,人老欢难会。一江春水流,万点杨花坠。谁道是杨花,点点离人泪。回首有情风万里,渺渺天无际。愁共海潮来,潮去愁难退,更那堪晚来风又急。

屈指数春来,弹指惊春去。蛛丝网落花,也要留春住。几日喜春晴,几夜愁春雨。六曲小山屏,题遍伤春句。春若有情应解语,问着无凭据。江东日暮云,渭北春天树,不知那答儿是春住处。

有意送春归，无计留春住。明年又着来，何似休归去。桃花也解愁，点点飘红玉。目断楚天遥，不见春归路。春若有情春更苦，暗里韶光度。夕阳山外山，春水渡旁渡，不知那答儿是春住处。

以上三首带过曲中的第二首，上篇几乎全部袭用高观国此词。能将诗词功夫转化为曲，甚至以词为曲，缘由之一也在于《楚天遥带过清江引》的定格句式：《楚天遥》全曲皆为五字句，八句四韵，极似词调《生查子》；《清江引》是七五、五五七，五句四韵。如第三首的前四句，也是基本上套用宋僧皎如晦的一首《卜算子》。

清平乐　赠维扬陈师文参议家舞姬①

刘克庄

宫腰束素②。只怕能轻举。好筑避风台护取。③莫遣惊鸿飞去④。一团香玉温柔⑤。笑颦俱有风流。贪与萧郎眉语，不知舞错伊州。⑥

[注释]

①维扬：刘克庄曾于嘉定十年、十一年（1217、1218）两至维扬，此未知在何年。陈师文，未详。参议，制置使、安抚使之幕客。　②宫腰束素：宋玉《登徒子好色赋》："腰如束素，齿如含贝。"《后汉书·马廖传》："楚王好细腰，宫中多饿死。"　③"好筑"句：乐史《杨太真外传》："（赵飞燕）身轻欲不胜风，恐其飘荡，帝为造水晶盘，令宫人掌之而歌舞。又制七宝避风台，间以诸香，安于上，恐其四肢不禁也。"　④惊鸿

飞去：曹植《洛神赋》："翩若惊鸿，婉若游龙。" ⑤香玉：温庭筠《晚归曲》："弯堤弱柳遥相瞩，雀扇圆圆掩香玉。" ⑥"贪与"二句：李端《听筝》："欲得周郎顾，时时误拂弦。"伊州，唐代商调大曲，天宝时西凉节度史盖嘉运所进。唐末陈陶听《阳关三叠》后作《西川座上听金五云唱歌》，中有"歌是伊州第三遍，唱着右丞征戍词"之句，证明著名的《阳关三叠》即《伊州》大曲中的第三遍。王灼《碧鸡漫志》卷三："《伊州》见于世者，凡七商曲：大石调、高大石调、双调、小石调、歇指调、林钟商、越调，第不知天宝所制七商中何调耳。王建《宫词》云：'侧商调里唱伊州。'林钟商，今夷则商也，管色谱以凡字杀，若侧商即借尺字杀。"

[评析]

刘克庄（1187~1269）是辛派后劲中成就最大的词人，冯煦甚至认为："后村词与放翁、稼轩犹鼎三足。"（《蒿庵论词》）所作多以迫在眉睫的危殆国势为念，较之辛弃疾更为急切，也因此而在表现社会生活的广度上，较辛词有所拓展。如《贺新郎·送陈真州子华》之写联络北方义兵，《满江红·送宋惠父入江西幕》之写峒民起义，《鹊桥仙·乡守赵丞相生日》之写封桩库规例与"补纳"制度，都是之前几乎没有人关注的题材。其中所包含的理解和同情，显示出作者的"宅心忠厚"（冯煦《宋六十一家词选·例言》），都不同程度地提升了词的思想境界。

刘克庄词风大抵雄肆疏放。如《沁园春·梦孚若》（何处相逢），以虚实结合、对比之法，借写使金媾和友人的威武不屈，表达怀才不遇、报国无门的愤懑情怀。又如《玉楼春·戏林推》（年年跃马长安市），豪迈中具家国之感，"足予销沉放任之士以极大教训"（龙榆生《中国韵文史》）。只是，后村词有时驰骋太过，失于粗率，也是一弊。不过，自言

"不涉闺情春怨"(《贺新郎·席上闻歌有感》)的刘克庄,此词却独标媚妩。上片连用三典,突出描写舞姬的婀娜体态和曼妙舞姿,虽不著一字,而其惊艳的容貌已然呼之欲出。又有杜牧《寄远》诗"向春罗袖薄,谁念舞台风"的怜惜之意。过片二句,尽显舞姬动人神态。结末二句"贪与萧郎眉语,不知舞错伊州",承上文理下的伏笔,活画其略含青涩又要卖弄风情的心理状态,千载之下,如在目前。

风入松①

吴文英

听风听雨过清明。愁草瘗花铭②。楼前绿暗分携路,一丝柳、一寸柔情。料峭春寒中酒,交加晓梦啼莺。　　西园日日扫林亭。依旧赏新晴。黄蜂频扑秋千索,有当时、纤手香凝。惆怅双鸳不到,幽阶一夜苔生③。

[注释]

①风入松:古琴曲有《风入松》,唐僧皎然有《风入松》歌,见《乐府诗集》,调名本此。《宋史·乐志》注林钟商。元高拭词注仙吕调。又双调,蒋氏十三调注双调。亦名《风入松慢》。韩淲词有"小楼春映远山横"句,名《远山横》。　②瘗(yì)花铭:即葬花词。庾信曾作有《瘗花铭》。　③苔生:李白《长干行》:"门前迟行迹,一一生绿苔。"

[评析]

吴文英(1207?~1269?)专力为词,主要在艺术技巧上探索突破,追求"腾天潜渊"般的"奇思壮采"(周济《宋四家词选序论》)。这首先表现在,通过奇特的艺术想象和联想,创造奇诡空灵的艺术境界。如这首《风入松》,"一丝柳、一寸柔情"七字写情而兼离别,极深婉之思。起笔不遽言送别,而伤春惜花,以闲雅之笔引起愁思。"黄蜂频扑秋千索"二句于无情处见多情,幽想妙辞。结处"幽阶一夜苔生"六字,在神光离合之间,非特情致绵邈,亦且余音袅袅。又如《八声甘州·陪庚幕诸公游灵岩》:

> 渺空烟四远,是何年、青天坠长星。幻苍厓云树,名娃金屋,残霸宫城。箭径酸风射眼,腻水染花腥。时靸双鸳响,廊叶秋声。宫里吴王沉醉,倩五湖倦客,独钓醒醒。问苍波无语,华发奈山青。水涵空、阑干高处,送乱鸦、斜日落鱼汀。连呼酒,上琴台去,秋与云平。

虽其苍劲与前首之柔婉不同,也能虚实兼到,写得亦幻亦真,给读者留下很大的想象空间。

莺啼序[①]

吴文英

残寒正欺病酒,掩沉香绣户。燕来晚、飞入西城,似说春事迟暮。画船载、清时过却,晴烟冉冉吴宫树。念羁情游荡,随风化为轻絮。　　十载西湖,傍柳系马,趁娇尘软雾。[②]溯红渐、招入仙溪,锦儿偷寄幽素。[③]倚银屏、春宽梦窄[④],断红湿、歌纨金缕。暝堤空,轻把斜阳,总还鸥鹭。　　幽兰旋老,杜若还生,水乡尚寄旅。别后访、六桥无信，事往花萎，瘗玉埋香，几番风雨。长波妒盼，遥山羞黛，渔灯分影春江宿，记当时、短楫桃根渡⑤。青楼仿佛，临分败壁题诗⑥，泪墨惨淡尘土。　　危亭望极，草色天涯，叹鬓侵半苎。暗点检、离痕欢唾，尚染鲛绡，亸凤迷归，破鸾慵舞。殷勤待写，书中长恨，蓝霞辽海沉过雁，漫相思、弹入哀筝柱。伤心千里江南，怨曲重招，断魂在否⑦。

[注释]

①莺啼序：一名《丰乐楼》，见吴文英《梦窗乙稿》。　②"傍柳"二句：王维《少年行》："相逢意气为君饮，系马高楼垂杨边。"　③"溯红渐"二句：用刘义庆《幽明录》所载刘晨、阮肇入天台山采药在溪边遇仙女事。　④银屏：白居易《素屏谣》："尔不见当今甲第与王宫，织成步障银屏风。"　⑤桃根渡：即桃叶渡。阮阅《诗话总龟》卷七引《乐府集》："桃叶，王献之爱妾名也，其妹曰桃根。词云'桃叶复桃叶，桃叶连桃根'，今秦淮口有桃叶渡，即其事也。"　⑥败壁题诗：周邦彦《绮寮怨》："当时曾题败壁，蛛丝罩、淡墨苔晕青。"　⑦"伤心"三句：《楚辞·招魂》："目极千里兮伤春心，魂兮归来哀江南。"

[评析]

吴文英在词艺上的探索突破，还表现在转化虚实情境的同时，进一步打破正常的时空变化秩序，铸成迷离扑朔的意境。如这首《莺啼序》，总的来说，"不出悲欢离合四字。前两段主要写生离，后两段主要写死别，中间复以羁旅之情，今昔之感，回环往复出之，极穿插错杂之能事，故骤读之，不易得其曲折"（刘永济《唐五代两宋词简析》）。其不易索解之处,主要在于"通体离合变幻,一片凄迷"(陈洵《海绡说词》),即大体上以跳荡的思绪为线索,打破时空的正常理性顺序,甚至打碎人物、事件、景物的完整形象,只是以之作为表情的工具或媒介,结构深曲,意境朦胧,而不太注重一般读者的可接受性。这是一种类似于"意识流"的章法和意境处理方式。

吴文英还有一首《声声慢》,也是如此:

> 檀栾金碧,婀娜蓬莱,游云不蘸芳洲。露柳霜莲,十分点缀成秋。新弯画眉未稳,似含羞、低护墙头。愁送远,驻西台车马,共惜临流。 知道池亭多宴,掩庭花、长是惊落秦讴。腻粉阑干,犹闻凭袖香留。输他翠涟拍凳,瞰新妆、时浸明眸。帘半卷,带黄花、人在小楼。

这首送别词将"陪幕中饯孙无怀"的主题与"郭希道池亭"的胜景巧妙结合,创造出一种幽美的惜别情境,也寄托了借座富豪园林的难言之慨。其中上片着重描写园林秋景,雕栏玉砌,金碧辉煌,语词丽密,张炎评其"如七宝楼台,眩人眼目,碎拆下来,不成片段"(《词源》卷下),但如果结合着重描写池亭歌妓的下片来看,全篇的结构还算是脉络分明的。

〔按:钱仲联《唐宋词谭》提出,以"七宝楼台"著称的梦窗词,虽然以严妆丽泽取胜,但像《丑奴儿慢·双清楼(钱塘门外)》这样的作品:"空蒙乍敛,波影帘花晴乱。正西子、梳妆楼上,镜舞青鸾。润逼风襟,满湖山色入阑干。天虚鸣籁,云多易雨,长带秋寒。 遥望翠凹,隔江时见,越女低鬟。算堪羡、烟沙白鹭,暮往朝还。歌管重城,醉花春梦半香残。乘风邀月,持杯对影,云海人闲。"就不是徒眩珠翠而全无国色之美的。〕

唐多令①

吴文英

何处合成愁。离人心上秋。纵芭蕉、不雨也飕飕。都道晚凉天气好,有明月、怕登楼。　　年事梦中休。花空烟水流。燕辞归、客尚淹留②。垂柳不萦裙带住,漫长是,系行舟。

[注释]

①唐多令:朱权《太和正音谱》越调,亦入高平调。一作《糖多令》。周密因刘过词有"二十年重过南楼"句,名《南楼令》。张翥词有"花下钿筝箜篌"句,名《箜篌曲》。　②"燕辞"句:曹丕《燕歌行》:"群燕辞归鹄南翔,念君客游思断肠。慊慊思归恋故乡,君何淹留寄他方。"

[评析]

此首,别误作姜夔词,见《草堂诗余别集》卷二此词注。吴文英的这首《唐多令》写羁旅怀人,张炎曾特地将其拈出来,与上一首《声声慢》进行对比,称许为"疏快,却不质实"之作。虽然确实如此,但此词却又的确不能算是梦窗平生杰构与高境。〔按:吴文英的《贺新郎·陪履斋先生沧浪看梅》也是一首较为疏宕之作:"乔木生云气。访中兴、英雄陈迹,暗追前事。战舰东风悭借便,梦断神州故里。旋小筑、吴宫闲地。华表月明归夜鹤,叹当时、花竹今如此。枝上露,溅清泪。　　遨头小簇行春队。步苍苔、寻幽别坞,问梅开未。重唱梅边新度曲,催发寒梢冻蕊。此心与、东君同意。后不如今今非昔,两无言、相对沧浪水。怀此恨,寄残醉。"清空一气,又结构严密,被评为"意思甚感慨,而寄情闲散"(周济《介存斋论词杂著》),与苏、辛"实殊流而同源"(况周颐《香海棠馆词话》)。〕

吴文英的代表作,有如得"大笔何淋漓"(《朱祖谋手批梦窗词集》)之评的《宴清都·连理海棠》:

> 绣幄鸳鸯柱。红情密,腻云低护秦树。芳根兼倚,花梢钿合,锦屏人妒。东风睡足交枝,正梦枕、瑶钗燕股。障泥蜡、满照欢丛,嫠蟾冷落羞度。　人间万感幽单,华清惯浴,春盎风露。连鬟并暖,同心共结,向承恩处。凭谁为歌长恨,暗殿锁、秋灯夜语。叙旧期、不负春盟,红朝翠暮。

以密集的意象、生新华丽的字面和深微曲折的含意,展现出梦窗词特有的幽深密丽的语言风格,又能"令无数丽字,一一生动飞舞"(况周颐《蕙风词话》卷二)。相比而言,被认为词风"最近梦窗"(周济《宋四家词选目录序论》)的周密,所作如《大圣乐·东园饯春,即席分题》,就明显要低一头:

> 娇绿迷云,倦红颦晓,嫩晴芳树。渐午阴、帘影移香,燕语梦回,千点碧桃吹雨。冷落锦官人归后,记前度兰桡停翠浦。凭阑久,谩凝想凤翘,慵听金缕。　留春问谁最苦。奈花自无言莺自语。对画楼残照,东风吹远,天涯何许。怕折露条愁轻别,更烟暝长亭啼杜宇。垂杨晚,但罗袖、暗沾飞絮。

落想奇特、结构特别、文心细腻又铿丽滞重、"锤幽凿险"(郑文焯《梦窗词跋》)的梦窗词,几乎在一出现时就毁誉参半,尹焕认为:"求词于吾宋者,前有清真,后有梦窗。"(黄昇《中兴以来绝妙词选》卷一〇引尹焕《梦窗词叙》语)而张炎则有"质实"(《词源》卷下)之讥。批评者大抵集矢于其过度修辞、用典太富、自晦其意、流于生涩等方面。

不过，如果从艺术的独创性来看，深邃博丽的梦窗词，自有其不可取代的艺术价值。对于初学为词者而言，如果从梦窗入手，必不至流为滑易。

兰陵王　丙子（1276）送春

刘辰翁

　　送春去。春去人间无路。秋千外，芳草连天，谁遣风沙暗南浦。依依甚意绪。谩忆海门飞絮。乱鸦过，斗转城荒，不见来时试灯处。　　春去。最谁苦。但箭雁沉边，梁燕无主。杜鹃声里长门暮。想玉树凋土，泪盘如露①。咸阳送客屡回顾。斜日未能度。

　　春去。尚来否。正江令恨别，庾信愁赋②。苏堤尽日风和雨。叹神游故国，花记前度。人生流落，顾孺子③，共夜语。

[注释]

①泪盘如露：《三辅故事》："汉武帝以铜作承露盘。高二十丈，大十围，上有仙人掌承露。"李贺《金铜仙人辞汉歌序》："魏明帝青龙元年八月，诏宫官牵车西取汉孝武捧露盘仙人，欲立置前殿，宫官既拆盘，仙人临载乃潸然泪下。"　②庾信愁赋：庾信此赋失传，仅宋人类书如潘自牧编《记纂渊海》卷一二三、曾慥《类说》卷六○、《绀珠集》卷一三、叶廷珪《海录碎事》卷九等载有其佚文，如"且将一寸心，能容万斛愁"，"深藏欲避愁，愁已知人处"等。　③孺子：指刘辰翁之子将孙。

[评析]

　　刘辰翁（1232~1297）以史为词，笔走中锋，"略与稼轩旗鼓相当"

(况周颐《餐樱庑词话》)。如《六州歌头·乙亥（1275）二月，贾平章似道督师至太平州鲁港，未见敌，鸣锣而溃。后半月闻报，赋此》（向来人道），"放笔为直干"，甚而至于骂詈为词，强烈谴责贾氏种种败政误国罪行，倘参看《宋史纪事本末》卷一六〇所载，更能见出其现实意义。但身丁亡国剧变，"青山白骨堆愁"（《唐多令》），词中也的确越来越难得一见稼轩的高亢雄豪之气，而是"反反覆覆，字字悲咽"（沈辰垣等编《历代诗余》卷一一八引张孟浩语），诉说"铁马蒙毡"、"笛里番腔"甚嚣尘上之下的"故国高台月明"（《柳梢青·春感》）之悲。如这首《兰陵王》，"题是'送春'，词是悲宋，曲折说来，有多少眼泪"。（陈廷焯《云韶集》卷九）又如《宝鼎现·春月》：

> 红妆春骑，踏月影、竿旗穿市。望不尽、楼台歌舞，习习香尘莲步底。箫声断、约彩鸾归去，未怕金吾呵醉。甚辇路、喧阗且止，听得念奴歌起。　父老犹记宣和事。抱铜仙、清泪如水。还转盼、沙河多丽，滉漾明光连邸第。帘影冻、散红光成绮，月浸葡萄十里。看往来、神仙才子，肯把菱花扑碎。　肠断竹马儿童，空见说、三千乐指。等多时、春不归来，到春时欲睡。又说向、灯前拥髻。暗滴鲛珠坠。便当日、亲见霓裳，天上人间梦里。

写出亡国之后的种种遭遇，正所谓"暮年诗、句句皆成史"（《金缕曲》），以词笔深刻地展现了时世。这种"诗史"精神，可与汪元量备陈一代颠末的诗歌互参，在宋末词人中是比较突出的。

厉鹗校补《名儒草堂诗余》后题《论词绝句》（十二首其九）云："送春苦调刘须溪，吟到壶秋句绝奇。不读凤林书院体，岂知词派有江西。"注曰："元凤林书院词三卷，多江西人。"（《樊榭山房集》卷七）其实，最先提出江西词派说法的是《松筠录》，见沈雄《古今词话·词话》上卷所引："宋季高节，盖推庐陵、吉水、涂川，亦同一派。如邓剡字光荐,刘会孟号须溪,蒋捷号竹山,俱以词鸣一时者。更如危复之,于至元中累征不仕,隐紫霞山,卒谥贞白。赵文自号青山,连辟不起,与刘将孙为友,结青山社。王学文号竹涧,与汪水云为友,不知所之。至若彭巽吾名元逊,罗壶秋名志仁,颜吟竹名子俞,吴山庭名元可,萧竹屋名允之,曾鸥江名允元,王山樵名从叔,萧吟所名汉杰,尹磵民名济翁,刘云闲名天迪,周晴川名玉晨,皆忠节自苦,没齿无怨者。必欲屈抑之为元人,不过以词章阐扬之,则亦不幸甚矣。"立派的标准,是"忠节自苦,没齿无怨"的民族气节,有地域性的因素,也有通过风格相似来追认的意思,可以说,这个所谓的词中江西派,基本上就是一个松散的南宋遗民词人群体。而肖鹏在《宋词通史》中提出,从现存的历史文献来看,这些词人之间没有"清晰稳定的交游关系",所以,"连词人群都算不上"。

一萼红　登蓬莱阁有感[①]

周　密

步深幽。正云黄天淡,雪意未全休。鉴曲寒沙,茂林烟草[②],俯仰千古悠悠。岁华晚、飘零渐远,谁念我、同载五湖舟[③]。磴古松斜,崖阴苔老,一片清愁。　　回首天涯归梦,几魂飞西浦,泪洒东州。故国山川,故园心眼,还似王粲登楼。[④]最负他、秦鬟妆镜,好江山、何事此时游。为唤狂吟老监[⑤],共赋消忧。阁在绍兴,西浦、东州皆其地。

[注释]

①一萼红:此调有平韵、仄韵两体。平韵者见姜夔词。仄韵者见曾觌

《乐府雅词》，因词有"未教一萼，红开鲜蕊"句，取以为名。又，词题中"蓬莱阁"，元稹《以州宅夸于乐天》："我是玉皇香案吏，谪居犹得近蓬莱。"　②茂林：王羲之《兰亭集序》："此处有崇山峻岭，茂林修竹。"

③五湖舟：《史记·越王勾践世家》："勾践以霸，而范蠡称上将军。还反国，范蠡以为大名之下，难以久居。且勾践为人，可与同患，难与处安。为书辞勾践……乃装其轻宝珠玉，自与其私徒属，乘舟浮海以行，终不反。"　④"故国"三句：王粲《登楼赋》："登兹楼以四望兮，聊暇日以销忧。……虽信美而非吾土兮，曾何足以少留。"　⑤狂吟老监：《旧唐书·贺知章传》：贺知章，唐山阴人，工文辞，性旷放。唐玄宗时任太子宾客，授秘书监，自号秘书外监，世称贺监。晚节放诞，好吟诗，号四明狂客，与李白等诗人唱酬不迭。王之望《鹧鸪天》："谪仙狂监从来识，七步初看子建诗。"

[评析]

　　周密（1232~1298）词风典雅清丽，又得杨缵等人"切劘之益"，"于律亦严谨"（戈载《宋七家词选》）。如少年成名作《木兰花慢》，描绘西湖十景，虽为见张成子之作而起争胜之心，亦以才思横溢、清雅明秀著称。又如《曲游春》，序云："禁烟湖上薄游，施中山赋词甚佳，余因次其韵。盖平时游舫，至午后则尽入里湖，抵暮始出，断桥小驻而归，非习于游者不知也。故中山极击节余'闲却半湖春色'之句，谓能道人之所未云。"词曰：

　　　　禁苑东风外，扬暖丝晴絮，春思如织。燕约莺期，恼芳情偏在，翠深红隙。漠漠香尘隔。沸十里、乱丝丛笛。看画船、尽入西泠，闲却半湖春色。　柳陌。新烟凝碧。映帘底宫眉，堤上游勒。轻暝笼烟，怕梨云梦冷，杏香愁幂。歌管酬寒食。奈蝶怨、良宵岑寂。正满湖、碎月摇花，怎生去得。

纪探春之盛，其中"看画船、尽入西泠"二句，尽显西湖清空虚静之美。周密后来曾在其《武林旧事》卷三中记曰："都城自过收灯，贵游巨室，皆争先出郊，谓之'探春'，至禁烟为最盛。龙舟十余，彩旗叠鼓，交午曼衍，粲如织锦。内有曾经宣唤者，则锦衣花帽，以自别于众。京尹为立赏格，竞渡争标，内珰贵客，赏犒无算。都人士女，两堤骈集，几于无置足地；水面画楫，栉比如鱼鳞，亦无行舟之路。歌欢箫鼓之声，振动远近，其盛可以想见。若游之次第，则先南而后北，至午则尽入西泠桥里湖，其外几无一舸矣。弁阳老人有词云：'看画船、尽入西泠，闲却半湖春色。'盖纪实也。"又，马臻《西湖春日壮游》诗曾赞美此词："画船过午入西泠，人拥孤山陌上尘。应被弁阳模写尽，晚来闲却半湖春。"查礼《铜鼓书堂词话》谓："马之赞美弁阳啸翁之词，可称佳话。"

宋亡后，故国之思取代闲情逸致，所作如《献仙音·吊雪香亭梅》：

> 松雪飘寒，岭云吹冻，红破数椒春浅。衬舞台荒，浣妆池冷，凄凉市朝轻换。叹花与人凋谢，依依岁华晚。　　共凄黯。问东风、几番吹梦，应惯识当年，翠屏金辇。一片古今愁，但废绿、平烟空远。无语消魂，对斜阳、衰草泪满。又西泠残笛，低送数声春怨。

于兴亡之际，借吊梅而寓无限感慨。又如这首《一萼红》，层层推进，回环往复，章法缜密，情思绵渺，沉郁顿挫，被陈廷焯许为"草窗集中压卷"（《白雨斋词话》卷二）。

眉妩[①]　新月

王沂孙

渐新痕悬柳，淡彩穿花，依约破初暝。便有团圆意[②]，深深拜，相逢谁在香径。画眉未稳，料素娥、犹带离恨。最堪爱、一曲银钩小，宝帘挂秋冷。　　千古盈亏休问。叹慢磨玉斧，难补金镜。③太液池犹在，凄凉处、何人重赋清景。④故山夜永。试待他、窥户端正。看云外山河，还老尽、桂华影。⑤

[注释]

①眉妩：姜夔词注：一名《百宜娇》。《汉书·张敞传》：张敞为京兆尹，"为妇画眉，长安中传张京兆眉怃。有司以奏敞，上问之，对曰：'臣闻闺房之内，夫妇之私，有过于画眉者。'上爱其能，弗备责也"。②团圆意：牛希济《生查子》："新月曲如眉，未有团圞意。"　③"叹慢磨"二句：段成式《酉阳杂俎·天咫》：太和中，有郑生及王秀才游嵩山，见一人，问所自来。"其人笑曰：'君知月乃七宝合成乎？月势如丸，其影，日烁其凸处也。常有八万二千户修之，予即一数。'因开襆，有斤凿数事。……言已不见。"辛弃疾《满江红》："谁做冰壶凉世界，最怜玉斧修时节。"曾觌《壶中天慢》："云海尘清，山河影满，桂冷吹香雪。何劳玉斧，金瓯千古无缺。"　④"太液池"二句：陈师道《后山诗话》：宋太祖夜幸后池，对新月置酒，召学士卢多逊作应制诗："太液池边看月时，好风吹动万年枝。谁家玉匣开新镜，露出清光些子儿。"　⑤"看云外"二句：陆游《桃源忆故人》："云外华山千仞，依旧无人问。"

[评析]

在宋末词人中，王沂孙（生卒年不详）的咏物之作"以意贯串，浑化无痕"（周济《宋四家词选序论》），至为工巧。如这首《眉妩》，月之有阴晴圆缺，古来难全。然而彼时的金镜"难补"，虽张惠言所言"喜君有恢复之志，而惜无良臣也"（《词选》），或不免求之过实，但蹊径显然，寄寓家国之恨几乎是一定的。又如《齐天乐·余闲书院拟赋蝉》：

> 一襟余恨宫魂断，年年翠阴庭树。乍咽凉柯，还移暗叶，重把离愁深诉。西窗过雨。怪瑶佩流空，玉筝调柱。镜暗妆残，为谁娇鬓尚如许。　　铜仙铅泪似洗，叹携盘去远，难贮零露。病翼惊秋，枯形阅世，消得斜阳几度。余音更苦。甚独抱清高，顿成凄楚。谩想薰风，柳丝千万缕。

吟咏"枯形阅世"而"独抱清高"的蝉，自寓甚明，是遗民身世和心态的写照，而又托讽于有无显隐之间，不粘不脱，言近旨远，显然别有寄托。因为，"蝉本来不过是一种小动物，到了秋天，渐近死亡，也是自然现象。若非作者别有用意，是不会以这样深沉的悲哀和巨大的痛苦来咏叹它的。同时，如果不是涉及君国之感，词中也就不会使用'宫魂'、'铜仙'等词和发出'消得斜阳几度'、'余音更苦'这种哀音。这，也就构成了其所要寄托的内容与其所赖以寄托的艺术形象之间的某种距离。"（沈祖棻《清代词论家的比兴说》）而这种距离，也正是王沂孙所创造的艺术境界。

忆旧游①

仇　远

对庭芜黯淡，院柳萧疏，还又深秋。正一星灯暗，更一声雁过，一点萤流。合成一片离思，都在小红楼。想扑地阴云，人愁不尽，替与天愁。　　酸风未应□，②雨簌簌潇潇，欲下还收。忆绣帏贪睡，任花梢晨影，移上帘钩。被池半卷红浪，③衣冷覆熏篝。怎忘得江南，风流庾信空白头。④

[注释]

①忆旧游：调始周邦彦《清真乐府》。一名《忆旧游慢》。　②"酸风"句：李贺《金铜仙人辞汉歌》："魏官牵车指千里，东关酸风射眸子。"　③"被池"句：李清照《凤凰台上忆吹箫》："香冷金猊，被翻红浪，起来慵自梳头。"辛弃疾《临江仙》："四更霜月太寒生。被翻红锦浪，酒满玉壶冰。"　④"怎忘得"二句：庾信由梁出使西魏，羁留北方而不得归，遂取《楚辞·招魂》"魂兮归来望江南"之意，作《哀江南赋》，历叙梁代兴亡和个人身世，序中有云："追为此赋，聊以记言，不无危苦之词，唯以悲哀为主。"杜甫《咏怀古迹》五首其一："庾信平生最萧瑟，暮年诗赋动江关。"

[评析]

仇远（1247~1326）的《无弦琴谱》，以低徊宛转之调，诉说词人亡国破家的苦痛、有家难归的无奈、身世飘零的酸辛。如这首怀乡词，便在寻常乡关之思中，蕴含着极为丰富的内容。上片写客居异乡之愁。小红楼里，目之所及的深秋萧瑟之景，荒冷灰暗，加上窗外的雁声、萤火，词人的"离思"实在太多太深，以至于看到"扑地阴云"，也仿佛是"人愁不尽"，天都在替人发愁。下片抒发故国之思。以簌簌潇潇、欲下还休的雨，比附金铜仙人所垂之泪，是寄托亡国之痛。忆昔年少温馨情事，不禁让人慨叹桑田沧海，人事已非。无限家国之思、滞仕之恨、漂泊之苦、迟暮之哀，尽托于庾赋之典。

仇远还有一首《齐天乐·蝉》，与上引王沂孙同调之作风格相近，同被收入《乐府补题》：

夕阳门巷荒城曲，清音早鸣秋树。薄剪绡衣，凉生鬓影，独饮天边风露。朝朝暮暮。奈一度凄吟,一番凄楚。尚有残声,蓦然飞过别枝去。　齐宫往事谩省,行人犹与说,当时齐女。雨歇空山,月笼古柳,仿佛旧曾听处。离情正苦。甚懒拂冰笺,倦拈琴谱。满地霜红,浅莎寻蜕羽。

借咏蝉以寄托家国之思,身世之痛。〔按:王沂孙、周密、王易简、冯应瑞、唐艺孙、吕同老、李彭老、李居仁、赵汝钠、张炎、陈恕可、唐钰、仇远及佚名一人,凡十四人,五次雅集,以五调分咏五题,作《天香·宛委山房拟赋龙涎香》八首、《水龙吟·浮翠山房拟赋白莲》十首、《摸鱼儿·紫云山房拟赋莼》五首、《齐天乐·余闲书院拟赋蝉》十首、《桂枝香·天柱山房拟赋蟹》四首,合共三十七首,结为《乐府补题》一卷。《乐府补题》不仅对了解当时文人的咏物词创作颇有裨益,而且因为技艺精湛、词心深隐,在清初词坛激起巨大反响。应社之作,每以咏物为题,前此已有的偏重艺术倾向,值此不敢、不能、不愿明言之际,一变而为专喜以比兴之法填词,致咏物之风大盛,题材、风格取向高度一致,婉曲幽微之风,与临安盛日之专以描摹物态相尚者异趣。又,夏承焘《〈乐府补题〉考》提出:诸作殆有感于杨琏真伽发越陵而作。也有学者持反"寄托发陵说",代表性论文包括:萧鹏《〈乐府补题〉寄托发微——与夏承焘先生商榷》、欧阳光《六陵冬青之役考述》、刘荣平《释"知君种年星在尾"——对杨琏真伽发宋陵时间之坚证的考辨兼论〈乐府补题〉寄托发陵说不能成立》。〕

一剪梅　舟过吴江

蒋　捷

一片春愁待酒浇。[①]江上舟摇。楼上帘招。秋娘渡与泰娘桥。[②]风又飘飘。雨又萧萧。　何日归家洗客袍。银字笙调[③]。心字香烧。流光容易把人抛。红了樱桃。绿了芭蕉。[④]

[注释]

①"一片"句：韦庄《买酒不得》："满面春愁消不得，更看溪鹭寂寥飞。"　②"秋娘"句：杜牧《杜秋娘诗》："却唤吴江渡，舟人那得知。"刘禹锡《泰娘诗》："泰娘家本阊门西，门前绿水环金堤。有时妆成好天气，走上皋桥折花戏。"　③银字笙：乐器名。沈雄《古今词话·词品》下卷："银字，制笙以银作字，饰其音节。"　④"红了"二句：李煜《临江仙》："樱桃落尽春归去，蝶翻金粉双飞。"

[评析]

蒋捷（生卒年不详）此词写倦游思归之情。上片以白描写景，景中带情。首句揭出"春愁"主题，并点出时序。"江上舟摇"五句，用跳动的白描笔墨，具体描绘"舟过吴江"的情景。一个"摇"字，也带出抒情主人公的动荡漂泊之感。一个"招"字，则透露出触景生情，希望借酒浇愁的心理。漂泊思归，偏又碰上恼人的天气。以"飘飘"、"萧萧"描绘风吹雨急，并连用两个"又"字，显示出对这"不解人意"的风雨的恼意。下片正面写情，情中有景。"何日归家洗客袍"三句，想象归家后美好、和谐的家庭生活，表现思归的急迫心情。结末三句"流光容易把人抛。红了樱桃。绿了芭蕉"创造性地将抽象无形的岁月流驰，转化为生动可感的具体形象，以抒发对年华易逝的喟叹，也是对倦游思归之"愁"的深化。

蒋捷可能是后来又推衍此词，另外作了一首《行香子·舟宿兰湾》，可见对这首为他赢得"樱桃进士"之誉的《一剪梅》，也是相当自负的。兹录以对读：

红了樱桃。绿了芭蕉。送春归客尚蓬飘。昨宵谷水，今夜兰皋。

奈云溶溶，风淡淡，雨潇潇。　　银字笙调。心字香烧。料芳踪乍整还凋。待将春恨，都付春潮。过窈娘堤，秋娘渡，泰娘桥。〔按：类似的情况，并非仅此一例。之前，辛弃疾有明显改订之迹的两首词，就是如此：《新荷叶·上巳日，子似谓古今无此词，索赋》："曲水流觞，赏心乐事良辰。兰蕙光风，转头天气还新。明眸皓齿，看江头、有女如云。折花归去，绮罗陌上芳尘。

能几多春。试听啼鸟殷勤。览物兴怀，向来哀乐纷纷。且题醉墨，似兰亭、列序时人。后之览者，又将有感斯文。"《新荷叶·徐思乃子似生朝，因为改定》："曲水流觞，赏心乐事良辰。今几千年，风流禊事如新。明眸皓齿，看江头、有女如云。折花归去，绮罗陌上芳尘。　　丝竹纷纷。杨花飞鸟衔巾。争似群贤，茂林修竹兰亭。一觞一咏，亦足以畅叙幽情。清欢未了，不如留住青春。"之后，陈曾寿《旧月簃词》中同调同题之作《暗香·壬子（1912）寄巢云》的前后变化，也是如此："旧京乍识。正幽单客枕，潘郎愁积。凄满暮鸦，芳树阴阴后堂碧。还踏天街月影，乍忘了、西风尘席。谁管他、如叶青衫，弦底玉龙泣。　　应忆。旧簪笔。尽夜夜露痕，步冷东掖。袖香漫裛。赢得铜仙泪空滴。暗雨剪灯心事，除梦里、门庭重觅。却又怕、寻去也，梦都非昔。""旧痕凄断。是年时携手，虎坊桥畔。愁护暮鸦，芳树阴阴后堂见。还踏天街月影，乍忘了、西风冰簟。谁管他、如叶青衫，弦底玉龙怨。　　争羡。御香染。尽夜夜露痕，襟袖难浣。几时清浅。赢得铜仙泪空满。重觅剪灯心事，除付与、梦中庭院。却又怕、寻去也，梦中都换。"〕

虞美人　听雨

蒋　捷

少年听雨歌楼上。红烛昏罗帐。壮年听雨客舟中。江阔云低、断雁叫西风[①]。　　而今听雨僧庐下。鬓已星星也[②]。悲欢离合总无情。一任阶前、点滴到天明。[③]

[注释]

①断雁：薛道衡《出塞》二首其二："寒夜哀笳曲，霜天断雁声。"

②星星：左思《白发赋》："星星白发，生于鬓垂。"晁补之《摸鱼儿》："满青镜、星星鬓影今如许。"　③"悲欢"三句：苏轼《水调歌头》："人有悲欢离合，月有阴晴圆缺，此事古难全。"温庭筠《更漏子》："梧桐树。三更雨。不道离情正苦。一叶叶，一声声。空阶滴到明。"万俟咏《长相思》："一声声。一更更。窗外芭蕉窗里灯。此时无限情。　梦难成。恨难平。不道愁人不喜听。空阶滴到明。"

[评析]

在宋末词人中，被誉为"长短句之长城"（刘熙载《艺概》卷四）的蒋捷卓然独立，和宋末从姜夔一路发展而来的词人有所不同，词风含蓄蕴藉又清奇流畅，有着一定的独立性。如这首《虞美人》，以听雨为主线，巧妙地撷取人生的三个不同阶段，包涵广，内蕴深，可以看成词人终身遭际的真实写照。在语言和形象组织上，颇具曲味。

蒋捷善于以自己生活的变化来表现那个特定的时代，又如《贺新郎·兵后寓吴》：

深阁帘垂绣。记家人、软语灯边，笑涡红透。万叠城头哀怨角，吹落霜花满袖。影厮伴、东奔西走。望断乡关知何处，羡寒鸦、到著黄昏后。一点点，归杨柳。　相看只有山如旧。叹浮云、本是无心，也成苍狗。明日枯荷包冷饭，又过前头小阜。趁未发、且尝村酒。醉探枵囊毛锥在，问邻翁、要写牛经否。翁不应，但摇手。

战火摧毁了快乐幸福的家庭生活，词人被迫到处流浪，最后竟然潦倒到欲为人书牛经而不得，可见知识分子在宋元之际的悲惨命运。所写忧患余生情事,可与《虞美人》相互印证。

早前,苏轼曾写过一首《虞美人》:

> 持杯遥劝天边月。愿月圆无缺。持杯复更劝花枝。且愿花枝长在、莫离披。　持杯月下花前醉。休问荣枯事。此欢能有几人知。对酒逢花不饮、待何时。

在形式上,上片前半、后半与下片前半构成鼎足对;在内容上,上片前半、后半构成并列关系,而上片与下片前半又构成分、总关系。蒋捷此词,在结构上非如卓人月《古今词统》卷八所评"全学东坡持杯篇",而是有所不同:上片前半、后半与下片前半,无论形式还是内容上,都是鼎足对;写三个不同人生阶段的听雨情景,却没有分、总关系,且词意颇多新创。后来,徐再思作有一首《双调·水仙子·夜雨》,抒发羁旅愁苦,可录以附读:"一声梧叶一声秋,一点芭蕉一点愁,三更归梦三更后。落灯花棋未收,叹新丰孤馆人留。枕上十年事,江南二老忧,都到心头。"

高阳台① 西湖春感

张 炎

接叶巢莺②,平波卷絮,断桥斜日归船。能几番游,看花又是明年。东风且伴蔷薇住,到蔷薇、春已堪怜。③更凄然。万绿西泠,一抹荒烟。　当年燕子知何处,但苔深韦曲④,草暗斜川。见说新愁,如今也到鸥边。⑤无心再续笙歌梦,掩重门、浅醉闲眠。莫开帘。怕见飞花,怕听啼鹃。

[注释]

①高阳台：高拭词注商调。刘镇词名《庆春泽慢》。王沂孙词名《庆春宫》。　②接叶巢莺：杜甫《陪郑广文游何将军山林》："卑枝低结子，接叶暗巢莺。"　③"东风"二句：周邦彦《六丑》："愿春暂留，春归如过翼。一去无迹。为问花何在，夜来风雨，葬楚宫倾国。"　④韦曲：杜甫《赠韦七赞善》："时论同归尺五天。"自注："俚谚曰：城南韦杜，去天尺五。"　⑤"见说"二句：辛弃疾《菩萨蛮》："拍手笑沙鸥，一身都是愁。"

[评析]

张炎（1248~1321？）此词借西湖春景抒写亡国之痛。起二句写出春深时的美景良辰。"断桥斜日归船"句，谓春游尽日，薄晚归来。接以"能几番游"二句，文情陡变，转念烟景不再、芳时难留，悲从中来。虽极感慨，仍以蕴藉出之。"东风且伴蔷薇住"二句，谓因春到蔷薇，芳时已晚，而有春尽之感；因有春尽之感，故留东风且住；但即使东风竟住，春光也觉堪怜。"更凄然"三句，与起笔遥应。着一"更"字，则"堪怜"之意更进一层。换头借燕子失故居，以见山河之改变。"无心"以下，则谓虽有笙歌，无心再续旧梦，唯有重门独掩，付之醉眠而已。但如此浅醉闲眠，难道真的可以使人漠然忘情？所以，重帘不卷，因帘卷则飞花入目，鹃啼盈耳，复又引人愁思，倒不如不见不闻。而虽然不闻不见，这深愁又是真的能忘记的吗？层层逼入，又层层翻出。极凄怆缠绵、悲愤沉痛之至，正所谓"亡国之音哀以思"。

张炎的词，对清代浙西词派影响很大。不仅如此，在宋代，张炎的《词源》是最有理论性和系统性的词学著作，也是中国词学史上第一部全面探讨词学理论的著作,对后世词学影响更大。张炎出身于世家,祖、父都工于音律,家学渊源,自然也对他产生了重要影响,使他在这方面展示出过人的才华。《词源》对词的格调、立意、结构、字面、风格等方面都提出了要求,其集中表现,可以用"骚雅清空"四个字来概括。"雅"是张炎在《词源》卷下自序里提出的概念:"古之乐章、乐府、乐歌、乐曲,皆出于雅正。"在说明自己"用功逾四十年"之后,阐述了作词话的动机:"嗟古音之寥寥,虑雅词之落落。"要做到雅,张炎提出了一系列的方法,如要协音律:"按律制谱,以词定声";要虑周详:"作慢词,看是甚题目,先择曲名,然后命意。命意既了,思量头如何起,尾如何结,方始选韵,而后述曲。最是过片,不要断了曲意,须要承上接下"。其中最有特点的是提出"清空"、"质实"说,即词要写得像姜夔那样自然舒展,不露痕迹,若有若无,似近似远,不能像吴文英的作品那样刻意雕琢,显得凝涩晦昧。这当然只是张炎自己的审美情趣,但是确实呼应了那个特定的时代,而且,也是对词的创作手法的一种明确的揭示。特别是拈出姜夔作为典范,树立了一个便于模仿、便于操作的典型,能够在思想上、艺术上都导向醇雅,为后学提供入门之路,所以才得到了词坛的极大响应。张炎发先辈余绪总括出的四条要诀,传于陆行直,著于《词旨》。

〔按:《词源》的影响曾达于海外。一八六七年,英国汉学家伟烈亚力《中国文献记略》著录中国词集、词论,包括赵崇祚辑《花间集》、向子諲《酒边词》、范成大《石湖词》以及王灼《碧鸡漫志》、张炎《词源》、沈义父《乐府指迷》、万树《词律》等。〕

解连环[①] 孤雁

张 炎

楚江空晚。怅离群万里,恍然惊散。自顾影、欲下寒塘,正沙净草枯,水平天远。写不成书,只寄得、相思一点。料因循误了,残毡拥雪,故人心眼。② 谁怜旅愁荏苒。谩长门夜悄,锦筝弹怨。③想伴侣、犹宿芦花,也曾念春前,去程应转。暮雨相呼,④怕蓦地、玉关重见。未羞他、双燕归来,画帘半卷。

[注释]

①解连环:此调始自柳永,以词有"信早梅、偏占阳和"及"时有香来,望明艳、遥知非雪"句,名《望梅》。后因周邦彦词有"妙手能解连环"句,更名《解连环》。张辑词有"把千种旧愁,付与杏梁雨燕"句,又名《杏梁燕》。 ②"料因循"三句:《汉书·苏武传》:"单于乃幽武,置大窖中,绝不饮食。天雨雪,武卧啮雪,与旃毛并咽之,数日不死。" ③"谩长门"二句:杜牧《早雁》:"金河秋半虏弦开,云外惊飞四散哀。仙掌月明孤影过,长门灯暗数声来。须知胡骑纷纷在,岂逐春风一一回。莫厌潇湘少人处,水多菰米岸莓苔。"钱起《归雁》:"潇湘何事等闲回,水碧沙明两岸苔。二十五弦弹夜月,不胜清怨却飞来。" ④"暮雨"句:崔涂《孤雁》:"暮雨相呼失,寒塘欲下迟。"

[评析]

张炎所作雅丽深婉,"与白石老仙相鼓吹"(仇远《玉田词题辞》)。如《南浦·春水》:

波暖绿粼粼,燕飞来、好是苏堤才晓。鱼没浪痕圆,流红去、翻笑东风难扫。荒桥断浦,柳阴撑出扁舟小。回首池塘青欲遍,绝似梦中芳草。 和云流出空山,甚年年净洗,花香不了。新渌乍生时,孤村路、犹忆那回曾到。余情渺渺。茂林觞咏如今悄。前度刘郎归去后,溪上碧桃多少。

这篇当时即有盛名的咏物之作，寄慨于友朋聚散，用刘禹锡诗意，暗示趋向的不同，词情清绝，用意忠厚。

入元以后，这位"可怜人"（《甘州》）"无心再续笙歌梦"，"怕见飞花，怕听啼鹃"（《高阳台》），词风一变承平公子的吟风弄月而为凄楚怨慕。如这首《解连环》，写孤雁，寓身世，极尽离合之致，确有非画笔所能传、非言语所能尽者。特别是"写不成书"二句，据元代孔克齐《至正直记》记载："张叔夏《孤雁》有'写不成书，只寄得相思一点'，人皆称之曰'张孤雁'。"可见当时也有盛名。群雁飞行时，或作一字，或作人字，此即为"书"；而古人认为，雁足可以传书，据《汉书》，苏武出使匈奴被留十八年，匈奴王诡称其已死，汉使遂假托武帝在上林苑射猎，打到一只大雁，雁足上有苏武的书信，迫使匈奴王放回了苏武。所以，词句一语双关，既说出孤雁的形象无法排成完整的雁阵，即完整的字，只能写出一点，又表达出这一点仍然寄托着深深的情怀，从而把眼前之雁和苏武的故事联系了起来，也就顺理成章地逗出"料因循"以下三句。这三句仍然是从苏武的故事中来的，由于孤雁之孤，无法写出完整的字，所以当然也就无法传信了。真是奇思妙想，前无古人。

后来，《水浒传》第一一○回中载有宋江所作一词："楚天空阔，雁离群万里，恍然惊散。自顾影欲下寒塘，正草枯沙净，水平天远。写不成书，只寄的相思一点。暮日空濛，晓烟古堑，诉不尽许多哀怨。　　拣尽芦花无处宿，叹何时玉关重见。嘹呖忧愁呜咽，恨江渚难留恋。请观他春昼归来，画梁双燕。"系宋江率军征讨王庆取得胜利后，驻扎秋林渡口，因燕青射雁引发对众兄弟可能失伴的感伤而作。这首被李卓吾誉为"英雄有情人乃能之"的"绝妙好辞"，实改写自张炎此词，且体式并不完整。

点绛唇①

无名氏

蹴罢秋千②，起来慵整纤纤手③。露浓花瘦。薄汗轻衣透。见客入来，袜刬金钗溜④。和羞走。倚门回首。却把青梅嗅。

[注释]

①点绛唇：杨朝英《朝野新声太平乐府》注仙吕宫。高拭词注黄钟宫。朱权《太和正音谱》注仙吕调。王禹偁词名《点樱桃》。王十朋词名《十八香》。张辑词有"邀月过南浦"句，名《南浦月》；又有"遥隔沙头雨"句，名《沙头雨》。韩淲词有"更约寻瑶草"句，名《寻瑶草》。 ②蹴：郑奎妻孙氏《春词》："秋千蹴罢鬟鬓鬙，粉汗凝香沁绿纱。" ③慵整：鹿虔扆《思越人》："珊瑚枕腻鸦鬟乱，玉纤慵整云散。" ④袜刬：只穿着袜子走路。李煜《菩萨蛮》："刬袜步香阶。手提金缕鞋。"

[评析]

这首《点绛唇》的作者，杨金本《草堂诗余前集》卷下误作苏轼，茅暎《词的》卷一又误作周邦彦。最具影响的，恐怕是杨慎《词林万选》卷二作李清照。对此，王仲闻《李清照集校注》颇持怀疑态度，陈祖美《〈漱玉词〉笺释·心解·选评》则从非文献角度推定为易安婚前所作。

此词虽然可能对韩偓《偶见》诗有所借鉴：

> 秋千打困解罗裙，指点醍醐索一尊。见客入来和笑走，手搓梅子映中门。

但下片短短五句，将妩媚多情的少女一刹那间复杂、娇羞的心理状态刻画得更为婉曲细腻，情辞两臻绝顶，一切尽在不言中。韩偓又有《懒起》诗，李清照著名的《如梦令》（昨夜雨疏风骤）即由其中后四句改写而成：

> 百舌唤朝眠，春心动几般。枕痕霞黯淡，泪粉玉阑珊。笼绣香烟歇，屏山烛焰残。暖嫌罗袜窄，瘦觉锦衣宽。昨夜三更雨，今朝一阵寒。海棠花在否，侧卧卷帘看。

很显然，不可以由此旁证甚至断然推定，同样对韩偓《偶见》诗有所借鉴的上述《点绛唇》，就一定出自李清照之手。这个看似比较纯粹的文献考订问题，却又引出了另外一个很有意思的话题，即是否应当以在相当长的一个历史时段内，其词的流传主要是以"无名氏"的名义展开，并受到重视，来作为界定"无名氏"的标准。还是这首《点绛唇》，《全宋词》据《花草粹编》卷一定其为宋无名氏所作，而考察作者记载出现歧异的词籍文献，也确实是全部集中在明代以迄清代前中期时段，并且以作者作无名氏为多。

宋词中的无名氏词作是一种值得从整体上加以研讨的现象。〔据统计，迄今所见流传下来的整个宋代词作数量是二万一千一百二十六首，其中，无名氏词作有一千五百六十九首，有名氏词人数量为一千五百零四人。至于无名氏词人数量，如果先按照其不含断句的词作一千二百二十余首一首一人匡算，再对组词中涉及的一百四十一人（首）进行必要的排除，粗略估算的结果是上限应该不少于一千人。这说明，有完整词作流传下来的宋代词人，姓名失传者所占的比例最高会达到四分之一。〕在宋代无名氏词中，有多达二百余首与通代尤其是宋代有名氏词互见，说明从宋代开始，就已经有不少人认为这些词的作者并非无名氏；它们自宋代以来的传播与接受，总体而言，并未因其作者身份佚失而如同想象中的那般寂寞。互见对象中频繁出现两宋名家词人，又间接表明，宋代无名氏词的整体水准同样不似传说中的那样不堪。当传名意识久已深入人心，无名氏作品自然也会因为由此激发出的创作上的个性追求，从而留下一些优秀的篇章。同时，数量居于整个中国古代词史首位的宋代无名氏词，还可以成为考量宋词之所以成其为"一代之文学"的一个要素。而充分体认词的音乐文学特性，应该更为有助于理解，在深入骨髓的传名意识笼罩下，宋词何以仍然大量出现佚名的情况。

第三编 金元明词

回心院

萧观音

剔银灯，须知一样明。偏是君来生彩晕，对妾故作青荧荧。剔银灯，待君行。

[评析]

据辽王鼎《焚椒录》，辽道宗皇后萧观音姿容端丽，因谏阻帝游畋无度被疏远，后作《回心院》词十首，以寓望幸之意。此处所录为其中第八首，其余九首依次为：

  扫深殿，闭久金铺暗。游丝络网尘作堆，积岁青苔厚阶面。扫深殿，待君宴。

  拂象床，凭梦借高唐。敲坏半边知妾卧，恰当天处少辉光。拂象床，待君王。

  换香枕，一半无云锦。为是秋来展转多，理有双双泪痕渗。换香枕，待君寝。

  铺翠被，羞杀鸳鸯对。犹忆当时叫合欢，而今独覆相思袂。铺翠被，待君睡。

  装绣帐，金钩未敢上。解却四角夜光珠，不教照见愁模样。装绣帐，待君贶。

  叠锦茵，重重空自陈。只愿身当白玉体，不愿伊当薄命人。叠锦茵，待君临。

展瑶席，花笑三韩碧。笑妾新铺玉一床，从来妇欢不终夕。展瑶席，待君息。

　　爇熏炉，能将孤闷苏。若道妾身多秽贱，自沾御香香彻肤。爇熏炉，待君娱。

　　张鸣筝，恰恰语娇莺。一从弹作房中曲，常和窗前风雨声。张鸣筝，待君听。

潘游龙《精选古今诗余醉》卷一〇选录其中除第七、九首以外的八首。这十首词，通过扫殿、拂床、换枕、锦被、挂帐、叠褥、铺席、剔灯、燃香、弹筝等十个有特定指向的日常生活细节，由远及近、由外及内、由早及晚地纵向展开，在时空转换以及由此带来的心态情绪的变化中，层层深入地整体表现深宫怨妇的怨望之情。徐釚《词苑丛谈》卷八评云："斯时，柳七之调，尚未行于北国，故萧词大有唐人遗意也。"这说明，萧观音（1040~1075）的这组词在曲子词与律词之间的位置，体现了文人创作对曲子词规范化发展的"提升和促进作用"（吕文丽《萧观音〈回心院〉与曲词演进再认识》）。从整体组曲体式上看，《回心院》复沓联章的结构模式也具有承上启下的意义。

　　《回心院》组词的抒情确实具有令人无限遐想的空间，这就似乎给人为地在词与词之间添补故事提供了可能。《焚椒录》即提出："假令不作《回心院》，则《十香词》安得诬出后手乎？"明显是将《回心院》视为由十首五言绝句构成的《十香词》的导火索，使之远远地成为萧祸的伏笔，意谓《回心院》内容上的留白给了《十香词》"填空"的可能，以致《回心院》缠绵的情致被坐实为《十香词》露骨的淫荡，一代才女为此玉殒香消。〔按：《十香词》淫词冤案，《辽史·后妃传》有记载："太康初，宫婢单登、教坊朱顶鹤诬后与（赵）惟一私，枢密使耶律乙辛以闻。诏乙辛与张孝杰劾状，因而实之。族诛惟一，赐后自尽，归其尸于家。乾统初，追谥宣懿皇后，合葬庆陵。"《焚椒录》载此事始末甚详。《十香词》,作为私通的重要证据,单登所谓"宋国忕里蹇所作"当然不可靠。缪荃孙编《辽文存》据《十香词》文本由耶律乙辛交出,文笔的妍丽生动也与其《奏懿德皇后私伶官疏》相同,把它放在了乙辛的名下。附读如次:"青丝七尺长,挽出内家装。不知眠枕上,倍得缘云香。""红绡一幅强,轻阑白玉光。试开胸探取,尤比颤酥香。""芙蓉失新艳,莲花落故妆。两般总堪比,可似粉腮香。""蜻蛚那足并,长须学凤凰。昨霄欢臂上,应惹领边香。""和羹好滋味,送语出宫商。定知郎口内,含有暖甘香。""非关兼酒气,不是口脂芳。却疑花解语,风送过来香。""既摘上林蕊,还亲御花桑。归来便携手,纤纤春笋香。""凤靴抛合缝,罗袜卸轻霜。谁将暖白玉,雕出软钩香。""解带色已战,触手心愈忙。那知罗裙内,消魂别有香。""咳唾千花酿,肌肤百和装。元非瞰沉水,生得满身香。"〕

人月圆① 宴张侍御家有感

吴　激

南朝千古伤心事,犹唱后庭花②。旧时王谢,堂前燕子,飞向谁家。③　恍然一梦,仙肌胜雪,宫髻堆鸦。江州司马,青衫泪湿,同是天涯。

[注释]

①人月圆:周德清《中原音韵》注黄钟宫。此调始于王诜,因词中"人月圆时"句,取以为名。吴激词有"青衫泪湿"句,又名《青衫湿》。

②"犹唱"句:杜牧《泊秦淮》:"商女不知亡国恨,隔江犹唱后庭花。"　③"旧时"三句:刘禹锡《乌衣巷》:"朱雀桥边野草花,乌衣巷口夕阳斜。旧时王谢堂前燕,飞入寻常百姓家。"

[评析]

吴激（1090~1142）的这首《人月圆》有本事，刘祁《归潜志》卷八所述较详：

> 先翰林尝谈，国初宇文太学叔通主文盟时，吴深州彦高视宇文为后进，宇文止呼为小吴。因会饮，酒间有一妇人，宋宗室子，流落，诸公感叹，皆作乐章一阕。宇文作《念奴娇》，有"宗室家姬，陈王幼女，曾嫁钦慈族。干戈浩荡，事随天地翻覆"之语。次及彦高，作《人月圆》……宇文览之，大惊。自是，人乞词，辄曰："当诣彦高也。"

所作善于运化唐人诗句表达情思，借故出新，哀婉沉痛。较之宇文虚中《念奴娇》的据事直书，的确要高出一筹：

> 疏眉秀目。看来依旧是，宣和妆束。飞步盈盈姿媚巧，举世知非凡俗。宋室宗姬，秦王幼女，曾嫁钦慈族。干戈浩荡，事随天地翻复。
>
> 一笑邂逅相逢，劝人满饮，旋旋吹横竹。流落天涯俱是客，何必平生相熟。旧日黄华，如今憔悴，付与杯中醁。兴亡休问，为伊且尽船玉。〔按：此词作者，《朝野遗记》、《烬余录》分别误作张孝纯、阎苍舒。〕

况周颐尝评此词"清劲能树骨"（《蕙风词话》卷三）。一同受此高评的，是同时词人蔡松年的《念奴娇·还都后，诸公见追和赤壁词，用韵者凡六人，亦复重赋》（离骚痛饮），用典巧妙，言志涤远。可见，当时艳称"吴蔡体"，不是没有缘故的。

稍后的辛弃疾也作过一首《忆王孙·集句》："登山临水送将归。悲莫悲兮生别离。不用登临怨落晖。昔人非。惟有年年秋雁飞。"首句取自宋玉《九辩》，照应另一本"秋江送别"词题，非常恰当。次句借用屈原《九歌·少司命》中名句，深化伤别主题，且与《九辩》开篇悲凉情调相通，衔接极为自然。第三句取杜牧诗句，语调一转，劝慰友人，亦是自劝之词。第四、五句袭用苏轼、李峤语句，承接第三句之意，谓感伤怨恨皆无益于事，只因人生也有涯，而江山常存，秋雁长飞。看似通达的开解中，蕴涵了几多人生的无奈和悲哀。全篇虽集古人成句，而意脉相连，情景相融，韵调相合，顿挫流转自如，完全可以视为一种艺术的再创造。就难度和造诣而言，又较吴激此首为高。

摸鱼儿

元好问

乙丑（1205）岁赴试并州，道逢捕雁者云："今日获一雁，杀之矣。其脱网者悲鸣不能去，竟自投于地而死。"予因买得之，葬之汾水之上，累石而识，号曰雁丘。时同行者多为赋诗，予亦有《雁丘词》。旧所作无宫商，今改定之。

恨人间、情是何物，直教生死相许。天南地北双飞客，老翅几回寒暑。欢乐趣。离别苦。是中更有痴儿女。君应有语。渺万里层云，千山暮雪，只影为谁去。　　横汾路。寂寞当年箫鼓。[①]荒烟依旧平楚。招魂楚些何嗟及[②]，山鬼自啼风雨[③]。天也妒。未信与、莺儿燕子俱黄土。千秋万古。为留待骚人，狂歌痛饮，来访雁丘处。

[注释]

①"横汾路"二句：刘彻（汉武帝）《秋风辞》："泛楼船兮济汾河，横中流兮扬素波。箫鼓鸣兮发棹歌，欢乐极兮哀情多。"　②楚些（suò）：

《楚辞·招魂》用楚地民间流行的招魂词形式写成,句尾皆有"些"字。后因以"楚些"指招魂歌,亦泛指《楚辞》或楚地乐曲。 ③"山鬼"句:屈原《九歌·山鬼》:"杳冥冥兮羌昼晦,东风飘兮神灵雨。"

摸鱼儿

元好问

泰和中,大名民家小儿女,有以私情不如意赴水者,官为踪迹之,无见也。其后踏藕者得二尸水中,衣服仍可验,其事乃白。是岁,此陂荷花开无不并蒂者。沁水梁国用时为录事判官,为李用章内翰言如此。此曲以乐府《双蕖怨》命篇。"咀五色之灵芝,香生九窍;咽三清之瑞露①,春动七情。"韩偓《香奁集》集中自叙语。

问莲根、有丝多少,莲心知为谁苦。双花脉脉娇相向,只是旧家儿女。天已许。甚不教、白头生死鸳鸯浦。夕阳无语。算谢客烟中②,湘妃江上③,未是断肠处。　　香奁梦,好在灵芝瑞露。人间俯仰今古。海枯石烂情缘在,幽恨不埋黄土。相思树④。流年度、无端又被西风误。兰舟少住。怕载酒重来,红衣半落,狼藉卧风雨。

[注释]

①三清:道家指玉清、太清、上清,是神仙居住之地。 ②谢客:谢灵运幼寄养外家,故小字客儿。作《伤己赋》,中有云:"播芬烟而不熏,张明镜而不照。歌白华而绝曲,奏蒲生之促调。" ③湘妃:张华《博物

志》卷八:"尧之二女,舜之二妃,曰湘夫人。舜崩,二女啼,以涕挥竹,竹尽斑。"徐坚等《初学记》卷二八引《博物志》:"舜死,二妃泪下,染竹即斑。妃死,为湘水神,故曰湘妃竹。" ④相思树:干宝《搜神记》:战国时宋康王舍人韩凭娶妻何氏,甚美,康王夺之。凭怨,王囚之,沦为城旦。凭自杀。其妻乃阴腐其衣,王与之登台,妻遂自投台下,左右揽之,衣不中手而死。遗书于带,愿以尸骨赐凭合葬。王怒,弗听,使里人埋之,冢相望也。宿昔之间,便有大梓木生于二冢之端,旬日而大盈抱,屈体相就,根交于下,枝错于上。又有鸳鸯,雌雄各一,恒栖树上,晨夕不去,交颈悲鸣,音声感人。宋人哀之,遂号其木曰"相思树"。

[评析]

　　元好问(1190~1257)的词,艺术造诣雄视一代。如《水调歌头·赋三门津》(黄河九天上),奔腾咆哮的黄河中,一峰独屹,力拒狂澜,作者以此自励,希望成为中流砥柱,情怀激烈。全篇气象雄浑苍莽,境界博大壮阔,可谓"境皆独得,意自天成"(叶燮《原诗·外篇上》)。又如《木兰花慢·游三台》(渺漳流东下),以今昔对比加强词作张力,名为吊昔日邺下三台,其实是伤完颜故国,感慨万端,正所谓"神州陆沉之痛,铜驼荆棘之伤,往往寄托于词"(况周颐《蕙风词话》卷三)。全词苍凉浑厚,婉转中蕴涵豪放之情,置于苏、辛间,差堪鼎足。元好问编有《中州集》,保存故国文献,用心良苦;金源词也略备其中,整体展现了"苏学北行"气象。〔按:苏学北行,不但使金代文人得睹苏轼的作品,文学创作多以学习苏轼为鹄的,苏轼的文学思想、风格也必然影响了他们。如金初诗文追求工丽典雅,刻画细腻,却有伤于自然。后来因赵秉文、李纯甫等人反对这种风气,使之有所改变。苏轼的文学创作取径很宽,且能熔铸古今雅俗于一炉,赵秉文很向往这种境界,遂标举"自成一家",与苏轼的"自然"说较为接近。他论诗文宗主东坡而归于平易,与李纯甫的文学思想颇有相同之处。刘祁《归潜志》卷八对此有所论述："李屏山教后学为文，欲自成一家……赵闲闲教后进为诗文则曰：'文章不可执一体，有时奇古，有时平淡，何拘？'"所说可见出苏轼的影响。郝经即曾以苏轼拟之于赵，其《题闲闲画像》有"金源一代一坡仙"之语，而赵秉文的多才多艺也确实与苏轼相似。〕

元好问也有幽婉之作，如前一首《摸鱼儿》，写雁的殉情，手法绵密，情致深婉，不仅"深于用事，精于炼句"，"风流蕴藉处，不减周、秦"，而且感慨身世，寄托遥深。同调咏双蕖之作，也深得"模写情态，立意高远"之妙（张炎《词源》卷下）。又，前首词序中云："旧所作无宫商，今改定之。"据知，元好问年少之作中多有不协律处，今所见文本是后来经作者自己改定过的。其间详情如何，已不可得而闻。又，据李俊民《庄靖先生遗集·一字百题》诗序，俊民于贞祐乙亥（1215）秋七月南迁，侨居于河南福昌县"厅事之东斋"。次年丙子，遗山避兵南渡，寓于福昌县之三乡镇（见《遗山集·故物谱》）。两人相识，盖在此时，上距后首词序中所言之"泰和中"（1201~1208），已有十余年。其时金国危在旦夕，以是知词中非徒敷衍故事而已。

前首词序所云"同行者"，张金吾编《金文最》题注文字有云："同行者蒲溪杨正卿果、栾城李仁卿治和之。"或即依据元好问集中所附词作而推定，其余人等未详。兹一并附录李治（二首）、杨果（一首）和作如次，以备参读：

> 雁双双、正分汾水，回头生死殊路。天长地久相思债，何似眼前俱去。摧劲羽。倘万一、幽冥却有重逢处。诗翁感遇。把江北江南，风嘹月唳，并付一丘土。　　仍为汝。小草幽兰丽句。声声字字酸楚。拍江秋影今何在，宰木欲迷堤树。霜魂苦。算犹胜、王嫱青冢真娘墓。凭谁说与。叹鸟道长空，龙艘古渡，马耳泪如雨。

> 为多情、和天也老，不应情遽如许。请君试听双蕖怨，方见此情

真处。谁点注。香激滟、银塘对抹胭脂露。藕丝几缕。绊玉骨春心,金沙晓泪,漠漠瑞红吐。　　连理树。一样骊山怀古。古今朝暮云雨。六郎夫妇三生梦,肠断目成眉语。须唤取。共鸳鸯翡翠、照影长相聚。秋风不住。怅寂寞芳魂,轻烟北渚。凉月又南浦。

怅年年、雁飞汾水,秋风依旧兰渚。网罗惊破双栖梦,孤影乱翻波素。还碎羽。算古往今来,只有相思苦。朝朝暮暮。想塞北风沙,江南烟月,争忍自来去。　　埋恨处。依约并门旧路。一丘寂寞寒雨。世间多少风流事,天也有心相妒。休说与。还却怕、有情多被无情误。一杯会举。待细读悲歌,满倾清泪,为尔酹黄土。

鹧鸪天　室人降日以此奉寄①

魏　初

去岁今辰却到家。今年相望又天涯。一春心事闲无处,两鬓秋霜细有华。　　山接水,水明霞。满林残照见归鸦。几时收拾田园了,儿女团圞夜煮茶。

[注释]

①室人降日:《后汉书·列女传》:"室人和则谤掩,外内离则恶扬。"屈原《离骚》:"摄提贞于孟陬兮,惟庚寅吾以降。"〔按:王逸注:"言己以太岁在寅,正月始春,庚寅之日,下母之体而生,得阴阳之正中也。"后因以"庚寅"泛指生日。〕

[评析]

魏初(1232~1292)此词寿妻,以庆贺生辰始,到享受天伦终,中间表现离别相思之苦,倦鸟知还之意,质朴深挚。作为寿亲词重要组成部分的寿妻词,其实早在宋代就已经出现了,只是因为种种缘故,没能引起足够的关注而已。兹附录其中两首如下以对读,并见其表现现实社会中夫妻情感生活的一个侧面:

前日新冬举寿觞。今朝喜色又非常。一阳生后逢生日,日渐舒长寿更长。　移晚宴。庆新堂。堂前高竹早梅芳。年年一为梅花醉,醉到千回鬓未霜。(管鉴《鹧鸪天·为妻作》)

记当初归我,似德耀、嫁梁鸿。算三十年间,艰难历遍,甘苦相同。新来有孙可抱,也添些、喜色到眉峰。今日又逢生日,不妨樽酒从容。　老翁。只是一村农。欠你孺人封。幸儿渐知耕,妇能知织,莫问穷通。君看世间富贵,比浮云、缥缈过晴空。何似大家清健,玉林岁岁春风。(无名氏《千秋岁·夫寿妻》)〔按:此词,调当作《木兰花慢》,陈耀文《花草粹编》卷一误为毛滂作。〕

风入松　寄柯敬仲

虞　集

画堂红袖倚清酤。华发不胜簪。[1]几回晚直金銮殿[2],东风软、花里停骖。书诏许传宫烛,轻罗初试朝衫。[3]　御沟冰泮水挼蓝[4]。飞燕语呢喃。重重帘幕寒犹在,凭谁寄、银字泥缄[5]。报道先生归也,杏花春雨江南。[6]

[注释]

① "华发"句:杜甫《春望》:"白头搔更短,浑欲不胜簪。"　②晚

直：马端临《文献通考·学士院》："故事：学士掌内庭书诏，指挥边事，晓达机谋，天子机事密命在焉，不当豫外司公事，盖防纤微间或漏省中语，故学士院常在金銮殿侧……前朝因金銮坡以为门名，与翰林院相接，故为学士者称金銮以美之。"　③"书诏"二句：郑文宝《南唐近事》：韩偓为翰林学士，常视草金銮内殿，深夜方还翰院，昭宗遣宫女秉烛以送。柯九思《退直赠月》："西华门外玉骢骄，新赐罗衣退晚朝。"　④挼蓝：秦观《临江仙》："千里潇湘挼蓝浦，兰桡昔日曾经。"　⑤银字泥缄：书信之美称。银字，谓字如银钩。泥缄，即泥封，古代书简封以粘土，上盖印章，叫泥封。萧纲《蒙华林园戒诗》："昔日书银字，久自恧宗英。"　⑥"报道"二句：陆游《临安春雨初霁》："小楼一夜听春雨，深巷明朝卖杏花。"虞集《听雨》二首其一："屏风围坐鬓毵毵，绛蜡摇光照暮酣。京国多年情尽改，忽听春雨忆江南。"又《腊日偶题》二首其二："归时燕子尾毵毵，重觅新巢冷未堪。为报道人归去也，杏花春雨在江南。"

[评析]

虞集（1272~1348）此首词题中的柯敬仲即柯九思，字敬仲，号丹丘生，仙居（今属浙江）人。曾与虞集同受知于元文宗，在虞集兼奎章阁侍读学士时任奎章阁鉴书博士。后九思被谗罢官，流寓吴中，虞集以此词相赠，追记旧谊，聊示相慰之意。陶宗仪《南村辍耕录》卷一四载："吾乡柯敬仲（九思）先生，际遇文宗，起家为奎章阁鉴书博士，以避言路居吴下。时虞邵庵先生在馆阁，赋《风入松》长短句寄博士云……词翰兼美，一时争相传刻，而此曲遂遍满海内矣。"据可知此词本事及其传播接受简况。

此词在当时就已经造成了一定的影响。张翥所作《摸鱼儿》序即云：

"元夕吴门姚子章席上,同柯敬仲赋。敬仲以虞学士书《风入松》于罗帕作轴,故末句及之。楚芳、吴兰,二妓名。"词曰:

> 记苏台、旧时风景,西楼灯火如画。严城月色依然好,无复绮罗游冶。欢意谢。向客里相逢,还又思陶写。金樽翠斝。把锦字新声,红牙小拍,分付倦司马。　　繁华梦,唤起燕娇莺姹。肯教孤负元夜。楚芳玉润吴兰媚,一曲夕阳西下。沉醉罢。君试问、人生谁是无情者。先生归也。但留意江南,杏花春雨,和泪在罗帕。

后来,不仅"机坊以词织成帕"(瞿佑《归田诗话》),为时所贵重,而且结句"杏花春雨江南",更成了文人墨客艺术创作的常用题材。如元末金守正有诗题《戊辰三月十六夕同彭待之宿周存诚所,取虞文清公乐府"杏花春雨江南"之句分韵赋诗,得"春"字》;清人黄达既有诗作《赋得杏花春雨江南》,又有赋作《杏花春雨江南赋》;江学金则有诗《赋得杏花春雨江南,用江南二韵各一首》,何五云有词《雨中花·赋得杏花春雨江南》;等等。

浣溪沙　秋夜

张玉娘

玉影无尘雁影来①。绕庭荒砌乱蛩哀。凉窥珠箔梦初回。压枕离愁飞不去,西风疑负菊花开。起看清秋月满台。

[注释]

①玉影:鲍溶《经秦皇墓》:"珠华翔青鸟,玉影耀白兔。"

[评析]

张玉娘（生卒年不详），字若琼，元松阳（今属浙江）人。擅诗词，有《兰雪集》传世。少许字沈佺，未几张父有违言，二人不忍背负。佺疾笃，玉娘私相通问，以死自誓。佺卒，玉娘亦以忧得疾而亡。此词写闺怨，真切含蓄。作者将本来起自"梦初回"、止于"乱蛩哀"的正常语序，按照自己的方式进行处理，使读者一开始就感受凄清景物的渲染而渐生悲凉之意，接下去再体味作者所倾诉的念别伤离之情，就更增一分同情与怜惜。与此相应，全篇造语不落俗套，令人回味无穷。其中，尤其一是"窥"字，好似秋凉悄悄潜入，兼具某种视觉效应，新奇绝妙；二是"压"字，把抽象、浓重的愁思具体化、形象化，别出心裁。

张玉娘生平及其诗词向无流传，直至明嘉靖年间，松阳诸生王诏得其诗词于道藏之末，撰《张玉娘传》以表其事，并为所刊《兰雪集》一卷作序。清顺治年间，松阳训导孟称舜大力表彰张玉娘贞文事迹，筹划修墓建祠，撰写《祭张玉娘文》、《贞文祠记》，刊刻《张大家兰雪集》二卷，并据其事迹撰成传奇《张玉娘闺房三清鹦鹉墓贞文记》。康熙年间，顾嗣立所编《元诗选》三集壬集收录张玉娘诗作。《四库全书总目》卷一七四将《兰雪集》一卷列入存目，称其"诗格浅弱，不出闺阁之态"。道光二十六年（1846），松阳沈作霖重刊《兰雪集》二卷。光绪八年（1882），松阳县署据以补刊，松阳知县皮树棠在《重刊张贞女〈兰雪集〉序》中称其文采风流"绝胜断肠、漱玉之词"。光绪年间，上海有正书局出版铅字排印本《兰雪集》二卷。民国时期，《兰雪集》出现两种刊本，并逐渐进入文学史家的研究视野。一九二〇年，南城李氏宜秋馆据曲阜孔荭谷藏钞本校刊的《张大家兰雪集》二卷，收入《宋人集》丙编，李之鼎跋中谓其"几欲继轨漱玉、断肠"；一九二八年，武进陶氏涉园据旧抄本影刻的蓝印本《张大家兰雪集》二卷，收入《托跋廛丛刻》。谭正璧《中国女性的文学生活》将李清照、朱淑真、吴淑姬、张玉娘称为宋代"四大词家"。陶秋英《中国妇女与文学》称"玉娘的诗，绝少闺阁气"。唐圭璋、赵景深分别撰有《宋代女词人张玉娘》、《女词人张玉娘》。二十世纪八十年代以来，大陆学界的相关研究论文多已收入《〈兰雪集〉与张玉娘研究》一书中。而随着重建女性文学史的提倡，海外学界也开始重视和研究张玉娘及其诗词。Women Writers of Traditional China: An Anthology of Poetry and Criticism 在"元代"部分翻译介绍了张玉娘的作品。台湾学者的研究成果，主要有黄慧凤《张玉娘〈兰雪集〉的辑佚与诠释》一文、王次澄《寒冰清澈秋霜莹：张玉娘及其〈兰雪集〉初探》一书等。（详参陈晓兰《张玉娘〈兰雪集〉刊刻与传抄研究》）

多丽　西湖泛舟，夕归施成大席上，以"晚山青"为起句，各赋一词

张　蒿

晚山青，一川云树冥冥[①]。正参差、烟凝紫翠，斜阳画出南屏。馆娃归、吴台游鹿，[②]铜仙去、汉苑飞萤。怀古情多，凭高望极，且将尊酒慰飘零。自湖上、爱梅仙远，鹤梦几时醒。[③]空留得、六桥疏柳[④]，孤屿危亭。　　待苏堤、歌声散尽[⑤]，更须携妓西泠。藕花深、雨凉翡翠，菰蒲软、风弄蜻蜓。澄碧生秋，闹红驻景[⑥]，采菱新唱最堪听。见一片、水天无际，渔火两三星。多情月、为人留照，未过前汀。

[注释]

①"一川"句：杨万里《郡圃上巳》二首其二："映出一川桃李好，只消外面矮青山。"屈原《九章·涉江》："深林杳以冥冥兮，乃猿狖之所居。" ②"馆娃"句：馆娃宫，吴王夫差为西施筑，遗址在今江苏苏州灵岩山上。吴台，即姑苏台，亦夫差所筑，在今江苏苏州市吴中区西南。赵晔《吴越春秋》：伍子胥云："吾见麋鹿游姑苏台。" ③"自湖上"二句：《宋史·隐逸传》："林逋字君复，杭州钱塘人……初放游江淮间，久之归杭州，结庐西湖之孤山，二十年足不及城市……既卒，州为上闻。仁宗嗟悼，赐谥和靖先生。"曹唐《仙子洞中有怀刘阮》："不将清瑟理霓裳，尘梦那知鹤梦长。" ④六桥：西湖苏堤上有映波、锁澜、望山、压堤、东浦、跨虹六桥。 ⑤苏堤：宋《河渠志》："临安西湖，至宋渐葑田。苏轼开湖为堤，夹道植柳林者，榜曰苏公堤，行者便之。" ⑥闹红：姜夔《念奴娇》："闹红一舸，记来时、尝与鸳鸯为侣。"

绮罗香① 雨中舟次洹上

张 翥

燕子梁深，秋千院冷，半湿垂杨烟缕。怯试春衫，长恨踏青期阻。梅子后、余润留寒，藕花外、嫩凉消暑。渐惊他、秋老梧桐，萧萧金井断蛩暮。熏篝须待被暖②，催雪新词未稳，重寻笙谱。水阁云窗，总是惯曾听处。曾信有、客里关河，又怎禁、夜深风雨。一声声、滴在疏篷，做成情味苦。

[注释]

①绮罗香：调始史达祖《梅溪词》。 ②熏篝：扬雄《方言》卷五："篝，陈楚之间谓之墙居。"郭璞注："今薰笼也。"钱绎疏："《说文》：'篮，大篝也。'《广雅·释器》：'篝，笼也。'又云：'熏篝谓之墙居。'熏与蘸同。今吴人谓之烘篮。"又同卷"笼"条，郭璞注："亦呼篮。"

水龙吟　广陵送客，次郑兰玉赋蓼花韵①

张　翥

芙蓉老去妆残，露华滴尽珠盘泪。水天潇洒，秋容冷淡，凭谁点缀。瘦苇黄边，疏蘋白外，满汀烟穟②。把余妍分与③，西风染就，犹堪爱，红芳媚。　　几度临流送远，向花前、偏惊客意。船窗雨后，数枝低入，香零粉碎。不见当年，秦淮花月，竹西歌吹④。但此时此处，丛丛满眼，伴离人醉。

[注释]

①郑兰玉：生平失考。张翥另有一首《水龙吟·郑兰玉赋蜡梅工甚，予拾其遗意补之》（玉人栀貌堪怜），词题据《永乐大典》卷二八一一。张以宁亦有《次韵郑兰玉》诗。 ②穟（suì）：《诗·大雅·生民》："禾役穟穟，麻麦幪幪。" ③余妍：苏轼《雪后便欲与同僚寻春一病弥月杂花都尽独牡丹在尔刘景文左藏和顺阇黎诗见赠次韵答之》："残花怨久病，剩雨泣余妍。" ④竹西歌吹：鲍照《芜城赋》：当扬州"全盛之时，车

挂辖，人驾肩，廛闬扑地，歌吹沸天，孳货盐田，铲利铜山，才力雄富，士马精妍"。

[评析]

  在元代著名词人中，白朴虽"以制曲掩其词名"（《四库全书总目》卷一九九《天籁集》提要），但"平生留意于长短句"（王博文《天籁集序》），又因为亲受元好问指授，审美取向、词作风格及其内在的精神缘由都受到元好问的极大影响。所作如《水调歌头·感南唐故宫，就檃栝后主词》（南郊旧坛在），是"一身九患"〔白朴《沁园春》（自古贤能）中语〕的作者故国之感的自然流露，"非同时诸子所能默契"（吴梅《词学通论》）。又如《秋色横空·赠虞美人草》（儿女情多），清朗雅健，合苏、辛为一手。所以，朱彝尊说："兰谷词源出苏、辛，而绝无叫嚣之气，自是名家。元人擅此者少，当与张蜕庵称双美。"（《天籁集序》）

  张翥（1287~1368）与白朴词学门径有所不同，可以从一个方面见出宋、金词学传统在大一统的特定时代环境中的延续和再生状况。张翥的词上承白石，树骨甚高，寓意也远。上录如《多丽》，气度冲雅，用韵尤严，堪称承继南宋典雅格律之风的上乘之作。又如《绮罗香》和《水龙吟》，分别摹习白石、玉田，可云神似。如果往后看，一般认为，明初诸人手中，词学统序还没有中断，如《词综》即表彰杨基，认为其"具夔之一体"，而这一统序，正是从"所宗者犹白石、梦窗之余音"（《四库全书总目》卷一九九《蜕岩词》提要）的张翥等人而来。

临江仙

刘 基

予在江西时,与李爟(guàn)以庄善。以庄尝赋诗,有曰:"泪如霜后叶,摋摋下庭柯。"郑君希道深爱赏之。今郑君已卒,以庄与予别亦二十年,梦中相见道旧好,觉而忆其人,不知今存与亡。因记其诗,属为词,以写其悲焉。

街鼓无声更漏咽,不知残夜如何。①玉绳历落耿银河。鹊惊穿暗树,露坠滴寒莎。 梦路相逢还共说,五湖烟水渔蓑。镜中绿发渐无多。泪如霜后叶,摋摋下庭柯②。

[注释]

① "街鼓"二句:刘肃《大唐新语》卷一〇:"旧制,京城内金吾晓暝传呼,以戒行者,马周献封章,始置街鼓,俗号冬冬,公私便焉。"徐凝《和侍郎邀宿不至》:"蟾蜍有色门应锁,街鼓无声夜自深。" ②摋(shè):凋落的样子。潘岳《秋兴赋》:"庭树摋以洒落兮,劲风戾而吹帷。"

[评析]

明初词坛,作家们接过元代芊丽温雅的词风,结合时代的变迁和个人生活的变化,加以改造,注入新的内涵,体现出了属于这个特定时段的个性风貌。从创作实绩来看,他们所取得的成就,要高于张翥等人。其中,成就最高、影响最大的是刘基（1311~1375）。如这首《临江仙》，作于隐居青田时，忆友自伤，凄婉悲咽。又如《水龙吟》：

> 鸡鸣风雨萧萧，侧身天地无刘表。啼鹃进泪，落花飘恨，断魂飞绕。月暗云霄，星沉烟水，角声哀袅。问登楼王粲，镜中华发，今宵又、添多少。　极目乡关何处，渺青山、髻螺低小。几回好梦，随风归去，被渠遮了。宝瑟弦僵，玉笙簧冷，冥鸿天杪。但侵阶莎草，满庭绿树，不知昏晓。

是入明之前的作品，写时代昏浊，壮志难酬之憾。两首词都充分表现出乱世的无常和作者高远的抱负，以深刻真切见称。

有意思的是，陈廷焯尝评此词曰："伯温《临江仙》云：'镜中绿发渐无多。泪如霜后叶，摵摵下庭柯。'以开国元勋而作此哀感语，盖已兆胡惟庸之祸矣。"（《白雨斋词话》卷三）古代词话中往往有谶语之说，对照词前小序所说明的创作背景来看，此评实乃郢书燕说。问题是王昶《明词综》虽然选了这首词，却把小序给删掉了。陈廷焯却恰恰只是依据《明词综》所选刘基八首词（据张仲谋《〈明词综〉研究》），而根本没有看到或查阅《写情集》，这样一来，所作出的评论就难免错得有些离谱。

夏初临[①]　首夏即事

杨　基

瘦绿添肥，病红催老，园林昨夜春归。[②]深院东风，轻罗试着单衣。雨余门掩斜晖。看梅梁、乳燕初飞。[③]荷钱犹小，芭蕉渐长，新竹成围。　何郎粉淡，[④]荀令香销，[⑤]紫鸾梦远，青鸟书稀。[⑥]新愁旧恨，在他红药栏西。记得当时，水晶帘、一架蔷薇。有谁知，千山杜鹃，无数莺啼。

[注释]

①夏初临：即《燕春台》，此调始自张先，盖春宴词也。因黄裳有夏宴词，刘泾改名《夏初临》。曹冠《燕喜词》词序可参："淳熙戊戌，四月既望，游涵碧，登生秋、冲霄二亭，觞咏竟日。是日也，初夏恢台，园林茂密，瀑泉镗错，松韵笙箫，峦翠波光，上下相映，佳山句在。我思古人，对景兴怀，视今犹昔。何异乎兰亭之感慨也。赋《夏初临》一阕，以纪时日。"词题中"首夏"，即初夏，指农历四月。曹丕《槐赋》："伊暮春之既替，即首夏之初期。"谢灵运《游赤石进帆海》："首夏犹清和，芳草亦未歇。"　②"瘦绿"三句：李清照《如梦令》："昨夜雨疏风骤。浓睡不消残酒。试问卷帘人，却道海棠依旧。知否。知否。应是绿肥红瘦。"　③梅梁：《绍兴府志》："禹庙梁时修，忽夜风雨飘一梅梁至，乃大梅山所产也。"　④"何郎"句：刘义庆《世说新语·容止》："何平叔美姿仪，面至白，魏明帝疑其傅粉。"宋璟《梅花赋》："俨如傅粉，是谓何郎。"　⑤"荀令"句：习凿齿《襄阳记》："刘季和性爱香，谓张坦曰：'荀令君至人家，坐幕三日，香气不歇。'"　⑥青鸟：《玉佩金珰经》：元始天王与太帝乘碧霞流飙辇，上登九玄之崖。有青鸟来翔，口衔紫书，集于玉轩。

[评析]

杨基（1326~1378后）词风缠绵清俊。如这首《夏初临》，惆怅述怀，声情悲切，在传承姜夔词风的同时，又颇有新的思致。又如《蝶恋花》：

新制罗衣珠络缝。消瘦肌肤，欲试犹嫌重。莫信鹊声相侮弄。灯花几度成春梦。　　风雨又将花断送。满地胭脂，补尽苍苔空。独自移将萱草种。金钗挽得花枝动。

托闺闱以自喻，含蓄而有新意。煞拍故作宽解语，深稳浑厚。又，《清平乐·折柳》："欺烟困雨。拂拂愁千缕。曾把腰枝羞舞女。赢得轻盈如许。

犹寒未暖时光。将昏渐晓池塘。记取春来杨柳，风流全在轻黄。"也是"每句弄态"（沈际飞《草堂诗余新集》评语）的体物传神之作。〔按：作为明代咏物高手的杨基，不仅有《金陵对雪用苏长公聚星堂禁体韵》这样颇见功力的禁体诗作："黄云冻凝不成叶，十载江南无此雪。朱帘十二晓开齐，正值千山鸟飞绝。墙腰檐角危欲堕，竹顶松梢重将折。偏来舞殿斗轻盈，忽上金钗易消灭。谁家沉火吹笙坐，着处银瓶呵手掣。脂凝香靥罢晨妆，脸晕微涡散春缬。带雨欲拈仍作片，因风误触俄成屑。渔蓑向晚画难工，歌楼未晓光盈瞥。怪事休惊越犬吠，丰年每信吴侬说。欲和东坡白战诗，冰满霜毫砚如铁。"更有史无前例的《水调歌头》禁体雪词，序云："咏雪禁体。尝爱欧阳及苏公禁体雪诗，而自古雪词无禁体者。十月晦，余归龙江，风雪连日，因赋《水调歌头》一曲，仍不用盐、梅、玉、洁、皓、白、飞、舞字。"词曰："风色夜来紧，寒气十分严。起看江上楼阁，无处不钩帘。短短钓簑渔艇，小小竹篱茅舍，斜挂一青帘。醉眼傲今古，不饮笑陶潜。　　正簌簌，俄扬扬，复纤纤。楚山埋没何在，高处露双尖。人道党家风味，不比陶家清致，我欲两相兼。举盏庆丰瑞，来岁不须占。"远绍苏轼《聚星堂雪》诗，都在一定程度上收到了"不用之用"的预期审美功效。〕

后来，陈维崧有一首《夏初临·本意。癸丑（1673）三月十九日，用明杨孟载韵》：

中酒心情，拆绵时节，酺醹刚送春归。一亩池塘，绿阴浓触帘衣。柳花搅乱晴晖。更画梁、玉剪交飞。贩茶船重，挑笋人忙，山市成围。　　蓦然却想，三十年前，铜驼恨积，金谷人稀。划残竹粉，旧愁写向阑西。惆怅移时，镇无聊、掐损蔷薇。许谁知、细柳新蒲，都付鹃啼。

传统"伤春"、"闲愁"的形态被翻用来表现故国之痛。实景实情,目中所见,心中所感,化合一体,纯以神行。

沁园春 雁

高 启

木落时来,花发时归,年又一年。记南楼望信①,夕阳帘外,②西窗惊梦,夜雨灯前。③写月书斜,战霜阵整,横破潇湘万里天④。风吹断,见两三低去,似落筝弦⑤。　　相呼共宿寒烟。想只在芦花浅水边。恨呜呜戍角,忽催飞起,悠悠渔火,长照愁眠。⑥陇塞间关⑦,江湖冷落,莫恋遗粮犹在田。须高举,教弋人空慕⑧,云海茫然。

[注释]

①南楼:赵嘏《寒塘》:"乡心正无限,一雁度南楼。"　②"夕阳"句:周邦彦《玉楼春》:"烟中列岫青无数,雁背夕阳红欲暮。"　③"西窗"二句:李商隐《夜雨寄北》:"何当共剪西窗烛,却话巴山夜雨时。"　④"横破"句:钱起《雁》:"潇湘何事等闲回,水碧沙明两岸苔。"　⑤似落筝弦:李商隐《昨日》:"二八月轮蟾影破,十三弦柱雁行斜。"　⑥"悠悠"二句:张继《枫桥夜泊》:"月落乌啼霜满天,江枫渔火对愁眠。"　⑦间关:《汉书·王莽传》颜师古注:"间关,犹言崎岖展转也。"　⑧弋人:扬雄《法言·问明》:"鸿飞冥冥,弋人何慕焉。"

[评析]

这是高启(1336~1374)久负盛名的一首作品。清冷疏旷,"句句精秀",非"信笔写去"的寻常咏雁之作。暗含对当时政治高压的高度警觉,"能言之,而终自不免"(陈廷焯《云韶集》卷一二)。将其置于元好问的《摸鱼儿》、张炎的《解连环》和后来朱彝尊的《长亭怨慢》中,允称四友。

高启字季迪,长洲(今江苏苏州)人。元末曾隐居吴淞江畔的青丘,因自号青丘子。明初,召修《元史》,授翰林院国史编修。擢户部右侍郎,固辞不受。后坐"上梁文"案,被腰斩。"终自不免"即指此。〔按:"上梁文"案,《明史·魏观传》有载:"初,张士诚以苏州旧治为宫,迁府治于都水行司。观以其地湫隘,还治旧基。又浚锦帆泾,兴水利。或谮观兴既灭之基。帝使御史张度廉其事,遂被诛。帝亦寻悔,命归葬。"又《高启传》:"启尝赋诗,有所讽刺,帝嗛之未发也。及归,居青丘,授书自给。知府魏观为移其家郡中,旦夕延见,甚欢。观以改修府治,获谴。帝见启所作上梁文,因发怒,腰斩于市。"上梁文今已佚,《郡治上梁》诗尚存集中:"郡治新还奋观雄,文梁高举跨晴空。南山久养干云器,东海初生贯日虹。欲与龙庭宣化远,还开燕寝赋诗工。大材今作黄堂用,民庶多归广庇中。"不过应酬凑附之作而已。看来,根本原因还是在于"不为我用",而不为所用的因由,却又正如赵翼《廿二史札记》卷三二所论:"盖是时明祖惩元季纵弛,一切用重典,故人多不乐仕进。"这是一个死结。〕

转应曲[①]

杨 慎

银烛。银烛。锦帐罗帏影独。离人无语消魂。细雨斜风掩门。门掩。门掩。数尽寒城更点。

[注释]

①转应曲：即《调笑令》，又名《古调笑》、《宫中调笑》、《调啸词》。《乐苑》入双调。白居易《代书诗一百韵寄微之》："打嫌《调笑》易，饮讶《卷波》迟。"自注："抛打曲有《调笑令》，饮酒曲有《卷白波》。"三十二字，四仄韵，两平韵，两叠韵。平仄韵递转，难在平韵再转仄韵时，二言叠句必须用上六言的最后两字倒转为之，所以又名为《转应曲》。龙榆生《唐宋词格律》谓：唐词格式全同，惟句中平仄颇多出入，兹以韦应物一首为准，于举例中兼采王建、戴叔伦诸作，藉资比较。北宋以后，多用不转韵格。三十八字，七仄韵，联章以成"转踏"，藉以演唱故事。兹附列为变格。

[评析]

杨慎（1488~1559）的这首《转应曲》写闺中愁怀思绪，香艳凄楚，分外动人。累月经年，闺房深闭，夜夜挑灯，独守空房。词由触景生情而起。怕见影独，所以高烧银烛。心情本已凄苦，却又有斜风细雨，更添人愁绪。长夜漫漫，却辗转不眠，凄凉难耐。寒更数尽，相思之情愈加浓重，离人心绪越发难解。

杨慎博学多才，终生治学，对词学用功甚深，已知的著述，除词别集外，尚有《批点草堂诗余》、《词林万选》、《百琲明珠》、《古今词英》、《填词选格》、《词苑增奇》、《填词玉屑》、《诗余辑要》和《词品》等。〔按：张师宏生《杨慎词学与〈草堂诗余〉》一文指出，这些著作，不排除有伪托或他人抄撮而成者。晚明的出版文化，特别是评点之学，有一个非常显著的特点，即经常假托文化名流为评点者，以扩大销路，获取经济利益。以《草堂诗余》为例，其著者，如杨慎评点者，有嘉靖末朱墨套印本、万历四十八年（1620）金陵朱之蕃刻词坛合璧本；沈际飞评点者，有明末童涌泉刻本、翁少麓刊本、万贤楼自刻本等；李廷机评点者，有万历十六年（1588）书林詹圣学刻本、万历二十三年（1595）书林郑世豪宗文书舍刻本、万历间李良年东壁轩刻本、天启五年（1625）周文耀朱墨套印本；董其昌评点者，有万历三十年（1602）乔山书舍刻本；李攀龙评点者，有万历四十三年（1615）书林自新斋余文杰刻本、万历四十七年（1619）师俭堂萧少衢依京板刻本；等等。现在看来，多半是出于伪托。其中，状元杨慎由于在词学创作和研究方面的成就，其被冒名，原是题中应有之义。即如《百琲明珠》一书，二十世纪三十年代被赵尊岳辑入《明词汇刊》的本子，很可能并非杨慎原本，张仲谋《明词史》曾从著录、篇幅、选目、评点四个方面提出质疑，其言可从。至于其作伪的手段，也和当时类似的伪作一样，是从其他有关著作中抄撮而成，以构成评点。这一点，通过比较评点本评语与《词品》中的相近内容，完全可以见出，即其作者确实是杨慎，但却并不是杨慎实有其书，而是出自书商的造作。]他在词风普遍受到《草堂诗余》影响的背景下登上词坛，在词的创作上倾注了极大的心思才力，因为"奇藻天发"，别创明词一境，而被王廷表许为"本朝第一"（《升庵长短句跋》）。

《升庵长短句》基本上是杨慎被贬到云南以后的作品。特定的遭际，为杨慎的创作提供了新的泉源。如《江城子·丙戌（1526）九日》和《临江仙·可渡桥喜晴》二首：

客中愁见菊花黄。近重阳。倍凄凉。强欲登高，携酒望吾乡。玉垒青城何处是，山似戟，割愁肠。　寒衣未寄早飞霜。落霞光。暮天长。戍角一声，吹起水茫茫。关塞多愁人易老，身健在，且疏狂。

万里云南可渡，七旬老叟华颠。金羁翠帽杏花鞯。还家剑锋画，出塞马蹄穿。　旧店主人争羡，升翁真是神仙。东征西走几多年。风霜知自保，穷达任皇天。

前一首融化柳宗元、苏轼诗、词意境，既悲哀伤感，又倜傥疏狂，特别能够显示出苏词的气度。后一首可以让我们想起苏轼的名篇《定风波》，其中"也无风雨也无晴"的乐观精神，以及那种虽然历经艰难困苦而泰然自若的气度,都融为杨慎词中的一种积极的取向。

杨慎之作,大抵香艳平俗。以上作品,加上被王廷表许为"《升庵长短句》中第一"的《六州歌头·吊诸葛》(伏龙高卧),被认为是杨慎最动人的两首词——这首《转应曲》和《水调歌头》(春宵微雨后),乃至最负盛名、也是最深入人心的《临江仙》(滚滚长江东逝水),如果用南宋以来的正统词学观来看,当然都称不上雅,因此,也可以视为《草堂诗余》的某种回响,尽管,其中蕴含的精神也是《草堂诗余》所不能限制的。

蝶恋花　丙寅(1626)寒夜与宛君话君庸作①

张倩倩

漠漠轻阴笼竹院。细雨无情,泪湿霜花面。试问寸肠何样断。残红碎绿西风片。②　千遍相思才夜半。又听楼前,叫过伤心雁③。不恨天涯人去远。三生缘薄吹箫伴。

[注释]

①词题,沈宜修《表妹张倩倩传》:"此阕则丙寅寒夜与余谈及君庸,相对泣作也。"君庸,张夫沈自徵之字,沈宜修弟。宛君,沈宜修之字。　②"试问"二句:周铭《林下词选》作"落叶西风吹不断。长沟流尽残红片"。　③伤心雁:李清照《声声慢》:"雁过也,正伤心,却是旧时相识。"

[评析]

张倩倩(1594~1627)此词写秋夜怀人。先从傍晚无聊、自怨自伤写起。泪湿霜花,碎绿残红在西风中片片飘零,情在其中。过片点出"相思"二字,"千遍"和"才"之反差,已足见相思之深、之苦,此际忽又雁过楼头。万恨千愁,皆源自良人远出,结二句却反用弄玉、萧史之典,说"不恨天涯人去远",只恨自身福薄,以脱略之语表现深切思念,而伤心自见。这种先否定、后肯定的婉而切的写法,能使词意多一层曲折,更加耐人寻味。

张倩倩是沈宜修第三女叶小鸾的六舅母。小鸾生才六月,因家贫乏乳,遂育于舅氏沈君庸家。小鸾幼即灵慧,三四岁时,舅父口授《万首唐人绝句》及《花间》、《草堂》诸词,"皆朗然成诵,终卷不遗一字","四岁能诵《离骚》,不数遍即能了了"。十岁归家。十七岁时,于婚期前五日而卒。〔按:吴江的叶、沈两家是明清时期江浙地区著名的文学世家。叶氏自叶绍袁起,三代以文显名。明崇祯间,叶绍袁编辑《午梦堂集》,收入家人十种著述,引起文坛上不小的震动。沈氏则自明弘治、嘉靖间以文知名至清光绪初,历四百年有文学家十二代一百三十九人,并于乾隆间刊刻《吴江沈氏诗集录》,辑录沈氏一门九十一位诗人的近千首作品。尤侗尝誉之"吴兴骚雅,领袖江南"(《古今词选序》)。叶、沈两家同居一邑,门第相当,彼此间联姻自在情理之中。这种联姻在文化上带来的意义之一,是对文学的积极影响,尤其是与家族中女性作家的文学活动息息相关。吴江叶、沈两大文学世家的联姻,可考知的有三代。第一代为叶氏家族的叶绍袁与沈氏家族的沈宜修。第二代为叶绍袁、沈宜修第三子叶世偁与沈宜修弟沈自炳之女沈宪英;叶绍袁、沈宜修次女叶小纨与沈璟之孙沈永桢。第三代为叶绍袁从孙叶舒胤与沈永桢、叶小纨之女沈树荣。详参李真瑜《文学世家的联姻与文学的发展——以明清时期吴江叶、沈两家为例》。〕

烛影摇红① 咏雊堂忆旧

商景兰

春入华堂,玉阶草色重重暗。寒波一片映阑干,望处如银汉。风动花枝深浅。忽思量、时光如箭。歌声撩乱,环佩玎珰,繁华未断。　　游赏池台,沧桑顷刻风云换。中宵笳角恼人肠,泣向庭闱远。何处堪留顾盼。更可怜、子规啼遍。满壁图书②,一枝残蜡,几声长叹。

[注释]

①烛影摇红:吴曾《能改斋漫录》卷一七:王都尉(诜)有《忆故人》词,徽宗喜其词意,犹以不丰容宛转为恨,乃令大晟乐府,别撰腔,周邦彦增益其词,而以首句为名,谓之《烛影摇红》。〔按:王词为:"烛影摇红,向夜阑、乍酒醒,心情懒。尊前谁为唱阳关,离恨天涯远。　无奈云沉雨散。凭栏杆,东风泪眼。海棠开后,燕子来时,黄昏庭院。"周词为:"芳脸匀红,黛眉巧画宫妆浅。风流天付与精神,全在娇波眼。早是萦心可惯。向尊前、频频顾盼。几回相见,见了还休,争如不见。　烛影摇红,夜阑饮散春宵短。当时谁会唱阳关,离恨天涯远。争奈云收雨散。凭阑干、东风泪满。海棠开后,燕子来时,黄昏深院。"〕王诜词本小令,原名《忆故人》,或名《归去曲》,以毛滂词有"送君归去添凄断"句也。若周邦彦词,则合毛、王二体为一阕。赵雍词更名《玉珥坠金环》。元好问词更名《秋色横空》。　②满壁图书:孙静庵《明遗民录》:"祁氏自先世多藏书,梅墅寓园,池馆之胜甲于越。"

[评析]

商景兰（1604~1676）此词写于明亡以后。抚今追昔，通过对照咏雏（zhuī）堂昔日的繁华与今日的凄凉，折射出易代前后的沧桑变化。如赵尊岳《锦囊诗余跋》所云："以朴语写至情，寓家国之感于变徵之音。视莲社诸作，庶几趾美，而得之金闺硕媛，为尤非易易也。"

在晚明女性文学群体中，备受瞩目的吴江叶氏家族满门风雅，在当时却并非一枝独秀，即如山阴祁氏家族的女性文学成就，就毫不逊色于吴江叶氏。毛奇龄在《越郡诗选凡例》中曾这样描述：

> 闺秀则梅市一门，甲于海内；忠敏（祁彪佳）擅太傅之声，夫人（商景兰）孕京陵之德。闺中顾妇，博学高才；庭下谢家，寻章摘句。楚缥、赵璧，援女诫之著书；卞客、湘君，乐诸兄之同砚。其他巨室名姝，香奁绣帙，董陶徐郑，咏览颇多；玉映静因，流传最久。编题姓氏，约十二家；闺阁风流，莫此为盛。

商景兰是晚明山阴祁氏女性文学群体的中心人物，也是晚明山阴女性文学的翘楚。商景兰身边的女性诗人，家族内部有商景兰的女儿德渊、德琼、德茝，子妇张德蕙、朱德蓉，妹妹商景徽和甥女徐照华；家族外部则有"闺塾师"黄媛介和女尼谷虚。

菩萨蛮　春雨

陈子龙

廉纤暗锁金塘曲。①声声滴碎平芜绿②。无语欲摧红。断肠芳草中③。　　几分消梦影。数点胭脂冷。何处望春归。空林莺暮啼。

[注释]

①"廉纤"句：黄庭坚《次韵赏梅》："微风拂掠生春思，小雨廉纤洗暗妆。"叶梦得《为山亭晚卧》："泉声分寂历，草色借廉纤。"刘禹锡《城东闲游》："斜阳众客散，空锁一园春。"　②平芜：欧阳修《踏莎行》："平芜尽处是春山，行人更在春山外。"　③断肠：曹操《蒿里行》："生民百遗一，念之断人肠。"

虞美人　咏镜①

陈子龙

碧阑囊锦妆台晓。冷冷相对早。剪来方尺小清波。容得许多憔悴、暗消磨。　　海棠一夜轻红倦。②何事教重见。数行珠泪倩他流③。莫道无情却会、替人愁。

[注释]

①词题，陈寅恪《柳如是别传》："此词后半阕尤妙。此镜必为河东君之物无疑，否则卧子词中语意不如是也。"　②"海棠"句：李清照《如梦令》："昨夜雨疏风骤。浓睡不消残酒。试问卷帘人，却道海棠依旧。知否。知否。应是绿肥红瘦。"　③倩：朱敦儒《相见欢》："试倩悲风吹泪，过扬州。"

婉约词 | 263

唐多令　寒食。时闻先朝陵寝，有不忍言者

陈子龙

碧草带芳林。寒塘涨水深。五更风雨断遥岑①。雨下飞花花上泪，吹不去、两难禁。　　双缕绣盘金。平沙油壁侵②。宫人斜外柳阴阴③。回首西陵松柏路，肠断也、结同心。

[注释]

①遥岑：辛弃疾《水龙吟》："遥岑远目，献愁供恨，玉簪螺髻。"
②油壁：周邦彦《应天长》："长记那回时，邂逅相逢，郊外驻油壁。"
③宫人斜：王建《宫人斜》："未央墙西青草路，宫人斜里红妆墓。"

[评析]

有明一代，词学衰微，直到晚明陈子龙（1608~1647）为代表的云间词派出现，才带来复兴的曙光，"开三百年来词学中兴之盛"（龙榆生《近三百年名家词选》陈氏小传）。

云间词派是明清之交特定的社会环境和词学背景中涌现出的文学流派，活动于明崇祯之初以迄清顺治一朝四十年左右的时段，组成人员均隶江苏松江府治，既有云间（今上海市松江区，明时辖华亭、娄县二邑）籍，也有青浦、奉贤籍。云间词派在词学上以复古为革新，其复古是该派中人整体复古意识在一个方面的体现，也是当时整个文坛的大背景。具体而言，是指他们有鉴于明词创作中"时复近曲"的现象，追本穷源，梳

理词史,推奖五代、北宋,贬抑南宋。正如陈子龙在《幽兰草·题词》中所云:

> 晚唐语多俊巧而意鲜深至,比之于诗,犹齐梁对偶之开律也。自金陵二主以至靖康,代有作者,或秾纤婉丽,极哀艳之情;或流畅淡逸,穷盼倩之趣。然皆境由情生,辞随意启,天机偶发,元音自成,繁促之中尚存高浑,斯为最盛也。南渡以还,此声遂渺。寄慨者亢率而近于伧武,谐俗者鄙浅而入于优伶,以视周、李诸君,即有彼都人士之叹。

总的来看,该派着力追求古、雅的词学高境,以期革除粗、俗的词学弊端,词学观念一脉相承。〔按:当然,陈子龙徒孙沈亿年提出过"五季犹有唐风,入宋便开元曲"等更显严厉而偏狭之论。〕

陈子龙所作,是这些观念的忠实体现,在云间一派中具有代表性。现存陈子龙《幽兰草》五十五首,成于明亡之前,意欲回归五代词风,更多接过的却是《花间》传统。不过,时代毕竟不同,身份也大异,作为爱国志士,面对即将分崩离析的天下大势,即使倚红偎翠,也不可能无动于衷,所以,在承接晚唐五代词风的同时,也会有意无意注入由作者本身的学养、抱负所决定的某些志意,从而开阔作品的境界。上录《菩萨蛮》、《虞美人》二词正是如此,都寄慨遥深,注入了更为复杂的内涵,在某种程度上,可以和李璟《摊破浣溪沙》比观。亡国后所写,如上录绝笔词《唐多令》,词中比兴寄托就明显得多了。这与他在《幽兰草·题词》中提出的"情"和"意",即创作的缘由和对感情的规范,在精神上也是一致的。

浪淘沙　杨花

李　雯

金缕晓风残①。素雪晴翻。为谁飞上玉雕阑。可惜章台新雨后,踏入沙间。　沾惹太无端。青鸟空衔。一春幽梦绿萍闲。暗处消魂罗袖薄,与泪偷弹②。

[注释]

①金缕:柳条新绿,嫩黄如金线,因称金缕。晏殊《蝶恋花》:"杨柳风轻,展尽黄金缕。"　②与泪偷弹:苏轼《水龙吟》:"细看来,不是杨花,点点是离人泪。"

[评析]

在陈子龙的影响下,其他云间词人基本上也是这种路数。如李雯(1608~1647)的这首《浪淘沙》,以及宋征舆的一首《蝶恋花》:

宝枕轻风秋梦薄。红敛双蛾,颠倒垂金雀。新样罗衣浑弃却。犹寻旧日春衫著。　偏是断肠花不落。人苦伤心,镜里颜非昨。曾误当初青女约。只今霜夜思量著。

都浸润沉哀,婉转缠绵,所谓"丽语而复当行"(蒋景祁编《瑶华集·名家词话》之邹祗谟语),体现出清词开端的不同气象。这首杨花词,与他自己的落叶词相比,〔按:系指《蝶恋花·落叶》:"惨碧愁黄无气力。做尽秋声,砌满栏杆侧。疑是纱窗风雨入,斜阳又送栖鸦急。　不比落花多爱惜。南北东西,自有人知得。昨夜小楼寒四壁,半堆金井霜华湿。"〕身世之感更加明显。虽然也是抓住杨花漫天飞舞的特征加以描绘,但夹杂着"暗处消魂"的自惭自悔,咏物中深有寄托。

满江红^①

王彦泓

眼角眉端,谁道是、便成抛散。^②怕向那、定情帘下,诉愁窗畔。几度卸装垂手望,无端梦觉低声唤。^③猛思量、此际正天涯,啼珠溅。　欲寄语,加餐饭^④。难嘱咐,凭鱼雁^⑤。隔云山牵挽,寸心如线。^⑥善病每逢春月卧,长愁多向花前叹。况如今、憔悴已难堪,何曾惯。

[注释]

①满江红:此调有仄韵、平韵两体。仄韵词宋人填者最多,其体不一。《钦定词谱》以柳词为正体,其余各以类列。柳永《乐章集》注仙吕调。高拭词注南吕调。平韵词只有姜词一体,宋元人俱如此填。　②"眼角"二句:王实甫《西厢记》第一本第一折:"休题眼角留情处,只这脚踪儿将心事传。"杜安世《菊花新》:"几回向伊言,交今后、更休抛闪。"　③"几度"二句:《西洲曲》:"阑干十二曲,垂手明如玉。"《子夜歌》:"想闻欢呼声,虚应空中喏。"　④加餐饭:《古诗十九首》:"捐弃勿复道,努力加餐饭。"　⑤鱼雁:晏几道《生查子》:"关山魂梦长,鱼雁音尘少。"　⑥"隔云山"二句:李颀《送魏万之京》:"鸿雁不

堪愁里听，云山况是客中过。"黄庭坚《鹧鸪天》："黄花白发相牵挽，付与时人冷眼看。"

[评析]

  王彦泓（1593~1642）以善写男女之情著称。此词继承周邦彦开创的以此调写柔情的路子，并灵活化用古乐府语句，摹拟闺中女子口吻，抒写春日情愁，缠绵悱恻，沁人肝脾。尤其是上片中"几度卸装垂手望"二句，刻画恋人无限思恋的心理，细致入微。紧接着又以"猛思量"领起，进一步表现出苦恋者感情的跳跃变化，如痴如醉，确有独到之处。

  关于王彦泓，朱彝尊曾指出："风怀之作，……存者，玉溪生最擅场，韩冬郎次之，由其缄情不露，用事艳逸，造语新柔，令读之者唤奈何，所以擅绝也。后之为艳体者，言之惟恐不尽，诗焉得工？故必琴瑟钟鼓之乐少，而寤寐反侧之情多，然后可以追韩轶李。金沙王次回，结撰深得唐人遗意。"（《静志居诗话》卷一九）将其视为李商隐、韩偓之后又一位优秀的香奁体作家，这或许应该是公论。王彦泓也是词坛有名之辈。《今词初集》卷一就收有他的《满江红》（眼角眉端）、《念奴娇》（帘栊午寂）两首，说明编者顾贞观和纳兰性德还是比较了解并看重他的词；编成于康熙晚期的《御选历代诗余》，卷五十六也收了这首《满江红》。总的来看，词如其诗，然远逊于诗。

  有必要指出的是，署名王彦泓的《疑云集》，已被认定为一部伪书（参耿传友《王次回〈疑云集〉辨伪》），其卷四中所收一百〇二首词，全部取自晚清俞廷瑛的《琼华词集》〔按：《琼华词集》凡二卷，收词一百一十六首，卷上四十七首，卷下六十九首，是由谭献从俞廷瑛所作三百余首中删定而得。又，《疑云集》所收五百三十一首诗中，也有近二百首见于俞廷瑛的《琼华诗集》。俞氏诗词集，有光绪九年（1883）刻本，并载《清代诗文集汇编》〕。俞氏弟子徐珂最先发现，《疑云集》中有二十二首词为其师所作，并指出，其缘由在于当时"奸贾射利，攘师词以附益之，冀使卷帙稍富也"（徐珂《可言》卷五）。

烛影摇红　寓怨

夏完淳

孤负天工①。九重自有春如海②。佳期一梦断人肠，静倚银釭待③。隔浦红兰堪采④。上扁舟，伤心欸乃⑤。梨花带雨⑥，柳絮迎风，一番愁债。　　回首当年，绮楼画角生光彩。朝弹瑶瑟夜银筝，歌舞人潇洒。一自市朝更改，暗销魂，繁华难再。金钗十二⑦，珠履三千⑧，凄凉千载。

[注释]

①天工：陆游《新燕》："天工不用剪刀催，山杏溪桃次第开。"②九重：刘长卿《新安奉送穆谕德归朝赋得行字》："九重宣室召，万里建溪行。"　③银釭：白居易《卧听法曲霓裳》："起尝残酌听余曲，斜背银釭半下帷。"晏几道《鹧鸪天》："今宵剩把银釭照，犹恐相逢是梦中。"④红兰：萧统《文选》江淹《别赋》："见红兰之受露，望青楸之离霜。"李周翰注："兰至秋，色红也。"　⑤欸（ǎi）乃：柳宗元《渔翁》："烟消日出人不见，欸乃一声山水绿。"　⑥梨花带雨：白居易《长恨歌》："玉容寂寞泪阑干，梨花一枝春带雨。"　⑦金钗十二：《谈苑》："牛僧孺自夸服金石千斤甚得力，而歌舞之妓颇多。乐天戏赠云：'钟乳

三千两,金钗十二行。'" ⑧珠履三千:《史记·春申君列传》:"春申君客三千人,其上客皆蹑珠履。"

[评析]

云间词风由于心态剧变而随之发生变易,在夏完淳(1631~1647)的作品中也能得到印证。如此词,写于南都陷落之后。上片怀念伊人而抒春愁。下片抚今忆昔,慷慨生哀。通过男女的离情别绪,寄托国亡家破的怨恨。确如赵尊岳所评:"忠愤之怀,字里行间,一一流露。"(《惜阴堂明词提要》)又如《一剪梅·咏柳》:

无限伤心夕照中。故国凄凉,剩粉余红。金沟御水自西东。昨岁陈宫。今岁隋宫。 往事思量一晌空。飞絮无情,依旧烟笼。长条短叶翠蒙蒙。才过西风。又过东风。

也是一样的沉郁凄清,可以当《东京梦华录》来读(《历代词话》引沈雄《柳塘词话》),而与该派中人国变以前一类冶游香艳之作大不同。

在这里,有必要集中而简要地谈一谈关于明词的批评。一般来说,明人对明词的评价不太高。有时,虽然指出若干名家,却又往往多方指摘,加以批判。这种思路,一直延续到明代末年,仍然没有改变。以本朝人评本朝词,毕竟缺少历史的距离,因而不一定完全客观,也不一定能够站在相应的高度上。这一工作主要还是要留给开拓了词学中兴局面的清人来完成。清人探讨明代词学,并不完全是为了对词史发言,更重要的动机还是以全面总结明代词学的发展,来推动清代词学的建构。清人为了推动词学复兴,对前代遗产都进行过认真的总结,不仅总结了被认为处于成熟期的唐宋词,而且总结了处于衰微期的宋以后词。尤其是明代去清不远,更成为反思的重要对象。清人总结明词,往往从大处着眼,从词的基本特点出发,因此,但各宗各派对明代词学的看法却大体相似,基本上没有出现大起大落的现象。即使有一些不同，也有着具体的指向，不涉及整体的趋势。清人对明词的总结从历史和美学两个方面同时展开，将明词置于一个变化发展的过程之中予以认识，在整体的否定（具体批评主要集中在不合声律、鄙俚浮靡、以曲为词、师承不高这四个方面）之下，也有一些局部的肯定。这些，都已经在词史的发展过程中不断得到印证。因此，仍然具有很强的生命力。今人研究明词的基本思路，仍然和清人有相似之处，就是明证。了解清代词人在进行多元建构时，对明代词风所进行的这些总结，探究其中的思路，不仅对研究明词具有很大的参考价值，而且对研究清词也能提供一定的启发。

第四编 清词

临江仙　逢旧

吴伟业

落拓江湖常载酒,①十年重见云英。②依然绰约掌中轻。③灯前才一笑,偷解砑罗裙④。　薄幸萧郎憔悴甚⑤,此身终负卿卿。姑苏城上月黄昏。绿窗人去住,红粉泪纵横。⑥

[注释]

①"落拓"句:杜牧《遣怀》:"落拓江湖载酒行,楚腰纤细掌中轻。"　②"十年"句:罗隐《赠妓云英》:"钟陵醉别十余春,重见云英掌上身。"　③"依然"句:白居易《长恨歌》:"楼阁玲珑五云起,其中绰约多仙子。"《飞燕外传》:赵飞燕"体轻,能为掌上舞"。　④砑(yà)罗:一种经石碾压磨,结实而有光泽的丝罗织品。崔怀宝《忆江南》:"得近玉人纤手子,砑罗裙上放娇声。"〔按:此词,陆本《岁时广记》卷一七引《丽情集》所录原无调名,此据《全唐诗》卷八九一补。卓人月《古今词统》卷一调作《望江南》。《古今词统》、《粤东词钞》(许玉彬、沈世良编)别又作黄损词。《古今词统》所收出自《北窗志异》,乃是从《丽情集》附会而来,未可信据。又,《粤东词钞》作为一部郡邑词选,跟《曲阿词钞》《柳洲词选》《荆溪词初集》《西陵词选》《松陵绝妙词选》《清平初选后集》《梅里词辑》《海曲词钞》《白山词介》《东皋诗余》《三台词录》《四明近体乐府》《阙里孔氏词钞》《江东词社词选》《淮海秋笳集》《国朝杭郡词辑》《砅川词钞》《合肥词钞》《国朝金陵词钞》《清金陵词钞》《笠泽词征》《国朝常州词录》《浔溪词征》《湖州词征》《粤西词见》《皖词纪胜》《国朝安徽词录》《闽词钞》《闽词征》《楚四家词》《滇词丛录》《湖南六家词钞》等数十

种一样,都是考察清代词史颇为可观的辅助材料。〕　⑤萧郎:《梁书·武帝纪》:王俭一见武帝,深相器异,谓庐江何宪曰:"此萧郎三十内当作侍中,出此则贵不可言。"崔郊《赠去婢》:"侯门一入深如海,从此萧郎是路人。"

⑥"绿窗"二句:油蔚《赠别营妓卿卿》:"日照绿窗人去住,莺啼红粉泪纵横。"

[评析]

吴伟业(1609~1671)的词,早年属香艳一路,如被同行羡称的《丑奴儿令》(低头一霎风光变);后期所作,与李雯、宋征舆等笔墨浅淡的愧疚大不同,最能代表出处进退失据而心态词境前后变易的作家面貌,熔铸身世之感与时事之慨的作品,在相当程度上开创了一种特定的风气。

此词是吴伟业为"秦淮八艳"之一的卞玉京而作。言外一片身世之感,写来"哀艳而超脱"(陈廷焯《白雨斋词话》卷三),如邓汉仪评点所云:"总是无聊情绪,借红袖发之,以为流连金粉,非善知宫尹者。"词中所谓"此身终负卿卿",略如吴伟业《过锦树林玉京道人墓并传》所言:"(卞)与鹿樵生(吴伟业自号)一见,遂欲以身许。酒酣拊几而顾曰:'亦有意乎?'生固为若弗解者,长叹凝睇,后亦竟弗复言。"兹附录卞氏小传以备参:

卞赛,一名赛赛,秦淮名妓,后为女道士,自号玉京道人。知书,工小楷,擅画兰。喜作风枝袅娜,一落笔,尽十余纸。尤善鼓琴。年十六游金阊,居虎丘,湘帘棐几,地无纤尘。见客,不甚酬应,若遇文士,则谐谑间作,谈论如云,一座倾倒。寻归秦淮。乱后,复游吴,作道人装。侍儿柔柔,静好女子也,承奉砚席如弟子。未几,渡浙江,归丁东中一诸侯。不满意,进柔柔当夕,乞身下发。复归吴门,筑别馆以居。长斋绣佛,持戒律甚严。尝刺舌血,书《法华经》一部。又十余年而卒,葬于惠山祇陀庵锦树林。(叶衍兰编《秦淮八艳图咏》)〔按:"秦淮八艳"之并称始于《图咏》,特指晚明名妓中的马湘兰、卞玉京、李香君、柳如是、董小宛、顾横波、寇白门、陈圆圆。《板桥杂记》中卷"丽品"所载当日脍炙人口、且为作者余怀"得而见之"的秦淮佳丽,则包括旧院中尹春、尹文、李十娘、李媚、葛嫩、李大娘、顾媚、董白、卞赛、卞敏、范珏、顿文、沙才、马娇、马嫩、小马嫩、顾喜、朱小大、王小大、张元、刘元、崔科、董年、李香等二十四人,另附珠市中王月、王节、寇湄等三人。〕

唐多令　感怀

徐　灿

玉笛送清秋。红蕉露未收。晚香残、莫倚高楼①。寒月羁人同是客②,偏伴我、住幽州。　小院入边愁。③金戈满旧游。问五湖、那有扁舟④。梦里江声和泪咽,何不向、故园流。

[注释]

①晚香:韩琦《九日小阁》:"莫嫌老圃秋容淡,且看黄花晚节香。"

②羁人:鲍照《代悲哉行》:"羁人感淑景,缘感欲回辙。"　③"小院"句:杜甫《秋兴八首》其六:"花萼夹城通御气,芙蓉小苑入边愁。"

④五湖:《国语·越语》:"反至五湖,范蠡辞于王曰:'君王勉之,臣不复入越国矣。'"张勃《吴录》:"五湖者,太湖之别名,以其周行五百余里,故以五湖为名。"

[评析]

明清女词人对李清照的超越,语意和篇目是一方面,另一方面是继承并发展李清照所开创的女性词的传统。在这方面,生当明清之际的徐灿(生卒年不详)很有代表性。与易安词相比,徐灿的超越是对女性词传统的偏离,更是一种拓展,这主要表现在:境界更为开阔,表现社会历史变迁的强度和力度更大,沉郁之情别开女性词家一境。比如由于避乱随戍,因此每写旅怀,如《惜分钗·旅怀》(移春槛);由于精熟历史,所以感慨古今,如《青玉案·吊古》(伤心误到芜城路);闺中唱和,具见姊妹情谊,如《玉楼春·寄别四娘》(风波忽起催人去);夫妻酬答,备显患难真情,如《水龙吟·次素庵韵感旧》(合欢花下流连)。这些,都是此前女性词人作品中少见或不见的,说明徐作已经不再局限于比较小的个人空间,而是逐步显现出较为开阔的思绪。这首《唐多令》也是如此,国家倾覆,家庭变迁,现实空间的无奈,心理空间的阻隔,回忆中的怅惘,瞻念中的绝望……所有这些,交织在一起,把作者的矛盾和无奈表现得淋漓尽致,增强了词的深度和厚度。又如《永遇乐》:

无恙桃花,依然燕子,春景多别。前度刘郎,重来江令,往事何堪说。逝水残阳,龙归剑杳,多少英雄泪血。千古恨、河山如许,豪华一瞬抛撇。　　白玉楼前,黄金台畔,夜夜只留明月。休笑垂杨,而今金尽,秾李还销歇。世事流云,人生飞絮,都付断猿悲咽。西山在、愁容惨黛,如共人凄切。

相比于李清照同调名作的以个人生活具体变化来点出家国沦亡之痛,徐灿基本上是站在一定的历史高度,直接描写所发生的历史悲剧,并说出对这场剧变的深切感受,笔力雄健,确有为易安所不及处。

踏莎行

徐 灿

芳草才芽,梨花未雨。春魂已作天涯絮。晶帘宛转为谁垂①,金衣飞上樱桃树②。　故国茫茫,扁舟何许。夕阳一片江流去。碧云犹叠旧山河,月痕休到深深处。

[注释]

①晶帘:李白《玉阶怨》:"却下水晶帘,玲珑望秋月。"　②金衣:王仁裕《开元天宝遗事》卷上:"明皇每于禁苑中见黄莺,常呼之为金衣公子。"

[评析]

徐灿对女性词的境界的开拓,特别是使得词更紧密地反映现实的政治生活,是词深受诗歌传统影响的一种表现,在相当程度上,也是通过向男性传统的复归或靠拢实现的,徐灿因此而从词坛边缘进入主流,在词史进程中发挥作用。这方面,可以用表现故国之思的作品为例再加以说明。如这首《踏莎行》,借惜春伤悼故国沦丧,字里行间,浸透兴亡之感。大厦已倾,漂泊无依,夕阳西下,江水东流,故国山河,依然美好,徒呼奈何,此伤何极。又如《青玉案·吊古》:

伤心误到芜城路。携血泪、无挥处。半月模糊霜几树。紫箫低远,翠翘明灭,隐隐芊车度。　鲸波碧浸横江锁,故垒萧萧芦荻浦。烟水不知人事错，戈船千里，降帆一片，莫怨莲花步。

凡三用六朝之事，以先朝史实贯穿全篇，前后对比，吊古伤今。

后来，晚清的钱斐仲也有两首《虞美人》，题为"庚申（1860）七夕后二日，避寇南玉港，村居卧病，感怀"，与徐灿表现故国之思的写法相类似，录以附读：

凄凉时节凄凉雨，人在凄凉里。荒村无处访秋花。只有豆棚瓜架、是生涯。　安排砚墨应无地。麋鹿为群已。牙签玉轴委泥沙。试问客居何处、客无家。

兵戈日日催人老。豺虎仍当道。断蓬流水各西东。难问亲朋何处、寄浮踪。　离离秀苣谁家稻。共说秋来早。一行新雁点晴空。赢得离人清泪、洒西风。

金明池① 咏寒柳

柳如是

有恨寒潮，无情残照，正是萧萧南浦②。更吹起、霜条孤影，还记得、旧时飞絮。况晚来、烟浪斜阳，见行客、特地瘦腰如舞。总一种凄凉，十分憔悴，尚有燕台佳句③。　春日酿成秋日雨。念畴昔风流，暗伤如许。纵饶有、绕堤画舸④，冷落尽、水云犹故⑤。忆从前、一点东风，几隔着重帘，眉儿愁苦。待约个梅魂⑥，黄昏月淡，与伊深怜低语。

[注释]

①金明池：调见秦观《淮海词》，赋东京金明池，即以调为题也。李

弥逊词名《昆明池》。僧挥词名《夏云峰》。 ②南浦：屈原《九歌·河伯》："子交手兮东行，送美人兮南浦。" ③燕台佳句：李商隐有《燕台四首》，深受洛中妓柳枝赏识。其《柳枝五首序》云：柳枝年十七，"余从昆让山比柳枝居为近。他日春曾阴，让山下马柳枝南柳下，咏余《燕台》诗。柳枝惊问：'谁人有此？谁人为是？'……明日，余比马出其巷，柳枝丫鬟毕妆，抱立扇下。" ④纵饶：张相《诗词曲语辞汇释》："饶，犹任也，尽也。假定之辞。凡文笔作开合之势者，往往用饶字为曲笔以垫起之。……加一纵字，垫起之势更明显。"杜荀鹤《下第投所知》："纵饶生白发，岂敢怨明时。" ⑤水云：戎昱《湘南曲》："虞帝南游不复还，翠蛾幽怨水云间。" ⑥"待约个"句：汤显祖《牡丹亭·寻梦》："偶然间心似缱，梅树边。这般花花草草由人恋，生生死死随人愿，便酸酸楚楚无人怨。待打并香魂一片，阴雨梅天，守的个梅根相见。"

[评析]

柳如是（1618~1664）此词以凋残的寒柳自喻身世的飘零，显见对秦观、周邦彦、姜夔诸家词用力甚深。陈寅恪认为当作于脱离陈子龙后，从中可约略窥见其"学问嬗蜕，身世变迁之痕迹"（《柳如是别传》）。〔按：柳如是曾有不少与陈子龙的同调同题之作，以直接贡献带有美学追求作品的方式，参与到当时的词学建构中，也成为明清之际名士与歌妓之间互动关系的典范。如《浣溪沙·五更》，陈："半枕轻寒泪暗流。愁时如梦梦时愁。角声初到小红楼。 风动残灯摇绣幕，花笼微月淡帘钩。陡然旧恨上心头。"柳："金猊春守帘儿暗。一点旧魂飞不返。几分影梦难飘断。 醒时恼见小红楼，朦胧更怕青青岸。薇风涨满花阶院。"又，《踏莎行·寄书》，陈："无限心苗，莺笺半截。写成亲衬胸前折。临行简点泪痕多，重题小字三声咽。 两地魂销，一分难说。也须暗里思清切。归来认取断肠人，开缄应见红文灭。"柳："花痕月片，愁头恨尾。临书已是无多泪。写成忽被巧风吹，

巧风吹碎人儿意。　半帘灯焰,还如梦里。消魂照个人来矣。开时须索十分思,缘他小梦难寻你。"〕

晚清文人叶衍兰曾为柳如是作过一个小传,录以参读:

柳是,字如是,小字蘼芜,秦淮名伎也。美丰姿,工诗善画,精通音律。分题步韵,顷刻立就,章台中名噪一时。才俊奔走枇杷花下,柳视之无当意者,独心识陈忠裕公。尝效书生装投刺谒见,未纳。遂往谒虞山钱宗伯,谈论风生,钱不能屈,柳亦心折之。归,言于人曰:"吾非才学如钱学士者不嫁。"钱闻之,喜曰:"吾非能诗如柳如是者不娶。"好事者两相传致,遂定婚焉。宗伯筑我闻室以迎,结褵于芙城舟中,礼仪备具,称为继室,号河东君。建绛云楼居之,穷极壮丽,广贮图书,题花咏柳无虚日。尝衣儒服出与宾客辨难,翩跹若仙,宗伯又呼为柳儒士。顺治初,宗伯因事被逮入都,如是正卧病,蹶然起,冒死从誓,上书以身代。未几,案解。康熙间,宗伯捐馆。嗣君弱不能振,族党骄悍,聚众争产。如是尽出妆奁以赡,族人争攫,喧集如故。如是投缳以殉。有司穷治悍党,家业赖以保全。嗣君感痛,以嫡礼葬于拂水山庄。遗诗多佚,仅于《有学集》中附刻数章耳。道光初,陈云伯宰常熟,访得遗墓于尚湖之滨,为重加修治,树碣题诗,和者甚众焉。(《秦淮八艳图咏》)

绮罗香

王夫之

读《邵康节遗事》:属纩之际①,闻户外人语,惊问所语云何,且云:"我道复了幽州。"声息如丝,俄顷逝矣。有感而作。

流水平桥,一声杜宇,早怕洛阳春暮。②杨柳梧桐,旧梦了无寻处。③拚午醉、日转花梢,甚夜阑、风吹芳树④。到更残、月落西峰,泠然蝴蝶忘归路⑤。　　关心一丝别挂,欲挽银河水,仙槎遥渡。⑥万里闲愁,长怨迷离烟雾。任老眼、月窟幽寻⑦,更无人、花前低诉。君知否,雁字云沉,难写伤心句。

[注释]

①属纩(kuàng):古人临终前,置丝絮于口鼻,以测其气息有无。《礼记·丧大记》:"男女改服,属纩以俟气绝。"注:"纩,今之新绵,易动摇,置口鼻之上以为候。"　②"流水"三句:邵伯温《邵氏闻见前录》卷一九:"治平间,与客散步天津桥上,闻杜鹃声,惨然不乐。客问其故,则曰:'洛阳旧无杜鹃,今始至,有所主。'客曰:'何也?'康节先公曰:'不二年,上用南士为相,多引南人,专务变更,天下自此多事矣。'客曰:'闻杜鹃何以知此?'康节先公曰:'天下将治,地气自北而南;将乱,自南而北。今南方地气至矣,禽鸟飞类,得气之先者也。'"

③"杨柳"二句:李白《扶风豪士歌》:"梧桐杨柳拂金井,来醉扶风豪士家。"萨都剌《凤凰台》:"凤凰飞去梧桐老,燕子归来杨柳青。"《韩诗外传》:"黄帝致斋于宫,凤乃蔽日而至,止帝东园,集帝梧桐。"④芳树:阮籍《咏怀》:"芳树垂绿叶,清云自逶迤。"　⑤"泠然"句:《庄子·逍遥游》:"列子御风而行,泠然善也。"又《齐物论》:"昔者庄周梦为胡蝶,栩栩然胡蝶也,自喻适志与,不知周也。俄然觉,则蘧蘧然周也。"　⑥"欲挽"二句:张元干《石州慢》:"欲挽天河,一洗中原膏血。"张华《博物志》卷三:"旧说天河与海通。近世有人居海渚者,年年八月有浮槎去来不失期。人有奇志,立飞阁于槎上,多赍粮,乘槎而

去。十余日中犹观星月日辰，自后茫茫忽忽，亦不觉昼夜。去十余日，奄至一处，有城郭状，屋舍甚严。遥望宫中多织女，见一丈夫牵牛渚次饮之。牵牛人乃惊问曰：'何由至此？'此人具说来意，并问此是何处。答曰：'君还至蜀郡访严君平则知之。'竟不上岸，因还如期。后至蜀，问君平，曰：'某年月日有客星犯牵牛宿。'计年月，正是此人到天河时也。"　⑦月窟：挚虞《思游赋》："抚鼋兔于月窟兮，诘姮娥于蓐收。"

[评析]

　　王夫之（1619~1692）的这首表面看上去充满奇思的伤春词，实际上全从邵雍的本事化生，带着极为深切的寄托和悲慨。以"平桥"杜鹃之鸣暗寓邵雍心忧天下的哀戚，"关心一丝别挂"传写邵雍临终对幽州的牵念，则一派衰飒春去之景处处透露着盛世不再、失地难收的凄凉，"遥渡"河汉的月宫"幽寻"，字字蕴含着神州陆沉、悲思难诉的哀伤。寄情花蝶，托意仙境；感念前贤，异代同悲，墨光摇曳、词情流转处，既有《离骚》笔意，又有贾谊《吊屈原赋》遗韵。夏承焘《瞿髯论词绝句》论王夫之词曰：

　　　　共谁月窟话神游，难挽天河浣客愁。凄绝听鹃桥畔客，临终呓语问幽州。

显然是以这首《绮罗香》为其代表作。吴无闻所作题解，亦可谓得其词心："王夫之入清后隐居著书，他身居岩壑，仍关心恢复大事……其《绮罗香》读邵康节遗事有感而作词结句云：'君知否，雁字云沉，难写伤心句。''雁字云沉'，是说北方没有消息，所以为之伤心。王夫之志存恢复，所以他对邵康节临终不忘收复幽州之事特别容易引起共鸣。"

　　王夫之字而农，号姜斋，衡阳人。明末举人，明亡，起兵衡阳抗清，事败，走依南明桂王，授行人司行人。顺治七年（1650），潜身湘西石船山土屋中,著书四十年,学者称船山先生。作为文学史乃至思想史上一个卓特的存在,王夫之余事为词,多有学人意味。如《卜算子·咏傀儡示从游诸子》:

> 也似带春愁,却倩何人说。更无半字与关心,吐出丁香舌。
> 红烛影摇风,斜映朦胧月。铅华谁辨假与真,皮下无些血。

由坚持志节的遗民作者写来,或许是暗讽那些全无定念、随风俯仰的出仕新朝者。但是,从广义上来看,一切任人摆布,失去自我者,也都可作如是观。将一种传统表演形式写入词中,并对人生有所感发,颇为别致。诗作则步武《离骚》,喜托喻以抒其遗民心思,造语奇瑰,含意幽曲。如《正落花诗》十首其一,即可与此词对读:

> 弱羽殷勤亢谷风,息肩迟暮委墙东。销魂万里生前果,化血三年死后功。香老但邀南国颂,青留长伴小山丛。堂堂背我随余子,微许知音一叶桐。

王夫之先后写过六组共九十九首《落花诗》,以合阳九之数。《正落花诗》作于顺治十七年,为其中第一组,"以嗣有众什,尊所自始,命之以'正'"。组诗借咏落花,凭吊朱明王朝,抒写民族气节,具体表现相当曲折隐晦。

霜花腴^①　蟹

陈维崧

雁行阵阵,带夜来、西风触响帘钩。偏值新晴,且谋小饮,霜螯最是宜秋。晚轩更幽。点吴羹、玉腕纤柔。笑人间、万事鸿毛,知他何物是监州。^②　尔雅读来须熟。莫移封彭越,作内黄侯。^③

浅傅红糟，低斟白堕，春醪滟滟光浮。④菊花部头⑤，被弦声、郭索轻偷⑥。待微酣、半卷风帘，催人同倚楼。

[注释]

①霜花腴：吴文英自度腔，因词有"霜饱花腴"句，取以为名。②"笑人间"二句：李颀《送陈章甫》："东门沽酒饮我曹，心轻万事如鸿毛。"陆游《醉中怀江湖旧游偶作短歌》："古来惟有竹林诸人称达生，一醉之外万事鸿毛轻。"苏轼《金门寺中见李西台与二钱唱和四绝句，戏用其韵跋之》："欲问君王乞符竹，但忧无蟹有监州。" ③"尔雅"三句：刘义庆《世说新语·纰漏》："蔡司徒渡江，见彭蜞，大喜曰：'蟹有八足，加以二螯。'令烹之。既食，吐下委顿，方知非蟹。后向谢仁祖说此事，谢曰：'卿读《尔雅》不熟，几为《劝学》死。'" ④"低斟"二句：杨衒之《洛阳伽蓝记》卷四："市西有延酤、治觞二里。里内之人多酝酒为业。河东人刘白堕善能酿酒。季夏六月，时暑赫晞，以罂贮酒，曝于日中，经一旬，其酒味不动，饮之香美而醉，经月不醒。京师朝贵多出郡登藩，远相饷馈，逾于千里，以其远至，号'鹤觞'。亦名'骑驴酒'。永熙年中，南青州刺史毛鸿宾赍酒之藩，路逢劫贼。盗饮之即醉，皆被擒获，因此复名'擒奸酒'。游使语曰：'不畏张弓拔刀，唯畏白堕春醪。'" ⑤菊花部头：周密《齐东野语》卷一六："思陵朝，掖庭有菊夫人者，善歌舞，妙音律，为仙韶院之冠，宫中号为'菊部头'。然颇以不获际幸为恨，既称疾告归。宦者陈源以厚礼聘归，蓄于西湖之适安园。一日，德寿按《梁州曲舞》，屡不称旨。提举官关礼知上意不乐，因从容奏曰：'此事非菊部头不可。'上遂令宣唤，于是再入掖禁，陈遂憾恨成疾。有某士者，颇知其事，演而为曲，名之曰《菊花新》以献之。陈大喜，酬以田宅金帛甚厚，其谱则教坊都管王公谨所作也。陈每闻歌，

辄泪下不胜情,未几物故。" ⑥郭索:沈括《梦溪笔谈》卷一四:"欧阳文忠尝爱林逋诗'草泥行郭索,云木叫钩辀'之句,文忠以谓语新而属对亲切。……郭索,蟹行貌也,扬雄《太玄》曰:'蟹之郭索,用心躁也。'"

洞庭春色　蝉

陈维崧

窈窕北窗,峥泓西涧,企脚披襟。正修梧翳日,数声嘒嘒①,幽泉戛水,一派愔愔。唤醒半床蕉鹿梦②,更月榭凉天思不禁。流光驶,怕潜催落叶,暗换疏砧。　终朝餐风饮露,③算往事、惆怅难寻。记彻侯冠上④,亲陪貂尾⑤,佳人筝畔,曾耷鸾吟。讵料半枝栖不稳,枉诉凄凉此夜心。须蝉蜕,问茫茫尘世,谁爱清音。

[注释]

①嘒(huì)嘒:陆机《拟明月皎夜光》:"翻翻归雁集,嘒嘒寒蝉鸣。" ②蕉鹿梦:《列子·周穆王》:"郑人有薪于野者,遇骇鹿,御而击之,毙之。恐人见之也,遽而藏诸隍中,覆之以蕉,不胜其喜。俄而遗其所藏之处,遂以为梦焉。顺途而咏其事,傍人有闻者,用其言而取之。既归,告其室人曰:向薪者梦得鹿而不知其处,吾今得之,彼直真梦矣。" ③"终朝"句:屈原《离骚》:"朝饮木兰之坠露兮,夕餐秋菊之落英。" ④彻侯:战国秦二十等爵最高一级。秦汉沿置。因避汉武帝刘彻讳,改为通侯或列侯。 ⑤貂尾:本为汉代宦官侍臣冠上的饰物,以貂

鼠之尾为之。魏晋南北朝因袭，唐代的侍中、中书令、左右散骑常侍等八名有权位的大臣可以插貂尾，号称"八大貂"。及至宋代，成为三公及亲王的冠饰，亦称"貂羽"。

[评析]

  阳羡、浙西二派，在一定程度上体现出了风格上的互相影响和渗透，从一个方面反映出当时词坛发展的真实面貌。陈维崧（1625~1682）的词也多少浸染了一些浙西风调，相对明确的表现是，其咏物词模仿《乐府补题》的痕迹比较明显。如上录《霜花腴》和《洞庭春色》二词，都注重下字用典，从题面上引申发挥，在形式上争奇斗胜，固然不尽如朱彝尊的拟作抽掉了原唱的故国之思，但基本倾向也和朱氏一样，表现出另外的审美追求。

  同样，朱彝尊的词也并不是一味醇雅清空。如《水龙吟·谒张子房祠》：

> 当年博浪金椎，惜乎不中秦皇帝。咸阳大索，下邳亡命，全身非易。纵汉当兴，使韩成在，肯臣刘季。算论功三杰，封留万户，都未是、平生意。　　遗庙彭城旧里。有苍苔、断碑横地。千盘驿路，满山枫叶，一湾河水。沧海人归，圯桥石杳，古墙空闭。怅萧萧白发，经过揽涕，向斜阳里。

写得激扬飞动，无限感慨，颇有迦陵风调。郭麐所评："激昂慷慨，迦陵为最，竹垞亦时用其体。如《居庸关》、《李晋王墓》诸作，直欲平视辛、刘，自出机杼。"（《灵芬馆词话》卷二）就是对朱氏这一特色的体认。郭评中提到的《百字令·度居庸关》也的确如此：

> 崇墉积翠，望关门、一线，似悬檐溜。瘦马登登愁径滑，何况新霜时候。画鼓无声，朱旗卷尽，惟剩萧萧柳。薄寒渐甚，征袍明日添又。

谁放十万黄巾，丸泥不闭，直入车箱口。十二园陵风雨暗，响遍哀鸿离兽。旧事惊心，长途望眼，寂寞闲亭堠。当年锁钥，董龙真是鸡狗。

作者于居庸关联想起"十二园陵"、"十万黄巾"、"董龙"等古代人事，但表达的是明清易代的悲痛，又只用"旧事惊心"四字总括，并不将其点破。正如严迪昌《清词史》所评："然而即若高吭一曲，也是音调高亢而词意朦胧，不作满弓之发，此即是'空中传恨'。从手法上讲，也就是侧锋之用，以及化实为虚。"

阳羡、浙西二派后来的演进轨迹大为不同，固然与时运变迁大有关系，却也并未脱离文学发展一般规律的掌控，即决定因素还在于，他们是否善于在相互的沟通中取长补短，又究竟创造出了多少真正有价值的东西，成为清词中兴在一朝后期的构成要素，从而推动词学发展，藉以延续本派的词史生命力。

水龙吟　白莲

朱彝尊

绿云十里吹香，轻纨剪出机中素①。银塘一曲，亭亭何限，露盘冰柱。玉腕徐来，青泥不动，乍鸣柔橹。任沙鸥扑鹿②，双飞不见，又何况、双栖鹭。　　好手画师难遇。倩崔吴、鼠须描取③。翠衿小鸟，黄衣稚蝶，添成花谱。云母屏风④，水晶帘额，冷光交处。为秋容太淡，嫣然开到，小红桥路。

[注释]

①机中素：江淹《班婕妤咏扇》："纨扇如圆月，出自机中素。"
②扑鹿：状声音。张志和《渔父》："击楫去，本无机。惊起鸳鸯扑鹿飞。"吴镇《渔父》："击棹去，未能归。惊起沙鸥扑鹿飞。"〔按：吴词凡十六首，载上海博物馆、美国佛利尔美术馆所藏《渔父图卷》。与张词十五首颇多重合。〕
③鼠须：李时珍《本草纲目》卷五一：鼬鼠，许慎所谓似貂而大，色黄而赤者，是也。其毫与尾可作笔，严冬用之不折，世所谓鼠须、栗尾者，是也。　④云母屏风：李商隐《嫦娥》："云母屏风烛影深，长河落日晓星沉。"

[评析]

　　浙西词派的发展，与对咏物词的提倡有很大的关系，其中朱彝尊（1629～1709）所起的作用尤为突出。朱彝尊的咏物词主要见于《茶烟阁体物集》。这些作品更多追求的是对所咏之物的多侧面铺张刻画，而有意无意地忽略或丢掉对原作（也是直接蓝本）"尚意"的学习。试比较吕同老的《水龙吟·浮翠山房拟赋白莲》与朱彝尊的这首《水龙吟》：

　　　　素肌不污天真，晓来玉立瑶池里。亭亭翠盖，盈盈素靥，时妆净洗。太液波翻，霓裳舞罢，断魂流水。甚依然旧日，浓香淡粉，花不似、人憔悴。　欲唤凌波仙子，泛扁舟、浩波千里。只愁回首，冰帘半掩，明珰乱坠。月影凄迷，露华零落，小栏谁倚。共芳盟，犹有双栖雪鹭，夜寒惊起。

吕词大约作于宋亡之初，时元朝征求遗逸，故诸老通过咏白莲，寓冰清玉洁之意，表示不与新朝合作的态度，写法也就徘徊于形似和神似之间，多用比喻和烘托，反复渲染气氛，以写出胸中块垒。相比之下，朱作的立意显得单纯一些，虽然也写了白莲的美丽孤高，但基本上看不出什么言外之意，其创作动机，只是要对白莲进行生动具体的描绘。就"传形"而言，朱作似乎还略胜一筹。

再比较前录王沂孙的《齐天乐·余闲书院拟赋蝉》与朱彝尊的《台城路·蝉》：

> 芩根化就初无力，温风便闻凄调。藕叶侵塘，槐花糁径，吟得井梧秋到。一枝潜抱。任吹过邻墙，余音犹袅。蓦地惊飞，金梭为避栗留小。　　长堤翠阴十里，冠缕都不见，只唤遮了。断柳亭边，空山雨后，愁里几番斜照。昏黄暂悄。让吊月啼蛄，号寒迷鸟。饮露方残，晓凉嘶恁早。

与王词着重写秋晚蝉鸣，并进而表现抒情主体迟暮心态的格局不同，朱词更偏于铺叙蝉的整个自然生命历程。就本体描写而言，朱词从不同侧面铺叙，写得具体细致，形象丰满，或有所寓，也似被淹没在对物象的刻画之中。王词则虚笔腾挪，重在写意，字里行间，寄托遥深。二者一虚一实，对比鲜明，显然反映了不同的创作追求。

朱彝尊的《茶烟阁体物集》，对乾隆词坛的建构产生了重要影响。如茹敦和的《和茶烟阁体物词》，主要着眼于朱集延续《乐府补题》唱和、追求创作难度、追随特定的写艳风气三个方面，是清词走向学人词的重要表现之一。茹敦和对朱彝尊咏物词追求传形、展露才学以及比兴寄托等特点都深有领会，但其学习或模仿并非亦步亦趋，而是努力表现出自己的个人特色。乾隆年间，朱彝尊的地位更加明确、稳定，茹敦和的和作不仅顺应了这一趋势，也促使朱词更加深入人心。（张宏生《咏物：朱彝尊与乾隆词坛——从〈茶烟阁体物集〉到〈和茶烟阁体物词〉》）如茹敦和所和下录朱氏咏雁之作：

> 叹使节、羁栖谁侣。翘首西风，玉关频度。十九年来，毡庐况

味,倩伊诉。寒星旧渚。争忍得、闲停住。几日到长安,早太华、孤峰如柱。　　前浦。到芦花梦醒,都是冷霜寒雨。远天声断,看点点、云堆穿露。只潇湘、渌水生时,又只恐、碧山春暮。且岣嵝重寻,揭得残碑归去。

就张炎词中"料因循误了,残毡拥雪,故人心眼"数句加以发挥,具体细致地渲染雁足传书,将苏武其人其事贯穿其中,从而与只在大雁身上做文章的朱彝尊词区别开来,尽管整体水准远逊于朱词。

长亭怨慢　雁

朱彝尊

结多少、悲秋俦侣。特地年年,北风吹度。紫塞门孤①,金河月冷、恨谁诉②。回汀枉渚③,也只恋、江南住。随意落平沙,巧排作、参差筝柱。　　别浦。惯惊移莫定,应怯败荷疏雨。一绳云杪,看字字、悬针垂露④。渐欹斜、无力低飘,正目送、碧罗天暮⑤。写不了相思,又蘸凉波飞去。

[注释]

①紫塞:崔豹《古今注》:"秦筑长城,土色皆紫。汉塞亦然。一曰雁门草皆色紫,故名紫塞。"　②金河:杜牧《早雁》:"金河秋半虏弦开,云外惊飞四散哀。"　③枉渚:屈原《九章·涉江》:"朝发枉渚兮,夕宿辰阳。"　④悬针垂露:悬针,东汉曹喜作悬针篆,形似悬针,故名。垂露,唐玄宗十体书:一古文,二大篆,三八分,四小篆,五飞白,六倒

蕥，七散隶，八悬针，九乌书，十垂露。　⑤碧罗天：刘禹锡《春日书怀寄东洛白二十二杨八二庶子》："野草芳菲红锦地，游丝缭乱碧罗天。"

[评析]

　　朱彝尊对词的比兴寄托并不缺少体察，他的部分作品也具体实践了这种理论。如这首《长亭怨慢》，转换角度咏雁群，在题材的选择上，是对前人的一个超越，但在表现手法上，却受到了张炎、元好问二词，尤其是张词的很大影响。细味词中感情，作者对群雁辗转流徙、无处安顿的状况的描写，蕴含着发自内心的深悲积怨，与他的不少作品都可以互相印证。

　　朱彝尊有很长一段落拓江湖的经历，就像其《解佩令》中所追述的那样："十年磨剑，五陵结客，把平生、涕泪都飘尽。"朱家在浙江嘉兴为望族，父辈广交复社人士。清兵南下时，其从祖朱大定在家乡起兵，被俘不屈死。这使作者在青年时期即怀易代之悲。后因谋生远走岭南，结交了抗清志士屈大均等。北返，曾客游绍兴。时绍兴有一反清团体，主要由魏耕、钱缵曾、祁班孙、朱士稚、陈三岛等五人结成。作者与五人往来吴越间，交谊甚笃。魏耕等曾向郑成功、张煌言等献策，于顺治十六年（1659）以舟师入长江，直薄南京城下，江南震动。在此前后，屈大均也曾多次来绍兴。后魏耕等为人告发，除朱士稚、陈三岛已去世外，魏、钱惨被诛戮，祁流放极边，史称"浙东通海案"。作者避祸温州，欲走海上，后闻事解，乃远去山西，先后游幕于大同、太原，曾与顾炎武相过从。在此期间，屈大均亦曾北游，与顾炎武同抱以西北地势复国之目的。有学者认为，此词或即作于客山西时。自伤身世，又不止于自伤身世，所以兴感无穷，"逾于玉田"（邱世友《词论史论稿》）。

摸鱼子

朱彝尊

粉墙青、虬檐百尺,^①一条天色催暮。洛妃偶值无人见,相送袜尘微步。教且住。携玉手、潜行莫惹冰苔仆。芳心暗诉。认香雾鬟边,好风衣上,^②分付断魂语。　　双栖燕,岁岁花时飞度。阿谁花底催去^③。十年镜里樊川雪,空袅茶烟千缕。^④离梦苦。浑不省、锁香金箧归何处^⑤。小池枯树。算只有当时,一丸冷月,犹照夜深路。^⑥

[注释]

①"粉墙青"句:唐无名氏《小秦王》:"柳条金软不胜鸦,青粉墙头道韫家。"刘孝威《奉和晚日》:"虬檐挂珠箔,虹梁卷霜绡。"　②"认香雾"二句:杜甫《月夜》:"香雾云鬟湿,清辉玉臂寒。"韦庄《过扬州》:"花发涧中春日永,月明衣上好风多。"　③阿谁:犹言谁人。《十五从军征》:"道逢乡里人,家中有阿谁。"　④"十年"二句:杜牧《题禅院》:"今日鬓丝禅榻畔,茶烟初扬落花风。"　⑤锁香:李商隐《魏侯第东北楼堂郢叔言别聊用书所见成篇》:"锁香金屈戌,媵酒玉昆仑。"　⑥"算只有"三句:秦观《水龙吟》:"不堪回首。念多情,但有当时皓月,向人依旧。"

[评析]

朱彝尊的《静志居琴趣》,为词坛吹进了一股清新的气息。该集据说是朱彝尊为其妻妹冯寿常（字静志）所写，凡八十三首，最大的特点是感情真挚。如此词和以下一首《金缕曲》：

> 枕上闲商略。记全家、元夜看灯，小楼帘幕。暗里横梯听点屐，知是潜回香阁。险把个、玉清追著。径仄春衣风渐逼，惹钗横、翠凤都惊落。三里雾，旋迷却。　　星桥路返填河鹊。算天孙、已嫁经年，夜情难度。走近合欢床上坐，谁料香含红萼。又两暑、三霜分索。绿叶清阴看总好，也不须、频悔当时错。且莫负，晓云约。

皆写幽会之事，感情凄艳，而出语清雅。纵是相偎相依一节，时人借此，正可大肆渲染，作者也不过写到"认香雾鬓边，好风衣上"的份上，其中暗含着的种种意蕴，全靠读者自己意会。朱彝尊艳词的这种写法，赢得了评论者的盛赞："凄艳独绝，是从《风》、《骚》、乐府中来，非晏欧周柳一派也。"（陈廷焯《词则·闲情集》卷四）

朱彝尊以开宗立派的气度，对明季以来日益淫哇鄙陋的词风进行反拨，在词学理论上提倡醇雅，反对俗媚，自然会对前代遗产作出自己的回应，并以一定的创作实绩表现出来。从这个意义来看，《静志居琴趣》堪称其词学理论的一个具体实践，拯弊救衰的作用不容低估。

梦江南

屈大均

悲落叶，叶落落当春。岁岁叶飞还有叶，年年人去更无人。[①]红带泪痕新。

[注释]

① "岁岁"二句：刘希夷《代悲白头吟》："年年岁岁花相似，岁岁年年人不同。"

[评析]

此词是屈大均（1630~1696）组词中的第一首，可与另外三首合并起来理解：

> 悲落叶，叶落绝归期。纵使归来花满树，新枝不是旧时枝。且逐水流迟。

> 清泪好，点点似珠匀。蛱蝶情多元凤子，鸳鸯恩重是花神。怎得不相亲。

> 红茉莉，穿作一花梳。金缕抽残蝴蝶茧，钗头立尽凤凰雏。肯忆故人姝。

组词可能是悼继室王华姜的，但也可以把这种夫妇关系比作君臣关系，也就是说四首全是寄托。如此一来，则"叶落落当春"，当指南明桂王于永历十六年（1662）被吴三桂绞死于云南。借兴于落叶，是由于古人以王朝一代天子为一叶之故。第二首云"新枝"，第四首云"故人"，钱仲联《清词三百首》疑其"作词时已是康熙十三年以后"。翁山先与三桂合作，是出于反清的大业。而三桂究非南明诸王之比，所以说"新枝不是旧时枝"，并不能忘怀桂王，而以"忆故人姝"作结。〔按：顾诚《南明史》提出，南明的历史，包括了大顺军攻克北京以及随之而来的清兵进入山海关问鼎中原以来一直到康熙三年（1664）夔东抗清基地覆灭的各地反清运动的历史。称之为南明，是因为以崇祯皇帝朱由检为首的在北京的明朝廷业已覆亡，这段时期的战斗主要在南方展开，又是在复兴明朝的旗帜下进行，而弘光、隆武、鲁监国、永历朝廷都是在南方建立的。这是就地域而言，南明史的覆盖面并不只限于南方。北方绅民的反清斗争，不仅牵制了清廷兵力，延长了南明政权存在的时间，而且在某些情况下（比如姜瓖等的反清复明）对清廷的威胁更大，自然不应被排除在南明史的范围之外。如果就时间来探讨，南明史的上限，过去和现在的史学家大抵是以弘光朝廷在南京继统为标志。其实，尽管在具体时间上（即一六四四年三月至五月）相差不远，但如果着眼于全国形势的演变，而不是拘泥于南明帝位的继统，就不能因为甲申三月十九日到同年五月初三日明朝统治区没有皇帝（或监国），而把这段时间排除在南明史以外。因为弘光帝被俘在一六四五年五月，隆武帝继统在同年闰六月；隆武帝被擒杀在一六四六年八月，永历帝继统在同年十月，其间都有一两个月的帝位空缺，"国统"三绝不等于南明史三绝。同样理由，南明史的下限也不应以一六六二年永历帝朱由榔被俘杀告终，而应以李来亨茅麓山战役作为结束。当然，把南明史的下限一直拉到清康熙二十二年施琅进军台湾，郑克塽、刘国轩投降，也是一种认识和叙述的方法，因为郑氏家族在台湾始终奉行明朝永历正朔，虽然皇帝和朝廷早已不存在。不过，康熙十二年到二十年发生了三藩之变，其间郑经是参与了的。三藩之变确实带有民族斗争的色彩，可是把三藩之变同南明史扯在一起毕竟不大合适。所以，叙述郑氏家族事迹仅限于郑成功去世为止。］

有清一代大规模的书籍禁毁，随着《四库全书》编纂而于乾隆三十九年（1774）发起，历时十余年。按毁弃程度的不同，禁毁书可分为全毁、抽毁、应毁、违碍等类，数量不下三千种，与四库选录目录基本相当。因"当时官吏妄揣意旨，额外搜诛，小民惧祸，私自焚弃"（邓实《国学保存会印本跋》），准确的禁书毁书数字已难以考实。迄今为止，所能整理补救出版的，只有当初禁毁的一半上下（王钟翰《四库禁毁书与清代思想文化》）。屈大均的词也曾遭到禁毁。据《清代禁毁书目四种》、《清代禁书知见录》、《索引式的禁书总录》、《清代禁毁书目研究》、《清代各省禁书汇考》、《四库禁毁书丛刊》、《清代禁毁书目题注》、《四库禁毁书丛刊补编》等统计，清代禁毁的词籍包括：词别集至少三种；

诗文集所附词集词作至少四十四种,其中,有屈大均《屈翁山诗集》附词一卷(一名《骚屑词》)、《道援堂集》卷十三以及《翁山诗外》卷十六卷十七卷十八,《翁山诗外》本涵盖了另两本中屈大均词的收录范围;词总集选集及词谱词韵至少五种,其中,有屈大均辑《广东文选》卷四十。至于禁毁的缘由,"首恶"(吴哲夫《清代禁毁书目研究》)之中,吕留良、王锡侯未见词,在词禁方面,首当其冲的自然就是钱谦益、金堡、屈大均了。观乾隆四十一年(1776)十一月十七日上谕中咬牙切齿般的措辞,便可知悉:"如钱谦益,在明已居大位,又复身事本朝。而金堡、屈大均则又遁迹缁流,均以不能死节,腼颜苟活。乃托名胜国,妄肆狂狺,其人实不足齿,其书岂可复存?自应逐细查明,概行毁弃,以励臣节而正人心。"

书禁,在乾隆朝后期《四库全书》尚未完全完成时,其实就已经开始有所松动:"(乾隆四十一年)十一月甲申,命四库全书馆详核违禁各书,分别改毁。谕曰:'明季诸人书集词意抵触本朝者,如钱谦益等,均不能死节,妄肆狂狺,自应查明毁弃。刘宗周、黄道周立朝守正,熊廷弼材优干济,诸人所言,若当时采用,败亡未必若彼其速,惟当改易字句,无庸销毁。又直臣如杨涟等,即有一二语伤触,亦止须酌改,实不忍并从焚弃。'"(《清史稿》卷一四)"红豆词人"吴绮的词因管世铭之谏而得以"保全",便是一例:"管御史世铭《韫山堂诗集》卷十六《追纪旧事》诗自注云:丁未(1787)春,大宗伯某掎摭王渔洋、朱竹垞、查他山三家诗及吴园次长短句内语疵,奏请毁禁。下机廷集议时,余甫内直,惟请将《曝书亭集》《寿李清》七古诗一首,事在禁前,照例抽毁;其渔洋《秋柳》七律、他山《宫中草》绝句及园次词,语意均无违碍。当路颇龃其议。奏上报可。按此事在《四库全书总目》告成之后,好事者犹妄肆吹求如此。陈兰甫师云:自韫山此议后,本朝文字之祸始轻。韫山诗自言辨雪，仍登天禄阁三家诗草一家词，其实所保全者不止此四家矣。"（文廷式《纯常子词话》）更有深意的是《明词综》。《明词综》王昶自序作于嘉庆七年（1802），上距乾隆帝驾崩的嘉庆四年仅三年，但其卷十中竟已分别收录乾隆帝曾严加禁绝的今释（金堡）、一灵（屈大均）词二首、七首。当然，《明词综》的情况恐怕主要还是前期释禁动向水到渠成的结果。并且，综合看来，开禁跟毁禁一样，主因同样都是出于政治方面的考虑，也都有其必然性，正如丁绍仪《听秋声馆词话》卷五所言："至嘉庆初，大兴朱文正（珪）于造膝时，奏言诗文之诋谤本朝者，正如桀犬狂吠，圣人大公无私，何所不容，禁之则秘藏愈甚。仁宗然之，禁始弛。"再往后，这种情况也慢慢传递到词论家对相关具体作品的评价中。如钱谦益《永遇乐》："玉露微凝，银蟾徐上，光景清绝。折简征歌，醵钱置酒，漫浪凭人说。俊侣难逢，欢游能几，莫负清秋佳节。尽筵端，红牙拍损，只恐风情非昔。　生公石畔，周遭香雾，恍似身临瑶阙。天上霓裳，人间桂树，曲调殊凄切。可堪到处，乌惊鹊绕，一寸此时心折。凭谁把、浮云扫净，永留皓月。"丁绍仪在同卷词话中即评云："味'乌惊鹊绕'数语，似作于未改辙时，其初尚非全无心肝者，未可以纵情荒燕少之。近见吴下王养初（寿庭）题柳如是小像《金缕曲》，后起云：'香躯拚掷沧桑后，奈中书、犹萌侈想，彦回多寿。'数语道尽牧斋，盖末路依回，犹存觊望，正坐不知戒得耳。"基于知人论世的同情之理解，一定程度上也可以看作词籍禁毁影响词学发展的表现之一。

留客住① 鹧鸪

曹贞吉

瘴云苦②。遍五溪、沙明水碧,③声声不断,只劝行人休去。行人今古如织,正复何事关卿频寄语。空祠废驿,便征衫湿尽,马蹄难驻。　　风更雨。一发中原,杳无望处。④万里炎荒⑤,遮莫摧残毛羽。记否越王春殿,宫女如花,只今惟剩汝。⑥子规声续,想江深月黑⑦,低头臣甫⑧。

[注释]

①留客住:唐教坊曲名。柳永《乐章集》注林钟商。　②瘴云:杜甫《热三首》其二:"瘴云终不灭,泸水复西来。"　③"遍五溪"句:郦道元《水经注·沅水注》:"武陵有五溪,谓雄溪、构溪、力溪、无溪、酉溪。"李白《闻王昌龄左迁龙标遥有此寄》:"杨花落尽子规啼,闻道龙标过五溪。"钱起《归雁》:"潇湘何事等闲回,水碧沙明两岸苔。"　④"一发"二句:苏轼《澄迈驿通潮阁》:"杳杳天低鹘没处,青山一发是中原。"　⑤炎荒:傅玄《述夏赋》:"清徵泛于琴瑟,朱鸟感于炎荒。"　⑥"记否"三句:李白《越中怀古》:"越王勾践破空归,战士还家尽锦衣。宫女如花满春殿,只今惟有鹧鸪飞。"　⑦江深月黑:郝经《闻雁》:"江深月黑风雨急,一雁飞鸣有底忙。"　⑧低头臣甫:杜甫《杜鹃》:"我见常再拜,重是古帝魂。"又《北征》:"东胡反未已,臣甫愤所切。"汪元量《钱塘歌》:"南人堕泪北人笑,臣甫低头拜杜鹃。"

[评析]

曹贞吉（1634~1698）词"雄深苍稳"（陈维崧《贺新郎·题〈珂雪词〉》语），跟亲族迭遭变故，以及与古人能"离而得合"，都有关联。如这首《留客住》，为悼念胞弟申吉而作，〔按：曹氏《南乡子·夏夕无寐，茫茫交集，辄韵语写之，不求文也》五首其二，忆念其弟，可为旁证："少小忆趋庭。总角齐肩好弟兄。尝得熊丸心自苦，同听。夜雨连床十载声。　有约待躬耕。白发慈亲望眼瞢。谁料而今成幻影，飘零。瘴雨蛮烟一带青。"又，曹申吉任贵州巡抚时，以"三藩之乱"被执，后罹难于昆明双塔寺。因乱中行迹无人知晓，被定为"逆臣"。直至乾隆朝，方才沉冤得雪，准入"忠烈祠"。《四库全书》开始编纂之际，也正是清廷对曹申吉重新作出评价之时。胡晓蓓《曹贞吉及其〈珂雪词〉研究》（南京大学硕士论文未刊稿）认为，推重《珂雪词》（《四库全书》于清初词别集中独收《珂雪词》），未尝不可以看作是对曹氏一门耿耿忠心的肯定，对曹申吉遭受不公正对待的一种变相补偿。〕词末遥思深虑，让人联想到当年永历政权遗事，"投荒念乱之感"（谭献《箧中词》今集卷一）溢于言表。这个题目，由曹贞吉首唱，和者众多。兹录附李良年同调同题和作一首以参读：

楚天杳。凭笋舆、羊肠似发，荒烟坠叶，一片钩辀蛮鸟。南飞故唤行客，占断千里，秋山吟不了。芦衰竹苦，正听残、野店酒旗风袅。　江细绕。笮渡人稀，但横斜照。解语参军，愁里暗攲乌帽。记得郑家留句，花落黄陵，雨昏湖外草。更堪何处，镇清猿、杜宇和他凄调。

又如《满庭芳·和人潼关》（太华垂旒），由战乱频仍引发哀愁，在康熙十五年（1676）之后的词坛上已甚为罕见，进而激起对历史上一切王霸争斗的厌弃，则构成曹氏咏史怀古词的独异内涵。全篇雄浑苍茫。又，《贺新凉·再赠柳敬亭》（咄汝青衫叟），康熙十年间在京师首唱之作,借以"淘洗前朝之恨"(陈维崧《咏物词序》)。在所有"赠柳"词中,寄慨最深远,包蕴最丰富,"一时盛传京邑"(《珂雪词》附曹禾《词话》)。

蝶恋花　和漱玉词①

王士禛

凉夜沉沉花漏冻②。欹枕无眠,渐觉荒鸡动③。此际闲愁郎不共。月移窗罅春寒重。　　忆共锦裯无半缝④。郎似桐花,妾似桐花凤⑤。往事迢迢徒入梦。银筝断续连珠弄。

[注释]

①漱玉词:所和李清照原作为:"暖雨晴风初破冻。柳眼梅腮,已觉春心动。酒意诗情谁与共。泪融残粉花钿重。　　乍试夹衫金缕缝。山枕斜欹,枕损钗头凤。独抱浓愁无好梦。夜阑犹剪灯花弄。"　②花漏:释法云《翻译名义集》:"远公(指慧远)之门,有僧慧要,患山中无刻漏,乃于水上立十二时芙蓉,因波而轮,以定十二时,晷景无差,今日远公莲花漏是也。"　③荒鸡:《晋书·祖逖传》:"与司空刘琨俱为司州主簿,情好绸缪,共被同寝。中夜闻荒鸡鸣,蹴琨觉曰:'此非恶声也。'因起舞。"胡侍《真珠船》:"余谓凡鸡夜鸣不时,皆谓之荒。"周亮工《因树书屋书影》:"古以三更前鸡鸣为荒鸡。"　④锦裯(chóu):杨方《合欢诗》五首其一:"衣用双丝绢,寝共无缝裯。"　⑤桐花凤:李德裕《画桐花凤扇赋序》:"成都夹岷江矶岸,多植紫桐。每至暮春,有灵禽,五

色，小于玄鸟，来集桐花，以饮朝露。及华落则烟飞雨散，不知其所往。"梅尧臣《送余中舍知汉州德阳》："桐花凤何似，归日为将行。"

[评析]

　　王士禛（1634~1711）与广陵词坛结缘，是在顺治十七年（1660）赴扬州任推官之后。在五年多的时间里，他通过组织大名鼎鼎的"红桥唱和"等群体性词学活动，确立了在词坛的地位。王士禛的红桥词三首（《浣溪沙》）——"北郭清溪一带流。红桥风物眼中秋。绿杨城郭是扬州。　　西望雷塘何处是，香魂零落使人愁。淡烟芳草旧迷楼。""白鸟朱荷引画桡。垂杨影里见红桥。欲寻往事已魂销。　　遥指平山山外路，断鸿无数水迢迢。新愁分付广陵潮。""绿树横塘第几家。曲栏杆外卓金车。渠侬独浣越溪纱。　　浦口雨来虹断续，桥边人醉月横斜。棹歌声里采菱花。"词情深厚，风格高华，颇能见出青年王士禛的才思。

　　不过，实事求是地讲，王士禛的创作在艺术上并不足以支撑他。如和李清照之作的《如梦令》二首：

　　　　帘额落花风骤。春思慵如中酒。久待不归来，解识相思如旧。堪否。堪否。坐待宝炉香瘦。

　　　　送别西楼将暮。望断王孙归路。昨夜梦郎归，还是旧时别处。前渡。前渡。记得柳丝春鹭。

易安词通过回忆衬托今昔之感，王士禛和作径写离别，从春天物候兴感，引起伤春之意，并通过梦境，创造了一种特定的时空感，与原作不乏心理上的呼应之处。类似的和词，往往就其原意进行生发，也能写出自己特别的感受，有时甚至他的得意之笔，也在和作中出现。如这首《蝶恋花》，写空闺独守，苦思郎君之感，乃艳词之作之"深入梁、陈"（谭献《箧中词》今集卷一）者。其中"郎似桐花"二句，当时广为流传，"长安盛称之,遂号为'王桐花',几令'郑鹧鸪'不能专美。"(徐釚《词苑丛谈》卷五。)〔按:"郑鹧鸪",指晚唐诗人郑谷,因其作鹧鸪诗甚佳。如《侯家鹧鸪》:"江天梅雨湿江蓠,到处烟香是此时。苦竹岭无归去日,海棠花落旧栖枝。春宵思极兰灯暗,晓月啼多锦幕垂。惟有佳人忆南国,殷勤为尔唱愁词。"又《鹧鸪》:"暖戏平芜锦翼齐,品流应得近山鸡。雨昏青草湖边过,花落黄陵庙里啼。游子乍闻征袖湿,佳人才唱翠眉低。相呼相唤湘江浦,苦竹丛深春日西。"〕

晚明以来,词学有振兴之势,写词的人不少,但真正有成就的却不够多。一直到王士禛从事词学活动的时期,词坛总体情况亦大略如此。在词学复兴的各种因素不断蕴积的过程中,需要一个强有力的推动,王士禛正是被赋予了这种历史使命的人。尽管他的创作本身变革性不强,词学观念也有保守的一面,但他组织活动,主持选政,确立经典,推动风气,给清初词坛树立了榜样,激发了词学探讨的进一步展开,从而成为清词复兴过程中的一个关键性人物,对后来清词的发展产生了重大影响。〔按:扬州词坛,由于毗邻的通州及其属邑如皋有陈世祥这样的填词高手,以及以冒襄兄弟、父子为核心的水绘园唱和群体,四方词学名流云集,王士禛得以推波助澜,借助群体活动掀起创作热潮;加上孙默以一介布衣周旋于诸大家之间,刊刻清代最早的词总集《国朝名家诗余》,品藻作品,深得时人推重,扬州成为当时除京城之外的一个重要的词学中心。广陵词学,在很大程度上也可以看作是云间词派的继响。又,广陵词坛的词学活动长盛不衰。康熙二十一年(1682)后,王士禛的门人宗元鼎承乃师余绪,编成《诗余花钿集》,仍然以广陵一地为基础,用选本的形式再次对当代词坛进行总结和反思,标示出词坛宗风所发生的转移。此后,在咸丰、同治前后二十年间,以蒋春霖、杜文澜、丁至和等为领袖,以宦游和流寓词人为主体的淮海词人群,在扬州府崛起,主要是因为太平天国战事所致,以李肇增所编《淮海秋笳集》为其初步形成标志,所作大抵"体兼风谕"(周念水《水云楼词续跋》),沉郁苍凉。〕

金缕曲　寄吴汉槎宁古塔，以词代书，
时丙辰冬寓京师千佛寺冰雪中作

顾贞观

季子平安否①。便归来、平生万事，那堪回首。行路悠悠谁慰藉，母老家贫子幼。记不起、从前杯酒。魑魅搏人应见惯，总输他、覆雨翻云手。②冰与雪，周旋久。　　泪痕莫滴牛衣透。③数天涯、依然骨肉，几家能够。比似红颜多命薄，更不如今还有。④只绝塞、苦寒难受。⑤廿载包胥承一诺，盼乌头马角终相救。⑥置此札，君怀袖。⑦

[注释]

①季子：吴季子，春秋时吴国公子季札，封于延陵，称延陵季子。此代指吴兆骞。吴字汉槎，吴江人。"江左三凤凰"之一。顺治十四年（1657）江南乡试中举，却因主考方猷等作弊而被劾。次年三月，清廷在北京覆试江南举人，吴兆骞因惊恐战栗，不能落笔，似乎坐实了作弊的罪名。于是，十一月间，与其他一同考试的七人各被责四十大板，家产籍没入官，父母兄弟妻子并流徙宁古塔（今黑龙江宁安）。至康熙二十年（1681）始放还，入明珠府教授揆叙，未三年病卒。著有《秋笳集》。
②"魑魅"二句：杜甫《天末怀李白》："文章憎命达，魑魅喜人过。"又《贫交行》："翻手作云覆手雨，纷纷轻薄何须数。"　　③"泪痕"句：《汉书·王章传》："初，章为诸生学长安，独与妻居，章疾病，无被，卧

牛衣中，与妻决，涕泣，其妻呵怒之曰：'仲卿！京师尊贵在朝廷人谁逾仲卿者？……'后章仕宦历位，及为京兆，欲上封事，妻又止之，曰：'人当知足，独不念牛衣中涕泣时耶！'"　④"比似"二句：欧阳修《和王介甫明妃曲二首》其二："红颜胜人多薄命，莫怨春风当自嗟。"　⑤"只绝塞"句：吴兆骞《与计甫草书》："塞外苦寒，四时冰雪。陶陶孟夏，犹著敝裘。身是南人，何能堪此。每当穹庐夜起，服匿晨持，鸣镝呼风，哀笳带雪，萧条一望，泣下沾衣。"　⑥"廿载"二句：《史记·伍子胥列传》：申包胥与伍员友好。伍员为报父兄之仇，欲覆楚，申包胥曰："我必存之。"吴师伐楚入郢，包胥入秦乞救兵，依庭墙哭，七日不绝声，秦哀公感其诚，出师救楚，吴退兵。《史记·刺客列传·索隐》：燕太子丹质于秦，求归，秦王曰："乌头白，马生角，乃许耳。"　⑦"置此札"二句：《古诗十九首》："置书怀袖中，三岁字不灭。"

金缕曲

顾贞观

我亦飘零久。十年来、深恩负尽，死生师友。宿昔齐名非忝窃①，试看杜陵消瘦②。曾不减、夜郎僝僽③。薄命长辞知己别，问人生、到此凄凉否。④千万恨，为君剖。　　兄生辛未我丁丑。共此时、冰霜摧折，早衰蒲柳⑤。词赋从今须少作，留取心魂相守。但愿得、河清人寿⑥。归日急翻行戍稿，把空名、料理传身后。言不尽，观顿首。

[注释]

①宿昔齐名：王士禛《感旧集》卷一〇引顾震沧云："贞观幼有异材，能诗，尤工乐府。少与吴江吴兆骞齐名。"　②杜陵消瘦：李白《戏赠杜甫》："饭颗山头逢杜甫，头戴笠子日卓午。借问别来太瘦生，总为从前作诗苦。"　③夜郎儳僽（chán zhòu）：《旧唐书·李白传》："禄山之乱，玄宗幸蜀，在途以永王璘为江淮兵马都督、扬州节度大使，白在宣州谒见，遂辟从事。永王谋乱兵败，白坐长流夜郎。后遇赦得还。"　④"薄命"二句：当指顾贞观所作《金缕曲·悼亡》："好梦而今已。被东风、猛教吹断，药炉烟气。纵使倾城还再得，宿昔风流尽矣。须转忆、半生愁味。十二楼寒双鬓薄，遍人间、无此伤心地。钗钿约，悔轻弃。茫茫碧落音谁寄。更何年、香阶刬袜，夜阑同倚。珍重韦郎多病后，百感消除无计。那只为、个人知己。依约竹声新月下，旧江山、一片啼鹃里。鸡塞杳，玉笙起。"　⑤蒲柳：刘义庆《世说新语·言语》："顾悦与简文同年，而发早白。简文曰：'卿何以先白？'对曰：'蒲柳之姿，望秋而落；松柏之质，经霜弥茂。'"　⑥河清人寿：王嘉《拾遗记》："黄河千年一清，至圣之君，以为大瑞。"《左传·襄公八年》："俟河之清，人寿几何。"

[评析]

顾贞观（1637~1714）曾自言"吾词独不落宋人圈襆，可信必传"（诸洛《弹指词序》），当时与朱彝尊、陈维崧有"词家三绝"（张錱《今词初集重刊本跋》）之称。如《青玉案》（天然一帧荆关画），写秋士易感、黍离之悲的常见主题，疏朗厚实，寥廓凝重，别具面目。又，《一丛花·并蒂莲》（一篙轻碧众香浮），一反常态，指出并蒂莲纵使各自得意,相怜相妒,最后都是一样地凋残败落,自悔风流,寓托深长。又,《南柯子·为某小侯题照》(选胜轻装出),运用漫画手法描摹,庄谐相济,清新诡谲。又,《南乡子》(绣榻近来闲),使用俗语、卦象等写相思之情,极见特色。又,《双双燕·本意,用史梅溪韵》(单衣小立),人燕合写,以人为主,从独自相思,写到燕归人滞,又复回忆旧日情事,悬想来春燕归情境。句句咏燕,句句传情,却是旧调新唱,并且在篇章结构上挑战前人。

这两首《金缕曲》,是康熙十五年(1676)丙辰冬为安慰因"江南科场案"流放宁古塔的朋友吴兆骞而写。以词代书,虽非首创,但运用极其成功,语语发自真情,沁人心脾,堪称"纯以性情结撰而成"(陈廷焯《白雨斋词话》卷三)的千秋绝调。吴兆骞接词后,有《寄顾梁汾舍人三十韵》回赠,成就一段万里酬唱佳话:

> 昔岁家吴会,诸公问越盟。逢君发未燥,入座目俱成。倒屣才名早,披襟意气倾。高文何粲粲,雅论各觥觥。携手惭连璧,同心喜报琼。时邀山馆醉,每爱水楼晴。夜月寒珠箔,春风敞绣楹。花回青翰小,柳系绿鬓轻。丽曲能调管,新诗即谱筝。漏随铜史促,杯为玉人擎。但任嵇生诞,那知许劭评。誉方推二妙,语不数三明。往事星霜改,新愁关塞萦。予悲玄朔橘,汝谢赤墀樱。老去余华鬓,书来自素诚。恨恨询谪戍,款款话平生。跪读烹鱼字,悲吟别鹄声。风流如在眼,雨泣飒缘缨。末契嗟何托,良俦叹莫并。栖迟成北叟,浩荡寄东瀛。暮齿家何在,穷荒岁屡更。将同温序梦,幸似宋人盲。(军府以予短视,特免田租。)世事随殊俗,生涯共老伧。夔龙徒奋采,鹓鹭恐先鸣。漫说逢杨意(前岁侍中对公以予《长白山》诗赋进呈),偏难召少卿。旧游怜转烛,今贱怆闻笙。舞鹤麈边水,和龙塞外城。三秋空漠漠,万里独怦怦。道远怀琼树,宵长望玉衡。如蒙子公力,终

到汉西京。

在顾氏赋此二首《金缕曲》之后未久,纳兰性德也写了一首《金缕曲·简梁汾》:

> 洒尽无端泪。莫因他、琼楼寂寞,误来人世。信道痴儿多厚福,谁遣偏生明慧。莫更著、浮名相累。仕宦何妨如断梗,只那将、声影供群吠。天欲问,且休矣。　　情深我自判憔悴。转丁宁、香怜易爇,玉怜轻碎。羡杀软红尘里客,一味醉生梦死。歌与哭、任猜何意。绝塞生还吴季子,算眼前、此外皆闲事。知我者,梁汾耳。

词题,汪刻本作"简梁汾,时方为吴汉槎作归计"。顾贞观所作《金缕曲》词后所附补记,道出纳兰为吴氏"作归计"的原委:"二词容若见之,为泣下数行,曰:'河阳生别之诗,山阳死友之传,得此而三。此事三千六百日中,弟当以身任之,不俟兄再嘱也。'余曰:'人寿几何?请以五载为期。'恳之太傅,亦蒙见许,而汉槎果以辛酉入关矣。附书志感,兼志痛云。"纳兰在词中宽慰无端洒泪、激愤难平的友人,其实自己何尝不是跟友人一样耿耿萦怀,抑郁不舒,所以,一诺千金,倾力相助。全篇由人及己,又由己及人,往复回环,流露拳拳真情,其实也可以看作是以"深情真气为之干"(谢章铤《赌棋山庄词话》卷七)的以词代书之作。

像这样的友情词,在词史上并不多见。兹录苏轼至性至情的一首《八声甘州·寄参寥子》以参读:

> 有情风万里卷潮来,无情送潮归。问钱塘江上,西兴浦口,几度斜晖。不用思量今古,俯仰昔人非。谁似东坡老,白首忘机。　　记取西湖西畔,正暮山好处,空翠烟霏。算诗人相得,如我与君稀。约它年、东还海道,愿谢公、雅志莫相违。西州路,不应回首,为我沾衣。

苏词临别寄友僧道潜,当得起郑文焯《手批东坡乐府》之评:"气象雄且杰,妙在无一字豪宕,无一语险怪。又出之以闲逸感喟之情,所谓骨重神寒,不食人间烟火气者。"

沁园春

纳兰性德

丁巳重阳前三日,梦亡妇淡妆素服,执手哽咽,语多不复能记。但临别有云:"衔恨愿为天上月,年年犹得向郎圆。"妇素未工诗,不知何以得此也。觉后感赋。

瞬息浮生,薄命如斯,低徊怎忘。记绣榻闲时,并吹红雨①,雕阑曲处,同倚斜阳。梦好难留,诗残莫续,赢得更深哭一场。遗容在,只灵飙一转②,未许端详。　　重寻碧落茫茫。③料短发、朝来定有霜。便人间天上,尘缘未断,春花秋叶,触绪还伤。欲结绸缪,④翻惊摇落,⑤减尽荀衣昨日香。真无奈,倩声声邻笛,谱出回肠。⑥

[注释]

①红雨:李贺《将进酒》:"况是青春日将暮,桃花乱落如红雨。"周邦彦《蝶恋花》:"此会未阑须记取。桃花几度吹红雨。"　②灵飙:《宋史·乐志》:"后祀格思,灵飙肃然。"　③"重寻"句:《唐诗注解》引《度人经》:"东方第一天,有碧霞遍落,是云碧落。"白居易《长恨歌》:"上穷碧落下黄泉,两处茫茫皆不见。"　④"欲结"句:题李陵《与苏

武诗三首》其二："独有盈觞酒，与子结绸缪。"　⑤"翻惊"句：叶梦得《临江仙》："试问中间安小槛，此还长要追寻。却惊摇落动悲吟。"⑥"倩声声"二句：向秀《思旧赋序》："邻人有吹笛者，发声寥亮。追思曩昔游宴之好，感音而叹，故作赋云。"徐陵《与杨仆射书》："岁月如流，平生何几，晨看旅雁，心赴江淮，昏望牵牛，情驰扬越，朝千悲而掩泣，夜万绪而回肠，不自知其为生，不自知其为死也。"

[评析]

　　纳兰性德（1655~1685）的这首悼亡词作于康熙十六年丁巳九月初六日（1677年10月2日）。词以哀叹长吟起笔，说亡妻命薄，也是说两人情深缘浅。回味往日短暂而漫长的恩爱时光，尤能见出今日永诀、"未许端详"的痛苦不堪，以及"好梦"醒来、诗残难续后"深哭一场"中包蕴的无尽恨憾。下片承上而来，运典无痕，运笔疾徐有度，进一步刻画苦忆冥搜不可得的沉痛与哀伤，正是汪刻本所谓"两处鸳鸯各自凉"。〔按：汪刻本全首作："瞬息浮生，薄命如斯，低徊怎忘。自那番摧折，无衫不泪，几年恩爱，有梦何妨。最苦啼鹃，频催别鹄，赢得更阑哭一场。遗容在，只灵飙一转，未许端详。　重寻碧落茫茫。料短发、朝来定有霜。信人间天上，尘缘未断，春花秋月，触绪堪伤。欲结绸缪，翻惊漂泊，两处鸳鸯各自凉。真无奈，把声声檐雨，谱入愁乡。"似应为初稿。〕结三句真痛定思痛之笔。

金缕曲　亡妇忌日有感①

纳兰性德

　　此恨何时已。②滴空阶、寒更雨歇，葬花天气③。三载悠悠魂梦杳，是梦久应醒矣。料也觉、人间无味。不及夜台尘土隔，冷清清、一片埋愁地。④钗钿约⑤，竟抛弃。　　重泉若有双鱼寄⑥，好知他、年来苦乐，与谁相倚。我自终宵成转侧，忍听湘弦重理。待结个、他生知己。还怕两人俱薄命，再缘悭、剩月零风里。⑦清泪尽，纸灰起⑧。

[注释]

①亡妇忌日：叶舒崇《纳腊室卢氏墓志铭》："夫人卢氏，年十八归余同年生成德。康熙十六年五月三十日卒，春秋二十有一。"　②"此恨"句：李之仪《卜算子》："此水几时休，此恨何时已。"　③葬花天气：彭孙遹《忆王孙》："不归家。风雨年年葬落花。"　④"不及"二句：陆机《挽歌三首》其一："按辔遵长薄，送子长夜台。"李周翰注："坟墓一闭，无复见明，故云长夜台。"黄滔《马嵬》："夜台若使香魂在，应作烟花出陇头。"元好问《杂著》："埋愁不著重泉底，尽向人间种白头。"　⑤钗钿约：陈鸿《长恨歌传》："上诏高力士潜搜外宫，得弘农杨玄琰女，上甚悦。定情之夕，授金钗钿合以固之。……适有道士自蜀来，知上心念杨妃，自言有李少君之术，玄宗大喜。方士乃竭其术以索之。久之，玉妃出，揖方士，问皇帝安否。言讫，悯然，指碧衣取金钗钿合，各析其半，授使者曰：为我谢太上皇，谨献是物寻旧好也。"白居易《长恨歌》："惟将旧物表深情，钿合金钗寄将去。钗留一股合一扇，钗擘黄金合分钿。但令心似金钿坚，天上人间会相见。"李贺《春怀引》："宝枕垂云选春梦，钿合碧寒龙脑冻。"　⑥"重泉"句：江淹《杂体诗三十首》之《潘黄门岳悼亡》："美人归重泉，凄怆无终毕。"　⑦"还怕"二句：悭，欠缺。晏几道《木兰花》："欲将恩爱结来生，只恐来生缘又短。"顾贞观《唐多令》："双泪滴花丛。一身惊断蓬。尽当年、剩月零风。"　⑧纸灰：高翥《清明》："纸灰飞作白蝴蝶，泪血染成红杜鹃。"

［评析］

纳兰性德的这首《金缕曲》，据词题中"亡妇忌日"及词中"三载悠悠"语，知作于康熙十九年五月二十九日（1680年6月25日）。词作以设问开篇，总领全局。夏意方浓，身心寒苦，久梦不醒，人间无味，都是说阴阳两隔，历时三载，伤逝之苦没有丝毫消减。一个"竟"字，凄惋怨极语，在波澜骤起中收束上文。下片从设想亡妻处着笔，反衬一己情缘难再续的沉痛之情。"待结个"以下三句，是说如果在"他生"里连这样的愿望都不可能实现，那一倍于当下的哀恸又当如何承受？一波未平又乍起，尤为撕心裂肺，其惊心动魄处，实在令人难以卒读。

颇有意味的是，纳兰性德写过一首《沁园春·代悼亡》："梦冷蘅芜，却望姗姗，是耶非耶。怅兰膏渍粉，尚留犀合，金泥蹙绣，空掩蝉纱。影弱难持，缘深暂隔，只当离愁滞海涯。归来也，趁星前月底，魂在梨花。　鸾胶纵续琵琶。问可及，当年萼绿华。但无端摧折，恶经风浪，不如零落，判委尘沙。最忆相看，娇诧道字，手剪银灯自泼茶。今已矣，便帐中重见，那似伊家。"钱锺书尝以此类词作难得真情，斥为"替人垂泪，无病而呻"。当然，"代悼亡"也可能只是假托之辞，而非代言。

蝶恋花

纳兰性德

辛苦最怜天上月。一昔如环，昔昔都成玦。[①]若似月轮终皎洁。②不辞冰雪为卿热。　　无那尘缘容易绝③。燕子依然，软踏帘钩说④。唱罢秋坟愁未歇。⑤春丛认取双栖蝶。⑥

[注释]

①"一昔"二句：陆龟蒙、皮日休《寒夜联句》："河光正如剑，月魄方似玦（jué）。"　②"若似"句：江淹《感春冰》："冰雪徒皎洁，此焉空守贞。"李商隐《蝶》："并应伤皎洁，频近雪中来。"王彦泓《和孝仪看灯》："可怜心似清宵月，皎洁随郎处处游。"郑云娘《西江月》："一片冰轮皎洁，十分桂魄婆娑。"　③无那：无奈。王易简《酹江月》："衰草寒芜吟未尽，无那平烟残照。千古闲愁，百年往事，不了黄花笑。"
④"软踏"句：李贺《贾公闾贵婿曲》："燕语踏帘钩，日虹屏中碧。"
⑤"唱罢"句：李贺《秋来》："秋坟鬼唱鲍家诗，恨血千年土中碧。"
⑥"春丛"句：用梁祝或韩凭夫妇典事。李商隐《蜂》："青陵粉蝶休离恨，长定相逢二月中。"又《偶题二首》其一："春丛定是双栖夜，饮罢莫持红烛行。"

[评析]

卢氏去世后，纳兰的痛苦追忆绵绵无绝期。卢氏去世当年，纳兰所作《沁园春》（瞬息浮生）序云：亡妇"临别有云：'衔恨愿为天上月，年年犹得向郎圆。'"这首《蝶恋花》即缘此而来。人天永诀，须臾不能忘，"一昔如环"二句可见尘缘之短，感怀之深。接下来，极写浓情，说如果亡妇果真如天上皎洁的圆月，自己也不惧寒冷，愿意夜夜送去温暖，真是痴心奇想。下片以燕语呢喃的温馨情景反衬"尘缘"易绝的"凄淡无聊"（谭献《箧中词》今集卷一），结二句秋坟鬼唱、化蝶双栖皆死别之辞，哀怨凄厉，写尽生死不渝之情，尤觉真挚。

唐圭璋《纳兰容若评传》认为，纳兰此篇"若似月轮终皎洁"二句与柳永《凤栖梧》"衣带渐宽终不悔"结二句"同合风骚之旨"。所谓"风骚之旨"，可以简单地理解成一种异常执着的态度，即但求付出。如此说来，难怪纳兰词于清初传到朝鲜之后，令彼邦人士有柳永重生之叹："同时有以成容若《侧帽词》、顾梁汾《弹指词》寄朝鲜者，朝鲜人有'谁料晓风残月后，而今重见柳屯田'句，惜全首不传。"（徐釚《词苑丛谈》卷五）〔按：据冯金伯辑《词苑萃编》卷一八，徐良崎所题此诗首二句为"使车昨渡海东偏，携得新词二妙传"。〕

长相思

纳兰性德

山一程。水一程。身向榆关那畔行。① 夜深千帐灯。② 风一更。雪一更。聒碎乡心梦不成。③ 故园无此声。

[注释]

① "身向"句：榆关，即山海关。那畔，那边。苏轼《洞仙歌》："永丰坊那畔，尽日无人，惟见金丝弄晴昼。" ② "夜深"句：张耒《上京秋日》："瓯脱数家门早闭，辒辌千帐火宵明。" ③ "聒（guō）碎"句：柳永《爪茉莉》："金风动、冷清清地。残蝉噪晚，甚聒得、人心欲碎，更休道、宋玉多悲，石人、也须下泪。"

[评析]

纳兰性德的这首《长相思》与另一首《如梦令》（万帐穹庐人醉），

先后作于康熙二十一年（1682）春，时纳兰随扈东巡。一般来看，纳兰因为时时身历其情其景，才能将塞上情怀"言之亲切如此"（蔡嵩云《柯亭词论》）。从创作的角度讲，要达成这种"亲切"，不能回避的恰恰也是处理情景关系，即如何做到情与景的矛盾性统一，因为阔大壮丽的境界和琐细柔婉的归心放在一起，就像这两首词所展示的，的确有其不协调处。这是一个很微妙却又值得关注的问题，非仅寻常所谓"情景交融"所能塞责。

王国维曾这样评价纳兰的这两首词："'明月照积雪'，'大江流日夜'，'中天悬明月'，'长河落日圆'，此种境界，可谓千古壮观。求之于词，唯纳兰容若塞上之作，如《长相思》之'夜深千帐灯'，《如梦令》之'万帐穹庐人醉，星影摇摇欲坠'差近之。"（《人间词话》）"境界"，是需要借助词法来具体展现的。从被用作纳兰词参照对象的诸作来看，前两首虽然也都写愁，但通篇有莽苍之气，浑然一体：

殷忧不能寐，苦此夜难颓。明月照积雪，朔风劲且哀。运往无淹物，年逝觉已催。（谢灵运《岁暮》）

大江流日夜，客心悲未央。徒念关山近，终知返路长。秋河曙耿耿，寒渚夜苍苍。引领见京室，宫雉正相望。金波丽鳷鹊，玉绳低建章。驱车鼎门外，思见昭丘阳。驰晖不可接，何况隔两乡。风云有鸟路，江汉限无梁。常恐鹰隼击，时菊委严霜。寄言尉罗者，寥廓已高翔。（谢朓《暂使下都夜发新林至京邑赠西府同僚》）

后两首则或写军容，或写边景，格调也是统一的：

朝进东门营，暮上河阳桥。落日照大旗，马鸣风萧萧。平沙列万幕，部伍各见招。中天悬明月，令严夜寂寥。悲笳数声动，壮士惨不骄。借问大将谁，恐是霍嫖姚。（杜甫《后出塞》五首其二）

单车欲问边，属国过居延。征蓬出汉塞，归雁入胡天。大漠孤烟直，长河落日圆。萧关逢候吏，都护在燕然。（王维《使至塞上》）

而纳兰的处理，看上去几乎就是不处理，直接将一对矛盾纳入词中。但这种无法之法，却使作品有了一种强劲的内在张力，更为重要的是，也因此而赋予短幅小令以顿挫之感，将情与景一并顿挫，"在不和谐中又体现出和谐来"（张宏生《论清初边塞词》），从而对前代作品如范仲淹的《渔家傲》实行了局部超越，也收到了应有的审美效果。尽管从唐代边塞诗之后的传统来看，这种情景关系的处理方式，使纳兰的词失去了一些东西，但是，在这一整体传统中，仍然能够占有一席之地。

齐天乐　吴山望隔江霁雪[①]

厉　鹗

瘦筇如唤登临去，江平雪晴风小。湿粉楼台，酽寒城阙，不见春红吹到。微茫越峤。但半冱云根，[②]半销沙草。为问鸥边，而今可有晋时棹[③]。　　清愁几番自遣，故人稀笑语，相忆多少。寂寂寥寥，朝朝暮暮，吟得梅花俱恼。将花插帽。向第一峰头[④]，倚空长啸。忽展斜阳，玉龙天际绕[⑤]。

[注释]

①吴山：在杭州西湖东南，又称胥山、城隍山。　②"但半冱（hù）"句：冱，冻结。张协《杂诗十首》其十："云根临八极，雨足洒四溟。"　③"而今"句：刘义庆《世说新语·任诞》："王子猷居山阴，夜大雪……忽忆戴安道，时戴在剡，即便夜乘小船就之。经宿方至，造门不前而返。人问其故，王曰：'吾本乘兴而行，兴尽而返，何必见戴！'"

④第一峰：吴山下瑞石洞侧，感花岩上刻有米芾手书"第一山"三字。紫阳山西端石壁上又有"吴山第一峰"五大字，相传为朱熹手迹。

⑤玉龙：张元《雪》："战死玉龙三十万，败鳞残甲满天飞。"（蔡絛《西清诗话》引）〔按：吴曾《能改斋漫录》卷一一所引，"残甲"作"风卷"。〕

[评析]

厉鹗（1692~1752）作为中期浙派的代表人物，创作上直接继承前期浙派领袖朱彝尊的地方非常明显。如咏烟草《天香》（瀛屿沙空），厉鹗自称此词"颇尽体物之旨"（《跋烟草次韵诗》），可见他对朱彝尊咏物词追求形似的宗旨，是心领神会的。又如，朱彝尊的《临江仙慢·枯荷》（三十六陂远），所写虽不如姜夔《念奴娇》（闹红一舸），但可以看出彼此的渊源，也可以通向厉鹗。咏物以外的作品也是这样，如朱彝尊《秋霁·严子陵钓台》（七里滩光）一阕，厉鹗的《百字令·月夜过七里滩，光景奇绝。歌此调，几令众山皆响》（秋光今夜）明显上承于它，只是后出转精而已。

不过，"雍正、乾隆间，词学奉樊榭为赤帜"（谢章铤《赌棋山庄词话》卷一一），并不是由于厉鹗对朱彝尊亦步亦趋的结果。自张炎把姜夔词的艺术特征总结为"清空"，朱彝尊也接了过来，加以提倡。但姜夔词独特的情调和风格，在张炎的作品中固然不多，推崇姜夔和张炎、提倡醇雅清空的朱彝尊，也是心向往之而未能完全做到，实际创作更加靠近张炎，只有身世经历甚至品格气质都和姜夔非常相似的厉鹗继承了下来。厉鹗将朱彝尊推尊姜夔的理念，真正落实在了创作层面上，就此开创出浙西词派发展的新局面。

幽隽是厉鹗词风的主要特点，这一点，确实是对姜夔的继承，是姜夔词风在雍乾词坛上的巨大回响。在继承的同时，厉鹗也写出了自己的某些特色。这些特色，在一定程度上，是浙西别调，也是白石新声。姜夔写词，山水的描写往往是作为情感抒发的载体，而非刻意表现的对象，人们从这样的作品里更多感受到的是"意味"。厉鹗则不然，往往能够使读者非常真切地感受到他笔下的山水，而且借此创造出浓重的氛围。即如这一首《齐天乐》，清寒之景更加衬托了清寂之情，堪称大谢山水诗在词中的再现，在词史上也是一个创造。〔按：稍后，顾翰与其中表杨夔生在清代山水词的创作上也都有新的拓展，堪称双璧。如顾作《忆旧游・过芦区》与杨作《过涧歇・青铜峡》："趁潮荒浅濑，雪换凉漪，来赁江船。自挂孤帆去，听浪花堆里，打桨声圆。一路丛芦萧瑟，秋梦渺无边。有几缕鱼云，几丝鸥雨，阁住遥天。　飘零旧词赋，怅殢醉闲吟，孤负年华。莫话凄凉意，似病蝉无力，犹唱离筵。赢得鬓丝衰绿，归染六桥烟。只同我销魂，后湖官柳疏可怜。""孤峭摩天路漫艽。双崖奇特。群峰四旁森列。似矛戟。出峡奔涛何急。雷辊声轰耆，盲风起，怒鹘惊飞响磔磔。　洪蒙谁试手，剧断云根，削成奇骨。终古无人迹。蚀苔藤，缠老树，杈丫苍烟深处，往来惟见猿猱掷。"前一首，"秋梦渺无边"的意境空灵处，吸取了浙派的长处，与厉鹗的山水抒情词颇多相似，但与厉氏一路词风的分野处，在于动势多，情思浓，又善写音响以减寂历静谧之感。后一首，特别能抉发景物的奇美之处，造语切近而不滑不涩，在响应郭麐词风的同时，似更标新立异，气势恢宏狂怪。〕

齐天乐　秋声馆赋秋声[①]

厉　鹗

簟凄灯暗眠还起，清商几处催发[②]。碎竹虚廊，枯莲浅渚，不辨声来何叶。桐飙又接。尽吹入潘郎，一簪愁发。[③]已是难听，中宵无用怨离别。　阴虫还更切切。[④]玉窗挑锦倦，[⑤]惊响檐铁[⑥]。漏断高城，钟疏野寺，遥送凉潮鸣咽⑦。微吟渐怯。讶篱豆花开⑧，雨筛时节⑨。独自开门，满庭都是月⑩。

[注释]

①秋声馆：厉鹗《秋声馆记》："符子圣几筑馆于所居堂之右偏，地可半亩，有屋为楹三，翼然其荣，呀然其背，冏然其牖，宜燕坐也。后夹以二厢，制狭而幽，宜憩息也。怪石错径，杂花扶阑。前隙地之东西有二古桐负垣立，高可造云。不风而风，不雨而雨，歊景赫曦。其外形形，其中凄凄，若招拒行节。风至雨归，憭栗刁调如临空岩而泛凉波。予为赠曰'秋声'，所以志也。" ②清商：《韩非子·十过》："师涓鼓究之，（晋）平公问师旷曰：'此所谓何声也？'师旷曰：'此所谓清商也。'公曰：'清商固最悲乎？'师旷曰：'不如清徵。'公曰：'清徵可得而闻乎？'师旷曰：'不可。'"《淮南子·览冥训》高诱注："商，西方金音也。"故商声引申指秋风。潘岳《悼亡》三首其二："清商应秋至，溽暑随节阑。"

③"尽吹入"二句：潘岳《秋兴赋序》："余春秋三十有二，始见二毛。"李善注："杜预曰：二毛，头白有二色也。"赋曰："斑鬓髟以承弁兮，素发飒以垂领。" ④"阴虫"句：颜延之《夏夜呈从兄散骑车长沙》："夜蝉当夏急，阴虫先秋闻。"李善注："《周易系卦》曰：'蟋蟀之虫，随阴迎阳。'"《诗·桧风·素冠》毛传："援琴而弦，切切而哀。"

⑤"玉窗"句：李白《久别离》："别来几春未还家，玉窗五见樱桃花。"司空图《春愁赋》："怜笙罢兴，挑锦停功。"康与之《喜迁莺》："送目鸣琴，裁诗挑锦，此恨此情无尽。" ⑥檐铁：檐间铁马。铁马，即悬于檐下之风铃。释文珦《烟霞石屋诸寺》："风檐铁自语，阴洞石能飞。"孟昉《天净沙》："风弄虚檐铁马。天高露下。月明丹桂生华。"

⑦凉潮鸣咽：朱彝尊《满江红》："巨石孤根，作弄出寒潮鸣咽。" ⑧篱

豆花开：李郢《江亭晚望》："秋馆池亭荷叶后，野人篱落豆花初。"

⑨雨筛时节：吴文英《瑞鹤仙》："正漏云筛雨，斜梢窗隙。林声怨秋色。"　⑩"满庭"句：杜荀鹤《宿栾城驿却寄常山张书记》："数树秋风满庭月，忆君时复下阶行。"欧阳修《秋声赋》："星月皎洁，明河在天。四无人声，声在树间。"

[评析]

　　厉鹗此词写秋声。在作品最后，词人扬弃一切所感，似由虚而实，实化实为虚，虚实转换之间，写出一种更为超脱的境界，不仅有"月印万川"的感悟，更有无住其心的透彻。这种写法，使得境界更为幽深曲折，思致更加空灵，所以谭献认为是"词禅"（《箧中词》今集卷二）。

　　这首《齐天乐》在咏物词创作上的新变，在《桃园忆故人·萤》、《长相思·绿萼梅》两首小令中也有所体现：

　　　　夜凉那更秋情独。冷焰雨余轻扑。坠处湿粘帘竹。瞥见因风逐。
　　　　穿烟照水犹难足。小簟窥人新浴。残月刚移桐屋。一个墙荫绿。
　　　　生九嶷。住九嶷。自小山光染玉姿。碧罗天上飞。　春到时。
　　雪到时。独向花中咏绿衣。断魂烟月知。

小令宛如清新的小品，与其长调的以情相绾、一气贯注，在厉鹗早期的咏物词中都比较少见。

　　厉鹗还写过一首《北双调·殿前欢·秋思用张小山春思韵》：

　　　　写秋思，芭蕉叶叶竹枝枝。南湖风雨凉何自，潘鬓成丝。虫声唱鬼诗，雁影排人字，凤纸书仙事。余香灭后，幽梦回时。〔按：张可久原韵为《双调·殿前欢·春情》："话相思，晓莺啼在绿杨枝。起来搔首人独自，谩写乌丝。和梨园乐府诗，代锦帕回文字，诉玉女伤心事。刘郎去后，燕子来时。"〕

与其《齐天乐》写的都是秋,笔风、意象、韵致极为相像,如果不是词调与曲牌、句式与格律有别,几乎难以分辨是词还是曲,所以被称为"词人之曲"(任二北《散曲丛刊》)。这说明,清代散曲经过清初几十年的振兴,自康熙二十年以后便开始逐渐地词化、雅化,散曲作为古典诗歌中"曲"的形式,已丧失其原先的勃勃生机,而缓慢地走向衰微了。这跟词在南宋高度雅化后的遭遇,何其相似乃尔!

忆旧游

厉 鹗

辛丑(1721)九月既望,风日清霁,唤艇自西堰桥,沿秦亭法华湾洄,以达于河渚。时秋芦作花,远近缟目,回望诸峰,苍然如出晴雪之上。庵以秋雪名,不虚也。乃假僧榻,偃卧终日,唯闻棹声,掠波往来,使人绝去世俗营竞所在。向晚宿西溪田舍,以长短句纪之。①

溯溪流云去,树约风来,山剪秋眉。一片寻秋意,是凉花载雪,人在芦碕②。楚天旧愁多少③,飘作鬓边丝。正浦溆苍茫,闲随野色,行到禅扉。　　忘机④。悄无语,坐雁底焚香,蛩外弦诗⑤。又送萧萧响,尽平沙霜信,吹上僧衣。凭高一声弹指⑥,天地入斜晖。已隔断尘喧,门前弄月渔艇归。

[注释]

①词序中"秦亭",山名。法华山之分脉。《杭州府志》:"相传祖龙

（即秦始皇）驻马于此。又云：秦少游筑亭其上。"法华，山名。河渚，在杭州西溪。秋雪，庵名。西溪，杭州西湖西北，武林山西。《西湖梵隐志》："西湖北山一支，其阳为竺国灵鹫，其阴为法华"，"水周四隅，蒹葭弥望，花时如雪。明陈继儒题曰'秋雪'"。《钱塘县志》："本名南漳湖，又名蒹葭深处……沙屿萦回，秋深荻花如雪"，"西溪溪流深曲……凡三十六里。群山回绕，曲水湾环，沙溆芦汀，重重间隔"。
②芦碕（qí）：孟郊《寒江吟》："荻洲素浩渺，碕岸澌崚嶒。"　③楚天：泛指地域空间。春秋战国时楚国辖有两湖以至江、浙地域。故称。　④忘机：李白《下终南山过斛斯山人宿置酒》："我醉君复乐，陶然共忘机。"
⑤"蛩外"句：《尔雅·释虫》："蟋蟀，蛬。"《史记·孔子世家》：孔子曾取诗三百五篇，皆弦歌之。　⑥弹指：吕不韦《吕氏春秋》："二十瞬为一弹指。"又，《大方广佛华严经》："时弥勒菩萨前诣楼阁，弹指出声，其门即开。"

[评析]

  清寂之风，直至姜夔，才在其咏梅诸作中多少有所展开。但是，真正在这种境界中注入一种出世般的体悟，从而表现出清而彻骨的精神，是由厉鹗来实现的。除了上一首《齐天乐》之外，这首《忆旧游》也是一个例证。词写清冷之境，虽不能完全忘情，但心地澄彻，一片空明。这种淡远情怀，姜夔以来的作家有所体认，但并没有充分挖掘出来。
  值得注意的是，跟姜夔词风很难在后世得到真正的回应一样，厉鹗那些最得姜夔神髓的作品，在实际创作的层面得到的呼应也是不明显的。这一现象告诉我们："姜夔所体现的，是一种精神，一种意度，所谓'清空'，也不完全是技术层面的东西，没有一定的生活经历，没有一定的学养积累，没有一定的襟怀思致，是无法简单模仿的。说到底，姜夔所代表的是一种'雅'的精神。……所谓典范,如果能够轻易达到,也就失去了意义。"(张宏生《浙西别调与白石新声》)至于厉鹗周围的作家,纷纷师法他那些征典用事的咏物词,其实也很容易理解,就是这样的作品容易进入,从根本上说,只是技术层面的东西,而和一种精神品格无关。从这种意义上讲,厉鹗可以被认为是清词最后一个具有典范意义的大家。

〔按:厉鹗及其清寒闲逸词友们"寒蝉凄切"般幽怨凄婉的吟唱,在乾隆前期,并不为如主编《昭代词选》的蒋重光等高层文士欣赏。浙派独尊地位的再次形成,有赖于王昶等人的标榜与推举。王昶是此期吴中浙派词人群的代表人物,位高名重,所作援诗坛"格调派"入词,竭力鼓吹盛世之音。一以朱彝尊之说为准而选编的《国朝词综》及《二集》,虽不无门户之见,但基本上将中期浙派名家一网打尽,整体展现了一派风雅,是近一个时期浙派风流的总结性文献。又,吴中(苏州)地区,在明代词学版图上就曾产出过大量词人,这种情况的出现,是元代中后期形成的浙西苏南词人群自明初以来继续发展的结果。明词通过吴地的词学实践和词学思想,形成了南(花间、姜张为主导)、北(苏辛为主导)词风并存的局面,对认识清初词坛上云间、阳羡、浙西等派的形成脉络有帮助。更为值得留意的是,嘉道以还,后"吴中七子"(戈载、朱绶、吴嘉洤、沈传桂、沈彦曾、王嘉禄、陈彬华)与以周济为代表的常州词派,分别从不同的角度补充、发展郭麐、张惠言的主张,试图革新浙派脱离现实的创作态度,在坚持审音辨律的前提下,汲取常州词派词学中讲立意、重寄托的观念,离合于浙、常二派之间,成为与常州词派同步发展的"吴中词派"(也称新吴派或新浙派)的骨干。直至光绪十六年(1890)潘钟瑞去世,绵延清代中晚期词坛近七十年,造成了一定的词史影响(刘毓盘《词史》甚至归清词中兴之功于后"吴中七子")。吴中词人的努力及其方向,既可以视为词坛大势由浙转常在一个方面的注脚,也为解开清季四家"立意"与"守律"的绾结方式提供了初步的答案。〕

惜黄花慢①

贺双卿

碧尽遥天。但暮霞散绮,碎剪红鲜。听时愁近,望时怕远,孤鸿一个,去向谁边。素霜已冷芦花渚,更休倩、鸥鹭相怜。暗自眠。凤凰纵好,宁是姻缘。　　凄凉劝你无言。趁一沙半水,且度流年②。稻粱初尽,网罗正苦,梦魂易警,几处寒烟。断肠可是婵娟意,寸心里、多少缠绵。③夜未闲。倦飞便宿平田。

[注释]

①惜黄花慢:此调有仄韵、平韵两体。仄韵者见杨无咎《逃禅词》。平韵者见吴文英《梦窗词》。与《惜黄花》令词不同。　②流年:鲍照《登云阳九里埭》:"宿心不复归,流年抱衰疾。"　③"断肠"二句:江淹《去故乡赋》:"情婵娟而未罢,愁烂漫而方滋。"杜甫《偶题》:"文章千古事,得失寸心知。"

[评析]

双卿(生卒年不详),最早出现在清乾隆年间史震林的《西青散记》卷三中。《西青散记》没有记载双卿的姓,只说双卿是绡山人,在雍正十年(1732)十八岁时嫁给周姓农家子。史震林是周家的朋友,看到了双卿的作品,非常感动,就在《西青散记》中收载了双卿的词十四首,诗三十九首,文五篇。后来,道光年间黄燮清编的《国朝词综续编》始冠以贺姓。在清代词话中，丁绍仪的《听秋声馆词话》也提到了贺双卿，并说自己的外祖父筠溪公曾为双卿赋芦叶诗二百余言。陈廷焯的《白雨斋词话》对双卿的词评价很高，所编《词则·别调集》甚至选录了全部十四首词中的十二首。陈锐在《裹碧斋词话》中说，自己幼时也酷爱贺双卿的词。《西青散记》本身有笔记小说的性质，除了双卿以外，它还记载了许多"女仙"、"女鬼"的故事和作品，所以对到底有没有双卿这个人，历来有不同看法。比如胡适的《贺双卿考》，就认为贺双卿乃是史震林他们那些穷酸才子在白昼做梦时悬想出来的所谓"绝世之艳，绝世之慧，绝世之幽，绝世之贞"的佳人。

其实，如果根据文学作品本身的性质来判断，不管她是不是姓贺，她写了这些词应该是真实的。因为，双卿的这些词极有特色，绝不是史震林所能够编造出来的。史震林自己的词，包括他的小说中那些女仙、女鬼的词，没有一首有双卿的风格。（参叶嘉莹《名篇词例选说》）这种特色，主要是指贺双卿的词表现出一种与名门闺秀词人生存状态相对应的存在。如此首《惜黄花慢》，据《西清散记》记载，就是贫贱才女生活的真实写照："暮时左携帚，右挟畚，自场归，见孤雁哀鸣投圩中宿焉，乃西向伫立而望。其姑自后叱之，堕畚于地。双卿素胆小，易惊，久疾益虚损，闻暗响即怔忪不宁，姑以此特苦之，乃为孤雁词。"但显出一种品格，即既有幻想、期待，又甘于布裙荆钗，能抗拒诱惑。又有一首咏菊花的《二郎神》：

丝丝脆柳。裹破淡烟依旧。向落日，秋山影里，还喜花枝未瘦。苦雨重阳挨过了，亏耐到、小春时候。知今夜，蘸微霜，蝶去自垂首。　　生受。新寒浸骨，病来还又。可是我、双卿薄幸，撇你黄昏静后。月冷阑干人不寐，镇几夜、未松金扣。枉辜却，开向贫家，愁处欲浇无酒。

双卿不埋怨别人对她的薄幸，对她的冷落，却说自己对不起花，把花冷落了。一份忠厚缠绵的感情，写来如此幽凄，如此寒冷。难怪陈廷焯评论说："此类皆忠厚缠绵，幽冷欲绝，而措语则既非温、韦，亦不类周、秦、姜、史，是仙是鬼，莫能名其境矣。"（《白雨斋词话》卷七）

南浦① 夜寻琵琶亭

左　辅

浔阳江上，恰三更、霜月共潮生。断岸高低向我，渔火一星星。何处离声刮起，拨琵琶、千载剩空亭。是江湖倦客，飘零商妇，于此荡精灵。　　且自船相近，绕回阑、百折觅愁魂。我是无家张俭，万里走江城。②一例苍茫吊古，向荻花、枫叶又伤心③。只琵琶响断，鱼龙寂寞不曾醒④。

[注释]

①南浦：按，唐崔令钦《教坊记》有《南浦子》曲，宋词盖借旧曲名，另倚新声也。此调有仄韵、平韵两体。宋人多填仄韵词。其平韵惟鲁逸仲词一体。　②"我是"二句：《后汉书·张俭传》："延熹八年，太守翟超请为东部督邮。时中常侍侯览家在防东，残暴百姓，所为不轨。俭举劾览及其母罪恶，请诛之。览遏绝章表，并不得通，由是结仇。乡人朱并，素性佞邪，为俭所弃，并怀怨恚，遂上书告俭与同郡二十四人为党，于是刊章讨捕。俭得亡命，困迫遁走，望门投止，莫不重其名行，破家相容。后流转东莱，止李笃家。外黄令毛钦操兵到门，笃引钦谓曰：'张俭知名天下，而亡非其罪。纵俭可得，宁忍执之乎？'钦因起抚笃曰：'蘧

伯玉耻独为君子，足下如何自专仁义？'笃曰：'笃虽好义，明廷今日载其半矣。'钦叹息而去。笃因缘送俭出塞，以故得免。其所经历，伏重诛者以十数，宗亲并皆殄灭，郡县为之残破。"　③"向荻花"句：白居易《琵琶行》："浔阳江头夜送客，枫叶荻花秋瑟瑟。"　④鱼龙寂寞：杜甫《秋兴八首》其四："鱼龙寂寞秋江冷，故国平居有所思。"

[评析]

在常州派其他词人中，附于《词选》的几个人，大都不以词名家。如恽敬以古文称大家，是"阳湖文派"的创始人。李兆洛是著名地理学家，又精骈文，堪称一代高手。值得提出的是左辅（1751～1833），存词皆中年以前所作，沉着内敛。如这首《南浦》，据李兆洛《湖南巡抚左公墓志铭》记载：

> 癸丑始成进士，以知县用，签发安徽补南陵县知县，旋署巢县，调霍邱。以任南陵时，钱粮未完五分以上，革职。巡抚朱文正公珪以业经全完咨部请免，离任而部议已下。奉旨引见，既引见仍发安徽以知县用，寻补合肥县。时廷寄问安徽省各官政绩，巡抚荆公道乾奏左辅实心抚字，宽严并济，舆情爱戴。上谕之，而吏部以合肥之补不合例驳斥，巡抚又专折力请。奉旨：左辅声名原好，朕所素知，着如所请。行越四年，巡抚王公汝璧以命案取巧规避，特参革职，后抚谳前案，无规避情事，请开复，部驳不准。逾年，巡抚初公彭龄至，以人才可惜，特疏请加录用。

当作于第二次被革除知县、流离奔走的五年间（1802～1806），借咏怀古迹之常题以寄慨身世。上片气象苍茫，精灵回荡，隐含作者的影子。下片转入抒怀，能让人感受到时代的沉闷和压抑，与寻常吊古之作大异其趣。谭献论之以"濡染大笔"（《箧中词》今集卷三），确为知言。

左辅被谭献论之为大——"所感甚大"(《箧中词》今集卷三)的另外一首词,是《浪淘沙·曹溪驿折桃花一枝,数日零落,裹花片投之涪江,歌以送之》:

> 水软橹声柔。草绿芳洲。碧桃几树隐红楼。者是春山魂一片,招入孤舟。 乡梦不曾休。惹甚闲愁。忠州过了又涪州。掷与巴江流到海,切莫回头。

小题而能大开大阖。上片就桃花着笔,人所未言。下片就乡梦着笔,去家愈远,乡思愈深,而用"惹甚闲愁"、"切莫回头"撇开,精警明快,余味不尽。

木兰花慢[①] 杨花

张惠言

尽飘零尽了,何人解,当花看。[②]正风避重帘,雨回深幕,云护轻幡[③]。寻他一春伴侣,只断红、相识夕阳间。未忍无声委地,将低重又飞还。[④] 疏狂情性算凄凉[⑤],耐得到春阑。便月地和梅[⑥],花天伴雪[⑦],合称清寒。收将十分春恨[⑧],做一天、愁影绕云山。看取青青池畔,[⑨]泪痕点点凝斑。

[注释]

①木兰花慢:柳永《乐章集》注高平调。 ②"尽飘零"三句:苏轼《水龙吟》:"也无人惜从教坠。"刘镇《天香》:"尽做重闻塞管,也何害、香销粉痕尽。" ③云护轻幡(fān):《博异记》:"崔玄微月夜见

女伴,曰杨氏、李氏、陶氏,又绯衣小女曰阿醋,曰:诸女伴住苑中,被恶风相扰,烦处士每岁旦作一幡,上图日月五星,立苑东。崔为立幡,东风刮地,折木飞花,而苑中不动。崔乃悟女伴即众花精也。"　④"未忍"二句:章粲《水龙吟》:"垂垂欲下,依前被风扶起。"　⑤疏狂情性:白居易《赠江州李十使君员外十二韵》:"岂有疏狂性,堪为侍从臣。"朱敦儒《鹧鸪天》:"我是清都山水郎,天教懒慢带疏狂。"　⑥月地:杜牧《七夕》:"云阶月地一相过,未抵经年别恨多。"　⑦伴雪:刘禹锡《杨柳枝》:"晚来风起花如雪,飞入宫墙不见人。"　⑧将:语助词,用于动词之后。杜甫《冬晚送长孙渐舍人归州》:"匣里雌雄剑,吹毛任选将。"白居易《裴常侍以题蔷薇架十八韵见示,因广为三十韵以和之》:"假如君爱杀,留著莫移将。"　⑨"看取"句:武则天《如意娘》:"不信比来长下泪,开箱验取石榴裙。"《古诗十九首》:"青青河畔草,郁郁园中柳。"

[评析]

张惠言(1761~1802)此词借咏杨花以寄托人生感慨,物我一体,个性鲜明。因其基本上脱去了苏轼著名的同题之作《水龙吟》的窠臼,而又能翻出新意,所以,被谭献评为:"撷两宋之菁英。"(《箧中词》今集卷三)

更为值得注意的是,在词学理论上有很大贡献的张惠言,也尝试着在创作上有所发挥。比如,有意识地将词通于赋,就是他继承前人如柳永、辛弃疾,又进行的新创造。从赋表才学到以赋言词,也是张惠言对清代学人之词的一种自觉体认。《水调歌头·春日赋示杨生子掞五首》就是最明显的例子:

东风无一事,妆出万重花。闲来阅遍花影,惟有月钩斜。我有江南铁笛,要倚一枝香雪,吹澈玉城霞。清影渺难即,飞絮满天涯。

飘然去，吾与汝，泛云槎。东皇一笑相语，芳意在谁家。难道春花开落，更是春风来去，便了却韶华。花外春来路，芳草不曾遮。

百年复几许，慷慨一何多。子当为我击筑，我为子高歌。招手海边鸥鸟，看我胸中云梦，蒂芥近如何。楚越等闲耳，肝胆有风波。

生平事，天付与，且婆娑。几人尘外相视，一笑醉颜酡。看到浮云过了，又恐堂堂岁月，一掷去如梭。劝子且秉烛，为驻好春过。

疏帘卷春晓，蝴蝶忽飞来。游丝飞絮无绪，乱点碧云钗。肠断江南春思，粘著天涯残梦，剩有首重回。银蒜且深押，疏影任徘徊。

罗帏卷，明月入，似人开。一尊属月起舞，流影入谁怀。迎得一钩月到，送得三更月去，莺燕不相猜。但莫凭阑久，重露湿苍苔。

今日非昨日，明日复何如。揭来真悔何事，不读十年书。为问东风吹老，几度枫江兰径，千里转平芜。寂寞斜阳外，渺渺正愁予。

千古意，君知否，只斯须。名山料理身后，也算古人愚。一夜庭前绿遍，三月雨中红透，天地入吾庐。容易众芳歇，莫听子规呼。

长镵白木柄，劚破一庭寒。三枝两枝生绿，位置小窗前。要使花颜四面，和著草心千朵，向我十分妍。何必兰与菊，生意总欣然。

晓来风，夜来雨，晚来烟。是他酿就春色，又断送流年。便欲诛茅江上，只恐空林衰草，憔悴不堪怜。歌罢且更酌，与子绕花间。

这组词，曾得到谭献的高度评价："胸襟学问，酝酿喷薄而出，赋手文心，开倚声家未有之境。"（《箧中词》今集卷三）所谓"未有之境"，主要是指联章而用赋法，从不同的角度、不同的侧面反复进行铺叙，使得其吟咏的主题得到大大地强化；而以大篇谈理，应该也是一个方面。

张惠言在这五首词中运用传统的春感主题，表达对人生的体悟，形象之中含有哲理，以此教诲后学，尽管终究不免和传统的比兴寄托说有一定的关系，也没有真正将词赋予形而上的意义，但也是一种创造。从另一方面来看，所谓学问，表现在词作里，并非一定要以"掉书袋"的形式出现。在这组作品中，张惠言的学问主要表现在"胸襟"，即由于学识渊博、识见超卓而达到的思想深度，在普遍意义上，把生离死别、家国兴亡，个人命运的升沉起伏，以及如何寻找自己在社会中的位置等内容都包括进去了，从而加强了作品的深度、广度、厚度和境界。可以说，张惠言在理论上对学人之词开始了明确提倡，在实践上也对学人之词给出了新概念，体现出批判性的超越。

江城子　里中作

董士锡

寒风相送出层城。晓霜凝。画轮轻。墙内乌啼①，墙外少人行②。折尽垂杨千万缕，留不住，此时情。　　红桥独上数春星。月华生③。水天平。镜里夫容，应向脸边明。金雁一双飞过也，空目断，远山青。④

[注释]

①乌啼：李端《乌栖曲》："东房少妇婿从军，每听乌啼知夜分。"
②少人行：周邦彦《少年游》："马滑霜浓，不如休去，直是少人行。"
③月华：冯应京《月令广义》："月之有华，常出于中秋，或十三至十八夜。月华之状，如锦云捧珠，五色鲜荧，磊落匝月如刺锦。"　④"金雁"三句：司空图《灯花》三首其一："几时金雁传归信，剪断香魂一缕愁。"钱起《省试湘灵鼓瑟》："曲终人不见，江上数峰青。"

[评析]

　　董士锡（1782~1831）是张惠言甥、婿，经学、诗、古文、词皆得其传，其子董毅辑《续词选》，颇有名于世，也可见出常郡词风盛貌。董士锡所作，疏阔气韵少而缠绵往复味多。如此词以及《木兰花慢·武林归舟中作》：

　　　　看斜阳一缕，刚送得，片帆归。正岸绕孤城，波回野渡，月暗闲堤。依稀是谁相忆，但轻魂、如梦逐烟飞。赢得双双泪眼，从教浣尽罗衣。　　江南几日又天涯，谁与寄相思。怅夜夜霜花，空林开遍，也只侬知。安排十分秋色，便芳菲、总是别离时。惟有醉将醽醁，任他柔橹轻移。

别情无极，均缠绵婉约之致，正如沈曾植《菌阁琐谈》所云："敛气循声，兴象风神，悉举骚雅。"沈氏又谓："玉田所谓'清空骚雅'者，亦至晋卿而后尽其能事。其与白石不同者，白石有名句可标，晋卿无名句可标，其孤峭在此，不便摹拟亦在此。"可以为研讨浙、常二派追求上的不同提供帮助。

渡江云[①] 杨花

周　济

　　春风真解事，等闲吹遍，无数短长亭。一星星是恨，直送春归，替了落花声。凭阑极目，荡春波、万种春情。应笑人、春粮几许，便要数征程。[②]　　冥冥。车轮落日[③]，散绮余霞，渐都迷幻景。问收向、红窗画箧,可算飘零。相逢只有浮云好,奈蓬莱东指,弱水盈盈④。休更惜,秋风吹老莼羹。

[注释]

①渡江云:周密词名《三犯渡江云》。此调后段第四句例用仄韵,亦是三声叶,乃一定之格,宋元人俱如此填。惟陈允平有全押平韵、全押仄韵二体。 ②"应笑人"二句:《庄子·逍遥游》:"适百里者宿舂粮,适千里者三月聚粮。" ③车轮落日:韩愈《送惠师》:"夜半起下视,溟波衔日轮。" ④弱水:《山海经·大荒西经》:"西海之南,流沙之滨,赤水之后,黑水之前,有大山名曰昆仑之丘。……其下有弱水之渊环之。"

[评析]

周济(1781~1839)论词注重开示门径,〔按:周济在其《宋四家词选目录序论》中开示的学词门径是:"问涂碧山,历梦窗、稼轩,以返清真之浑化。"而其心目中词人的地位之高下则有所变化:"清真,集大成者也。稼轩敛雄心,抗高调,变温婉,成悲凉。碧山餍心切理,言近旨远,声容调度,一一可循。梦窗奇想壮彩,腾天潜渊,返南宋之清泚,为北宋之秾挚。"后者已经唐圭璋指出:"周济不以时代先后排次序,而是以成就分高低,认为王胜于吴。"(载吴新雷《记唐圭璋先生的嘉言懿行》)〕创作上并非全然眼高手低,现存词作中有些也能写得很出色。如《蝶恋花》:

柳絮年年三月暮。断送莺花,十里湖边路。万转千回无落处。随侬只恁低低去。 满眼颓垣欹病树。纵有余英,不值风姨妒。烟里黄沙遮不住。河流日夜东南注。

惋惜春光流逝,就花絮着眼,一结大笔回转,别出一境,真是"万感横集,五中无主"的"能出"之作。所以,蒋敦复说,读这样的词,能得意内言外之旨(《芬陀利室词话》卷一)。又如这首《渡江云》,前人写杨花，每怜惜其飘零遭遇，此作则出之以壮语，笔调爽朗，一结宕出题外，由花及人，显得有余不尽。谭献评其"怨断之中，豪宕不减"（《箧中词》今集卷三），是一个准确的判断。当然，周济的有些咏物词过于晦涩，其弊也正在于所谓"精密纯正"之"密"。

青衫湿遍

周之琦

道光己丑（1829）夏五，余有骑省之戚，偶效纳兰容若词为此。虽非宋贤遗谱，音节有可述者。①

瑶簪堕也，谁知此恨，只在今生。②怕说香心易折③，又争堪、烬落残灯。忆兼旬、病枕惯荟腾④。看宵来、一样恹恹睡⑤，尚猜他、梦去还醒。泪急翻嫌错莫⑥，魂消直恐分明。　　回首并禽栖处，书帷镜槛，怜我怜卿。⑦暂别常忧道远，况凄然、泉路深扃⑧。有银笺、愁写瘗花铭。漫商量、身在情长在，纵无身、那便忘情。⑨最苦梅霖夜怨⑩，虚窗递入秋声。

[注释]

①青衫湿遍：纳兰性德自度曲。与《人月圆》之又名《青衫湿》者不同。词序中"骑省之戚"，即悼亡。以《悼亡诗》著名的潘岳，曾官散骑侍郎，属尚书省，故云。又，周之琦《阮郎归》序曰："余以嘉庆癸亥就婚于长沙郡署，阅今三十九年，旧游重历，距先室之殁一星终矣。"

② "瑶簪"三句：温庭筠《过华清宫二十二韵》："瑶簪遗翡翠，霜仗驻骅骝。"元稹《遣悲怀》三首其二、其三："诚知此恨人人有，贫贱夫妻百事哀"、"同穴窅冥何所望，他生缘会更难期"。　③香心：李商隐《燕台四首》其四《冬》："冻壁霜华交隐起，芳根中断香心死。"　④瞢腾：韩偓《格卑》："惆怅后尘流落尽，自抛怀抱醉瞢腾。"　⑤恹恹：韩偓《春尽日》："把酒送春惆怅在，年年三月病恹恹。"　⑥错莫：陆游《钗头凤》："一怀愁绪，几年离索。错。错。错"，"山盟虽在，锦书难托。莫。莫。莫"。　⑦"回首"三句：曹植《种葛篇》："下有交颈兽，仰见双栖禽。"李商隐《镜槛》："镜槛芙蓉入，香台翡翠过。"程梦星注："谢朓《咏镜台》诗：'玲珑类丹槛。'此镜槛当是镜台。"吴伟业《琴河感旧》四首其三："青山憔悴卿怜我，红粉飘零我忆卿。"靳荣藩注："小青诗：'卿须怜我我怜卿。'"　⑧泉路：杜甫《送郑十八虔贬台州司户，伤其临老陷贼之故，阙为面别，情见于诗》："便与先生应永诀，九重泉路尽交期。"　⑨"有银笺"三句：吴文英《风入松》："听风听雨过清明。愁草瘗花铭。"李商隐《暮秋独游曲江》："深知身在情长在，怅望江头江水声。"　⑩梅霖：徐坚等编《初学记》卷二引梁元帝（萧绎）《纂要》："梅熟而雨曰梅雨。"注："江东呼为黄梅雨。"《左传·隐公九年》："凡雨，自三日以往为霖。"黄裳《喜迁莺》："梅霖初歇。乍绛蕊、海榴争开时节。"

[评析]

在道光、咸丰以还的词坛上，名家辈出，但并不是常州词派一统天下。如编有《十六家词选》的周之琦（1782~1862），折衷于南、北宋，兼收博取，甚至被认为是"浙西、常州之外，居然一大家也"（《续修四库全书总目提要》），所作力求"抑扬抑坠之致"。前期词中，羁旅记情之作颇为可观。如《好事近·舆中杂书所见，得四阕》其二、其四（诗句夕阳山）（引手摘星辰），都写太行景色，前一首在小处着笔，虚写处多，生动活脱。后一首实写，从上山过程的动作与感觉中显示佳境，一直写到登高后俯视。后期作品，自写襟抱，很是萧瑟苍茫。如《渔家傲·末疾艰于步履，疏请开缺，交篆后书寄汝筠，时在丙午七月》：

> 六十五年嗟老矣。衰残那更朝衫系。人说归来陶令拟。知也未。乡园风景而今异。　　浩劫连番瓜蔓水。嗷鸿中泽余生寄。寒故凄凉书一纸。蓬户底。相看可有相联计。

道光二十六年（1846）辞官时所作，写尽一省巡抚识尽愁滋味的心绪，足见衰颓世道，与《好事近·纸鸢》中所借物寄兴者或不异：

> 片羽又青云，摇扬半天春色。莫羡儿童牵引，怕东风无力。　　微茫纤缕系虚空，远影定谁识。偏是绿杨烟外，有流莺窥得。

这首《青衫湿遍》悼念亡妻。尤其是下片"暂别常忧道远"五句，说原本连短暂的分离都担心相隔太远，有"银笺"也害怕写"瘗花铭"一类忧伤的文字，而今又当如何面对爱妻遽然离世的事实？透过一层的写法，尤见情深而真，几欲"掩过"（李慈铭《越缦堂日记》）纳兰，后来居上，堪称清代悼亡词之殿军。周氏中年丧妻，在此后的三十年左右时间里，多有悼念之作，款款深情，溢于言表，正此词中所谓"谁知此恨，只在今生"，亦程恩泽《题周稚圭前辈〈金梁梦月词〉八首》其六所云："仙山瑶草已辞根，尘梦稠桑欲返魂。云锦凤罗都湿遍，万行情泪哭天孙。"又如另一首悼亡词《沁园春·题亡室沈淑人遗照》：

> 描出伤心，月悴烟憔，回肠怎支。忆香消玉腕，愁停针线，病淹珠唾，怯试枪旗。命薄难留，魂柔易断，当日欢场已早知。良工笔，为传神个里，欲下还迟。　　离箱粉缟空思。剩倩影、幽房一帧携。看湘兰婀娜，重拈恨蕊，吴绡宛转，未了情丝。缓缓花开，真真酒暖，环佩归来可有期。无眠夜，礼金仙绣像，记否年时。

与纳兰同题之作《南乡子·为亡妇题照》比看，措语非一，而情怀无不同："泪咽却无声。只向从前悔薄情。凭仗丹青重省识，盈盈。一片伤心画不成。　　别语忒分明。午夜鹣鹣梦早醒。卿自早醒侬自梦，更更。泣尽风檐夜雨铃。"

鹊踏枝　过人家废园作

龚自珍

漠漠春芜春不住。藤刺牵衣，碍却行人路。偏是无情偏解舞，蒙蒙扑面皆飞絮。　　绣院深沉谁是主。一朵孤花，墙角明如许。① 莫怨无人来折取，花开不合阳春暮②。

[注释]

①"一朵"二句：苏舜钦《淮中晚泊犊头》："春阴垂野草青青，时有幽花一树明。"　②阳春：《管子·地数》："阳春农事方作。"

[评析]

鸦片战争前夕，外患内忧隐然可见。山雨欲来、大厦将倾之际，清廷依旧武嬉文恬，群小播弄。当此危如累卵之局，年轻的龚自珍（1792~1841）殷忧耿耿，触目皆愁。于是，一次寻常的"过人家废园"，自然也是别有一番滋味在心头。此词凡景皆情，凡花草皆人，包括在废园阴暗景色中露出一丝明亮色彩的那朵自比的"孤花"，字面不露痕迹，而一种愤懑悲凉之意，处处可见，可谓深得比兴妙旨的佳作。

龚自珍剑气箫心，"意欲合周、辛而一之"（谭献《复堂日记》卷二），所作郁勃激荡而又凄艳灵动。其著者如：

　　明月外，净红尘。蓬莱幽窅四无邻。九霄一派银河水，流过红墙不见人。（《桂殿秋》二首其一）

　　惊觉后，月华浓。天风已度五更钟。此生欲问光明殿，知隔朱扃几万重。（《桂殿秋》二首其二）

　　山陬法物千年在，牧儿叩之声死。谁信当年，椎锤一发，吼彻山河大地。幽光灵气。肯伺候梳妆，景阳宫里。怕阅兴亡，何如移向草间置。　　漫漫评尽今古。便汉家长乐，难寄身世。也称人间，帝王宫殿，也称斜阳萧寺。鲸鱼逝矣。竟一卧东南，万牛难起。笑煞铜仙，泪痕辞灞水。（《台城路·赋秣陵卧钟，在城北鸡笼山之麓，其重万钧，不知何代物也》）

前两首通过驰骋浪漫主义的想象，表现青年时代的作者对理想境界的追求。后一首借卧钟寄寓感慨，写钟即是自写，椎锤一发，犹如召唤九州生气的风雷。词末并对王朝兴亡报以一笑，笑中有泪，词风横放杰出，剑气横秋。类似作品，都能显出不拘一格的变化，近于常派而又与之立异，为晚近词史注入一泓生气与活力。

清平乐　池上纳凉

项鸿祚

　　水天清话。院静人销夏。[①]蜡炬风摇帘不下[②]。竹影半墙如画。醉来扶上桃笙[③]。熟罗扇子凉轻[④]。一霎荷塘过雨，明朝便是秋声。

[注释]

①"水天"二句：李商隐有《水天闲话旧事》。陆龟蒙《销夏湾》："遗名复避世，消夏还消忧。"　②蜡炬：李商隐《无题》："春蚕到死丝方尽，蜡炬成灰泪始干。"　③桃笙：左思《吴都赋》："桃笙象簟，韬于筒中。"刘逵注："桃笙，桃枝簟也。吴人谓簟为笙。"　④熟罗：罗，轻软而有疏孔的丝织品。织罗的丝有练有不练，因而有熟罗、生罗之别。

[评析]

不名一派的项鸿祚（1798～1835），怀才不遇又郁结压抑，所作多哀情凄意。虽然有些作品，如《湘月·壬午（1822）九月，避喧于南山之甘露院，就泉分茗，移枕看山，相羊浃旬，尘念都净。出院不百步，越小岭，即虎跑也。尝月夜独游，清寒特甚，赋〈念奴娇〉鬲指声一阕纪之》：

> 绳河一雁，带微云淡月，吹堕秋影。风约疏钟，似唤我、同醉寺桥烟景。黄叶声多，红尘梦断，中有檀栾径。空明积水，诗愁浩荡千顷。　　乘兴欲叩禅关，残萤几点，飐寒星不定。清夜湖山，肯付与、词客闲来消领。跨鹤天高，盟沤缘浅，心事塘蒲冷。朔风狂啸，满林宿鸟都醒。

通过将幽闲的避喧生活和清空的自然景色结合起来，构成物我一体、清寒入骨境界的写法，颇受厉鹗影响，格局稍嫌偏狭，但其作品整体上还是能自成一格。如这首《清平乐》，道光初年所作，结二句，将作者哀怨的心绪表露无疑。

水龙吟 秋声

项鸿祚

西风已是难听,如何又著芭蕉雨。泠泠暗起①,渐渐渐紧②,萧萧忽住③。候馆疏砧,高城断鼓,和成凄楚。想亭皋木落④,洞庭波远⑤,浑不见、愁来处。　　此际频惊倦旅。夜初长、归程梦阻。砌蛩自叹,边鸿自唳,剪灯谁语。莫更伤心,可怜秋到,无声更苦。满寒江剩有,黄芦万顷⑥,卷离魂去。

[注释]

①泠泠:陆机《文赋》:"文徽徽以溢目,音泠泠而盈耳。"　②渐(sī)渐:李商隐《肠》:"隔树渐渐雨,通池点点荷。"　③萧萧:荆轲《易水歌》:"风萧萧兮易水寒,壮士一去兮不复还。"　④亭皋木落:柳恽《捣衣》:"亭皋木叶下,陇首秋云飞。"　⑤洞庭波:屈原《九歌·湘夫人》:"袅袅兮秋风,洞庭波兮木叶下。"　⑥黄芦:白居易《琵琶行》:"住近湓江地低湿,黄芦苦竹绕宅生。"

[评析]

项鸿祚此词受欧阳修《秋声赋》启发,由风声、雨声、砧声、鼓声等织出肃杀凄楚的秋声,不脱不粘,层层递进,然后归到"无声更苦",荡魂夺魄,入木三分。跟前一首一样,都是别有怀抱的伤心人语。

项鸿祚自序《忆云词丙稿》有云:"嗟乎!不为无益之事,何以遣有涯之生!"此语出自一位享年不过三十八岁的诗人之口,并且是对前人所言"若复不为无益之事,则安能悦有涯之生"(张彦远《历代名画记》卷二)的定向改造,实在令人唏嘘不已。其实,即便从作者自己的作品来看,作词也未尝不可为悦生之一助,所谓无用之用、无益之益,而不可尽谓为"遣有涯之生"的"无益之事"。如忆云别调《百字令·将游鸳湖,作此留别》:

> 啼莺催去,便轻帆东下,居然游子。我似春风无管束,何必扬舲千里。官柳初垂,野棠未落,才近清明耳。归期自问,也应芍药开矣。　　且去范蠡桥边,试盟鸥鹭,领略江湖味。须信西泠难梦到,相隔几重烟水。剪烛窗前,吹箫楼上,明日思量起。津亭回望,夕阳红在船尾。

描绘早春景物,怀恋暂别的妻子,委婉曲折却异常轻松愉快,也算是人生难得的慰藉。

清平乐

吴　藻

一庭苦雨。送了秋归去。只有诗情无著处。散入碧云红树①。黄昏月冷烟愁。湘帘不下银钩。②今夜梦随风度,忍寒飞上琼楼。③

[注释]

①碧云:江淹《休上人怨别》:"日暮碧云合,佳人殊未来。"

②"湘帘"句：王端淑《浣溪沙》："淡绿轻红掩画楼，珠帘尽日下金钩。" ③"今夜"二句：苏轼《水调歌头》："我欲乘风归去，又恐琼楼玉宇，高处不胜寒。"

[评析]

吴藻（1799？～1862？）此词上片苦雨送秋归，吟心无著，遥望云树，是有所思。下片月冷夜寒，不下帘钩为使梦魂飞去，寻觅所思。"人忍寒，魂亦忍寒，情深一往"（张珍怀《飞霞说词》）。人云"父夫俱业贾，两家无一读书者，而独呈翘秀"（梁绍壬《两般秋雨庵随笔》卷二）的吴藻，是一位有抱负的女性，所交如梁德绳、汪端等皆一时贤媛，一方面渴望"忍寒飞上琼楼"，一方面又体现出怕高处不胜寒、才情不为人所理解的苦衷。这般愁绪无法排解，只能托付给同病相怜的嫦娥仙子。如果把这首《清平乐》与她的散曲小令《南南吕·楚江情·月下吹笙》结合起来看：

[香罗带] 窥帘一点明，秋生满庭。香销烛灭开画屏，懒拈湘管坐调笙。也把檀痕小拍，云和自擎。猛觉的仙乎两袖风又轻。

[一江风] 玉宇琼楼，怕飞去愁难定。只教乌儿缓缓升，教乌儿缓缓升，兔儿略略停，吹一曲凉州令。

就愈能觉出作者在生活与理想之间挣扎的苦闷，理想抱负不得实现的痛苦、无奈。

更有甚者，吴藻还创作过一部杂剧《乔影》，其中所表现的性别意识，既是对传统社会中妇女的社会角色缺憾所作的思考，也反映了作者对才女的"名士化"所作的某种理解。（张宏生《吴藻〈乔影〉及其创作的内外成因》）〔按：之所以如此，当非前引梁绍壬所谓"两家无一读书者，而独呈翘秀"，而是正好相反。葛庆曾题《乔影》六首其四有云："早识大家矜绝调，每从小谢读清词（谓梦蕉）。"以"小谢"喻吴藻的兄长梦蕉，可知他也是一位才士，赵庆熺《香销酒醒集》中即保存有大量与吴梦蕉、梁绍壬、魏谦升等人的记游之作。又，吴藻《香南雪北词》中多次描述与长姊蘅香、二姊苣香、三兄梦蕉偕游的雅趣。沈善宝《名媛诗话》也多次记述与吴藻姐妹的文学聚会。如沈善宝《秋日感怀四首》其二"同岑更喜同声应"句自注云："项絸卿、吴苣香二夫人，兼善词画。"吴藻《苏幕遮·听苣香姊弹瑟》写其琴心曰："指下泠泠，一片悲风绕"、"二十五弦，弹得天应晓"。都可为证。〕

霜叶飞[①] 和周邦彦《片玉词》

顾　春

萋萋芳草[②]。疏林外，月华初上林表[③]。断桥流水暮烟昏，正夜凉人悄。有沙际、寒蛩自晓。星星三五流萤小。见白露横空[④]，那更对、孤灯如豆，清影相照。　　昨夜梦里分明，远随征雁，迢递千里难到。西风吹过几重山，怅故人怀抱。想篱落、黄花开了[⑤]。尊前谁唱凄凉调。应念我、凝情处，听雨听风，恨添多少。

[注释]

①霜叶飞：调见周邦彦《片玉集》，因词有"素娥青女斗婵娟"句，更名《斗婵娟》。　②萋萋芳草：崔颢《黄鹤楼》："晴川历历汉阳树，芳草萋萋鹦鹉洲。"　③林表：谢朓《休沐重还丹阳道中》："云端楚山见，林表吴岫微。"　④白露：《礼记·月令》：（孟秋之月）"凉风至，白露降，寒蝉鸣。"　⑤篱落：柳宗元《田家三首》其一："篱落隔烟火，农谈四邻夕。"

[评析]

顾春（1799~1877）此词上片写秋天的傍晚暮烟渐起，直到夜深独对孤灯，寓情于景。虽题为和周邦彦之作〔所和周邦彦原唱为："露迷衰草。疏星挂，凉蟾低下林表。素娥青女斗婵娟，正倍添凄悄。渐飒飒、丹枫撼晓。横天云浪鱼鳞小。似故人相看，又透入、清辉半饷，特地留照。　迢递望极关山，波穿千里，度日如岁难到。凤楼今夜听秋风，奈五更愁抱。想玉匣、哀弦闭了。无心重理相思调。见皓月、牵离恨，屏掩孤鼙，泪流多少。"〕，但写景笔法明朗幽雅，不尚雕琢。下片思念远人，梦中亦是关山迢递"千里难到"。"想篱落"以下，模仿柳永《八声甘州》写法，设想对方此时把酒东篱，"应念我"的情景。

况周颐曾评太清之词"佳处在气格，不在字句，当于全体大段求之"（《东海渔歌序》），从这首《霜叶飞》及以下一首《醉翁操·题云林湖月沁琴图》来看，极为恰切：

悠然。长天。澄渊。渺湖烟。无边。清辉灿兮婵娟。有美人兮飞仙。悄无言。攘袖促鸣弦。照垂杨素蟾影偏。　羡君志在，流水高山。问君此际，心共山闲水闲。云自行而天宽。月白明而露溥。新声和且圆。轻徽徐徐弹。法曲散人间。月明风静秋夜寒。

卜算子

蒋春霖

燕子不曾来，①小院阴阴雨。一角阑干聚落花，此是春归处②。弹泪别东风③，把酒浇飞絮④。化了浮萍也是愁⑤，莫向天涯去⑥。

[注释]

① "燕子"句：晏殊《破阵子》："燕子来时新社，梨花落后清明。"又《浣溪沙》："无可奈何花落去，似曾相识燕归来。" ②春归处：王之道《桃源忆故人》："逢人借问春归处，遥指芜城烟树。"黄庭坚《清平乐》："春归何处，寂寞无行路。" ③别东风：管时敏《送监生马骏赴京》："客行二月梨花后，人别东风燕子前。" ④把酒浇：周紫芝《次韵李郎中休日不出二首》其二："谁把酒浇陶靖节，天将诗付沈东阳。" ⑤化了浮萍：李时珍《本草纲目》卷一九："浮萍季春始生，或云杨花所化。"李昌祺《柳》："绝胜东风桃李树，飞花犹解化浮萍。"唐时升诗："雨余柳絮化为萍。"苏轼《水龙吟》："晓来雨过，遗踪何在，一池萍碎。"《楚辞·尊嘉》："窈哀兮浮萍，泛淫兮无根。" ⑥向天涯去：张籍《春日留别》："各向天涯去，重来未有期。"

[评析]

蒋春霖（1818~1868）的这首《卜算子》，是传统的伤春题材，而出以比兴寄托之法。上片写春归，文浅语淡，却包蕴万般无奈之情。下片突出身世飘零之感。尤其是"化了浮萍也是愁"二句，托物自喻，正是凄苦心境的反映。蒋春霖还有一首《踏莎行·癸丑（1853）三月赋》，基调与此词完全一样：

> 叠砌苔深，遮窗松密。无人小院纤尘隔。斜阳双燕欲归来，卷帘错放杨花入。　蝶怨香迟，莺嫌语涩。老红吹尽春无力。东风一夜转平芜，可怜愁满江南北。

严迪昌对于此种"世纪末情调"，是这样解读的："愁苦之写，后来居上。这除了艺术的成熟及其积累诸因素外，重要的是感受的深化，而感受的深化又正是表征着才士淹蹇的现象的加剧。所以，沿流溯讨'士'的发自心底的哀吟，足以能清晰地看到封建社会日益衰朽而心灵压抑愈烈的轨迹的。此词所表现的衰世漂泊的凄苦，具有浓重的世纪末情调。警策之句是'化了浮萍也是愁'，这是一种局天蹐地，无可解脱痛苦的极致语。心头的凄苦能得化解则尚存生机，还有转机。无以化解，即使转化了仍是愁境甚或更见愁苦，那还能有何生趣？既然结局是一般无异，那么何必继续漂泊天涯？这末两句有回环之势寓于平易语中：飞絮是愁，浮萍是愁，飘荡或溷落，形态虽异，终端一致。漂泊多苦，前途无望，际遇难免，迟'化'不如早'化'，早'化'或还略胜迟'化'，可省却跋涉、遭人摆布之苦。陈廷焯《白雨斋词话》卷五说的准确：'鹿潭穷愁潦倒，抑郁以终，悲愤慷慨，一发于词。如《卜算子》云云，何其凄怨若此！'"（《金元明清词精选》）

　　蒋春霖也以含蓄清虚之笔抒述深沉的离乱之情，艺术表现力极为高强。如《木兰花慢·江行晚过北固山》和《琵琶仙》：

　　泊秦淮雨霁，又灯火、送归船。正树拥云昏，星垂野阔，暝色浮天。芦边夜潮骤起，晕波心、月影荡江圆。梦醒谁歌楚些，泠泠霜激哀弦。　　婵娟。不语对愁眠。往事恨难捐。看莽莽南徐，苍苍北固，如此山川。钩连更无铁锁，任排空、樯橹自回旋。寂寞鱼龙睡稳，伤心付与愁烟。

　　天际归舟，悔轻与、故国梅花为约。归雁啼入筼筜，沙洲共飘泊。寒未减、东风又急，问谁管、沈腰愁削。一舸青琴，乘涛载雪，聊共斟酌。　　更休怨、伤别伤春，怕垂老、心期渐非昨。弹指十年幽恨，损萧娘眉萼。今夜冷、篷窗倦倚，为月明、强起梳掠。怎奈银甲秋声，暗回清角。

前一首作于鸦片战争结束之后，满目疮痍，感时伤事，大笔淋漓。后一首作于太平天国战争结束后一年,以健笔、瘦笔写柔情,身世之感迸发为纸上秋声。蒋春霖专攻姜、张,但身际衰世战乱,感受真切,所以凄怆惨苦之情空而灵,能够避免浙派的涂饰空枵;同时,衰情郁结,盘旋倾述,因而境界挺拔阔远,不必故作吞吐之姿或借物象寄托以出,也摆脱了常州词派的某些弊端。从这种意义上讲,蒋氏被谭献誉为:"与成容若、项莲生,二百年中,分鼎三足。"(《箧中词》今集卷五)〔按:《清史稿》卷四八四《文苑一》附项鸿祚、蒋春霖传于纳兰性德传后,当系受此论影响。〕也不是全无道理。

蝶恋花

庄 棫

百丈游丝牵别院。行到门前,忽见韦郎面①。欲待回身钗乍颤。近前却喜无人见。　　握手匆匆难久恋。还怕人知,但弄团团扇②。强得分开心暗战。归时莫把朱颜变。

[注释]

①韦郎:姜夔《长亭怨慢》:"韦郎去也,怎忘得玉环分付。"史达祖《寿楼春》:"算玉箫、犹逢韦郎。"　②团团扇:班婕妤《怨诗》:"新裂齐纨素,鲜洁如霜雪。裁为合欢扇,团团似明月。出入君怀袖,动摇微风发。常恐秋节至,凉飙夺炎热。弃捐箧笥中,恩情中道绝。"古乐府《团扇郎歌》:"团扇复团扇,持许自遮面。憔悴无复理,羞与郎相见。"郭茂倩《乐府诗集》卷四五引《古今乐录》:"《团扇郎歌》者,晋中书令王珉,捉白团扇,与嫂婢谢芳姿有爱,情好甚笃。嫂捶挞婢过苦,王东亭闻

而止之。芳姿素善歌，嫂令歌一曲，当赦之。应声歌曰：'白团扇，辛苦五流连，是郎眼所见。'珉闻，更问之，汝歌何遗？芳姿即改云：'白团扇，憔悴非昔容，羞与郎相见。'后人因而歌之。"

[评析]

庄棫（yù，1830~1878）是常州派后劲，曾自序其词"向从北宋溯五代十国，今复下求南宋得失离合之故"。此词表现情爱相思，但也可能是有意"寄托"地去写这些词，所以，尽管不免落入陈套，流为赝体，也经常被推许为一派佳作。如陈匪石《旧时月色斋词谭》的评价，即似有此意："填小令而欲避《花间》途径者，尚有二派：其一，取语淡意远之致，以古乐府之神行之，庄蒿庵《蝶恋花》四首此其选也。"

另外三首《蝶恋花》（其一、三、四），一并录以参读：

城上斜阳依碧树。门外斑骓，见了还相顾。玉勒珠鞭何处住。回头不觉天将暮。　风里余花都散去。不省分开，何日能重遇。凝睇窥君君莫误。几多心事从君诉。

绿树阴阴晴昼午。过了残春，红萼谁为主。宛转花幡勤拥护。帘前错唤金鹦鹉。　回首行云迷洞户。不道今朝，还比前朝苦。百草千花羞看取。相思只有侬和汝。

残梦初回新睡足。忽被东风，吹上横江曲。寄语归期休暗卜。归来梦亦难重续。　隐约遥峰窗外绿。不许临行，私语频相属。过眼芳华真太促。从今望断横波目。

对于这组"托志帷房，眷怀身世"的作品，陈廷焯《白雨斋词话》卷五是这样理解的：首章"回头"七字，感慨无限。下半声情酸楚，却又哀而不伤。次章心事曲折传出。下半韬光匿采，忧谗畏讥，可为三叹。三章词殊怨慕。次章盖言所谋有可成之机，此则伤所遇之卒不合也。故下云：

"回首行云迷洞户,不道今朝,还比前朝苦。"悲怨已极。结云:"百草千花羞看取,相思只有侬和汝。"怨慕之深,却又深信而不疑。想其中或有诳人间之,故无怨当局之语。然非深于风骚者,不能如此忠厚。四章决然舍去,中有怨情,故才欲说便咽住。下半天长地久之恨,海枯石烂之情,不难得其缠绵沉着,而难其温厚和平。吴世昌《词林新话》卷五则谓:只是言情。并举例说,第三首中"百草"联只是套用谭献"连理枝头侬与汝,千花百草从渠许"(《蝶恋花》六首其四)二语,并无深意。

相见欢

庄棫

深林几处啼鹃。梦如烟。直到梦难寻处、倍缠绵。　　蝶自舞,莺自语,总凄然。明月空庭如水、似华年。

[评析]

相比于上录《蝶恋花》而言,庄棫此词较耐寻绎,又颇有一些"妙不著言诠"(朱祖谋《望江南·杂题我朝诸名家词集后》)的味道。另一首同调之作也是如此:

春愁直上遥山。绣帘闲。赢得蛾眉宫样、月儿弯。　　云和雨,烟和雾,一般般。可恨红尘遮得、断人间。

都可以与其《氐州第一·自题小影》中"过眼韶华,依人岁月,容我萧闲自省"数句结合起来理解,经由经历和体验各不相同的读者,分别赋予迷惘、留恋等不同层面的意义,体现出一定程度的超越性。确如谭献

《蒿庵词题辞》所谓："夫神之所宰，机之所抽，心之所游，境之所构，身之所接，力之所穷，孰能无所可寄哉？纵焉而已逝，荡焉而已纷，鱼寄于水，鸟寄于木，人心寄于言，凡夫寄于荣利，庄棫寄于词。"

词与律诗不同，对仗要求不是那么严格；但工巧的对句，和谐韵律，整齐文字，也确实可以使词生色。沈祥龙《论词随笔》云："词中对句，贵整炼工巧、流动脱化，而不类于诗、赋。"庄棫词中对句，如"日照纱窗人未起，风吹罗帐困难禁"（《浣溪纱》）、"梁间归雁空留客，叶底流莺解骂人"（《思佳客》），自然流动，不嫌板滞。句中对，如"新月半明半暗，浮云旋散旋生"（《春光好》），读来抑扬顿挫。即便是短句，如上录两首《相见欢》中的"云和雨，烟和雾，一般般"、"蝶自舞，莺自语，总凄然"，也注意对仗。从这些地方，都可以看出庄词的语言艺术功夫。

蝶恋花

谭献

庭院深深人悄悄。[①]埋怨鹦哥，错报韦郎到。压鬓钗梁金凤小。低头只是闲烦恼。　　花发江南正年少。红袖高楼，争抵还乡好。遮断行人西去道。轻躯愿化车前草[②]。

[注释]

①"庭院"句：冯延巳《蝶恋花》："庭院深深深几许。"　②车前草：陆玑《毛诗草木鸟兽虫鱼疏》："车前一名当道，喜在牛粪迹中生，故名车前当道也。"

[评析]

　　谭献（1832~1901）曾评点周济《词辨》，度人金针，选编《箧中词》，颇为精审。所作笃信比兴寄托，希望将"意"炼得更为深沉、含蓄。如《金缕曲·江干待发》：

　　　　又指离亭树。恁春来、消除愁病，鬓丝非故。草绿天涯浑未遍，谁道王孙迟暮。肠断是、空楼微雨。云水荒荒人草草，听林禽、只作伤心语。行不得，总难住。　　今朝滞我江头路。近篷窗、岸花自发，向人低舞。裙衩芙蓉零落尽，逝水流年轻负。渐惯了、单寒羁旅。信是穷途文字贱，悔才华、却受风尘误。留不得，便须去。

写身处穷途、有才无用的愤慨，心态曲折层迭，抒写真切自然，深情感人。

　　此词写女子的刻骨相思。上片先以鹦哥错报的细节，写出往日之欢乐，反衬今日之难耐，以见烦恼之有根。下片极写相思之苦，却先点出珍惜年少一层，最后以轻躯化草作喻，实是痴人痴语。词人所写，无非是儿女私情。但如"遮断行人西去道"二句，又何尝不能理解为为了美好的理想忠贞不渝甚至不惜献身的境界？由此可见，常州派词人在创作实践中为艳词的发展注入了新的内涵，这种内涵是跟该派在理论上的要求相适应的，从而使得艳词在发挥其言情的长处的同时，又得到了净化和升华。其流风余韵，远远超出艳词一格，一直影响到近现代词坛。另外一首同调同主题之作，可与对读：

　　　　玉颊妆台人道瘦。一日风尘，一日同禁受。独掩疏棂如病酒。卷帘又是黄昏后。　　六曲屏前携素手。戏说分襟，真遣分襟骤。书札平安君信否。梦中颜色浑非旧。

起首借旁人眼说出消瘦一节，便倍觉"风尘"之"消受"不起。下片想象更为奇特，先言回忆中之戏言，竟然成真；继又转为梦境的描写，却不言己梦，偏言君梦，确是思深笔拗。

浪淘沙　自题《庚子秋词》后[①]

王鹏运

华发对山青。[②]客梦零星。岁寒濡呴慰劳生。[③]断尽愁肠谁会得，哀雁声声[④]。　　心事共疏檠。歌断谁听。墨痕和泪渍清冰。[⑤]留得悲秋残影在，分付旗亭[⑥]。

[注释]

①光绪二十六年（1900）庚子，八国联军攻占北京。次年，《辛丑条约》签订。庚子秋，王鹏运在北京，与朱祖谋、刘福姚共集宣武门外教场头条胡同寓宅，相约填词，"选调以六十字为限，选字选韵，以（残丛诗）牌所有字为限"（王鹏运序），成《庚子秋词》二卷。此外又有宋育仁和作若干首，一并附录入编。诸词依调类列。卷上目录称："起七月二十六日，迄九月尽，凡阅六十五日，拈调七十一，得词二百六十八，附和作三十九，共三百又七首。"卷下目录称："起十月朔，迄十一月尽，凡阅五十九日，拈调六十一，得词三百十三，附原作二，共三百十五首。"之后，复有词友入盟联吟，乃续作《春蛰吟》。春蛰者，形容辛丑春日蛰伏不出，处境艰危也。书前目录跋记云："起庚子十二月朔，讫辛丑三月尽，凡阅百十八日。拈调四十六，得词百二十四，附录三十五，共百五十九首。"倡和者郑文焯、张仲炘、曾习经、刘恩黻、于齐庆、贾璜、吴鸿

藻、恩溥、杨福璋、成昌、左绍佐。　②"华发"句：吴文英《八声甘州》："问苍波无语，华发奈山青。"　③"岁寒"句：《庄子·天运》："泉涸，鱼相与处于陆，相呴（xǔ）以湿，相濡以沫，不如相忘于江湖。"又《大宗师》："夫大块载我以形，劳我以生，佚我以老，息我以死。"　④哀雁：《诗·小雅·鸿雁》："鸿雁于飞，哀鸣嗷嗷。"小序："《鸿雁》……万民离散，不安其居。"　⑤"墨痕"句：许浑《盈上人》："二毛梳上雪，双泪枕前冰。"　⑥"分付"句：薛用弱《集异记》："唐王昌龄、高适、王之涣同饮旗亭，有伶官并妓数辈续至。昌龄等私约，视诸伶所讴，若为己诗者，各画壁记之。俄而高适得一，昌龄得二，独遗之涣。之涣指诸妓中最佳者一人曰：如所唱非我诗，即不敢与诸君争衡。此妓果唱'黄河远上白云间'，正之涣得意之作也。因大谐笑。"

[评析]

王鹏运（1849~1904）词气势宏阔，气韵雄壮，如《念奴娇·登旸台山绝顶望明陵》（登临纵目），名为登临吊古，实则借古慨今，伤国难深重，无可挽回。全篇立意高远，沉郁苍凉。又如《八声甘州·送伯愚都护之任乌里雅苏台》（是男儿万里惯长征），心绪悲愤而笔力遒劲，情思抑塞而不发露，是"辛弃疾、文天祥词作的法乳真传，大为清代词史张目"（钱仲联《清词三百首》）。况周颐评盛昱词之语也可移评此词："此等词略同杜陵诗史，关系当时朝局，非寻常投赠之作可同日语。"（《蕙风词话》续编卷一）

王鹏运"承常州派之余绪而光大之，以开清季诸家之盛"（龙榆生《清季四大词人》），被认为在四大家中居于首要地位，主要是由于其词确如朱祖谋所评："导源于碧山，复历稼轩、梦窗以还清真之浑化"（《半塘定稿序》）。王鹏运另外的一些作品，风云气或许不足，却也能很好地体现这一路数，《祝英台近·次韵道希感春》是其代表：

> 倦寻芳，慵对镜，人倚画阑暮。燕妒莺猜，相向甚情绪。落英依旧缤纷，轻阴难乞，枉多事、愁风愁雨。　小园路，试问能几销凝，流光又轻误。联袂留春，春去竟如许。可怜有限芳菲，无边风月，恁都付、等闲风絮。

写法与辛弃疾同调名作一样，基本上都是在伤春悲秋的传统主题中，寄寓家国之思。至于收入《春蛰吟》中的《齐天乐·鸦》一类咏物之作：

> 半天寒色黄昏后，平林渐添愁点。倦影偎烟，酸声噤月，城北城南尘满。长安岁晏，又啼入延秋，故家啄遍。问几夕阳，玉颜凄诉旧团扇。　南飞虚羡越鸟，乱烽明似炬，空外惊散。坏阵秋盘，虚舟暝踏，何处衰杨堪恋。江关梦短，怕头白年年，旧巢轻换。独鹤归无，后栖休恨晚。

显为对《乐府补题》精神的继承，而又有所变化、发展。而这首《浪淘沙》，也不是单纯记载写作《庚子秋词》时的历史背景，而是与作者的处境、心态等融汇为一个整体，表达忧心国事民生的真切情感。

蝶恋花

文廷式

九十韶光如梦里。寸寸关河，寸寸销魂地。[①]落日野田黄蝶起。古槐丛荻摇深翠。　惆怅玉箫催别意。蕙些兰骚，未是伤心事。[②]重叠泪痕缄锦字。人生只有情难死。[③]

[注释]

①"寸寸"二句：《金史·左企弓传》："太祖既定燕……企弓献诗，略曰：'君王莫听捐燕议，一寸河山一寸金。'"据汪兆铭（精卫）《蝶恋花》小序，此二句原或作"一寸山河，一寸伤心地"："昔闻展堂诵文芸阁词，有'一寸山河，一寸伤心地'之句，未尝不流连反复，感不绝于心。近得《云起轩词》，读之则易为'寸寸关河，寸寸销魂地'，殊不能无割爱之憾。余冬日度辽所经行地，触目怵心，不忍殚述，爰就原句，足成此阕。点金之诮，所不敢辞；掠美之讥，庶可知免云尔。" ②"蕙些"二句：《楚辞·招魂》："光风转蕙，泛崇兰些。"屈原《离骚》："扈江离与辟芷兮，纫秋兰以为佩"，"余既滋兰之九畹兮，又树蕙之百亩"。史达祖《一剪梅》："些子轻魂几度销。兰骚蕙些，无计重招。"王鹏运《玉漏迟》："凄凉蕙些兰骚，叹哀乐无端，如相告语。" ③"人生"句：文廷式《蝶恋花》："袖里彩鸾书一纸。伯舆自可为情死。"

[评析]

文廷式（1856~1904）词的创作成就堪与清季四家——王鹏运、朱祖谋、郑文焯和况周颐媲美，所作笔势奋发凌厉，近于稼轩一体，曾得"拔戟异军成特起，非关词派有西江。兀傲故难双"（朱祖谋《望江南·杂题我朝诸名家词集后》）之誉。如《翠楼吟·岁暮江湖，百忧如捣，感时抚己，写之以声》（石马沉烟），以声情委婉之调写进退两难的郁闷，因之一变而为凄厉之音。文廷式的词又不限于辛、刘一路。如《虞美人·乙未（1895）四月作》：

无情潮水声呜咽。夜夜鹃啼血。几番芳讯问天涯。不道明朝已是、隔墙花。　　夕阳送客咸阳道。休讶归期早。铜沟新涨出宫墙。

> 海便成田容易、莫栽桑。

作于甲午之战次年,情怀悲郁深沉,愤慨之意内敛而意象凄怆,是所谓的"敛才就范"之篇。

又如这首《蝶恋花》,借香草美人而寓托对国事的关怀。文廷式《南旋日记》光绪十二年(1886)四月二十八日记其本事云:"出都。是日晴。早起发行李,巳刻开车。到志仲鲁(钧)家稍坐。剃头,吃饭,下棋。长乐初(长善)都统出谈,谓余何以急行,自言身衰发白,恐不再见,颇凄然也。午尽,伯愚(锐)回,知仲鲁留饭,颇可喜。知今日朝考题亦太泄漏矣;题为徐用仪所拟,用仪非进士出身,而拟题亦向来所无也。出东便门,得词一首:九十韶光如梦里……"在光绪皇帝与慈禧太后帝、后两党斗争中,文廷式是帝党著名人物。光绪三年,尝客广州将军长善幕府,与其嗣子志锐、侄志钧相友善。志锐、志钧,均侍郎长叙之子,是光绪皇帝的妃子瑾妃、珍妃的胞兄。与瑾、珍二妃亦属世交,关系密切。八年,以附监生领顺天乡荐,中式第三名,"文誉噪京师,名公卿争欲与之纳交",与盛昱、王仁堪等同号"清流",又与王懿荣、张謇、曾之撰称"四大公车",在当时的政治舞台上崭露头角。十二年,应礼部试不第,离京南还,临行前去志钧家中,与长善、志锐相会叙旧,不免触动情怀,因此在出都时写了这首词。钱仲联《近百年词坛点将录》点文氏为"天勇星大刀关胜":"芸阁学人而志在改革政治,宏图不遂,忧愤以殁,其词遂得楚《骚》遗意。"词中"人生只有情难死"之"情",指的本是思君爱国之情,但也未尝不可以推及其他。

玉楼春

郑文焯

梅花过了仍风雨。①著意伤春天不许②。西园词酒去年同。别是一番惆怅处。　一枝照水浑无语。③日见花飞随水去。④断红还逐晚潮回⑤。相映枝头红更苦。

[注释]

①"梅花"句：姜夔《月下笛》："与客携壶，梅花过了，夜来风雨。"　②著意伤春：李商隐《杜司勋》："刻意伤春复伤别，人间惟有杜司勋。"　③"一枝"句：周邦彦《花犯》："相将见、脆丸荐酒，人正在、空江烟浪里。但梦想、一枝潇洒，黄昏斜照水。"　④"日见"句：谢枋得《庆全庵桃花》："花飞莫遣随流水，怕有渔郎来问津。"　⑤逐晚潮：彭龟年《送郑尚书守建安十首》其十："今日忽为江海别，此心肯逐晚潮回。"杨基《晚发瓜洲》："鸥逐晚潮争北上，雁随春雨向南飞。"

[评析]

郑文焯（1856~1918）此词通过一枝"照水"写伤春之情，托物寄情，人花合一，不离不即，传神而非写貌。词中"西园"并非用典，钱仲联《清词三百首》谓为郑氏北京宅中西园。如其《玲珑四犯》词序即云："壬辰（1892）中秋，玩月西园。中夕冉起，引侍儿阿怜，露坐池阑，歌白石道人玲珑双调曲。度铁洞箫，绕廊长吟，鸣鹤相应。夜色空凌晨，花叶照地，顾景凄独，依依殆不能去，遂仿姜词旧谱制此。明日示子苾，以为有新亭之悲也。宋谱双调煞声，以中吕上字为夹钟商。按词源律吕四犯，夹钟商犯夷则羽为仙吕调，亦中吕上字住。商犯角为夹钟闰，角归本宫为夹钟宫，即中吕宫调也。周清真所歌，别是大食调之曲，梦窗梅溪并效其体，与此不同。近世词人乐工莫达斯旨矣。"卓清芬《清末四大家词学及词作研究》则谓："西园若指家园，亦不在京城。词人在填词之际，已'落南十四年'，则西园当在吴中，非京城也，或即贮红冰之西楼园林亦未可知。"实西园当为壶园。郑文焯《四西画册》其四"西园调鹤"跋曰："余僦苏州汪氏壶园，居有年矣。以园在城西，故名。"〔按：郑氏为此画所题《瑞鹤仙》（我诗仙也未），载《瘦碧词》卷二，序云："壶园旧蓁华亭鹤，丁亥岁感秋而蜕，瘗于丽娃祠右。是冬大雪中茧园主人乞题其先世仁简先生《志矩斋图》，诗成以白鹤见报，欣然寿之以词。"〕

郑文焯在清季四家中最精音律，对自己词作的合乐性也很自负："世有解音善歌如尧章者，齐以抗坠，取余词而声之，倘亦乐府之一䋲哉？"（《瘦碧词》自序）所作与其他三家一样，"一字不敢忽，亦一字不容忽"〔王鹏运《东风第一枝》（一白分梅）自注〕。《惜红衣》词序所云，亦可见其对词之音乐性的重视："白石道人制此曲，览凄清之风物，写故国之离忧。余尝考订故谱，证以管色，可略而言。其所谓以无射宫歌之者，当属入声商调曲，见之唐段安节乐府集录别乐五音图。词中凡入声字綦严，匪尽关夹协例。其旁谱煞声，用下凡及五字，则依无射宫之本律，而寄煞于太簇角半律之清声。初唐乐书要录所称，'凡管长声清浊不例者，以清声并之'是也。白石自度曲，多缘饰唐谱，此其义例尔。兹与彊村翁连情迭韵，数相唱于，有类元白诗筒故事，因以举似。感此古音，往复依永，凄然其为秋也。"

声声慢　辛丑十一月十九日，味聃赋落叶词见示，感和

朱祖谋

鸣螀頹城①，吹蝶空枝，飘蓬人意相怜②。一片离魂③，斜阳摇梦成烟。香沟旧题红处，拚禁花、憔悴年年。寒信急，又神宫凄奏，分付哀蝉。④　终古巢鸾无分⑤，正飞霜金井⑥，抛断缠绵。起舞回风，才知恩怨无端。⑦天阴洞庭波阔，夜沉沉、流恨湘弦。⑧摇落事，向空山、休问杜鹃。⑨

[注释]

①"鸣螀（jiāng）"句：《三辅黄图》卷二："青琐丹墀，左城（qī）右平。"注："右乘车上，故使之平；左以人上，故为之阶。"　②飘蓬：《商君书·禁使》："今夫飞蓬，遇飘风而行千里，乘风之势也。"　③离魂：陈玄祐《离魂记》：倩娘本已许配表兄王宙，后其父悔约另许他人，倩娘抑郁成病，其魂竟随王宙赴蜀，五年中生二子。后归宁，魂与病身合为一体。吴士鉴《清宫词》："赵家姊妹共承恩，娇小偏归永巷门。宫井不波风露冷，哀蝉落叶夜招魂。"　④"又神宫"二句：神宫，即《史记·封禅书》所云"神君寿宫"。王嘉《拾遗记》卷五："汉武帝思怀往者李夫人，不可复得，时始穿昆灵之池，泛翔禽之舟。帝自造歌曲，使女伶歌之。时日已西倾，凉风激水，女伶歌声甚道，因赋《落叶哀蝉》之曲。"　⑤巢鸾：《竹书纪年》注："沈约曰：黄帝坐玄扈洛水之上，有凤凰集，或止帝之东园，或巢于阿阁。"　⑥金井：王昌龄《长信秋词》：

"金井梧桐秋叶黄，珠帘不卷夜来霜。" ⑦"起舞"二句：宋祁《落花》："将飞更作回风舞，已落犹成半面妆。" ⑧"天阴"二句：屈原《九歌·湘夫人》："帝子降兮北渚，目眇眇兮愁予。"屈原《远游》："使湘灵鼓瑟兮，令海若舞冯夷。" ⑨"摇落"二句：韦应物《寄全椒山中道士》："落叶满空山，何处寻行迹。"常璩《华阳国志》卷三《蜀志》："七国称王，杜宇称帝，号曰望帝。"《禽经》引李膺《蜀志》："望帝修道，处西山而隐，化为杜鹃鸟，或云化为杜宇鸟，亦曰子规鸟，至春则啼，闻者凄恻。"李商隐《锦瑟》："庄生晓梦迷蝴蝶，望帝春心托杜鹃。"

[评析]

朱祖谋（1857~1931）此词为哀悼珍妃而写，时在光绪二十七年（1901）辛丑。词意虽幽隐，但由"飘蓬"、"离魂"、"飞霜金井"、"抛断缠绵"等紧扣本事之语，大致可以把握。又，龙榆生《彊村本事词》云："此为德宗还宫后恤珍妃作。'金井'句，谓庚子西幸时，那拉后下令推置珍妃于宫井，致有生离死别之悲也。"李岳瑞《春冰室野乘》卷下云："珍妃殉国一事，孝哲皇后之殉节，义烈哀惨同为千古所未有。彊村集中《声声慢》一首，题为'十一月十九日味聃以落叶词见示感和'，即赋此事也。……又《金明池》咏扇子湘荷花一首，其后阕亦暗指此事。"黄濬《花随人圣庵摭忆》亦云："庚子七月，都城陷，珍妃为那拉后令总管崔阉以毡裹投于井，其事绝凄惨。朱彊村、王幼遐所为庚子落叶词，皆纪此事"，"以予所知，王病山乃征《落叶》七律四首，李孟符岳瑞《无题》八首之第二首，王半塘《庚子秋词》乙卷调寄《渔歌子》，范肯堂《庚子秋题娄贤妃所书屏翰二字》七律一首，恽薇孙（毓鼎）《金井一叶落》五律一首，吴绚斋《清宫词》'赵家姊妹共承恩'一首，其中托词寓讽，率指兹事"。恽毓鼎《崇陵传信录》记其始末更详："（庚子）七月二十日,英军陷京师。翌日,联军继之。两宫黎明仓皇乘民车出德胜门。甫出门,白旗遍城上矣。太后御夏衣,挽便髻,上御青绸衫,皇后及大阿哥随行,妃嫔罕从者。濒行,太后命崔阉自三所出珍妃(三所在景运门外),推堕井中。初,珍妃聪慧,得上心。幼时读书家中,江西文廷式为之师,颇通文史。廷式以庚寅第三人及第,妃屡为上道之。甲午大考翰詹,上手廷式卷授阅卷大臣,拔置第一,擢侍读学士,充日讲官。廷式感奋骤言事,辽东败问亟,廷式合朝臣联衔上疏,请起恭亲王主军国事。太后素不善恭王所为,上力请而用之。丙申,或构蜚语潛妃干预外廷事,太后怒,杖之,囚三所,仅通饮食。妃兄礼部侍郎志锐谪乌里雅苏台。上由是悒悒寡欢。联军入,日本军护禁城,内廷晏然,乃出妃尸于井,浅葬京西田村。(朱学士祖谋、王给谏鹏运赋《落叶词》纪其事。余亦赋诗云:'金井一叶堕,凄凉瑶殿旁。残枝未零落,映日有辉光。沟水空流恨,霓裳与断肠。何如泽畔草,犹得宿鸳鸯。')"

所和洪汝冲原唱为《声声慢·落叶》:

银瓶堕水,金谷飘烟,西风一叶惊秋。凤宿鸾栖,等闲摇落飕飕。春工剪裁几费,肯随波、流出宫沟。吹梦紧,问人间何世,半晌淹留。

连理桃根犹在,甚花难蠋怨,草不忘忧。浸玉寒泉,昭阳往事今休。哀蝉莫弹幽怨,怕稠桑、无语凝眸。谁认取,满荒郊、都是乱愁。

同时所作同主题诗词名篇,尚有文廷式的《贺新郎》和曾广钧的七律组诗《庚子落叶词(同李亦元、王聘三作)》十二首,兹录以对读:

别拟西洲曲。有佳人、高楼窈窕,靓妆幽独。楼上春云千万叠,楼底春波如縠。梳洗罢、卷帘游目。采采芙蓉愁日暮,又天涯、芳草江南绿。看对对,文鸳浴。　　侍儿料理裙腰幅。道带围、近日宽尽,眉峰长蹙。欲解明珰聊寄远,将解又还重束。须不羡、陈娇金屋。一霎长门辞翠辇,怨君王、已失苕华玉。为此意,更踟躅。

甄官一夕沦秦玺，疏勒千年出汉泉。凤尾檀槽陪玉碗，龙香璎珞殉金钿。文鸾去日红为泪，轻燕仙时紫作烟。十月帝城飞木叶，更于何处听哀蝉。

赤阑回合翠沦漪，帝子精诚化鸟归。重壁招魂伤穆满，渐台持节召贞妃。清明寒食年年忆，城郭人民事事非。湘瑟流哀弹别鹤，寒鱼衰雁尽惊飞。

银床玉露冷金铺，碧化长虹转鹿卢。姑恶声声啼苦竹，子规夜夜叫苍梧。破家叵耐云昭训，殉国争怜李宝符。料得佩环归月下，满身星斗泣红蕖。

朱雀乌衣巷战场，白龙鱼服出边墙。鸥波亭外风光惨，鱼藻宫中岁月长。水殿可怜珠宛转，冰绡赢得玉凄凉。君王莫问三生事，满驿梨花绕佛堂。

王母传筹拥桂旗，阊门宣谢肯教迟。汉家法度天难问，敌国文明佛不知。十宅少人簪白柰，六宫同日策青骊。玉娘湖上粘天草，只托微波杀卷施。

天文正策王良马，地络先摧蜀后蛇。太液自来涵圣泽，水仙从古是名家。蕙兰悼影伤琼树，河汉回心湿绛纱。狄女也怜人薄命，绕栏争挂像生花。

小海停歌山罢舞，芙蓉猎猎鲤鱼风。璇台战鼓惊朱鹭，瑶席新香割绿熊。魂魄暗依秦凤辇，圣明终属晋蛟宫。景阳楼下胭脂水，神岳秋毫事不同。

帘外晓风吹碧桃，未央前殿咽秦箫。石华广袖谁曾揽，沉水奇香定未烧。荷露有情抛粉泪，菱波无赖学纤腰。云袍枉绣留仙褶，白石清泉任寂寥。

姊弟双飞侍望仙，凤闱元自赐恩偏。赏花处处陪铜辇，斗草朝朝费玉钱。秦苑绿芜催夕照，梁园春雪忆华年。身名只合埋青史，何水何山认墓田。

袅袅灵风起绿萍，幽磷明灭掩春星。白杨径断闻山鸟，红藕行疏度冷萤。山驿梦回悲羽檄，水亭愁思接丹青。鸾舆纵返填桥鹊，咫尺黄姑隔画屏。

鹤市山花蔓镜台，鱼灯乘海落妆梅。三泉纵涸悲宁塞，五胜空埋恨未灰。福海生平愁似墨，泰陵回望绣成堆。如何齐女门前冢，惟有寒鸦啄冷苔。

横汾天子家何在，姑射山人雪未消。恨海万重应化石，柔乡三尺不通潮。青羊颔底怜珠襟，白马涛头吊翠翘。八节四时佳丽夕，倩魂休上绣漪桥。

朱祖谋词，被认为"集清季词学之大成"（叶恭绰《广箧中词》卷二）。又如《夜飞鹊·香港秋眺，怀公度》：

沧波放愁地，游棹轻回，风叶乱点行杯。惊秋客枕，酒醒后、登临倦眼重开。蛮烟荡无霁，飐天香花木，海气楼台。冰夷漫舞，唤痴龙、直视蓬莱。　　多少红桑如拱，筹笔问何年，真割珠崖。不信秋江睡稳，掣鲸身手，终古徘徊。大旗落日，照千山、劫墨成灰。又西风鹤唳，惊笳夜引，百折涛来。〔按：此首词题，潘飞声《在山泉诗话》卷二作"甲辰（1904）九月，舟过香港，倚船晚眺，寄公度"。〕

哀悯国势，"沉抑绵邈，莫可端倪"（陈三立《清故光禄大夫礼部右侍郎朱文直公墓志铭》）；而以稼轩骨力运梦窗藻采，于密丽中见遒劲，确为晚清宗法吴文英词的大师之作。

清季四家，除了在词学理论上的诸多建树之外，词籍校勘也特别值得提出来。清初以来，为了提高词的地位，人们开始以传统的治学之法治词，又承乾嘉学派校订经史的余绪，校词之风至清末发展到极致。王鹏运和朱祖谋合校梦窗词，王鹏运为校词所订立的正误、校异、补脱、存疑、删复五种校词义例，经过推广充实，成为创立近代词籍校勘之学的基础。其后，朱祖谋校辑唐五代宋金元人词总集五种、别集一百六十八种，成《彊村丛书》，考正源流，搜择善本，甄别诗词，辑补遗佚，保存本色，校律订题，并对某些词集进行笺证和编年，以其卓绝精审，为后代的词籍校勘树立了榜样。清末的校勘之学还与批评之学互动（当时不少学者都对校勘梦窗词深感兴趣，就与词坛上浓厚的梦窗词风不可分割），在大大提高词的地位的同时，一起将一代词学推向再度繁荣。

苏武慢① 寒夜闻角

况周颐

愁入云遥，寒禁霜重②，红烛泪深人倦③。情高转抑，思往难回，凄咽不成清变④。风际断时，迢递天涯，但闻更点。枉教人回首，少年丝竹，玉容歌管。　凭作出、百绪凄凉，凄凉惟有，花冷月闲庭院。珠帘绣幕，可有人听，听也可曾肠断。⑤除却塞鸿，遮莫城乌，替人惊惯。⑥料南枝、明日应减，红香一半。⑦

[注释]

①苏武慢：即《选冠子》，一名《选官子》。曹勋词名《转调选冠子》。鲁逸仲词名《惜余春慢》。侯寘词名《苏武慢》。一名《仄韵过秦楼》。　②禁：遭遇。陆游《马上作》："衰老更禁新卧病，尘埃时拂旧题名。"　③烛泪：杜牧《赠别二首》其二："蜡烛有心还惜别，替人垂泪

到天明。"　④"凄咽"句：古音中有清宫、清商、清角、清徵、清羽和变宫、变徵，合称七音。《宋史·乐志》："五声宫与商、商与角、徵与羽相去各一律，至角与徵、羽与宫相去乃二律。相去一律则音节和，相去二律则音节远。故角、徵之间，近徵收一声，比徵少下，故谓之变徵；羽、宫之间，近宫收一声，少高于宫，故谓之变宫。"夏侯湛《夜听笳赋》："放鹍鸡之弄音，散白雪之清变。"　⑤"珠帘"三句：刘孝威《望雨》："琼绡挂绣幕，象簟列华床。"李清照《永遇乐》："不如向、帘儿底下，听人笑语。"　⑥"除却"三句：温庭筠《更漏子》："惊雁塞，起城乌。画屏金鹧鸪。"杜甫《书堂饮既，夜复邀李尚书下马，月下赋绝句》："久拚野鹤如霜鬓，遮莫邻鸡下五更。"　⑦"料南枝"二句：《白孔六帖》卷九九："大庾岭上梅，南枝落，北枝开。"韩琦《惜花》："趁取红香在，高吟卷醉螺。"

[评析]

况周颐（1859~1926），原名周仪，以避宣统帝溥仪讳而改。与王鹏运同为"临桂词派"中坚，最著名的词大抵作于前期。此词"凭作出、百绪凄凉"数句，尤为况周颐自得之笔。其《水龙吟》（声声只在街南）序亦云："己丑（1889）秋夜赋角声《苏武慢》一阕，为半塘所击赏。乙未四月移寓校场五条胡同，地偏，宵警呜呜达曙，凄彻心脾。漫拈此解，颇不逮前作，而词愈悲，亦天时人事为之也。"全篇感时抒怀，寄兴渊微，"集中他作，不能过之"（王国维《人间词话》）。

他评未必一定基于己评，而作家的自我判断有时候却是非常准确的。赵尊岳《蕙风词史》云："'寒夜闻角'一词，先生深自喜之，尤爱自诵：'凭作出、百绪凄凉……听也可曾肠断。'谓：'当时笔力千钧，百炼钢为绕指柔，极词家明转之说，与早岁所作，又不相侔矣。'盖早岁'落花'

词有云：'拥被不听雨，算作一宵晴。'此为硬转法也。"所记况氏自评，与其《蕙风词话》卷二中"婉至"云云，大体相当："余少作《苏武慢·寒夜闻角》云：'凭作出、百绪凄凉……听也可曾肠断。'半塘翁最为击节。比阅方壶词《点绛唇》云：'晓角霜天，画帘却是春天气。'意与余词略同，余词特婉至耳。"〔按：评语中提到的两首词，是况周颐的《水调歌头·落花》："拥被不听雨，作算一宵晴。峭风多事吹送，到枕一更更。花落已知不少，一半可能留得，未问意先惊。帘幕带烟卷，红紫绣中庭。　促成阴，催结子，此时情。了他春事，不是风雨妒残英。风雨枉教人怨，知否无风无雨，也自要飘零。只是一春老，无计劝愁莺。"以及汪莘的《点绛唇》："晓角霜天，昼帘却是春天气。小园行处。双蝶相随至。　恰向梅边，又向桃边戏。孜孜地。访兰寻蕙。谁会幽人意。"〕也就是说，这一类有襟抱及有真气贯注的作品的出现，在于"先生袚被去都，依违江湖间，身世之感，已流露于吟事"（《蕙风词史》），从而标志着蕙风词艺，特别是"重、拙、大"词风的成熟。

金缕曲　丁未五月归国，旋复东渡，却寄沪上诸子

梁启超

瀚海飘流燕。乍归来、依依难认，旧家庭院。①惟有年时芳俦在，一例差池双剪②。相对向、斜阳凄怨。欲诉奇愁无可诉，算兴亡、已惯司空见。③忍抛得，泪如线。　故巢似与人留恋。最多情、欲粘还坠，落泥片片。我自殷勤衔来补，珍重断红犹软。又生恐、重帘不卷。十二曲阑春寂寂，隔蓬山、何处窥人面。④休更问，恨深浅。

[注释]

①"瀚海"三句：周邦彦《满庭芳》："年年，如社燕。飘流瀚海，来寄修椽。"高启《见燕至》："莫入江南旧庭院，杏花风雨总无人。"
②"一例"句：史达祖《双双燕》："差池欲往，试入旧巢相并。"
③"相对向"三句：周邦彦《西河》："燕子不知何世，向寻常巷陌人家，相对如说兴亡，斜阳里。"《本事诗·情感》："刘尚书禹锡罢和州，为主客郎中，集贤学士。李司空（绅）罢镇在京，慕刘名，尝邀至第中，厚设饮馔。酒酣，命妙妓歌以送之。刘于席上赋诗，曰：'倭堕梳头宫样妆。春风一曲杜韦娘。司空见惯浑闲事，断尽江南刺史肠。'"
④"又生恐"三句：陈尧佐《踏莎行》："为谁归去为谁来，主人恩重珠帘卷。"陆游《书室明暖终日婆娑其间倦则扶杖至小园戏作长句二首》其二："重帘不卷留香久，古砚微凹聚墨多。"杜甫《涪城县香积寺官阁》："小院回廊春寂寂，浴凫飞鹭晚悠悠。"费氏宫词："锁声金掣閤门环，帘卷真珠十二栏。"李商隐《碧城三首》其一："碧城十二曲阑干，犀辟尘埃玉辟寒。"又《无题》："刘郎已恨蓬山远，更隔蓬山一万重。"

[评析]

光绪三十三年（1907）丁未五月，因"戊戌变法"而流亡日本达九年之久的梁启超（1873~1929）首次归国，旋复东渡。目睹国事日非，内心沉痛无比。此词以"殷勤""补"天的"瀚海飘流燕"自比，抒发感伤之慨，系念之怀。稍早前，梁启超也写过一首《贺新郎》，采用实赋而非此词的比兴寄托之法，可以比看：

昨夜东风里。忍回首、月明故国，凄凉到此。鹡首赐秦寻常梦，莫是钧天沉醉。也不管、人间憔悴。落日长烟关塞黑，望阴山、铁骑纵横地。汉帜拔，鼓声死。　　物华依旧山河异。是谁家、庄严卧榻，尽伊鼾睡。不信千年神明胄，一个更无男子。问春水、于卿何事。我自伤心人不见，访明夷、别有英雄泪。鸡声乱，剑光起。

"好攘臂扼腕以谈政治，政治谈以外，并非无言论，然匣剑帷灯，意有所在，凡归政治而已"（《吾今后之所以报国者》）的梁启超，以余事为词，却也在发起"诗界革命"。二十七年之后的一九二五年，写过以下四首略带"亮剑"性质的白话词：

　　一年愁里频来去，泪共沧波注。悬知一步一回眸，镜着阿爷小影在心头。　　天涯诸弟相逢道，哭罢还应笑。海云不碍雁传书，可有夜床俊语寄翁无。（《虞美人·自题小影寄思顺》）

　　也还美睡，也还善饭，忙处此心常暇。朝来点检镜中颜，好像比去年胖些。　　天涯游子，一年恶梦，多少痛愁惊怕。开缄还汝百温存，爹爹梦里好寻妈妈。（《鹊桥仙·自题小影寄思成》）

　　昨日好稀奇，进出门牙四个。刚把来函撕吃，却正襟危坐。一双小眼碧澄澄，望着阿图和。肚里打何主意，问亲家知么。

　　谢你好衣裳，穿着合身真巧。那肯赤条条地，叫瞻儿取笑。爹爹替我掉斯文，我莫名其妙。我的话儿多着，两亲家心照。（《好事近·代思礼题小影寄恩顺（滑稽作品）》二首）

这些"写出呈教（乞赐评）"（民国十四年七月三日《与适之足下书》）的作品，或于字里行间表现父子情深，或活现幼儿的精灵神态，反映姐弟间的真情，语句诙谐通俗，自然率真，亲情浓郁。〔按：洪迈《夷坚三志》己卷七所载无名氏咏日常生活趣事的两首滑稽词，与梁氏后二词风格相似："妙手庖人，搓得细如麻线。面儿白、心下黑，身长行短。蓦地下来后，吓出一身冷汗。这一场欢会，早危如累卵。　　便作羊肉燠子，勃推饤碗。终不似、引盘美满。舞万遍。无心看。愁听弦管。收盘盏。寸肠暗断。"（《失调名》）"水饭恶冤家。些小姜瓜。尊前正欲饮流霞。却被伊来刚打住,好闷人那。　　不免着匙爬。一似吞沙。主人若也要人夸。莫惜更挽三五盏,锦上添花。"(《浪淘沙》)可录以参读。〕如果可以说,创作白话词包含着梁启超革新词界的动机的话,那么,他实际上考虑的可能仍然是首先在词的语言革新上下功夫,而不是所"呈教"者胡适早前所作白话词那样的颠覆性"尝试"。

蝶恋花

王国维

百尺朱楼临大道。①楼外轻雷,不间昏和晓。②独倚阑干人窈窕。③闲中数尽行人小。　　一霎车尘生树杪。陌上楼头,都向尘中老。薄晚西风吹雨到。明朝又是伤流潦。④

[注释]

①"百尺"句:曹植《美女篇》:"青楼临大路,高门结重关。"于濆《青楼曲》:"青楼临大道,一上一回老。所思终不来,极目伤春草。"晏殊《蝶恋花》:"百尺朱楼闲倚遍。薄雨浓云,抵死遮人面。消息未知归早晚。斜阳只送平波远。"　②"楼外"二句:司马相如《长门赋》:"雷殷殷而响起兮,声像君之车音。"　③"独倚"句:《诗·周南·关雎》:"窈窕淑女,君子好逑。"　④"明朝"句:周邦彦《大酺》:"行人归意速。最先念、流潦妨车毂。"

[评析]

王国维(1877~1927)以一代学术大师,余事为词,成就卓著,所作有意识地追求将哲理的内涵引入词中。如此词，即借助传统游子思妇题材，及其"楼头"凝望"行人"的典型场景，由一己在"一霎"、一日以至于一生之无望企盼中枯萎凋零的遭际，俯瞰众生的忧患和宿命，视野宏阔而深邃，允称《人间词》名篇。

作者也曾以包含此篇在内的三四首词，为平生得意之作。如在《人间词乙稿序》中托名"樊志厚"云：

> 至其合作，如《甲稿》《浣溪沙》之"天末同云"、《蝶恋花》之"昨夜梦中"，《乙稿》《蝶恋花》之"百尺朱楼"等阕，皆意境两忘，物我一体，高蹈乎八荒之表，而抗心乎千秋之间。〔按：樊志厚，樊炳清，字少泉，曾更名志厚，字抗甫。山阴人。光绪二十四年（1898），与王国维同就学于罗振玉所办东文学社。二十七年，应罗振玉之聘，与王国维共至武昌农校任译授。一九一六年，王国维自日本回上海，曾住樊家。一九二七年，王国维自沉昆明湖后，樊撰有《王忠悫公事略》一文，收入罗振玉编《王忠悫公哀挽录》。据罗振常《〈人间词甲稿序〉跋》，此序实为王国维作："时人间在吴门师范学校授文学，先期来书，谓词稿将写定，丐樊作序。樊应之，延不属稿。一日，词稿邮至。余与樊君开缄共读，而前已有序。来书云：序未署名，试猜度为何人作，宜署何人名，则署之。樊读竟大笑，遂援笔书己名。盖知樊性懒，此序未可以岁月期，遂代为之也。"又据王国维子王幼安校订《人间词话》案语称："此二序虽为观堂手笔，而命意实出自樊氏。观堂废稿中曾引樊氏之语，而樊氏所赏之诸词，《观堂集林》亦不尽入选，可证也。"〕

又《人间词话删稿》亦云：

> 樊抗父（志厚）谓余词如《浣溪沙》之"天末同云"，《蝶恋花》之"昨夜梦中"、"百尺高楼"、"春到临春"等阕，凿空而道，开词家未有之境。余自谓才不若古人，但于力争第一义处，古人亦不如我用意耳。〔按：另外三首被表彰的词作是：一、《浣溪沙》："天末同云黯四垂。失行孤雁逆风飞。江南寥落尔安归。　陌上金丸看落羽，闺中素手试调醯。

今宵欢宴胜平时。"其中，过片二句，《人间词甲稿》原作"陌上挟丸公子笑，座中调醢丽人嬉"，此据《人间词》手稿本、《苕华词》本。二、《蝶恋花》："昨夜梦中多少恨。细马香车，两两行相近。对面似怜人瘦损。众中不惜搴帷问。陌上轻雷听隐辚。梦里难从，觉后那堪讯。蜡泪窗前堆一寸。人间只有相思分。"三、《蝶恋花》："春到临春花正妩。迟日阑干，蜂蝶飞无数。谁遣一春抛却去。马蹄日日章台路。　几度寻春春不遇。不见春来，那识春归处。斜日晚风杨柳渚。马头何处无飞絮。"〕

的确，至少就这首《蝶恋花》而言，虽说楼上楼下或窗里窗外的描写角度，在古典诗词中并非罕见，但是，王国维所建构的绾合双方、由异而同的写法，却表现了他所体认的人生大悲哀，即无论何人，都会在奔波与等待中老去，被看的固然是悲剧，看人的又何尝不是如此。就像词人在另外一首《浣溪沙》中所说的："偶开天眼觑红尘。可怜身是眼中人。"

王国维作为有宋以来学人词创作的集大成者，进一步开拓了词的境界，为词的发展开辟了新的空间。〔按：自清人起，一般是把经学家或者深于经史的学者的词体创作视为学人词。据此统计，宋代的学人词人足以构成一个百人以上的宏大词人群落。作为一代标志性学术与代表性文学的复合体，宋代学人词尽管在发展进程中备受词、学相妨问题的困扰，也仍然为宋代词史作出了贡献。这主要表现在，某些学人词中有当时一般词人词作中很少涉及的内容，如陈亮词中反复陈述的"经济之怀"，也即渴望收复失地、重整河山的爱国情怀；也指学人词人在宋人开创经典的盛举中扮演了较为重要的角色，如以苏轼为代表的"以诗为词"，以及学人词人们基于理性思致而为宋词开拓出宁静澄明的精神境界。元、明两代的学人词人在词体创作方面大都取得了一定的成就，置于同时代词人作品中也毫不逊色。但因为受到主客观条件的制约，在约三个半世纪的词史进程中，没有出现像清代那样主盟坛坫者颇多是学人的盛况。学人词正式成立于有宋一代，至清代达于鼎盛，赵宋学人在推尊词体和开拓词境等方面的开源之功，对后代尤其是清代学人词产生了影响。前者，可以词的"自是一家"说为代表。后者，除了反映词人构思时的精神境界，以及词作呈现出的艺术境界被不断拓展之外，也包括学人们凭借学识与襟抱，去充分理解、阐发一些作品中包涵的深刻意蕴，常常能使之焕发远远超出文本本身的美学与哲学异彩，对词学批评产生深刻影响，从而事实上地造就词学"别是一家"。有关乾嘉词坛与王国维词的研究越来越受到重视，便是旁证。〕

参考引用文献举要

万树《词律》,上海古籍出版社1984年版。

王奕清等编《钦定词谱》,中国书店出版社2010年版。

曾昭岷、曹济平、王兆鹏、刘尊明编《全唐五代词》,中华书局1999年版。

唐圭璋、王仲闻、孔凡礼编《全宋词》,中华书局2005年版。

唐圭璋编《全金元词》,中华书局1979年版。

饶宗颐初纂,张璋总纂《全明词》,中华书局2004年版。

周明初、叶晔编《全明词补编》,浙江大学出版社2007年版。

南京大学中国语言文学系《全清词》编纂研究室编《全清词·顺康卷》,中华书局2002年版。

张宏生主编《全清词·顺康卷补编》,南京大学出版社2008年版。

张宏生主编《全清词·雍乾卷》,南京大学出版社2012年版。

沈括《梦溪笔谈》,中华书局1963年版。

杨景龙《花间集校注》,中华书局2014年版。

朱祖谋校,蒋哲伦增校《尊前集》,江西人民出版社1984年版。

严有翼《艺苑雌黄》,中华书局1980年排印郭绍虞辑《宋诗话辑佚》本。

俞文豹撰，张宗祥校订《吹剑录全编》，古典文学出版社1958年版。

魏庆之辑，王仲闻注解《诗人玉屑》，中华书局2007年版。

罗大经《鹤林玉露》，中华书局1983年版。

张惠言、张琦编《词选》，中华书局1957年版。

朱祖谋编选，张尔田补录《词莂》，上海古籍出版社1989影印朱祖谋《彊村丛书》附《彊村遗书》本。

张綖《诗余图谱》，上海古籍出版社2002年影印《续修四库全书》本。

刘尊明《唐五代词史论稿》，文化艺术出版社2000年版。

杨海明《唐宋词史》，江苏古籍出版社1987年版。

王兆鹏《唐宋词史论》，人民文学出版社2000年版。

吴熊和《唐宋词通论》，商务印书馆2003年版。

吴熊和《吴熊和词学论集》，杭州大学出版社1999年版。

任二北《教坊记笺订》，中华书局上海编辑所1962年版。

郑骞《论北曲句法的变化》，台湾《大陆杂志》第一卷第7期。

王重民辑《敦煌曲子词集》，商务印书馆1950年版。

龙榆生《龙榆生全集》，上海古籍出版社2015年版。

刘永济《唐五代两宋词简析》，中华书局2007年版。

黎靖德编《朱子语类》，中华书局1986年版。

傅宇斌《现代词学的建立——〈词学季刊〉与20世纪三、四十年代的词学》，商务印书馆2013年版。

李濬《松窗杂录》，中华书局1960年版。

胡应麟《少室山房笔丛》，中华书局1958年版。

任二北《敦煌曲初探》，上海文艺联合出版社1954年版。

朱金诚《白居易年谱》，上海古籍出版社 1982 年版。

朱金城《白居易集笺校》，上海古籍出版社 1988 年版。

孟棨《本事诗》，上海古籍出版社 1991 年版。

王林《燕翼诒谋录》，中华书局 1981 年版。

唐圭璋编《词话丛编》，中华书局 1986 年版。

姜亮夫《姜亮夫全集》，云南人民出版社 2003 年版。

周汝昌《千秋一寸心：周汝昌讲唐诗宋词》，中华书局 2006 年版。

刘熙载《艺概》，上海古籍出版社 1978 年版。

尹志腾校点《清人选评词集三种》，齐鲁书社 1988 年版。

曾昭岷《温韦冯词新校》，上海古籍出版社 1988 年版。

李冰若《花间集评注》，人民文学出版社 1993 年版。

华钟彦《花间集注》，河南大学出版社 2008 年版。

俞陛云《唐五代两宋词选释》，上海古籍出版社 1985 年版。

吴世昌《词林新话》，北京出版社 2000 年版。

王国维《人间词话》，上海古籍出版社 1998 年版。

王兆鹏《婉约词选》，凤凰出版社 2012 年版。

邓红梅《婉约词》，中华书局 2011 年版。

徐培均《婉约词萃》，华东师范大学出版社 2000 年版。

周笃文《婉约词典评》，辽宁教育出版社 2009 年版。

邓乔彬《豪放词萃》，华东师范大学出版社 2000 年版。

俞平伯《读词偶得·清真词释》，人民文学出版社 2000 年版。

孙克强辑考《蕙风词话·广蕙风词话》，中州古籍出版社 2003 年版。

吴宏一《从"似直而纡，似达而郁"的观点论韦庄词》，载《清代文学研究集刊》第二辑，人民文学出版社 2009 年版。

夏承焘《夏承焘集》，浙江古籍出版社、浙江教育出版社 1997 年版。

田艺蘅《留青日札》,上海古籍出版社1992年版。

邓乔彬《唐宋词艺术发展史》,河北人民出版社2010年版。

唐圭璋《词学论丛》,上海古籍出版社1986年版。

吴曾《能改斋漫录》,上海古籍出版社1979年版。

施蛰存《词学名词释义》,中华书局1988年版。

余恕诚《唐诗讲演录·唐五代词概说》,北京大学出版社2015年版。

葛渭君编《词话丛编补编》,中华书局2013年版。

俞平伯《唐宋词选释》,人民文学出版社2005年版。

唐圭璋《唐宋词简释》,上海古籍出版社1981年版。

王辟之《渑水燕谈录》,中华书局1997年版。

胡仔《苕溪渔隐丛话》,人民文学出版社1962年版。

袁枚《小仓山房文集》,《续修四库全书》本。

魏泰《东轩笔录》,中华书局1997年版。

严杰《欧阳修年谱》,南京出版社1993年版。

吴熊和主编《唐宋词汇评》,浙江教育出版社2004年版。

丁传靖《宋人轶事汇编》,上海古籍出版社2014年版。

夏承焘《域外词选》,书目文献出版社1981年版。

张相《诗词曲语辞汇释》,中华书局1955年版。

张舜民《画墁录》,上海古籍出版社2012年排印《历代笔记小说大观》本。

叶梦得《石林燕语 避暑录话》,上海古籍出版社2012年排印《历代笔记小说大观》本。

陈振孙《直斋书录解题》,上海古籍出版社1987年版。

赵令畤《侯鲭录》,中华书局2002年版。

彭玉平《唐宋词举要》,商务印书馆2014年版。

邓乔彬《人情不似春情薄：宋词中的人生百味》，中央编译出版社2013年版。

王兆鹏《宋南渡词人群体研究》，台湾文津出版社1992年版。

沈祖棻《宋词赏析》，中华书局2008年版。

郑骞《词选》，中国文化大学出版部1982年新一版。

皇都风月主人《绿窗新话》，上海古籍出版社1991年版。

邓之诚《东京梦华录注》，中华书局1982年版。

钱锺书《管锥编》，生活·读书·新知三联书店2007年版。

钱锺书《宋诗选注》，生活·读书·新知三联书店2002年版。

释文莹《湘山野录》，中华书局1997年版。

谢维新《古今合璧事类备要》，上海古籍出版社1992年版。

何文焕辑《历代诗话》，中华书局1981年版。

陈鹄《西塘集耆旧续闻》，中华书局2002年版。

彭乘《墨客挥犀》《续墨客挥犀》，中华书局2002年版。

龚鹏程《中国文学史》，世界图书出版公司2009年版。

普济编《五灯会元》，中华书局1984年版。

洪迈《容斋随笔》，上海古籍出版社1978年版。

薛瑞生《东坡词编年笺注》，三秦出版社1998年版。

周煇《清波杂志》，中华书局1997年版。

蔡絛《铁围山丛谈》，中华书局1983年版。

龚明之《中吴纪闻》，上海古籍出版社2012年排印《历代笔记小说大观》本。

罗忼烈《清真集笺注》，上海古籍出版社2008年版。

［日］青山宏《唐宋词研究》，北京大学出版社1995年版。

钱仲联《当代学者自选文库：钱仲联卷》，安徽教育出版社1999年版。

张端义《贵耳集》，上海古籍出版社2012年排印《历代笔记小说大观》本。

罗忼烈《两小山斋论文集》，中华书局1982年版。

范摅《云溪友议》，中华书局1959年版。

刘斧《青琐高议》，上海古籍出版社1983年版。

杨海明《唐宋词风格论·张炎词研究》，江苏大学出版社2010年版。

梁令娴编《艺蘅馆词选》，广东人民出版社1981年版。

程千帆《程千帆全集》，河北教育出版社2000年版。

王国维《王国维遗书》，上海古籍书店1983年版。

洪迈《夷坚志》，中华书局1981年版。

刘昌诗《芦浦笔记》，中华书局1986年版。

陆容《菽园杂记》，中华书局1997年版。

题伊世珍《琅嬛记》，广陵书社2016年影印毛晋辑《津逮秘书》本。

宛敏灏《词学概论》，中华书局2009年版。

吴自牧《梦粱录》，上海古典文学出版社1956年版。

永瑢等《四库全书总目》，中华书局2003年版。

丁福保辑《历代诗话续编》，中华书局1983年版。

徐梦莘《三朝北盟会编》，上海古籍出版社2008年版。

王曾瑜《宋高宗》，吉林文史出版社2004年版。

沈松勤《从高压政治到"文丐奔竞"——论"绍兴和议"期间的文学生态》，《文学遗产》2003年第3期。

王建生《"文丐奔竞"之外——也论"绍兴和议"期间的文学生态》，《文学遗产》2011年第5期。

田汝成《西湖游览志余》，上海古籍出版社1980年版。

任德魁《词文献研究》，南开大学出版社2010年版。

周密《齐东野语》，中华书局1983年版。

于北山《陆游年谱》，上海古籍出版社2006年版。

朱东润《陆游研究》，中华书局1961年版。

无名氏《宣和遗事》，江苏古籍出版社1993年版。

［美］傅汉思《梅花与宫闱佳丽：中国诗选译随谈》，生活·读书·新知三联书店2010年版。

刘师培《论文杂记》，人民文学出版社1998年版。

梁启超《饮冰室合集》，中华书局1989年版。

张宏生《大篇的书写与超越的气度——姜夔的〈昔游诗〉及其与杜诗的关系》，《杜甫研究学刊》2013年第3期。

西湖老人《繁胜录》，上海书店出版社1994年影印《丛书集成续编》本。

曹辛华《姜夔词序问题新辨》，《文学遗产》2012年第2期。

罗忼烈《为姜石帚非姜白石添一证》，载其《词学杂俎》，巴蜀书社1990年版。

冒广生《驳白石石帚为二人说》，载其《冒鹤亭词曲论文集》，上海古籍出版社1992年版。

陈磊《夏承焘先生"白石卒年考"及"石帚辨"之质疑》，《复旦学报》1994年第4期。

周振甫《中国修辞学史》，商务印书馆1998年版。

陈澧《陈澧集》，上海古籍出版社2008年版。

［美］林顺夫著、张宏生译《中国抒情传统的转变——姜夔与南宋词》，上海古籍出版社2005年版。

路成文《宋代咏物词史论》，商务印书馆2005年版。

邱炜萲《五百石洞天挥麈》，《续修四库全书》本。

厉鹗《樊榭山房集》,上海古籍出版社 2012 年版。

肖鹏《宋词通史》,凤凰出版社 2013 年版。

戈载编《宋七家词选》,道光十七年翠薇花馆刻本。

周密《武林旧事》,中华书局 1990 年影印鲍廷博辑《知不足斋丛书》本。

王仲闻《李清照集校注》,人民文学出版社 1979 年版。

陈祖美《〈漱玉词〉笺释心解选评》,中国社会科学出版社 2013 年版。

张宏生《清代词学的建构》,江苏古籍出版社 1999 年版。

萧鹏《〈乐府补题〉寄托发微——与夏承焘先生商榷》,《文学遗产》1985 年第 1 期。

欧阳光《六陵冬青之役考述》,《文史》1992 年第 6 期。

刘荣平《释"知君种年星在尾"——对杨琏真伽发宋陵时间之坚证的考辨兼论〈乐府补题〉寄托发陵说不能成立》,载《新宋学》第一辑,上海辞书出版社 2001 年版。

[英]伟烈亚力《中国文献记略》,上海美华书馆 1867 年。

王鼎《焚椒录》,广陵书社 2016 年影印毛晋辑《津逮秘书》本。

吕文丽《萧观音〈回心院〉与曲词演进再认识》,《中华戏曲》2015 年第 1 期。

缪荃孙编《辽文存》,光绪二十二年上海来青阁刊本。

陶然《金元词通论》,上海古籍出版社 2001 年版。

张金吾编《金文最》,中华书局 1990 年版。

陶宗仪《南村辍耕录》,中华书局 2004 年版。

张仲谋《明词史》(修订本),人民文学出版社 2015 年版。

陈晓兰《张玉娘〈兰雪集〉刊刻与传抄研究》,载《北京大学中国古文献研究中心集刊》第十三辑，北京大学出版社 2014 年版。

张廷玉等《明史》，中华书局 1974 年版。

赵翼《廿二史札记》，中华书局 1984 年版。

张宏生《清词探微》，上海古籍出版社 2008 年版。

严迪昌《清词史》，江苏古籍出版社 2001 年版。

李真瑜《文学世家的联姻与文学的发展——以明清时期吴江叶、沈两家为例》，《中州学刊》2004 年第 2 期。

陈维崧编《妇人集》，人民文学出版社 1994 年版。

陈寅恪《柳如是别传》，生活·读书·新知三联书店 2001 年版。

蒋景祁编《瑶华集》，中华书局 1982 年版。

朱彝尊《静志居诗话》，人民文学出版社 1990 年版。

顾贞观、纳兰性德编《今词初集》，《续修四库全书》本。

耿传友《王次回〈疑云集〉辨伪》，《中国典籍与文化》2006 年第 4 期。

赵尊岳《惜阴堂明词提要》，载《词学季刊》第一卷第三号、第二卷第一号（1933~1934）。

叶衍兰编《秦淮八艳图咏》，光绪十八年刻本。

余怀《板桥杂记》，《续修四库全书》本。

张宏生《咏物：朱彝尊与乾隆词坛——从〈茶烟阁体物集〉到〈和茶烟阁体物词〉》，《兰州大学学报》2011 年第 6 期。

陈邦炎《临浦楼论诗词存稿》，上海古籍出版社 2008 年版。

邱世友《词论史论稿》，人民文学出版社 2002 年版。

顾诚《南明史》，中国青年出版社 1997 年版。

吴哲夫《清代禁毁书目研究》，台北嘉新水泥公司文化基金会 1969 年版。

朱崇才编《词话丛编续编》，人民文学出版社2010年版。

陈廷焯编《词则》，上海古籍出版社1984年版。

谭献编《箧中词》，浙江古籍出版社1998年影印本（沈辰垣等编《御选历代诗余》附）。

徐釚《词苑丛谈》，人民文学出版社1998年版。

李丹《顺康之际广陵词坛研究》，上海古籍出版社2009年版。

陈水云《咸同时期淮海词人群体综论》，《武汉大学学报》2007年第6期。

张宏生《论清初边塞词》，载《清代文学研究集刊》第二辑。

任二北《散曲丛刊》，凤凰出版社2013年版。

余意《明代词学之建构》，上海古籍出版社2009年版。

沙先一《清代吴中词派研究》，人民文学出版社2004年版。

陈水云《嘉道以来"声律词派"的发展及其词学成就》，《中华文史论丛》第七十八辑，上海古籍出版社2004年版。

史震林《西青散记》，中国书店1987年版。

叶嘉莹《名篇词例选说》，南开大学出版社2006年版。

李兆洛《养一斋文集》，《续修四库全书》本。

吴新雷《记唐圭璋先生的嘉言懿行》，载钟振振编《词学的辉煌》，南京大学出版社2001年版。

续修四库全书总目提要编纂委员会《续修四库全书总目提要》，上海古籍出版社2014年版。

李慈铭《越缦堂读书记》，中华书局2006年版。

谭献《复堂日记》，河北教育出版社2001年版。

张珍怀选注《清代女词人选集》，黄山书社2009年版。

徐乃昌编《小檀栾室汇刻闺秀词》，光绪二十四年至宣统三年南陵徐氏刊本。

邓红梅《女性词史》，山东教育出版社2000年版。

张宏生《经典确立与创作建构——明清女词人与李清照》，《中华文史论丛》2007年第4期，上海古籍出版社2007年版。

梁绍壬《两般秋雨庵随笔》，上海古籍出版社1982年版。

张宏生《中国诗学考索》，江苏教育出版社2006年版。

严迪昌《金元明清词精选》，江苏古籍出版社2002年版。

陈匪石《宋词举》（外三种），江苏古籍出版社2002年版。

白敦仁《彊村语业笺注》，巴蜀书社2002年版。

文廷式《文廷式集》，中华书局1993年版。

钱仲联《清词三百首》，岳麓书社1992年版。

卓清芬《清末四大家词学及词作研究》，台湾大学出版委员会2003年版。

李岳瑞《春冰室野乘》，重庆出版社1998年版。

黄濬《花随人圣庵摭忆》，中华书局2013年版。

郑小军编注《人间词·人间词话》，浙江教育出版社2006年版。